BIFFURES

ゲームの規則 I

抹消

ミシェル・レリス
岡谷公二 訳

平凡社

目次

ゲームの規則Ｉ　抹消

Michel Leiris
La Règle du jeu I
Biffures
Éditions Gallimard, 1948

ゼットへ

「……かった！」

部屋の無情な床の上に（応接間か、食堂か。枝葉文様の色あせた、鋲でとめた絨毯の上にだったか、あるいは、そのさだかならぬ文様を僕が宮殿や風景や大陸に見立てた、まさしく幻の建物をたてては崩した幼年時代の万華鏡であり、当時どんな絵本にも見ることができなかった千一夜物語のカンヴァスだった、あの移動可能な絨毯の上にだったか。それとも、地よりも濃い木目の線が走り、黒々とした溝ではっきりと区切られていた、蠟引きのむき出しの床の上にだったのか。たまたま日雇いのお針子が落とした針でも手に入れたときには、この溝から綿埃を掘り出して遊んだものだ）、応接間か食堂の避けられない――しかも心ない――床の上に（柔らかだったのか、木の床だったのか。想像をめぐらす遊びに、あるいはもっと機械的な遊びにむいたものだったのか）、薄暗がりだったか、日向だったか（家具に普段覆いが掛けられている、ささやかな装飾品がすべて、しばしば鎧戸によって日差しから守られている場所が舞台だったのか否か）、大人たちしか入ることのできない特別の部屋――ピアノがまどろむ静かな洞窟――だったのか、あるいは家族の全員もしくは数人が毎日食事という儀式のために集う補助板つきの大きな食卓のあるもっと日常的な場所だったのか、ともかくおもちゃの兵隊が落ちたのだった。

一つの兵隊。鉛製だったか、紙粘土製だったか。造りが精巧で着色されたものだったか、あるいは青、赤、白、黒でけばけばしく塗り立てられていて、壊れると本体が白っぽい色か土色のいかがわしい貧弱な材料でできているのが分かる、ああした安物の兵隊だったのか。

新品だったのか、中古品だったのか。それは、落ちる前には、仲間の兵隊たちと一緒に――あるいは、混成部隊を編成する、タイプの違った他の兵隊たちと一緒に――、据わりのいいテーブルか、小円卓の上に置かれていたのだった。この小円卓は、中国趣味の装飾か、もしそれが「入子式テーブルセット（tables gigognes）」の一部ならば、装飾はこうのとりと決まっているのだから（その名の示すとおり〔大勢の子供をスカートの中からとり出す、人形芝居の主人公ジゴーニュおばさんからついた名。なおジゴーニュの語源はシゴーニュ、こうのとりとされる〕）嘴の長いこうのとり（cigogne）のような動物文様で飾られていたはずだ。

たぶんフランスの兵隊。それが落ちたのだった、まだノートにまともな線一本引けない、ぎごちない僕の手から逃れて。

大事なのは、兵隊が落ちたということでも、この墜落の犠牲になったのが兵士――他の人物や動物でなく――だということでもなかった。当時「兵隊」という言葉が、僕にとってなにかはっきりしたものをあらわしていたとは思えない。フランスの兵隊は赤いズボンで見わけがつくということだって知っていたかどうかあやしい。それ以前に僕は、オートゥイユ通りのムルドフロワ食料品店の店頭を飾っていた広告板――作業服を着るか、青い上衣に赤いズボンをはいた男たちが主役であることに変わりない、食堂か酒保の場面がボール紙を切り抜いて作った手足の動く人物たちによって演じられている広告板を夢中で眺めていたことがあったように思う。たぶん、ブーローニュの森に散歩に連れていってもらったある日のこと、オートゥイユ通りを歩いていたとき、けばけばしい色のこの滑稽な動く広告板に目が釘づけになったことがあったのだ。しかし、たしかなところ、僕は「兵隊」にどんな特別な関心もなかった。さまざまな軍服についての資料を集めるなどとはちっとも思わなかったし、のちに所有することになる、鉛の兵隊（大きさによって十三、十九、二十八、三十二スーした、楕円形の薄い木箱に入っているやつを少しずつ買いためたのである）が主の、そのなかの目玉は、槍を突き立て、速駆けする馬に乗って槍試合をしている中世の一群の戦士たち——金めっきや銀めっきの甲冑をつけた騎士たち——であった豊富なコレクションとは異なり、当時はごくわずかな兵隊しか持っていなかったのである。

肝心なのは、兵隊が落ちたということではなかった。兵隊といわれても、僕にはぴんとこなかった。肝心なのは、僕の持物の何かが落ちたということであり、それがおもちゃだったということ、この落下物が、遊びおわったら箱の中にしまわれるおもちゃの閉ざされた世界に属していたということである。それは他とは異なるすばらしい世界、そこに属するものが、形と色によって現実世界と鮮やかな対照をなすと同時に、現実世界のおそらくとりわけ際立つ部分をも代表している世界である。刻まれたイニシャルが金属杯に、小さな飾りが時計の鎖に添えられるように、日常の世界に添えられた特別な世界。自然の中にあって、きらびやかな装いと見えるすべてのもの、たとえば蝶とか、麦畑に咲くひなげしの花とか、貝殻とか、空の星とか、岩と木の幹を飾るように見える苔や地衣類に至るすべてのものに似た並はずれた世界。

僕のおもちゃの一つ——おもちゃでありさえすれば何でもいい——、僕のおもちゃの一つが落ちたのだった。壊れるおそれが大いにあった。なにしろ真っ逆さまに落ちたのだし、たとえ普通の小円卓だったにしても、その高さ——床面からの——は、おもちゃの落下ということになれば無視できるものではなかったのだから。

僕のおもちゃの一つが、自分のへま――落下の主な原因――のために壊れる心配が大いにあった。僕のおもちゃの一つ、つまりそのころ自分と一番密接な関係にあった世界に属するものの一つが。すぐに身をかがめ、落ちた兵隊を拾い、さわり、よく見てみた。壊れてはいなかった。僕は大喜びした。その喜びをあらわすのに、「……かった！（...reusement！）」と叫んだ。

このはっきりしない部屋――応接間か食堂か、客用の部屋か共用の部屋か――、そのときまさに遊び場になっていた同じ場所に、年上の誰か――母か、姉か、兄か――がいた。僕よりもっと経験があり、物知りの誰かがいて、その叫びをきいて、僕が言ったような「……かった！」ではなく、「よかった（heureusement）」と言わねばならないと注意した。

その注意は、僕の喜びに水を差した。いやむしろこう言ったほうがいい、おかげでほんの一瞬呆気にとられたあと、喜びがたちまち、今日でさえその異常さの意味が突きとめられるかどうか分からない奇妙な感情に変わってしまったのだ、と。

「……かった」ではなく、「よかった」と言わねばならないというのである。それまで真の意味についてまったく意識せず、純粋な間投詞として僕の使っていたこの言葉が、「よい」に結びつき、そのような結びつきの魔術的な効果によって、突然、明確な意味をもつシークエンス全体の中に挿入されてしまった。それ以前にはいつも不正確に使っていたこの言葉を、一気に完全な形で理解することは、突然ヴェールが引き裂かれたり、突如真実が明らかになる、といったような発見の様相を呈する。それまで完全に僕ひとりのものであり、いわば閉ざされたままだったこの言葉が、偶然の結果、意味をもつ言葉の網の、網の目の一つに昇格したのである。それは、すでにもう僕のものではない。それは、兄たちや、姉や、両親の言葉というあの現実に属しているのである。それは、僕ひとりのものから、社会共通の、開かれたものになったのだ。それは、あっというまに、共有の、こういってよければ、社会化されたものになってしまった。それは、もはや僕の唇から洩れた、曖昧な感嘆の声——笑いや叫びのように、まだ僕の内臓にごく近いものだった——ではなく、言語という、あの広範囲にわたるコミュニケーションの手段を構成する無数の要素の一つになったのである。そして食堂の床か、応接間の絨毯の上におもちゃの兵隊が落ちたことから生まれた僕の叫びに対する年上の子供か大人の注意が、自分の外側にある、僕にとってはなんとも異様なこの手段の存在をかいま見させてくれたのであった。

　食堂か応接間の床に、鉛製か紙粘土製の兵隊がいま落ちたところだ。僕は「……かった！」と叫んで注意された。一瞬、一種のめまいに襲われて、啞然としたままだ。というのも、不完全に発音していた、そしていま、それまで信じていたのとは違ったものだということを発見したばかりのこの言葉によって、四方八方にひそかに触手をのばしている、分節言語という僕と他人とのあいだに張りめぐらされた蜘蛛の巣が、自分を超えたものであるという事実を、おぼろげながら感じる——僕に強い印象を与えたこの事実のなかにある、一種の方向転換ないしはずれのおかげで——ことができたからである。

歌

僕たちがまだ読むことを知らず、低学年の生徒むけの、そのおかげで生徒たちが、課が進むにつれ、新しい言葉をおぼえて語彙を増やしてゆくことのできるポーテックスのような本〔バンジャマン・ポーテックス（一七九六—一八六三）の『綴字を習う人たちのための意味別フランス語集』（一八二九）〕（この本では、言葉は、用語集や辞書のようにアルファベット順には並んでおらず、意味によって集められている）をもとに系統立てて多少ともまとまった一連の単語を習ってもいない時期、読み方という偉大な神秘の手ほどきを受けていないか、まだ新前でやっとそこに足を踏み入れたばかりのとき、ただきくだけで理解していた言葉は、のちになって白い紙に黒い文字で書かれているのを目にする際、ほとんど見わけがつかないような異形の姿をとってあらわれる。なんと多くの口頭の怪物がこうして作り出されることか。のちになると信じられないような場所を、なんと多くの突飛な創造物が動きまわることか。

普通の言葉にしてすでにいたるところに罠が仕掛けられているように見えるとするなら（なんと多くの単語や熟語が、形が変わったり、意味がずれたりしたため、それ自体で人の心を奪う表象の跳躍板になることか。たとえば「マドレーヌのように泣く〔マドレーヌはマグダラのマリアのこと、またスポンジケーキのことでもある。「マドレーヌのように泣く」とはさめざめ泣くという意〕」

という口語的な表現について、まだ聖女の後悔について何も知らない子供が、泣くお菓子とか、段になっている部分に液体が滲み出ているお菓子といったイメージを思い浮かべるように）、ごく普通の言葉、毎日きく言葉が、字の読めない子供にとって謎と難問にみちているとするなら、リズムやリエゾンを行う特殊な方法や、メロディそれ自体が事を面倒にしてしまい、その結果発音された文句を、神託を告げる唇からこれまで洩れたもののなかでもとりわけ分かりにくい格言にしてしまう歌詞ともなると、一体どうなることだろう。

「カプチン（capucine）を踊りましょう」とは、尾巻猿（capucin）の雌を踊るのではなく（ましてカプチン僧たちが踊りはじめたおどりを踊るのではなく）、のうぜんはれん（capucine）〔のうぜんはれんは五弁の花を咲かせる。カプチン僧はフランシスコ派修道院の一派カプチン会に属する〕という花に似せて踊ることだが、これはごく単純なケースである。というのもこの場合、いかなる怪物も生み出されはしないし、その一方、輪踊りが花の形と同一視されるのはごく自然なことだからである。たとえば「アデールおばさん」（のちにその名前は、彼女がとても肥満していたからであろうか、いつも僕に韻を踏むようにして「城砦《シタデル》」を連想させることになる）と呼ぶように言われていた老嬢、この人は親戚ではなく、ただ単に父母が夏のあいだヌムールに借りていた家の家主の娘か養女にすぎなかったのだが、彼女がその円形からしてやはり城砦を思わせる籠の中に閉じこめられた鸚鵡に向かって、次のように歌いかけるのをきいたときにもやはり、それほど戸惑うようなことは何一つなかった。

居酒屋で
薄赤ワイン（vin clairet）飲むときにゃ
ぐるぐるまわる何もかも、ぐるぐるまわる何もかも、

薄赤ワイン飲むときにゃ
ぐるぐるまわる何もかも、ぐるぐるまわる何もかも。

「クレレ（clairet）」とは僕にはワインの形容詞ではなく、ただ鸚鵡の名前と思われた。腹話術師――無数の声を使いわけるその声は、どれもがまったくの作りものという気がするので、きくのは耐えがたい（そのうえ、彼の地声さえも使いわけの声との対比から贋ものくさく思われるので、きいているとしまいに不安になってくる）――みたいに歌いながら、ばかな鳥は、

居酒屋で
ワイン飲むときにゃ、クレレ！
ぐるぐるまわる何もかも、ぐるぐるまわる何もかも。

という歌のひと節、ふた節の、たどたどしかったり、甲高かったり（claironnante）する実演の褒美としてもらうご馳走を、皺の寄った肢か、先の曲がった嘴（それは、その作り声と結びついて、どこかのあやしげなカーニヴァルのマルディ・グラ〔カーニヴァル最終日の火曜〕に人のつける付鼻を思わせた）でつかむまで、金属の格子の向こうで、うろうろ動きまわったり、体を左右に揺すったり、酔っ払いの真似をしたりするのだった。

「居酒屋《キャバレー》（cabaret）」――酔っ払い（しまいには、クレレと呼びかけられた鸚鵡そのものと一緒になってしまうのだった）の頭の中がそうであるように、何もかもがぐるぐるまわるこの居酒屋――とは、けばけばしい緑色の服を着た酔っ払いのように鸚鵡の動きまわっている籠、この円い鳥籠でなければ、

一体何だったのだろうか。こうしたイメージのすべてが一つになって、僕の頭の中をぐるぐるまわるのだった。円い籠に入った鸚鵡の前で酔っ払いを演じてみせる、塔のように円いアデールおばさん。彼女はちゃんと食事をしたかどうかをきくときだけ鸚鵡を「ジャコ」と呼ぶのだったが、まるでこの名前を使うのは、餌に関するお決まりの質問をする場合だけに限られており、他のすべてのこと、とりわけ飲物に関することでは、意地悪げな嘴をもち、目がちかちかするような色をしたこの鳥に対しては、「クレレ」以外の呼び方を決してしてはならないかのようだった。

　酔っ払いのように体を左右に揺すったり、挑発的な色のお仕着せ（きびしい父親が――のちに僕がきかせてもらったお話によると――息子のために作らせ、擦り切れるまで着させたあの有名な三つ揃いと同様の、ビリヤード台の色の。カフェに出入りする悪習のあったこの息子は、ある日ビリヤードをやっていて、へまをしてクロスを破ってしまい、店の主人を怒らせ、損害を弁償する必要が生じ、これがモラルと経済を同じように重んじる父親のきびしい決断の動機となったのだった）を着た鳥、粋な名前――王宮の近衛兵みたいに威張った口髭をはやした、チューリップ兵隊風（チューリップ兵隊とは一八一九年に生まれて大流行した歌の題名で、その主人公の名前。ワインと女と名誉を愛するフランスの兵士の一典型）の――をもつこの鸚鵡にもやはり、どれほど突飛であろうと、怪物、すなわち形もなければはっきりした所属ももたない存在、錯綜した観念の霧氷におおわれた、あるいは悪夢の霧に包まれた空から真っ直ぐに落下してきた、とりつくしまのない非現実的な存在たる怪物の範囲に入れてしかるべきと思われる点は少しもなかった。南の島々からやって来た、緑ずくめの服を着ているこの鳥は、結局のところ、アクセサリーとしてその一部をなしていた家庭の情景の中にごく自然に溶けこんでおり、僕が「アデールおばさん」と呼んでいた肥った独身女性の太り肉《じし》の体を包んでいた明るい庭着よりたぶんそれほど派手とはいえないその服で、この情景にわずかに彩りを添えていたにすぎなかった。

アデールおばさんよりも前に、彼女の叔父叔母に当たる「トレフォール家の人たち（les Tréfort）」という園芸家の夫婦が、兄たちと一緒に面白半分あれこれと取沙汰した名前を提供してくれていた。この人たちの住むシャントレオヴィル（Chaintréauville）という場所もそうだった。この名前には、猫（chat）、一匹の猫、いやむしろ町（ville）全体を埋めつくす無数の猫を思わせるものがあった。シャ＝トレオヴィル（Chats-tréauville）のトレフォール家の人たち（les Très-forts〔こうなると、とても強い人々という意〕）。けれど次兄が知っていた歌で、ゴーフル売りの回転盤や動物園の回転木戸のような乾いた音をたてるこれら言葉のがらがら《システルム》よりも、特別の世界の扉を僕に細めに開いてくれた歌がある。これも言葉の世界の話だが、ただしここには、顔を顰めるような滑稽なものは何もなかったし、地口も一切関係なく、その心に訴える力は、その世界を形作る言葉の霧、解読できない靄から生まれているのだった。

いなくなっちまったブレーズ（Blaise qui partait）
戦争に行っちゃって（En guerre s'en allait）

と兄は歌っていた。しかしこれは、僕がきいたのとは違っていた。口から耳へのあいだに二行目が変わってしまっており、

いなくなっちまったブレーズ（Blaise qui partait）
綱を揺すって（En berçant la laisse）

というのが、僕の耳に届いた解くべき問題だった。とても古風な、『ヴィラールの竜騎兵たち』〔エメ・マイヤ

ール作曲による三幕のオペラ＝コミック。ヴィラールとはルイ十世麾下の将軍。叛乱を起こした新教徒たちを竜騎兵によって弾圧した〕の何らかの曲の一節が、こうして僕の聴覚のおかげで、解明しなければならない謎と化したのだった。

揺するのが問題になっているこの「綱（laisse）」とはどのような綱なのか。そして「綱を揺する」ブレーズとは何者なのか。彼の名前は、最初の子音字Bを省くだけで、無声擦音から有声擦音への推移と結びついて、彼が揺すらなければならない未知のものをさす言葉になっているのだった、まるでこの名前と物とのあいだに、大昔から続く絆が存在するかのように、そしてまた、ブレーズという名の男にとって、その名前の構成が示しているとおり、「綱」を揺することが運命として定められた仕事でもあるかのように。当時僕がこの二つの語の半階音の関係を漠然と感じたことについては、韻文作家や言語学者の鋭敏な感覚など、何の関係もなかった。最初「綱」の謎があり、ついで、文章の構造それ自体（ブレーズが主語の位置にある）のために、また、もっと暗々裡ながら同様の効果を発揮したこの半階音の働き、つまり表にあらわれない力の動きをそれと感じさせる泡のかすかなきらめきのために、謎がブレーズという名前にまで及んでいったのだった。

のちに驚異の国そのものから発せられたと信じるようになった、あからさまに言われたというより囁かれたといったほうがよい伝言を、その折聴覚に、あるいは悟性に届けてよこしたこだまをもう一度きこうとして、あるいは再び見出そうとして耳を傾けるとき、「ブレーズ（Blaise）」という語が、深く悲しい、白亜の断崖（falaise）の青白さを帯びた何ものかのように響くのをきく。ただの二音節にすぎないのに、無限にのびひろがってゆくこのブレーズという名前には、物を揺する単調な仕草しか結びつかない。彼は揺する、きりもなく揺する、海が――決まり文句に従うなら――断崖の裾を飽きることなく揺すりつづけるように。彼は揺する、たゆまず揺する。そして彼が揺することをやめない「綱」とは、たぶんこの揺する動作の純粋な対象か、あるいはこうした揺する動作を他の揺する動作から区別する特殊な性質にほかならない。人が「苛立ちを抑える（ronger son frein〔元来は馬銜を嚙むの意〕）」ように、「気が滅入る（broyer du noir〔元来は陰鬱を突き砕くの意〕）」ように、「動顚する（battre la chamade〔元来は降服の合図の太鼓を打つの意〕）」ように、「綱を揺する（bercer la laisse）」のである。ある種の揺すり方の、もはやイメージですらないイメージ。言葉の綾であって、それにはどのような肉体の動作も対応せず、薄塩のジェルヴェ〔フランスの有名なチーズ〕のなかでほとんど石膏色のものよりさらに色のない、倦怠の白っぽい霧だけが対応するのである。子供の揺り籠（berceau）や大きな埃だらけの簞笥ベッドのそばに、固くなったパン屑や、毛糸の玉や、糸車の麻が散らばっている陰鬱なブルターニュの室内で、人は「綱を揺する」のだ。「綱を揺する」とは、出発し、やがてその姿が断崖《ファレーズ》の灰色の色調のなかにまぎれてしまう哀れなブレーズがすることのできた唯一の動作であり、とることのできた唯一の心の持ち方であった。彼は単調で、うんざりするような足踏みの音をたてて出発する。いや、それは足踏みでさえない、足の呟きだ、

いなくなっちまったブレーズ
綱を揺すって
いなくなっちまったブレーズ

と飽くことなく繰り返す唇のさだかならぬ呟きだ。

子供のときききいたおぼえのあるような、時代の彼方から立ちのぼってくる歌や、それとは逆に真新しく、時がまだその上に少しも鉱滓を積み重ねていない純然たるみずみずしさが取柄の歌がいつも僕に及ぼしてきた支配力の一端は、たぶん言葉の思わざる仮装行列とまではいえないにしても、少なくとも地口に近い、ある種のたわむれから生じているのは確かだ。メロディと歌詞とのあいだに生まれ

るたわむれ。歌詞に干渉するメロディが歌詞にぴったり――その意味を驚くほど際立たせることができる――のように見えることもあれば、メロディが勝手に振る舞い糸をもつれさせたり、あるいは、リズム、音の内容、言葉の意味、メロディが混然となり歌詞を解きがたい謎にしてしまうこともあるたわむれ。こうしてまさしく音楽である楽句《フレーズ》と、文句《フレーズ》のまったく言語的な音楽とのあいだに交換が行われる。突然生じる、比較的短い時間の断絶とそれにひき続く出合い。一時平行する散歩や、別かれ別かれになるかと思うと不意に出合う各々の歩み。そして歌詞自体に否応ない分断が生じる。それは、部分的にしか意味と一致せず、耳に快いこのカオスの表面に浮かぶきれぎれの言葉や、結晶めく言葉の群に、一層強力な活力を注入する、ちょうど、もっとも暗い底という負の絶頂から光を再び浮かび上がらせるために光を分解してしまう、鏡、レンズ、プリズムの思いがけない組合せの働きさながらに。それはまさに驚きであり、子供用の楽しい物理実験の本に書いてあるどの実験よりも人を面くらわせる。

歌となって一つ一つうたわれるということだけで真珠と化する、言葉のすでにもうそれだけで十分特殊な光沢に、言葉の途方もない可能性を極限にまで押しすすめるもう一つの光沢が加わる。それは、音楽の波が真珠のように光るくらげの丸い頭をあちこちにのぞかせながら、言葉をばらばらにしたり、断ち切ったりする場合にせよ、それとは反対に、真珠と波とが一体となって、多彩なきらめきを放ちつつ長々とうねってゆく場合にせよ、音楽の流れが言葉を浸すときの光沢だ。かけら――その割れ目のきらめきや、変わった形の角《かど》で人目をとらえる――と化しても、単にひと筋の流れ――その流れにしたがって、音符から音符へ、言葉から言葉へと人が移ってゆけるような――となってしまっても、音楽に浸された文句《フレーズ》はまったく特別の輝きを帯びる。この輝きは文句を日常の言葉からひき離し、それらに他とは異なる独立の円光を授けるのである。これは、イタリック体とか、大文字とか、脚注とか、アステリスクをつけた言葉とか、さらには詩人たちが愛用する、フレーズをわけると同時に書かれた言葉がページの目に見えない部分からあらわれ出る——発生状態にある、一層活性化した化学的物体のように——のを可能にするような余白とかが、どれほど眼や心に魅力的であろうと、こうした印刷上のよくあるたくらみより一層効果的な処理だ。

　同様のことは、初聖体の前の心霊修行のあいだに話してきかされた宗教に関する教訓話の中で、ある種の言葉に与えられた特別な性格についても言うことができる。すなわち、もっとも熱心に唱えたお祈りは神様の本に金のインクで書きこまれるのに対し、それほど熱心に唱えなかったお祈りは銀のインクでしか書きこまれず、さらに他の祈り——口先だけでするようなお祈り——は普通のインクで書きこまれるか、まったく書きこまれないというのである。こうしたことは、もっと広く——そして重要なのは、熱心さの度合などではなく、書きこまれる際の金か銀かのインクの色であるようなお祈りの場合と同様——、言説の分野そのものと重なり、ほとんど世界全体にひろがるより広汎な分野において、固有名詞を付して特別な呼称でよばれるすべてのものについても言うことができる。固有名詞は実際にそうしたものの名前となり、それを一種の人物、固有の生命をそなえた独自な姿の存在にする。たとえば、ファリエールのフォスファティーヌとか、フラヴィニーのアニス酒とか、バル＝ル＝デュックのジャムとか、ルーアンのシュクール・ド・ポムとか、薬のなかではとりわけ、マンソー・シロップとか、ラミーの塗薬とか、「鎮痛剤《ボーム・トランキル》」とか、吐根《イペカクワナ》（薬局方のなかでは、人名みたいにきこえる）とか。これらは、その名前（産地の表示だったり、学名だったり、単なる商標だったりする）という目安のおかげで、世界の総体のなかにあって、烙印や刻印の役割を果たす識別のマークによって、直接人の注意をひくという特典には恵まれなかった区別のつかぬたくさんの事物の霧のなかから立ちあらわれてきたものなのである。

以上のくだり——ちょっと読み返しただけで問題があることが、少なくとも凝りすぎていて、思考の不明確さを美辞麗句でごまかしたり、言葉のうえだけの考えを実際の考えにすり替えてしまう体《てい》のトリックから免れていないことが分かる——は、僕が持ち出すのをためらっている、歌のあるひと節を紹介するのが目的なのだ。ためらうのは、作家の内的感情と読者の意識のあいだに橋を架けるような前置き、いや、むしろこういったほうがいい、作者の心か頭の片隅にひそんでいる、誰も知らない、一見冷たく生気のないこの小石から生まれた波が、流れとなってひろがってゆくために不可欠の下地を両者のあいだに作り出すような前置きなしに、いきなりこの歌のひと節を読者に委ねるにしては、それが僕の思考のなかでもつ魅力は、あまりにも特殊で、個人的に過ぎるからである。こんなことを言うのも、物を書く人間にとって、すべての問題は次の点にあるからだ。すなわち、彼の生涯の現在あるいは過去が、その頭か心の中に作り出した結晶物——それまでは、ただ本人にとってだけ価値のあった——を、他人の頭か心に伝えることであり、伝達によってそれに本当の価値を与えることであり、儀式上の交易の対象になる回数が多くなればなるほど価値が大きくなるアメリカ北西部のインディアンの楯さながら、こうして他人に渡したものが一層の魅力をそなえて自分のところへ戻ってくるように流通させることである。ところで、ごくありきたりの交易でさえ、最小限の儀式なしには行われえない。そこからこうした、フェンシングで戦う前にする踏鳴らしや示威的態度に類する言葉のパレードが、尾羽をひろげる孔雀のたくらみや、求愛のさまざまな手管と少しも変わらない、こうした自然なたくらみが生まれてきたのである。

僕の頭の中にある思い出、感情のなかで四方八方に枝わかれしている思い出は、摘出せねばならぬ異物ではない。外部からやってきたとしても、まったくの偶然のめぐり合せの結果であるとしても、にもかかわらずそれは僕自身の一部をなしており、摂取した、外部から入ってきた栄養物と同じ理由で、僕の実体となっているのである。いや、それ以上だ！　それはイメージ——輪郭線でかこまれ、他とはしかるべく区別されたイメージ——であるかぎり、役割を顚倒させて、鏡として振る舞おうとする。まるでその思い出と向かいあうと、僕はすべての実在感を失い、僕が眺め、自分の姿を映す個体——唯一の個体——としてしか、それをみなすことができないかのようだ。この種の思い出のパラドックス。つまり、その中にある異様な部分が強い印象を与えた場合にかぎり、僕はそこに自分のもっとも純粋な表れを見出すのである。

「奇妙きてれつ」——家の中でみんなが時折していた冗談めかした言い方によるなら——なものとして、実に耳慣れない、実に奇妙なものとして僕にはきこえたのだった、姉——すでに長いスカートをはいていた若い娘——が、『マノン』〔アベ・プレヴォーの小説『マノン・レスコー』に材を採ったジュール・マスネのオペラ〕の二重唱のひと節を歌ったときには。

　さらば《アデュー》、小さなテーブル《ノトル・プチト・ターブル》よ！、　(Adieu, notre petite table!)

と、マノンは、三つ一組のtの最後の二つのあいだの無音のeを念入りに発音して言った。この二つのtは、言葉がつまずいた最初のtのふらつくこだまとしか思われなかった。ti-te-ta。tiのiとtaのaのあいだにあるteのeは、音がごまかされるどころか、teというシラブルのおかげで一種の実体感を帯び、厚みを増し、物に変身し、形容詞の「petit」を見捨て、名詞の「table」と結びついてしまうほど十分強調される。この「table」は固体を、ごくかすかな、微風ほどの現実感すらもたぬこの「petit」という形容詞より大きな牽引力をそなえた、どっしりとした材木からなる量感を示している。こうして問題のtableはtetableやtotableに変わり、何やら知れない道具をさす男性名詞になってしまったのである。家畜小屋（étable）、祭壇背後の衝立（retable）、トーテム（totem）、飲料用もしくは非飲料用の水の出る洗面台（lavabo）――これらはみな、このさだかならぬもの、デ・グリューとマノンが別れを言いかわす部屋の一部を占めている物体であり、物であるということだけが分かっているこのさだかならぬものにレッテルを貼るため、そのとき僕の心に浮かんだ言葉である。この物はまさしくテーブルであると同時に、それをまったく別の物に変える、「petit」から引き離されて頭の部分にくっついたあの te が言外にあらわしている特殊な性質が加わった――継足し板のように――ために、いくらかテーブル以上のものとなっていたのだった。

別れの見せ場のあとに続く場面の一つはもはや寝室ではなく、サン＝シュルピスの神学校が舞台である。そこに祈禱台があるのは明らかだ（神学校とは教会のことなのだから）。祈禱台、つまり、やはり移動可能で、動かすときに、小型円卓同様、脚を軋ませたり、がたがたいわせたりする別種の家具。その背には多くの場合、一般に色あせたビロードが張ってある。同様に、多くの小型円卓には粗悪な卓上マットが見られる。けれど「tetable」と呼ばれているものは祈禱台ではないし、そのよろめくような最初の te というシラブルは、場所を変えるため床の上を曳きずるとき、小型円卓の脚のたてる音――ぶつかったり、こすれたりする音――をまさしく思わせるけれども、おそらく小型円卓でもない。僕はここで、短い黒のスータン、絹の靴下、留金つきの短靴、修道僧の白い胸飾りといった姿で、祈禱台の背に両手を置き、少し目を上げている――まるで信仰心を昂揚させるために、教会の穹窿の方を眺めているとでもいったように――デ・グリューの姿を思い浮かべる。そして、四本の脚に支えられて実際にテーブルが鎮座する部屋の空気の中に、「tetable」という言葉が断固として響くのをきく。このテーブルは、サン＝シュルピスの神学校にいるデ・グリューが、自分の唯一本当の聖遺物箱のように思いを馳せているにちがいないものである。僕はこの「tetable」という言葉をきく。

しかしその言葉をどうとったらいいのか解決がつかない、ということはよく分かっている。それはいつまで経っても「tetable」のままで、小型円卓でもなければ祈禱台でもない。この物体が部屋の真ん中にある家具であり、部屋のすべてを要約しているという事実も、この物体を喚起する言葉と、この物体自体を、別の地点、つまり、パイプ・オルガンの鳴り響く、サン＝シュルピスの教会の祈禱台のそばに移す——男の単なる記憶によって——ことができるという事実も、この言葉にこれと決まった外観を与えることができない。この「tetable」という語の魔術は、table に似ていて、動かすとき祈禱台が敷石の上でたてる軋みにそっくりの音を響かせるくせに、そして何かを意味しているように見せながらも、その実何ものも示さず、純粋の虚無や、永久に理解しえない物体に貼られたレッテルのままであるという事実から生まれているのではないだろうか。具体的な現実に対応しているように見えながら、実際には一切意味をもたないこの種の言葉の上衣の裾には、いつもいくらか物それ自体がくっついているようだ。そこから、これらの言葉が見せる啓示めいた様子が生まれてくる。なぜならそれらは、理屈からいって、もっとも形をなしえないものの表現であり、僕たちの法則の外にある世界を飾る未聞の存在の呼び名なのだから。

一つの単語という、ただそれだけの事実から生まれた、ある物体——いつまで経っても明確な形をとらないけれども、その言葉に権威がそなわっているため、やはり手で触れることができるように思われる物体——の時ならぬ存在についての感覚。この、人をいらいらさせる感覚（捕まえることができたと思うたびに、するりと逃れ去ってしまう記憶の探索のような）はたぶん、その他愛なさにもかかわらず、飢えたように絶対の探求に熱中する精神が感じるものとそれほど異なってはいない。

昔、細部をどうしても思い出せない夢を見ることがよくあった。それらは、僕が角《かど》しか知らない、しかもその角も、角度というもっとも抽象的な形でしか知らない物体のようだった。こうした角の一つが僕の記憶の中にあらわれるのだが、いくら努力してみても形を欠いたままで、いかなる物質の姿もとらなかった。僕はその角の鋭さを感じるだけだった、ちょうど、顔を見るいとまもないまま人ごみに見失った通行人が、通りすがりに僕の脇腹にぶつけていった肱のように。夢をよみがえらせ、それに形と色を返し、中心をなす――正確なありようは伝えずに――平板で生気のない幾何学からそれを救い出すこと、その主要な部分に関して僕の中に残っているすべてであるきわめて漠とした雰囲気を、新たな生命の息吹として夢に注入すること、僕の記憶が、さんざん苦労したあげくに、ほんの束の間、やっとあちこちに浮かび上がらせるのに成功した背景や人物や出来事の断片をいじりまわすこと、それらを正しい位置に据えることができたと思った瞬間に、ばらばらになるのを感じること、こうした営みをきりもなく、そのたびごとに悪化する条件のなかで繰り返すこと（というのも、雰囲気はだんだん稀薄になるか、損なわれるかするし、断片それ自体は、あまりにいじくりまわされたため、印象が弱くなるか、歪められるかしてしまい、もしそんなことをもっと続けていたら、やがてすべてがでっち上げの夢――そのうえ、実感できる内容をまったく欠いた――となっただろうから）、起床前のベッドで、浴室で（そこで僕はいつも好んで夢想に耽った）、外で仕事をしたり、食事のときにそうしたことについて考えること、どうしたってどうにもならないという確信が、吐き気というほとんど肉体的な感覚をとってあらわれるまで、吐き出してしまう勇気もないまま、すべてをたえず反芻すること、こういうことが折々、この種の夢を見たために、一日中の仕事となるのだった。

実際には針の先のごときものでしかないもの、つまりここで探索しようと企てている記憶のかなり特殊な層をペン先でよみがえらせようとするとき、僕はまさにこれと似た状態に陥っている。先が細くなればなるほどその鋼鉄の光が僕を魅惑するような、また、先が手で触れることができないものになればなるほどまさに穴を開けるのには適するような、そうしたきわめて先細の針。僕の心に刻まれたあるかなきかの溝を、すてきなレコードさながらに歌わせることだけを望んでいる優しい針。そしてこの針のおかげで溝が束の間旋律と化するときはじめて、僕はたぶんひととき解放されるのだ。

夢の場合と同様、心に残るこうした瞬間――あの存在そのもの――に肉づけをしようとするや否や、それは逃げ去り、薄れてしまう。僕が言いうるすべてのこと――当然のこととはいえ、直接呼びかけることもできずに（それに向かって大声で叫びたいのに）――は、それを現実へとみちびく――あるいは連れ戻す――ために僕が考え出すすべてのことは、きわめて空しいおしゃべりに帰する。僕は文章を並べ、言葉や言葉の綾を積み重ねるが、どの罠にも獲物はかからず、捕まえることができるのはいつも影ばかりだ。逃れ去る心に残る瞬間を狩り立てるときも、風化してしまった記憶を狩り立てるときも、僕の心という建物の正面に本物そっくりに描かれた言葉の盲窓の陰に隠れているらしい想像の対象を狩り立てるときも、僕が追い求めるのはいつも同じ獲物だ。それは、きいたことはおぼえているけれども、ぼんやりとしか思い出せない、けれど自分のものであることは知っており、それでいて他のレコードを山ときいてもついに再びめぐり合うことのできない、アメリカ黒人の音楽のすばらしいレコードという形をとって夢にしばしばあらわれる、あの貴重な唯一現実のもの。

過去のいつとはっきり位置づけることのできる記憶なのか、いま作り上げた部分がどこまでまじっているかよく分からない昔の想像の産物なのか、それともこうした考慮と探究の対象になっているのは現在そのものなのか。結局のところ、自分に割り振るありきたりの目的などはどうでもいい。というのも、僕が狩りをするとすれば、それはいつでもいま現在においてだからだ。あらゆるもののなかで、狩りがおそらく唯一心を動かすものであろう。そして夢のあとでも、書くという痙攣に似た行為のさなかでも、僕を魅惑するあの漠とした一連の異様なおののきを生み出すのは、おそらく、それ自体目的となったこの緊張した追跡であろう。

アビエ＝アン＝クール

僕たちはミケランジュ街に住んでいた。管理人は毎朝、ガス会社の社員か集金人のような、銀ボタンつきの制服を着て働きにきていたが、ポワッソンさん（M. Poisson〔魚の意〕）という名前だった。彼の子供たちはもちろん、「小魚たち（petits poissons）」だ。

玄関のようなところを通り、ガラス張りの中庭（温室もしくは水族館のような場所で、管理人室はそれに面していた）を横切り、階を三つ上がると、「おうち」だった。

長兄の部屋の一方の壁にへこみがあって、棚がしつらえられていた。そこに僕たちの持物のなかでもとりわけ、僕の蓄音器――朝顔形のラッパのついている、円筒レコード用の蓄音器――が置かれていた。僕は円筒レコードをきくだけでなく、その蠟の匂いをかぐ――ほとんど鼻をつけるようにして――のが好きだったので、よくそれをまわした。一番擦り切れているもの――つまり一番よくかけたもの――は、レコードの端《はな》で誰やらの声が告げているように、「パレス指揮」の、共和国親衛隊の軍楽隊が演奏する、マイヤベーア作曲の「『預言者』の中の聖別式の行進曲」だった〔ジャコモ・マイヤベーア（一七九一―一八六四）はドイツのピアニスト、作曲家。オペラ『預言者』はその代表作の一つ〕。このレコードは、なにか華やかなものや、楽士たちが着ていると想像していた白い革具、飾り緒、赤や金の飾り紐のついている制服を思わせる金管楽器の響きのため、僕を魅惑した。いま現在、一般に聖なるものとみなされているものが、僕の目にいやになるほど大げさで、あまりにも重々しいものと映っているとするなら、それはこの「聖別式の行進曲」のせいでもある。この行進曲の華々しさは、僕にとって、「聖別式（sacre）」、「秘跡（sacrement）」、「聖なるもの（sacré）」といったたぐいの言葉に影響を与え、こうした言葉があらわす観念に、いまは違うがかつて自分をとりこにしたファンファーレや行列を伴う儀式の様子を永久に刻みつけたらしい。

『セビリアの理髪師』の中のフィガロの有名なアリアもとても気に入っていた。少なくとも一部は外国語で歌われているのではないかと思ったほど歌詞がよく分からなかった。「一流の、一流の、一流の……理髪師」、これが僕の耳がとらえたなんとか理解できる唯一の文句だった。それは、速いうえに、筆舌に尽くしがたいほど紆余曲折して流れる小川から、なにやら知れぬ小石の群のように浮かび出てきただけに喜びは大きかった。フィガロというその名前には、僕を夢中にさせるような味があった。つまりビガロという名の、大粒で色の薄い、しかもフィガロとほぼ同音のさくらんぼの味だ。

別に好きではなかったけれど、他より興味をそそったレコードが一つある。『報告書の朗読』という、ポラン〔一八六三―一九二七、歌手。カフェ・コンセールで兵隊物の滑稽な歌をうたって人気を博した〕の兵隊物の喜劇に属する独白で、音楽的要素はといえば最初の騎兵隊のラッパだけという単なる朗読だった。

シュシェ大通りの、競馬場とオートゥイユ駅の近くに兵営があり、僕は時々、兵隊たちがそこで演習しているのを見た。白い――いや、むしろ汚れた――戦闘服を着て、皺くちゃの粗末な布地に身を包んで、不器用な様子をして。時折彼らは叉銃を組んだ。それは先端を交叉させた銃が稜になっている、風通しのいいピラミッドという風情だった。これらの図形は、文字の一つ一つもまた複雑な組合せからなる言語記号さながら、演習の行われている平面に並んでいた。それらは、動きまわっているのろまな連中と比べると、まさに繊細さの奇跡だった。

練兵場は城壁跡に沿ってひろがっていた。僕がポランの語る独白の場面を設定したのはそこだった。数百メートル下ったところ、大通りとブーローニュの森へと通ずる並木道との交叉点に、日曜日になると競馬場の芝生席に入るための回転木戸が設置される場所があった。そこは、競馬のあった翌日、はずれ馬券だの、捨てられたばら色のプログラムだの、古新聞だの、ありとあらゆる紙屑が散らばっているのを見て、母が苦情を言う場所だった。ブーローニュの森の番人たちは、いくら仕事を良心的にやっても追いつかなかった。競馬ファンの群はおびただしい数だったので、いつもなにかごみが残っていた。

シュシェ大通りの兵営には、不潔な壁や、どれもみな同じ窓や、二つの哨舎（guérites）——だったと思う——があった。「ゲリット（guérite）」、それをもっと優しく言って「グリット（Guerite）」とは、マルグリットという名の父方の従姉の一人の愛称だった。兵営の中にはとりわけ、大足で、軍帽をかぶり、口髭をはやした兵隊たちがいた。いつか自分も彼らみたいになるのだと思っていた。遠くからしか見なかったが、彼らが隊伍を組んで行進するとき、その湿ったような靴音をきくことができた。当時、フィルムに伴う効果音のすぐれていることで評判のグラン・マガザン・デュフェイエル社の映画がそれを巧みに真似たものだった。これらのフィルムは、灰色がかったり、わずかに色がついたりしていたが、大部分トリック撮影にもとづいたもので、滑稽な短い場面なり、シャトレ座好み、またはジュール・ヴェルヌの小説好みの、ひと続きの冒険の場面なりを見せたものだった。

兵隊たちが一体何をしていたのか、僕にはあまりよく分からなかった。彼らは行進したり、停止したり、動きまわったり、不動の姿勢をとったりしていた。黒い上衣を着て、赤い乗馬ズボンをはいた下士官が歩きまわり、彼らを監督し、命令を下していた。練兵場は真っ平らで全部土だった。その背景には——浜の背景に海があるように——、城壁跡の黄緑色の芝生がひろがっていた。あるときは灰色の、あるときは青い空の下、命令の叫びの無骨な鳥が飛びまわっていた。

それは「稜堡（bastion）」と名づけられている——と僕には思われた——ものの中で起こったのだった。稜堡とは、少しあとのこと、僕が保籃（gabion）でかこまれているところしか想像できなかった場所である。保籃とは、ルゾンヴィル〔ドイツとの国境に近い村。普仏戦争の戦場〕の戦い（とがった兜をかぶり、甲冑をつけた、真っ白なドイツの騎兵たちのいる）とか、グラヴロット〔ルゾンヴィルの近く、メスの東方にある村。やはり普仏戦争の舞台の一つ〕の国民遊撃隊員とか、ライショッフェン〔やはり普仏戦争の激戦地。フランス軍の胸甲騎兵の勇敢な突撃と玉砕で知られる〕の胸甲騎兵（ドイツ騎兵が顎は無毛で、唇がふさふさした髭でおおわれていたのに対し、これらの人たちは、とがった顎鬚と長い口髭をはやしていた）といった、一八七〇年の戦争の挿話が淡い色で描かれている一連のノートの表紙に見かけたような、土を一杯つめた、網代製の一種の樽であった。生気に乏しく、幾何学的な形をした練兵場は、むき出しの空間をひろげていて、そこには戦場の混乱を思わせるものは何もなく、目にするのは、戦場を馳せまわる兵隊たちとはまったく違う哀れな「軍人たち」だった。

城壁跡の土手があり、叉銃があり、二つの哨舎があり、兵営の柵があった。競馬場のニスを塗った回転木戸があり、とりわけ練兵場の象徴である「パランロワズーズ（paranroizeuse）」があった。田舎くさくて、泥くさい、雨を思わせるその名前は、シュシェ大通りという、これまたぱっとしない輸送路のへりにある、魅力の乏しい場所にぴったりだった。「パランロワズーズ」とは、白い戦闘服と、鋲を打ったどた靴と、湿ったような靴音と、鈍重な演習の要約だった。

おそらくそれは、練兵場の一方の端にある何かにちがいなかった。柵（palissade）や回転木戸（tourniquet）のような何か。「軍法会議にかけられる（passer au falot, au tourniquet）」とは、のちになっておぼえた言いまわしだった。当時は競馬場の tourniquet か、ウーブリ売りもしくは「ウエハース売り」の tourniquet〔円筒形容器、後述参照〕しか存在しなかった。これらのウーブリ売りはパリ市の温室近くの並木道で、たぶん二、三スーだったと思う手軽なお菓子を売っていたのだが、衛生上の理由からごくたまにしか食べさせてもらえなかった。「パランロワズーズ」とは、ウーブリ売りの鳥打帽をかぶった兄さんたちが持っている、大きな円筒形の容器とは何の関係もなかった。それは、一般の人は入れない公園の中にあって、決して僕が連れていってもらえなかった、密閉した大きなガラス張りの建物であるパリ市の温室とも関係がなかった。それは、熊手でよく掃除された小道や立入禁止の美しい芝生があって、長いホースを曳きずる散水人夫が呼物だった隣の公園とも関係がなかった。それ以上に、厚手の青い上衣を着、武器はといえば、木の握りのついた細い鉄棒、すなわち不法な商品を発見するのに使われる探り棒だけの、あの税関吏たちの立っている小屋近くの入市税関の柵とも関係がなかった。それは、ありていにいって、ポランの独白に出てくる軍隊にかかわる何か、思うに、時々「兵隊さんたち（pioupious）」が演習しているのを見かけた土地と有機的に一体化している何かだった。「パランロワズーズ」とは、柵や、バリケードや、市の道路清掃車や、舗装工の撞槌や、道路工夫のシャベルもしくは手押車や、実用品か否かを問わない無数の種類の品々とまったく同様の何かだった。

「パランロワズーズ」を本能的に境界画定や道路修理に関する道具の部類に分類しながらも、僕は実際にそれがどんなものなのか一向に知らなかった。ポランの真似ている兵隊自身、独白の終わりで「パランロワズーズ……俺はパランロワズーズって一体何なのかさえ知らないんだ」と言わなかっただろうか。

罰を受けた兵隊が問題になっているのである。この兵隊は騎兵だ。彼は「パランロワズーズのことを呟いた」ために営倉の刑を受け、地べたに寝なければならない。どうやらこれは、散文を書くジュールダン氏〔モリエール『町人貴族』の主人公。貴族にあこがれ、貴族的教養を身につけようとして、音楽や、ダンスや、哲学を学び、さまざまな奇行を演じる俗物の町人〕そっくりだ。だって「彼はパランロワズーズって何だかさえ知らない」からであり、そして僕に劣らぬくらい戸惑って、一体何の過ちから有罪になったのだろうといぶかるのだから。

唯一明らかなのは、彼が呟いたこと、「パランロワズーズ」を悪く言ったこと、それに刃向かったこと、すなわち忍従のすべを知らず、そのうえ、上官たちの前で黙っていることのできない軍人のように振る舞ったということである。「パランロワズーズのことを呟く」とは練兵場の悪口を言うことだ。たしかにそこには罰に価するだけのものはある。

どうやら僕は、「パランロワズーズ」が何であるかを知らない――僕のように、子供だからという口実もなく――兵士とは新兵で、無知の最たるものにすぎないという考えを漠然と抱いていたらしい。彼がこうした田舎なまりでしゃべっているのはそれ相応のわけがあってのことなのだ。たぶん、兵役を終え、洒落の分かる大人、あらゆる言葉、とりわけ「隠語」に通じる男になったときにしか意味の分からない言葉が問題になっているのだ。けれど、そこで問題になっているのは隠語ではないということは分かっていた。せいぜいのところ、二、三の隠語が呟きにまぎれこんだくらいのことだ……。

僕がきくかぎり、この言葉の音は散水車のたてる雨のような音にいくらか似ていた。それにはなにか色あせた、あるいは錆びついたようなところがあった。けれど、入市税関の鉄柵の、間隔をおいて平行に並んだ一本一本の柱の、昔は金箔のかぶせてあった尖端のような、きらきらしたところもあった。ただしそのきらめきはとても漠としていて、金箔は湿気に侵されて剝げ落ちているので、靴の底革の鋲の突起について星屑を云々するほうがましなくらいだった。一方には、心を高貴なものへとみちびくきらめき、すなわち、馬上の槍試合（tournoi）とか、高い位（pavois）に就いたフランク族の王（roi）や首長たちを思わせるようなすべてのものがあり、他方には、同じ oi という二重母音がはまりこんでしまっている、蛙が鳴き立てる泥まみれの場所、すなわちアルジェリア歩兵（zouave）のズボンとか、田舎くさい田舎言葉（patois patoisant）とか、フゥイイ＝レゾワ（Fouillis-les-Oies〔鵞鳥の集まりという意〕）の教区（paroisse）の信者たちのような様子をしたすべてのものがあった。

だいぶあとになって——しかしそのために兵役を務める必要も、ここかしこつつきまわって集めた、とるに足らぬ隠語の知識をひけらかす年齢に達する必要もなく——、僕は「パランロワズーズ」の鍵を握った。といって、道具の操作を可能にする鍵でも、柵の門をはずす鍵でもなく（道具も柵も問題になっていなかったのだから）、この言葉の説明がついたというにすぎない。「パランロワズーズ（paranroizeuse）」とは、ポランが茶化している、大きなハンカチを持つ騎兵が、愚かしい泣き言めく兵隊喜劇特有のアクセントで口にした「むだ口《パロルゾワズーズ》（paroles oiseuses）」なのであった。騎兵隊の一兵士が、「むだ口とは何なのかさえ知らないとき」、うっかり「むだ口をたたいて」罰せられたことを愚痴っているのである。これが「パランロワズーズ」の秘密だった。

ブーローニュの森や、「市立公園」や、シュシェ大通りの散歩から、僕たちはミケランジュ（Michel-Ange）通りに戻ってくるのだったが、僕の名前と似ていることを除けば、これは何の変哲もない通りだった。僕はこの通りの名の中に、いくらか形が変わり、慣れているシュー音の「ミシェル（Michel）」がミケル（Mikel）になっているものの、自分の名を見出していた。家の近所には何軒かの庭つき一戸建て住宅があった。そして僕たちの住む建物の裏には、砂利や大木のある広い校庭をもつ、ユダヤ教徒の学校である屋根が赤瓦の大きな建物があった。この場所を話題にするときには「ユダヤ人のとこ」と言っていた。ユダヤ人とは、休憩時間になって庭に出てくると、二、三人、あるいはそれ以上のグループを作って散歩しているのが見られたコレージュの生徒たちのことだった。彼らにはとりたてて特徴はなく、これら寄宿生のぱっとしない姿と、イエス＝キリストの死刑執行人だったと聖書の伝える人たちのあいだに、いささかなりとも関係があるとは思えなかった。ユダヤ人とはネイヴィー・ブルーの服を着、庇つきの帽子をかぶった、一日のある決まった時間になるときこえてくるあのざわめきの張本人たる年かさの少年たちにすぎなかった。このざわめきは、砂利の上を歩いたり、走ったりする足音や、遊びに熱中して呼びかわす声がまじったもので、これらの声の交錯が生み出す濃密な騒音の中からは、さまざまな会話が単調ながやがや声となってかすかにきこえてくるのだった。

　僕たちの住む通りは、おぼえているかぎりでは、木で舗装されていた。隣家に瀕死の人間が出たため、この舗道の上に一度藁を敷いたことがあったように思う。実をいうと、これはあまり人通りのない道で、馬の蹄の響きを和らげる必要などは少しもなかった。けれど単なる箱馬車の音だけでも、死にかけている人には苦痛だったにちがいない。それに舗道に藁を敷くとは、葬式のはじまりを告げるあの皮切りの儀式ではないだろうか。そのあとに花や花輪が開くのであり、だからこの花や花輪は、瀕死人のために敷いた藁が育ったものだと信じたくなってしまうのだ。

　時々、隣の一戸建ての家の外側にとりつけてある鈴が鳴った。復活祭《パク》（Pâques）（花綵飾りでかざられた卵を口にくわえたような、アクサン・シルコンフレックス〔aの上の山形の記号〕つきのâをそなえていて、角砂糖のように小さな乾いた音をたてる名前だ）のある日のこと、僕はバルコニーへと走っていった。プレゼントを持ってきた鐘の音だと思ったからだ。しかしこんなキンキンした響きからなにか期待できたであろうか。せいぜいが、僕の大嫌いなお菓子である薄荷入りのボンボンくらいのものだ。ところで、それは神秘の鐘の音ではなく、ただの入口の呼鈴の音だった。バルコニーにはリボンで飾った卵も、誰かが訪れてきたり、プレゼントを持ってきたりした形跡もなかった。

　プレゼントが置かれていようといまいとバルコニーは、通りの、ただしあまり賑やかとはいえない眺めと、鉄の装飾のために僕を惹きつけた。その装飾に手や足でさわるのも、さらには、いくらか埃っぽい、錆びた欄杆に唇を当て、ちょっとした金属の味をあじわうのに、舌でなめるのも好きだった。

時々、人差指でこの装飾の渦巻文を辿って遊んだ。いろいろと指を滑らせてみるのだが、なかなか思いどおりにはゆかなかった。つまり、僕と虚空とのあいだに設けられた——自身の安心と、したがって両親の安心のために——この透し彫の欄杆の少なくとも大部分を指で辿ることのできるような、とても長いアラベスク文様を発見することはできなかった。

バルコニーからは、通りだけでなく、他のバルコニー、とりわけ向かいの建物のバルコニーを眺めた。この建物は、その大きさ、窓の数の多さ、真向かいという位置のため、一戸建ての家のようなもっと遠い、あるいは単に規模が小さいだけの建物より、はるかに僕の興味をひいた。たとえ並の大きさの建物であろうと、その窓のおびただしい数にはいつも感心させられる。建物にあって興味深いのは、一見すると、中のつまった塊のように見え、たとえば大きな石や岩面みたいに、中に入りこめないといった印象を与えるのに、こんなふうに穴が開けられ、開口部が設けられ、蜂の巣のような小さな房室がうがたれていることとである。

「向かいのおうち」は、僕が何からなにまで心得ているところだった。どの階には正面部の端から端まで続くバルコニーがあるか、どの階の窓にはそれぞれ別のもっと狭いバルコニーがついているか、どの階の窓にはまったくバルコニーがないのかを、またそこに住んでいる人々が、たまたま手摺に肱をつくときには、上半身しか見えないことを知っていた。こうした上半身については、黒く、じっと動かぬイメージが記憶に残っている。派手さがなく、身ぶりを欠いているところから判断すると、ほとんどいつも老人のものだったように思われる。

僕たちの住居のバルコニーの鉄——何にでも使われ、僕がいつも過ごした部屋でもあった食堂の窓の一つの鉄——は、欄杆をひと嚙みしながら足で蹴とばすと、鈍い音をたてて、歯茎に快い振動を送ってよこした。壁にはめこまれた部分までそれが震えるのを感じた。両親は、そのうち僕が乗り出しすぎて窓から落ちるのではないかと心配して、そうしたことをあまり好まなかった。彼らは、僕の関心をひいているのが何よりもバルコニー自体であり、その外観であり、素材であるということも、装飾の中に見出すことのできる、ありとあらゆる曲折の形だけで僕の心をとらえるのに十分で、それを踏台にしてよじのぼるという考えなど思いもよらないということも知らなかった。

裏側の窓は正面のバルコニーとはまったく違っていた。それらは、露天の中庭を越えてユダヤ人学校の校庭に面しており、バルコニーはついておらず、子供たちが外を眺めるにはある種の努力を必要とした。というのも、窓台の上に跪かねばならなかったからで、この姿勢は疲れるし、そのうえ膝を折るので、長くしていると苦痛になるのだった。さもなければ、手摺と窓台のあいだに思い切って坐るよりなかったが、めまいがするし、たえず落ちるのを心配している両親からお小言をくらいかねなかった。これらの窓の手摺は鉄ではなく木でできていて、なめるとひどくまずいペンキの味がした。

家のこの裏側には、それでも、魅力がないわけではない場所が一つあった。すべて金属製の一種のデッキで、一方が台所（フランス窓だけで隔てられていた）に、もう一方が使用人用のトイレに面していた。ありきたりの柵と、それらを結びつける手摺からなる欄杆にかこまれたこの台自体は薄い鉄板でできていて、それを支える横木の上にのっていた。乗ったり、上で少し動いたりすると、足もとが揺れるのが感じられた。そこからは、長くのびた中庭全体を視野に収めることができた。右手にはユダヤ人学校の木々の茂った広い庭があり、奥には僕たちの家よりも低い隣の一戸建ての家が見えた。これは下宿屋で、そのあまりぱっとしない裏側が中庭との境をなしているのだった。もっとはるか彼方に、僕は晩になると、煙草の巻紙〈ジグザグ〉の工場の、強烈な赤い輝きを放つネオンサインを見た。この工場はオートゥイユ＝ブーローニュ駅からオートゥイユ水道橋までのあいだ、環状鉄道の線路を支えるアーケードの列が片側にどこまでも続いているあの大通りの奇数番地側にあった。この鉄道はセーヌ河を越え、タヴェルの工場街と、いまではブルジョワ的な住宅街と化しているポワン＝デュ＝ジュールとを結びつけている。ポワン＝デュ＝ジュール（point du jour〔普通名詞だと夜明けの意〕）、これは、暁間近の、むしろ明るいイメージを感じさせてもいい町名だが、オートゥイユの人たちが自分たちより貧しいこの界隈に対して抱いていた軽蔑の念のため、たそがれ時のさだかならぬ気配やいくらか怖ろしげなグリザイユ〔灰色の濃淡だけで立体感を出す画法〕の色調がその名につきまとっていた。Le Point-du-Jour, le pointe du jour〔やはり夜明けのこと〕、これは西の果て（fin fond d'ouest）であり、夜明け（potron-minet）であり、ヴォーヴェール城（diable vauvert〔近づきにくいところ。ヴォーヴェール城はパリ近郊の、悪魔が棲んでいたという伝説のある城〕）、完全な郊外地区、はじまる一日と終わる夜とがまじり合う境界、眠る人たちが夢に見る、さまざまな建物で一杯の寝室でも、建物がその高みからひと気のない車道と歩道を見下ろしている通りでも、街灯と終夜灯が消える永久に曖昧な時刻。ポワン＝デュ＝ジュール、それは、オートゥイユというぬくぬくとした真綿にくるまれた界隈が、イシイ＝レ＝ムリノーとかビヤンクールといった城壁の外に締め出された辺鄙な土地、付随車のある市電が鉄の大きな軋り声をあげて走る土地へと追いやった最果て（pointe extrême）なのだった。

　住んでいた建物の中庭を見下ろす金属製の台の上から僕はよく赤い光を眺めた。それは空の一角をあまりにもまがまがしく染めていたので、一群の赤熱した電球の作る「ジグザグ」という言葉から生まれているのだと説明されても、火事の明かりではないとなかなか信じられないほどだった。

　火事に関しては、この種の「災害」の具体的な表れである煙も、炎も、瓦礫の山も、黒焦げになった死体も知らなかったけれども、ただ消防夫だけは知っていた。僕は何度か、彼らがぴかぴか光る銅のヘルメットをかぶり、革の上衣を着、赤く塗った消防車に乗って通ってゆくのを見た。それどころか一度など、消防夫、それも生身の消防夫を間近に見たことだってあった。彼はある日、大階段の踊場に面する住居の扉の框に姿をあらわしたのだ。「心配しないで、奥さん！　心配しないで！」と、すでに僕にコートを着せて、外へ連れ出す用意をしていた姉に向かって、彼は言った。午後、母が不在で、彼女ひとりが家中の留守を預かっていたとき、暖炉の炎が建物の中に燃えひろがったからだった。自分たちの家から火が出たこと、消防夫たちの車が止まったのがまさしく僕たちが出入りする門の前だと知ったことは、なんとも妙な感じだった。普通彼らは通過してゆくだけであり、袖にいて表舞台には出てこなかった。彼らの警笛の音は、僕の関知しない表の物音の一つだった。その衣裳もまた、彼らをちょっと特別な存在にしていた。ヘルメットのほかに、真ん中に黒い縞の入っている、銅の二つの輪がついた、幅広の赤いベルトを締めていた。職業用語で「防火ベルト」と呼ばれているものだ。それに宿舎から下りるのに階段を使わず、棒を滑りおりるというあのやり方。災害と、消火ホースの筒先から棒のように水を噴出させることにかけての専門家たち、鳥のねぐらみたいなものにちがいない共同寝室の住人たち――舞台の大道具をささえる支柱の後ろにひそんでいる、劇場でのその仲間たちはいうまでもないが――は、本当に変わった習慣の持主だった。

ベルトの二つの色、ヘルメットの銅のきらめき（ジャムを煮るのに使うあの大鍋のような銅《あかがね》色ではなく、薄くて、もっとデリケートで刺激的な黄色で、その鮮やかな宝石を思わせる色は、蛇のようにうねり燃えさかる火炎の中ではひときわ引き立つのだった）、光沢を帯びた黒い革の上衣、長靴、それに加えて、ポンプ、斧、赤く塗った車、呼子、炎、煙、飛散する水といった、セット一式ないしは紋章を形作る他のさまざまな小道具。しかし、たとえ市のものであろうと、銘の入っていない紋章はない。また、商標や値段のついていないものもない。宣伝文句をうたった横断幕のない大売出しもない。乗場の表示のない駅もなければ、看板のない商店もない。僕の記憶の中にしまいこまれている、火事というとすぐに思い出すすべてのこと（ジグザグ工場のネオンの明かり、框に姿をあらわした消防夫、ピーポーという警笛）には、切手の装飾模様の上に押された消印のように、あるいは、滑稽な新聞漫画につきものの気のきいた言葉のように、短いきれぎれの言葉が結びついている。せいぜいが一連の単語の集まりであって、とても文を構成するなどとはいえない。なにしろこの鎖を作っているのは、わずか三つの輪だけなのだから。しかも三つの輪の真ん中のもの——ほとんど存在しないも同然——は単に連結の役割を果たしているにすぎない。「habillé-en-cour《アビエ＝アン＝クール》」。第一群規則動詞 habiller〔着る〕の過去分詞と普通名詞 cour〔宮廷、中庭〕（太陽王の宮廷であると同時に乞食王《ペトー》〔乞食たちが選んだとされる伝説の王〕の宮廷でもあり、かたや僕たちの建物の中庭でもある）のあいだに、前置詞の en がつつましく位置している。それは、多少なりとも輪郭のはっきりしたどんなイメージもあらわしておらず、言葉の抽象的なつなぎ目というごく控え目な役割を果たしているだけだ。

ビヤンクールで一度火事があった。ビヤンクール、つまりポワン＝デュ＝ジュールの彼方にひろがる、あのさだかならぬ空間に属する場所で。それは、父の遠い親戚、兄たちと僕にとってブルターニュ風のおじさんであり、僕たちが「プロスペルおじさん」、もしくは家の習慣に従って「P《ペー》おじさん」と呼んでいた、つながりのあまりはっきりしない親戚が家にいたときのことだったように思う。プロスペルは数年間マダガスカルに滞在していた。植民地軍の軍曹だった彼は休暇でパリに来ていたのであり、そのときの休息は当然の報酬だった。なにしろ、ガリエニ〔ジョゼフ・シモン・ガリエニ（一八四九—一九一六）、フランスの軍人、植民地の行政官。マダガスカルの総督として原住民の叛乱を平定。のち第一次大戦中、陸相となった〕の副官とまではゆかないにしても、腹心の部下として、全島を征服し、苛烈な戦闘に加わってきたのだから。とても背の高い、不恰好な大男で、彼の好きな遊びの一つは、僕の脇の下に手を入れ、腕をのばしてほとんど天井の近くまで持ち上げ、めまいを起こさせ、泣かせることだった。話をすると決まって見せる子供っぽい空威張りのほか、ある種の居候癖が彼の弱点だった。同様に、食前酒（熱帯で身につけた習慣で、そこからマラリヤも持ち帰ってきた）にも、女の尻を追いまわすことにも、ほとんど目がなかった。彼は工兵のように、あるいは、巻煙草とシガレット・ペーパーを扱うジョブというアルジェリアの商会の、当時の広告に出てくるアルジェリア歩兵のように煙草を吸っていたように思う。酒、女、煙草というかの有名な三位一体を知らない僕たち子供にとって、彼はなにより、隊長のガリエニとテントを共にして、野蛮人相手に大変な戦争をしてきた男であり、一層めったにないことだが、ラナヴァロナ女王〔マダガスカルの女王ラナヴァロナ二世（一八六二―一九一七）のことであろう。彼女はフランスとの条約に違反したため、フランス軍の侵略を招き、ガリエニによって追放され、アルジェで死んだ〕を間近で見ることを許された男だった。

背の高さや、とても日焼けした顔色や、黒い口髭とナポレオン三世風の顎鬚のほか、プロスペルにあって僕にきわめて強い印象を与えたのは、彼のダーク・ブルーの制服と曹長の階級章だった。こんな服装をした大男が重要人物でないはずはなかった。その少しあと、両親と一緒に過ごした夏休みのあいだ、外出の際、郊外の強い日差しから身を守るための必需品と思われていた、項《うなじ》覆いつきのヘルメットをかぶらされるたびに考えたのは彼のことであり、マダガスカルの酷熱の気候のことだった。プロスペルの普段のかぶり物は、項覆いつきのヘルメットでも、ましてやコルク製の熱帯地方用のヘルメットでもなく、ごくありきたりの黒い庇のついたピケ帽で、前部には海軍の錨の印が縫い取りされていた。プロスペルはまた、銅の大きなバックルつきの幅広いミリタリー・ベルトを締めていたように思う。これは軍隊風というより体育協会風のものだった消防夫たちのベルトとはまったく違っていた。体育協会風という点では消防夫その人がそうで、警察官や兵隊や曲芸師に似ている一方、いくらか煙突掃除夫、下水掃除夫、市の散水夫といったところもある雑種的存在だった。こうした実にさまざまな性質に加えて、消防夫たち本来のそれは有資格の人命救助者たるところにあった。これは、彼らの赤と黒のベルトが示していることだった。ちょうどプロスペルの海軍の錨の印や階級章やミリタリー・ベルトが、再役の軍人であり、再役を誇りにし、新たな戦闘を待ちながら、いまはお手伝いさんたちのかたわらで、経てきた戦いの当然の報酬である休暇を楽しみ、ラナヴァロナの宮廷で習いおぼえたみやびの道をごくつましいお針子たちに試みている彼の、植民地軍の偉大な隊長の忠実な副官としての性質を示しているのと同様だった。

　彼が暮らしたこのマダガスカルについては、明確と不明確とを問わず、いかなる観念も抱くことができなかった。それはあまりにも遠く、別世界に属していた。ただ、あちらにはマダガスカル人がいて太陽が照っている、ということだけを知っていた。それに比べると、たしかにビヤンクールという名前のほうには、異国とはいえはるかに明確な印象があった。というのも、果てとはいっても、ビヤンクールは僕の世界の果てにあるのであり、それに対しマダガスカルは、エピナルで出版された「兵隊絵本」という、大判の色つきの絵本の中の特別の世界としか関係がなかったからだ。この種の絵本には多くの場合、あらゆる国の、あらゆる兵種の制服を着た軍人たちの長い行列が見られるのだが、時にはボーア戦争とか、それとはまったく別の植民地征服の場面といった歴史画が描かれていることもあるのだった。

　ビヤンクールで火事が起きたときかされたとき、最初のうち僕はなんだかよく分からなかった。「ビヤンクール」、それは、工場の煙や、レールに沿って走ってゆく電車の軋み同様、天窓や、風見鶏や、中庭の彼方にひろがっている場所の名前であり、その三つのシラブルは、乞食が自分の声に耳を貸さない人々の同情をひくため揺すってみせる椀の底で、もらいものの十サンティーム銅貨がぶつかり合うように、陰気にぶつかり合う。「ビヤンクールで《ア・ビヤンクール》（a Billancourt）」、それは、むしろその独特の響きに強い印象を受け、僕が「アビエ＝アン＝クール（habillé-en-cour）」という三つの単語に変えてしまったシラブルの集まりだ。

　それは——いつもそう確信していた——、宮廷（cour）の服装のことではなかった。ラナヴァロナ女王も、ルイ十四世も、ビヤンクールという名前が連想させるものからははるかに遠かった。cour

風の服を着ることが問題になっているとしても、この服は、礼装、すなわちヴェルサイユ宮の鏡の間で、あるいは、色とりどりの布地を身にまとった黒い影像のような人たちが汗みずくになるとき、ない風を求めてやって来るバルコニーで、これ見よがしに着ている服とはいかなるものであれ共通するところはなかった。cour 風の服装をするとは、走行（course）に便利な、そして「火事だ！」、「助けて！」と人々の叫ぶ場所にできるかぎり速く駆けつけることができるような服を着ることだった。体操教師のような消防夫たちの身につける赤と黒のベルト、それこそ cour 風の服装にうってつけの要素だった。

僕はこの赤と黒のベルトについて、プロスペル軍曹が肱を体にぴったりとつけてビヤンクールに駆けつけるため、ダーク・ブルーの上衣の上に締めたように思ったのだが……。公認の救助人ではないにしても、少なくとも再役の下士官であり、マダガスカルのしたたかな生き残りである彼の、それが義務だったからだ。しかしあまり確信はなかった。ポワン＝デュ＝ジュールやイシイ＝レ＝ムリノーやビヤンクールはきわめて特殊な場所であり、消防ポンプや消防夫を活躍させる出来事はすべて、なじみの世界とはまったく外れたところで起こったのだから。

集金人の服装ではなく、cour 風の服装をして駆けつけたのは、単に管理人だったのではなかったか。あるいはプロスペルとは無関係な別の親戚、さもなければ、玄関の間と中庭（cour）を横切ったのち、三つの階をのぼって僕たちの住居を訪問していた誰かだったのではないだろうか。また、管理人の長男で、ある晩、降りる際に電車から転落したため、腫れた、血まみれの眼をして戻ってきたあの若いほうのポワッソンだったのではないだろうか。それとももっぱら消防夫たちだけだったのだろうか。そして、楽しんでいた曖昧さが消え去り、ビヤンクールだけのことなら誰も cour 風の服装をする必要なんかないはずだと認めたとき、それは消防士たちだけだったと悟ったのである。

火事は——僕たちはそのことを少しあとになって知った——リポラン工場で起きたのだ。当時、パリのメトロの駅には、大きな、ぎらぎらした色の広告が見られた。それには、白い仕事着をきて、かんかん帽をかぶった、ほぼ等身大の三人のペンキ屋が描かれていた。彼らはそれぞれリポランの缶を持ち、少し背を曲げて相接して歩み、先頭の男は壁に、他の二人はすぐ前の男の背中に、リポラン社のペンキの品質のよさをうたう数行の文句を書いているのだった。

その後、家の鉄のデッキ上から、おおよそポワン＝デュ＝ジュールの方角に、シガレット・ペーパーのジグザグ社のネオンを望むとき、僕がいつも思ったのは、工場にしまわれていたリポランのペンキの無数の缶がどんなふうに燃えたのだろうかということだった。

ポワン＝デュ＝ジュール、「パランロワズーズ」、ビヤンクール、それらは、柵であり、境界であり、果てであり、曲線を描く鉄の透し細工であり、家々とアーケードのレース模様だ。このような格子越しに、僕は何かが、夜でも昼でもないスクリーンの上に描き出されるジグザグ形の稲妻が、目配せするのをかいま見たのだった。

アルファベ

「アルファベ（alphabet）」とはまず、黄色いものであり、プチ＝ブール〔バターでできた長方形のガトー・セック〕の匂いのする、こまかい目のつんだ練粉でできていて、歯にくっつくものである。そうした匂いがするのは、オリベ（Olibet）・ビスケットのなかにプチ＝ブールが入っていた――本当にそうだったのか、単にそう思っただけだったのか――からだ。こう考えるようになったのは、もちろん、僕が読み書きを習い、綴字法についてある種の観念を身につけ、たとえば、「絞首台《ジベ》（gibet）」や「冷やかし《コリベ》（quolibet）」のべと、鹿毛の馬《シュヴァル・ベ》（cheval bai）のべとを区別することができるようになってからの話である。

「アルファベ」とは次に、形と重さをもつものである。なぜって、それは物なのだから。つまり、大文字と小文字で書かれていて、二十五文字の一つ一つをイニシャルとする例語の並べてある薄い本なのだ。ある文字は活字体になっているのに、別の字はみごとな縦線や筆太や筆細の部分をもつ草書体で書かれていて、しかも直体だったり、斜体だったりする。

「アルファベ」とはおしなべて、実際に発音する場合にせよ、声に出さないで発音する場合にせよ、とにかく口の中に入れるものであり、具象語と呼ばれ、喉と舌と歯と上顎のあいだの空洞を感じとれる内容でみたすものである。

「アルファベ」とはしたがって、厚みと固さをもつものである。線——直線、曲線、折線——の糸状の集まりであると同時に、四時のおやつに出てくるものと同様の固体であり、信者たちが触れて、食べることのできる神である聖体と同じように実体をもつものである。

「アルファベ」、僕はそれをみつめる。それは、ページの上に並ぶ一連のシンボルであり、僕の勉強する小さな本、できるかぎりおぼえなければならない、さまざまな線の構築物が黒く浮き出ている白い紙のささやかな集合体である。

「アルファベ」、僕はそれを発音する。するとすぐに、手近なものや視野にあるものの場合よりももっとよくその風味を知ることができる。

目で見るどんなものでも、その名前を発音しながら口の中に入れるならば、一層それに近づくことができる。「アルファベ」だって同じだ。それを口に出して言うとき、僕は言語そのものの一部を、エキスとして噛みしめることになるのだから。

言葉としての「アルファベ」に対し、物としての「アルファベ」が存在する。そして「アルファベ」が発音されるや否や、物としての「アルファベ」がすぐに対応する。けれど問題になっているこの物とは二重の物である。つまり話し言葉を目で見ることのできるイメージに転写する記号体系からなる、厳密に知的な存在であると同時に、それはこの記号体系が記載されている本——製本されたり、厚紙の表紙をつけたり、あるいはただ仮綴のままの——という物体としての「アルファベ」である。文字という線の軽やかな建築と、本という分厚い空間とのあいだに相互浸透が生じる。それでも両者は別々のままだ。僕は、プチ＝ブールの味のするものが、文字という、手で触れることのできない小さな梁の組合せではなく、長方形で、時には黄色くコーティングされている「アルファベ」という物体だということをよく知っている。

「アルファベ」と言うとき、僕は自分を言葉を食べる人と思いこむのだが、こうした錯覚が生じるのは、本を介してのことである。本のこの物質性は、文字の初歩を学ぶ際、僕の心の中にいつまでも底荷として残るのであり、しかもこうした文字の初歩自体が舌まで僕をみちびいてゆくのである。文字とは、舌が出した代数の答えであり、舌が分解したものの名残りなのだ。そこにはいかなる奇跡もないし、とり立てて言うほどのものもない。僕はオリベと韻が合うところからまずは味をもつものである「アルファベ」という言葉から、目で見、手で触れることのできる物である綴字教本へ、ついでもっぱら視覚の段階の記号の集まりとしてのアルファベへ、そして最後に実際に使う言葉という、耳と口を用いる物へと達したのであり、こうして円環は閉じられ、僕が半階音のたわむれから出発した味覚の器官へと立ち戻ったのである。同時に、ばら色の粘膜をもつバレリーナである舌（langue）に、その旋回や跳躍や舞台の一方から他方への移動が取決めに従って記録される、思考の舞踊の総譜であり、精神の道具である言語（langue）がとって代わったのだ。

ともに意味をもつ記号であり、味わい楽しむ口腔のたわむれであり、ひもとく本のページであることに変わりはないが、アルファベとア・べ・セ（A. B. C.）は同じものではない。アルファベのほうが高貴で、ア・べ・セのほうが粗野に見える。清潔さの度合に応じてそれぞれの位置が決まる、ということがあるのだ。灰色の手垢で汚れているア・べ・セは、あくまでも勉強用の小さな本のことであり、学校をたえず思い出させ、いつも、いくらかなりとも古いインクや紙の匂いがする。それは、こうした物質的要素――教室に残る大洪水以前の沈澱物――から切り離すことができない。アルファベのほうは飛び立つか、大股で走ってゆく。つまりそれは、フェンシングの選手の身のこなしや、翼のような花綵飾りや、段々に連なる岩を思わせる文字のことだ。ゲームの相手のように間隔をおいて並んだり、テーブルの上に投げられた、黒と白の幾何学文様からなる、変わりやすい、いくつもの面をもつ骰子のように、ぶつかり合ったり、互いに入れ替わったりする形象の集まりのことだ。

角が少し丸みを帯び、その面に一つ、二つ、三つ、四つ、五つ、六つと順序正しく穀斗状の穴がうがたれている骨製の立方体。真っ白な表面の真ん中に一つだけ目があるかと思うと、その目が四つの同じ目によって規則正しくかこまれていることも、また、二つの目が対角線の両端のように向きあっていたり（時には、第三の目が中間項として添えられていたりもする）、四つの角に接して、二つ一組の目が二組、真ん中に空白部分（そこには何も描かれていない）を作り出していたり、三つの目が二列、平行に並び、その黒い点線によって二本の稜のはっきりしない線を強調していることもある。いずれにせよ、流動する周囲からは独立した、堅固な塊である骰子は、その目のもつ六つの可能性を直截に示しており（目のそれぞれは、面が天頂、天底、あるいは東西南北のいずれに向くかによって位置が決まる）、物質界に組みこまれていながらも、自律性と可能性を失わない事物のもつすべての精彩と真実とをそなえている。「運だめし（coup de dé〔直訳は骰子のひと振り〕）」といったことが言われるのは――「青天の霹靂（coup de foudre〔雷の一撃の意〕）」、「どんでん返し（coup de théâtre）」、「神の裁き（coup de ciel）」と言う場合と同様、突然の真実の開示という含意がある――、賽筒から飛び出すや否や、幸運に、手で触れることのできる、否応ない姿を与える、骰子のもつ凝縮した性質のためである。言葉が、いくら他の言いまわし――「脳出血（coup de sang）」から「一陣の風（coup de vent）」まで、「時化（coup de mer）」から「砲撃（coup de feu）」まで、「頭突き（coup de tête）」から「突然（tout à coup）」まで――をふんだんに僕たちの前に並べ立ててみせたところでむだなことだ。僕の考えでは、これらの言葉の合金（「coup」をもとにした）のいずれも、この種の、ただし単純きわまる出来事を人に呑みこませるにあたって、「coup de dé」という同種の表現ほど人々の脳の火打石からこれほど鮮烈に火を打ち出すことはできないだろう。この種の出来事とはすなわち、煙の出ている筒形銃から発射された、三つの象牙の弾丸がテーブルの上にたてる響きであり、それにつぐ、ささやかな雪崩をひき起こしたこの三つの立方体の、表面にうがたれた黒い目をそれぞれ空に向けての――射抜かれた的のように――停止である。

骰子の「突発事（coup de tonnerre〔雷鳴の意〕）」よりも油断がならず、劇的なところの乏しいかわりに、ともかくもっと複雑なのだ、アルファベの「探りを入れる（coup de sonde）」は。しかしここではもう「coup」は問題にならない。アルファベについて語って、「一網打尽（coup de filet〔直訳は網のひと打ち〕）」という表現を使うことができるとしても、それは単なる言葉の綾によってである。というのも、骰子遊びは、トランプ・ゲーム――突発性においては劣るが、そのマークはもっと複雑でニュアンスに富んでいる――よりさらに一層危機の連続であるが、アルファベにはこうしたものは何一つないからである。アルファベはいつも白いページにおとなしく並んでおり、たとえ文字が活気を帯び、互いに結びついたり、対立したり、さまざまな流れを循環させあったり、その直線が弾丸の真っ直ぐな弾道に、曲線が旋回に、閉じた線がブーメランの往復運動やサーキット・コースに変わったとして、こうした思い違いをするのは、印刷された文字におびただしいエネルギーを注入しようとする観者――文字の中に暗喩を求めようとする者や新前の読み手――だけだ。こうしたエネルギーは、彼ひとりのものにすぎないが、それでも二次元しかない活字の世界に閉じこめられているこれら厚みのない記号に生命を付与するには足りるのである。

一方の骰子は、一気に運び去られて、運命を決する動きへと駆り立てられる、暗号つきの固体だ。他方アルファベもまたメッセージを伝える暗号だが、忍耐強く解読することを必要――文字どおり――とし、そのうえ一切が賭あるいはドラマの埒外にあって、動きさえもほとんど欠いている。一方は、白い立方体の動きが止まるや否や、僕たちの目に飛びこんでくる一定数の黒い目であり、他方は、ページから浮き出て、僕たちの視野の中でひそかに動く暗い記号である。ただし動くといっても、ページも記号も、いささかなりとも移動することはないし、したこともない。

偶然の道具となった手が生み出す骰子の目の数と、この同じ手（直接ないしは機械を仲立ちにして）があらかじめ定められた目的に従って書くか印刷した文字とのあいだにはあきらかに大きな隔たりがあり、それは、意味のはっきりしている自体完結している動作（心を決めてルビコン川を渡り、「賽は投げられた」と考えて行動する人間の動作）と、実用的で重要な目的があるとはいえ、自体は面白みのない道具を作り出す操作との違いから生まれるのである。けれどこの道具の外見は、時には、僕たちの想像力のばねを始動させる鍵、ありとあらゆる種類の植物や生物でみたされた（それは記号の典型なので、どんなものの記号とでもみなすことができるといったふうだ）広大な庭を僕たちに開いてくれる鍵となるほど、謎めいたものになることがある。それゆえ、断絶――乗り越えることができないと信じられていた――はほとんど消滅する。遊びと学問という両極端から出発しながら、運命が明確な形をとってあらわれる骨製の骰子と、思考を骨のように腐らぬものとして残し、あらゆる冒険や経験を航海日誌に書きとめるための文字ないし具体的な符号とは、それらが僕たちの運命との戦いのシンボルであるかぎりは相一致するのである。すなわち前者は、僕たちを運び去る人生の潮の、いわば予言的なイメージであり、後者は、僕たちの夢想に方向を与えるコンパスであり、さらには、もし僕たちが何も知らないままに運び去られるのを望まないなら、なんとしてでも手懐ずけなければならない風を捕らえるための罠なのだ。

もっとよく確かめるために、いま下りたばかりの言葉の坂をもう一度のぼってみたものの、残念ながら文字と骰子のあいだの注目すべき一致を何一つ明らかにすることができなかったことは認めなければならない。なぜなら、どんなものにも記号としての意味があり、目に見えるものの全体を暗号表として扱うことができると決まった瞬間から、世界の断片のいずれかとアルファベの文字とがもつ密接な関係を明るみに出そうとすることは同義反復となり、純粋な言葉の遊びとなるからである。返答に窮した場合には、その下に隠れているものを捨象し、次の事実に目をつむりさえすれば、それらには「記号」という共通点もあると、いつだって言い立てることができるだろう。ところでその事実とは、アルファベの文字は、意味に関していえば、常習犯であり、プロでさえある、ということだ……。ましてやアルファベと、賽の目の組合せを解釈しさえすればいい古代の占いの手段である骰子との相似をことさら誇張する必要などはないのである。

アルファベの文字は、しかるべき目的があって作られた記号であり、その使命とされているものを発展させることだけが眼目の記号だけれども、取決めによって結びつけられているものとは別のもののシンボルとみなす場合には、自然が生み出したどんな種類のデザインよりも、僕たちの知恵比べの練習に適している。まるで、ごく幼いころにこの記号体系をおぼえこむのにした努力のため、それについての神秘のさまざまな姿が永久に心の中に刻印された結果、読むことを知っただけではその内容を汲みつくしたなどとは、さらに、読む能力を身につけたあかつきにはきっと訪れるであろうとかつて僕たちが期待していた啓示を見出すために、もっとも深く折りこまれた襞の中にその構造を探る根拠などないとは、とても思えなくなってしまったかのようだ。

こうした次第で文字は「死文字」のままでは終わらず、秘教の貴重な樹液が限なく行き渡るに至る。この樹液は、文字をその断定の不動性から引き離し、小枝のすみずみまで活性化させる。ごく自然にAはヤコブの梯子〔創世記によれば、ヤコブはイサクとリベカのあいだに生まれた双生児の弟。詭計を用いて兄エサウから長子権と父の祝福を奪い、そのため兄の怒りを買う。母の故郷ハランへと避難の途中、野宿していたとき、天に通じる梯子の夢を見て、神が彼とともにあることを確信した〕（あるいはペンキ屋の脚立）に、I（気をつけをした兵士）は火の、もしくは雲の柱に、

Oは世界の原初の回転楕円面に、Sは小道または蛇に、Zは雷に、それもゼウスかエホヴァのものでしかありえない雷に変わる。

他の文字は、その文字が頭文字となっているある種の言葉の内容と多かれ少なかれ一体化している。Vは「禿鷹（vautour）」という言葉のために羽ばたく姿とも、「がつがつ食べる（vorace）」のゆえ飢えのために窪んだ腹とも、「ヴェスヴィオ火山（Vésuve）」もしくは単に「火山（volcan）」のゆえに噴火口とも見える。Rは「岩（rocher）」のごつごつした姿を思わせ、Bは「ビバンダム（Bibendum）」（おそろしい呼吸をしながら、ふくらんだり、へこんだりするあの肥った人形）の太鼓腹の風体を、「赤ん坊（bébé）」の唇の厚いふくれっ面を、「楽符記号フラット（bémol〔♭のこと〕）」のぶよぶよした姿をしている。Pには「絞首台（potence）」や「王子（prince）」のもつ尊大なところがある。Mは「死（mort）」や「母（mère）」の威厳（majesté）をそなえ、Cは「洞窟（cavernes）」、「帆立貝（conques）」や、いままさに割れんとしている卵の「殻（coquilles）」の凹面（concavité）をそなえている。

他の文字は、形、名前、そのある種の利用法からして、単純であると同時に悲劇的な、何らかの行為の付属物のように見える。Xはまさしくその秘密が決して理解されることのない事物の上につけられる×印であり、この名づけようもないものが生きながら車刑か八つ裂きの刑に処せられるためくくりつけられる処刑台である。Hは「斧《アシュ》（hache）」と同音で、外見はそのあいだを刃が滑り落ちる二本の支柱でできたギロチンに似ている。Yは先が二本の葉のない枝にわかれた、空に向かって聳え立つ木の幹のようであり、破壊されたギリシアの都市の、残った柱廊のただ一つの残骸のようでもある。

これとは反対に他の文字は、人目をひくことだけを狙ったさまざまな金ぴか衣裳を着て、気どって歩く旅芸人といったボヘミアン的な様子をしている。Gは袖のふくらんだ胴着をつけ、腰のところ、剣の重々しい鍔の近くか短剣の握りのあたりにこぶしを当てているフィレンツェの大貴族だ。Kは真ん中に一種のくさびが打ちこまれているかに見えるし、あるいは、鶴嘴の一撃によって真ん中をえぐりとられ、途方もなく突き出た額と顎のあいだに口が深くひっこんでいて、鼻の穴の下品な妖精カラボス〔悪事を働く、年老いて、醜く、とりわけこぶのある妖精〕の顔さながら、いまでは損傷を受けたかのような顔とも見える。Qは優しい言葉遊びの愛好者のような、丸い、陽気な顔をし、ネクタイの小さな結び目の上に二重顎をのせている。Qは発音するとき、最初真ん丸だった尻を左右にわけ、あいだに深い溝を刻みつけた斧の一撃にも比すべき鋭利なところのある文字でもある。Wは「路面電車（tramway）」だの、「その運転手（wattman）」だの、「車輛（wagon）」だのといったアングロ＝サクソン系の言葉を思わせる。そして機械の部品のような様子をしているため、近代のすべての交通手段と結びつく。

最後にいうと、ある種の文字は構成が比較的無性格だ。Dは肥りすぎの男、Eは鉤形に曲がった枘《ほぞ》、Fは張出し窓、Jは釣針か、逆さにした司教杖、Lは脚がなく、背もたれだけが地面に真っ直ぐに立っている椅子だ。Nにあってはジグザグ形の装置が始動している。Tはアーキトレーヴをひとりで支えている柱、Uは底が丸い壺の断面である。これらの文字では、形だけが役割を果たし、視覚だけが関係している。文字はそれが深く結びついている言葉から何一つ掠めとっていない。そして、スー音がその蛇のような形（serpentement）と一致しているS、切り立つ岩（roc）のように突っ立っていると同時に、ごつごつして、荒々しい、岩の転がるような音（roulement rauque et rocailleux）を響かせるRは、空気をひき裂く敏捷な（véloce）飛翔（vol）であり、その震える（vibrante）刃を他の文字のあいだに突き刺している、先端がはがねの剣であるVの場合のようには、それが書き記すことを役目としている音とも一体化していない。

こういうわけで、アルファベの中には由来のさまざまな諸要素の出合いがある。まず第一に、文字の組織であるアルファベは、目に働きかけてさまざまなイメージを提供する視覚的記号のカタログである。一方、言語の転写を機能とするアルファベは、言語を形作る音声上の諸要素とも一致し、この事実によって聴覚にとっても価値をもつものとなり、その文字の一つ一つは、実際のあるいは想像上の音の形のうえでの同一物となり、もはや視覚だけを引きよせる単なる形ではなくなる。最後に、事物や観念の音声上の記号である言葉を書き写す手段としての文字は、これらの事物や観念との太古以来の交渉から、知性を動顚させるような何ものかを次のような錯覚の結果、いくらか授かる仕儀となる。その錯覚とは、話し言葉が作り出される際、それを事物の真の性質にふさわしいものにするために介入した神の摂理が、書き言葉の際にも同じように働いて、恣意的に選ばれたにすぎない文字を、事物の本質とそれ自体きわめて親密な関係にある（これは大昔からのことだ）言葉の衣服に、いやそれどころか体そのものにしたのだというものだ。

たとえば「峡谷《ラヴァン》（ravin）」という語がvという音を軸としているのは、vという音が鋭利な（coupant）性質をもっているからであり、峡谷《ラヴァン》そのものが断層（coupure）だからであり、したがって、この子音を中心にして集まった言葉によってあらわされるのが宿命だからである。同様に「死《モール》（mort）」という語にあって、唯一の母音であるoの音は屋根のついた回廊の端から端まで鳴り響く鐘の音のように引きのばされるのであり、一方、この母音をあらわしている円は、言葉のまん真ん中に、トンネルの入口や、下水溝の口や、反響するこだまを伝えるあらゆる種類の地下の通廊のはずれさながら、ぽっかりと口を開けているのである。

「峡谷《ラヴァン》」と「死《モール》」を要約したような「深淵《グフル》（gouffre）」という言葉もある。それは驚愕をあらわすhou... という破裂音ではじまる。この押し殺された叫び――その前のGは明確なシラブルとみなしうるものを作り出しているとはいいがたい――に二つのFが続く。これは、調子を強めることを指示する楽譜の記号と同様、二つのFによって示された一種の恐怖のフォルティシモ〔きわめて強くを意味する楽譜記号ff〕をなしていて、はずみがついてますます加速する落下のイメージを描き出す。

これに反し「静寂（calme）」という語は、湖（lac）の穏やかさ（placidité）に比すべき構造をそなえていて、全き静けさをはっきりと示している。真ん中のLは、Mの起伏（vallonnement）と小さな農家（cabane）のどっしりとした立方体（cube）を思わせるcaというシラブルのあいだに、一本の木をぽつんと聳えさせているのである。

こうしたたわむれはきりがないだろう。そしてもし僕が、すべては結局トリックであって、読み書きをおぼえ、聴覚と視覚のためのこれらの記号を一定の目的（実用的なものであろうとなかろうと）に従って使うことを知って以来、完全に人間の意思伝達の道具と化して、言語が失ってしまった威光をあとから授けているのだということに気づかなければ、こんなふうに、辞書の中のたくさんの言葉を一つ一つ、平気でいつまでも再びとり上げることだろう。というのも、言語は、人がそれに対して何を望もうと、彼方の絶対者の使者が僕たちに送ってよこす暗号電報でも、事物の私生活を調べるために僕たちの閲覧する調書でも、僕たちの思考がとらえるありとあらゆる要素の特徴を具体的に記した個人カードの集積でもないからである。言語は、そうしたものよりはるかにつつましく、むしろひと揃いの釘と柄に比すべきであろう。つまり頭の中の倉庫に入っている無数のばらばらな素材を組み立てて、まとまりのある全体を作り上げる、金物の些細な道具なのだ。家という大きな機械を維持するためのささやかな仕事に父——といっても、凡庸な日曜大工だった——が使っていた、金槌とか、ドライヴァーとか、ペンチとか、たがねとか、木の折尺とか、大小さまざまな鋲とか、針金とか、ピートン〔頭が環状または鉤状の釘〕とか、やっとこに感じたのに似た魅力をもつ、道具箱に入った一式。そうであれば、僕はせいぜいが、先史時代の事物がえてして僕たちの目に神秘なものと映る、といった程度の神秘を言葉に託することになるだろう。こうした事物はやはり道具にすぎないのだが、磨滅のためと、成立ちやかつての使用法についての僕たちの相対的な無知のために、後光をまとって見えるのだ。ちょうど、どの国にもいる単純な人たちが、人間の手の加わった小石を空から落ちてきたと信じ、磨製の火打石の斧を「雷石〔隕石のこと。雷がもたらすと考えられていた〕」と名づけるのと似たようなことだ。

「道具」という言葉を口に出す。すると、「道具箱」が思い浮かぶ。それは道具を入れる容器とみなされている、白木でできた平行六面体だ。道具といっても旅行用のそれではなく、錠前と「フィンガープレート〔ドアノブ周辺の金属板〕」をそなえ、ガスや電気で照明され、場合によっては水道管を引いた部屋（台所、浴室、化粧室、トイレ）もある一戸建ての家かアパルトマンで定住生活を送る際、たえずしなければならない何くれとない仕事に不可欠な道具一式のことだ。この「道具箱」の中にはささやかな暮らしをする人間の用具一式がしまわれているのだが、彼の生活も同じように、アパルトマンの場合なら抽斗、一戸建ての場合なら箱を思わせる、それ自体ささやかな場所にしまわれているのである。こうした道具一式――あるいは装備一式――のことを思うと、とてもみち足りた、安らかな気持になる。昔、限られた大きさの中に生活の実際と理論に絶対必要な品物と知識がつめこまれている一種の必携袋のことを夢見たものだ。子供のころ、看板に刻まれた文字という形で物質化したアルファベの文字（鍵のなかの鍵だ。なぜって、本の世界の錠を開けてくれるのはこれらなのだから）を見たとき、もっと具体的にいうと、他の銘柄の（あるいは単に他の種類の）ものが星や多少とも長い糸の形をしているのに、一つ一つがアルファベの形をしている、ブイヨンに入れるパスタという食べられる文字の形でそれを見たとき、こうした夢がいくらかみたされるのをおぼえたのではなかっただろうか。

かなり柔らかくて、白っぽい材料でできていて、ポトフの香りがすると同時に、独特の風味ももつA、B、C、Dを食べることは、一つ一つ食べる場合――口に入れたとき、どの字であるかを確認しながら――にせよ、匙一杯にすくってひとまとめにして食べる場合にせよ、いくらか呪術に類する行為ではないだろうか。知恵の実を味わい、秘密の絵姿そのものを食べ、神のようになることではないだろうか。たとえその結果、結構な消化不良（あまり食べすぎたために。こうして昔を回顧していると、この過ちを当時の僕の意地汚さのせいにしたくなるのだが、実はもう少しましな動機のせいなのだ）になったとしても。ともあれ僕は、気分が悪かったうえに、ポタージュを少し余計にあまり急いで飲みこんだせいであろうか、テーブルクロスの上と近くにあった深い大型の籠の中に、突然、消化できなかった多量の文字をもどしてしまったある晩の驚きをおぼえている。もっとも、このような出来事が象徴的にどのようなことをあらわしているのかを意識したわけではまったくない。それらの文字は、大きな日刊紙の大見出しほどではないにせよ、少なくともサブタイトルを印刷するのに使うゴシック活字くらい、はっきり読みとれるものだった。

　ビスケットの味のする「アルファベ」という語同様、多少とも全体が丸みを帯びた形に作られているこのパスタは、言語（僕たちが口の中で彫刻を施さなければ、実在のものとはならない）の主要な特徴の一つが、食べられるものであり、味わうことのできるもの——唾液とまじり合い、舌と歯でこねられて——だという観念を僕に植えつけるのにひと役買ったのではないだろうか。「ずけずけ物を言う（ne pas mâcher ses mots〔直訳は言葉を噛まない〕）」、「口汚い（être mal embouché〔直訳は口にちゃんと銜えられない〕）」、あるいは、「辛辣な（amer〔苦いの意もある〕）」、「きびしい（aigre〔すっぱいの意もある〕）」、「いやに愛想のいい（sucré〔甘いの意もある〕）」、「心にもない（mielleux〔蜜の味のするの意もある〕）」言い方をする、といった言いまわしはそれぞれに、すべての人々の考えのなかで言葉がいかにその誕生の場所である口腔と結びついているかを示している。

　論理の観点だけからいえば、アルファベは視覚の分野に属するのに対し、口から出て、耳へと達する音である母音と子音はたしかに聴覚の分野に属するが、またある程度は味覚にも属している。なぜなら、喉という洞窟の中で醸成され、錬金術用の蒸溜器の中でのようにとろ火で煮られる神々たる母音と子音の肉体を形成する軽やかな動きが生まれるのはこの洞窟の中であり、舌という石筍が交互に上がったり下がったりする口蓋の丸天井の下でのことなのだからだ。文字という視覚の万華鏡に、聴覚の万華鏡を、さらには味覚の万華鏡さえ結びつける――それが僕たちを楽しませるならば――のを妨げるものは何もない。快楽が完全なものになるのにあと不足しているのは触覚と嗅覚だけだ。

味覚に関していえば、文字があらわすさまざまな音のなかで、それを満足させるのは子音よりもむしろ母音であろう。干しえんどうのピューレを思い出させるa、じゃがいもを思い出させるo（量の多いのがよしとされ、口一杯頬張るのが好まれる二つの重い料理）のような濃厚な母音と並んで、パンを思わせる、単なる付合せの母音であるeや一連のéのような中性的な母音がある。もっと酸味が強く、軽やかなiとu、前者はレモンの、後者は青野菜の味がするようだ。一方、肉ということになれば、子音に頼らなければならない。子音は母音よりたしかに物質性に乏しいが、子音だけが、大方の植物食品（果物を除いて）より動物食品の中にある、濃密で、強烈で、特色のはっきりしたものを喚起するのに必要な筋肉組織をそなえているのである。

嗅覚に関していえば、フランス語においてan、en、in、un、onといった文字群で示される「鼻母音」といわれる母音を、まずは手はじめに別にしておこう（呪うべき言葉遊び！）。これらは身体器官（排泄とか分泌といった……）そのままの臭いをもっていて、味の分野にあっては、チーズとか、シチューとか、シュクルートとか、寝かせて風味を出したジビエとかいった料理に相当する。花の匂いはiとuに求めるべきであろう。一方、他のなかば自然の香りの一部は、アルコールや発酵飲料に関するすべてのものに結びついているfとv（おそらく「酵母（ferment）」や「ワイン（vin）」といった語のせいで）のような子音によってあらわされることになろう。

触覚に関していえば、形のはっきりしない母音に比べ、子音は対照的といえるだろう。あるものは、角が鋭く（j、l、m、n)、またあるものは、程度はさまざまだが、割れた鉱物の不規則な角を思わせるkとgのように、とがるか、角ばっている。s、x、zはゆるんだばねであり、b、d、p、tは剣で突いたり、切ったりし、rはやすりをかけたり、削ったりする。fとvは研ぎ澄まされた剃刀に似ているかと思うと、爪先でこすると鳥肌のたつビロードの曖昧な柔らかさを思わせもする。一方半母音のwはなにかさわるとべとべとするものの観念を与えるようだ。料理の観点からは、蜂蜜、バター、一群のアントルメに似ている。他方y――もう一つの半母音――は断固として個体から遠ざかり、泉の湿った爽やかさや、眼を曇らせる涙や、歩道を洗う洪水のような雨に近づくだろう。

ここでは楽しんでばかりいる。こうした一致のなかで、僕がまじめにとっているもの、すなわち、明白で、否応ないと思われるものはほとんどない。それでも、この方面には探すに足るだけのものがあるように思われる。lとrのような子音が普通「流音」と呼ばれるのは無視することができないし、軽いyを伴うすべての子音に対し「湿音化」が云々されるのも偶然ではない。同様にたぶん、僕たちがある種の子音を発音するときの動きと、ある種の料理を食べる際にする動きとのあいだに、一つならざる類比を指摘することができるのではないだろうか。同じく何世紀ものあいだ、神秘学と詩学の面でしか正当化されることのなかった音と色彩との一致の大部分に合理的な根拠を与えることによって、人々がこうした関係をついに明確なものになしえたのも、客観的なデータにもとづいてのことである。

僕が言語の諸事象に対して抱く単なる特殊な好みに、論理的な理由を与えようとしてみたところで、本当の話、一体何の役に立つというのだろうか。自分はだまされていない、僕たちが話をするために利用する音声の手段も、物を書くのに使う一連のシンボルも、それ自体の意味――各言語において、取決めがそれらに与えている意味とは別の――をもっているわけではない、といくら断言してもむだだろう。たえず自分に課そうとした枠組から逃れようとするだろうし、一切が実際に啓示の手段であるかのように言語を扱う口実となるだろう。言葉とたわむれるときの僕の喜びが大きければ大きいほど、こうした言葉遊びのなかに決定的な経験を見ようとする傾向はますます強くなるだろう。まるで僕は、自分の遊びが単なる遊びにすぎないことを甘受できないかのようであり、そうした遊びにほとんど宗教的といえるような重要性を付与しないかぎり、十分それを味わい楽しむことができないかのようだ。

表現手段でしかないものに感嘆するこの自分の態度のなかに、読むことをおぼえ、他のすべての諸学問のとば口を手探りで進んでいるとき、進歩するにつれて、事が次第に単純になってゆくどころか、驚きに驚きを重ねるばかりであった子供のころに身につけてしまった癖を認める。

というのも、読み方を教わる子供にとって、驚くべきものは単に文字の形だけではないからである。もしこの子供の心にいくらかでも神秘的な傾向があるなら、自分に質問を課するのが好きな子であるなら——あるいは、勉強の途中、単にそう仕向けられるなら——、謎の最初のハードルを越えたとたん、次のような真の難問が生まれるだろう。すなわち、もはや文字それ自体ではなく、綴って書く文字の集まり、ba、be、bi、bo、bu のような、まったく意味のない、印刷書体を用いての、音の粒子の形成が課する問題である。最初、このような音の粒子をあとで解読しなければならない書かれた言葉を形作る素材だと想像する。しかしやがて、それらは実際には抽象的な要素であり、「読み方」だけのシラブルであって、知っている言葉であれ、既知の語彙のなかの言葉に次々とつけ加わる——新たにみつかった親戚であるかのように——新しい言葉であれ、そうした言葉を形作るために結合することが決して——あるいはほとんど——ないことに気づくのである。

実際、綴字法と呼ばれているあの奇妙な原理に従っている法典、おかしなゲームの規則、面くらうような信条が存在するのである。それによれば、たとえば o と発音される音は「eau」あるいは「haut」と書かれるだけでなく、ちょうど色とりどりの積木を組み合わせてさまざまなものの形を作り出すのと同じような具合に、最初習った一音綴を組み合わせてみても、実際の言葉を作り出すことが――稀な例外を除いて――できないのである。初歩読本はその最初の数ページ（けれどそこに見られるのは、ごく簡単な練習問題だけだ）において、少しの変更も加えずに、その本来の要素だけをつなぎ合わせて作った文章というものをほとんど示すことができない。「de la pâ-te de ju-ju-be〔咳止めの練薬〕」は少しも余計なものを加えていない（a のアクサン・シルコンフレックスを別にすれば）、しかも、同じ音をあらわすのに一つだけの文字の代わりにいくつかの文字を使うことで分かりにくくなっていない、僕のおぼえているかぎり唯一のセンテンスだ。

それでも、これに加えて、他の文字の（あるいは他の文字の組合せの）模造品であって、特別の位置を占めてはいるものの、その用途のよく分からないいくつかの文字がなかったならば、こんなことは大したことではないのだ。実際、ある種の言葉は尋常ならざる何か、思わぬ噴出によって地殻をひび割れさせたり隆起させたりするたぐいのとりわけ重要な何かを隠しもっているので、それを示す何らかの印が必要だという理由でもあれば話は別だが、さもなければ、これらの文字が何のために必要なのかは正確には分からない。

トレマ〔母音字の上につく二つの点のこと、ä、ë、ü など〕のついた文字――きわめて特殊な甲高い響きをもつ母音をあらわすように思われる――のほか、スペルを言うとき、「セ・セディーユ（c cédille〔ç のこと〕）」と規定されたり、「o と o の中の e〔œ のこと〕」と名づけられたりする文字がある。これは eu の模造品だ。ちょうどセ・セディーユが、母音間に位置を占めていないときの s という子音の模造品であるように〔s は母音間にあるとき [z] と濁って発音するが、そのほかは ç と同様 [s] と発音する〕。

下に付属物のあるÇ（この付属物は、豚の小さな尻尾か、ミケランジュ通りとオートゥイユ通りの角にある雑貨屋の主人が、商品を日差しから守る日除けを操作するのに使うハンドルを思わせる）は、このセディーユをそなえたため、改造された道具のような印象を与える。セディーユはCに固有の性格を与え、ある種の場合にはその価値を変え、それを軟子音のcに変貌させ、Kの等価物ではなく、Sの模造品に仕立てあげる〔cはa、o、uと子音字の前で[K]と発音するが、セディーユがつくと、そういう場合でも[S]という軟子音になる〕。Œに関していうなら――これは、「卵（œuf）」、「眼（œil）」、「結び目（nœud）」、「牛（bœuf）」、「食道（œsophage）」（この言葉は冠詞がつくと妙なことになる。「l'eusophage《ルゾファージュ》」とはきこえず、「les intestins《レザンテスタン》〔腸〕」や「les entrailles《レザントライユ》」のように、「lesophages《レゾファージュ》」ときこえるからだ）といった言葉の中に見出される――、この、渦巻をそなえ、解きがたく結ばれ、絡みあい、互いに相手のとりこになっている二つの文字からなるŒに関していうなら、それが喚起するのを使命としているかに見えるのは、迷宮や、原初のカオスや、内臓の深みのもっとも暗い襞の中にひそむ生命の、まださだかならぬイメージである。青年になると人々は、オイディプス（Œdipe）やフィロポイメン（Philopœmen）といったギリシアの英雄たちの名前の中に、この文字を認めるようになるだろう。そのときには、彼らのもつ古代的で、エキゾティックなものをあらわすであろう、ちょうど、ラテン語の勉強が開いてみせてくれた、青銅と水晶の音がかたみに響くあの遠い古代世界に一気に入りこむためには、「ばら（rose）」を意味するrosaを語尾変化させて、rosæ〔rosaの与格。ばらの、ばらにの意〕のÆを言うだけで十分であるのと同じように。

二つの文字の結合から生まれたこれらの文字――とりわけ、人間の腹や重畳する部分とにより密接な関係をもち、Oという字の丸い感じや、その濃密な響きのため、ÆよりたしかにもっとE内臓的なŒの対極に、Ï、Ü、Ëがある。神秘的な姿で空中に浮かぶ双子の点のトレマは、こんなふうに傲然と孤立しているこれらの文字の特異な性格を示している。これらは、まわりを取りかこむものを考慮に入れないで読まなければならないが〔トレマは複母音字を別々に読めという印。たとえば、oi は一般に [wa] と発音されるが、oï は [ɔi] と発音される〕、Ëの特別な場合にあっては、無音のEの奇妙な変種なのだ。たとえば「毒人参（cigüe）」という語（「cigue《シグ》」ではなく、「cigu《シギュ》」と発音される）にあっては、外見は穏やかなこの花の中に、毒の鋭い切っ先が隠れているのを示すためだけにつけ加えられているかに見えるのである。もはやここでは、生と死の奥義を示す、迷宮的な、あるいはゴルディアスの結び目のような文字ではなく、guë におけるように、先立つ u がその絶対値を失っておらず、g が喉音であることを示すために、それに人工的に加えられる単なる慣用文字ではないことを僕たちに示す ë にせよ、他の母音のあとに浮かび上がって、その母音からイアテュス〔母音接続。géant の [ʒe] と [ɑ̃]。フランス語では耳障りなものとしてきらわれる。それを避けるためエリジオンその他の方法が採られるのが普通〕の苛立たしい空虚によってはっきりと隔てられている ï や ü にせよ、それぞれ純粋で鋭い音をあらわす文字が問題になっているのである。トレマの二つの点を戴いている――あやしげな権力の印のように――このあとの二つの文字からは、幼年時代において、言語の沼地から立ちのぼる鬼火と幻を横切って僕が辿ることになったいくつかの異様な道程が生まれている。

初歩読本の段階が終わって読み方を習った最初の本は、通っていた寄宿学校の特別「思想穏健な」性格にふさわしい小さな聖書物語だった。それは創世記からはじまっていた。「神、六日で世界を創り、七日目に休み給えり。」そこでは、光と闇とがどのようにわけられたのか（「光あれと言い給いければ、光ありき」）、天空にいかにして太陽、月、星がかけられたのか、さまざまな動物がどのようにして創られたのか、「空を飛ぶ鳥」、「水を泳ぐ魚」、そして最後に人間がどのようにして創られたのか、が語られていた。神は自分の姿に似せて人間を創り、アダムと呼び、つれ合いとしてイヴを授けたのだった。僕がこの文章をたどたどしい口調ながらはじめて判読したのは、春か夏のある朝、むっとする、あるいは灼けつくような暑さのなかだったのではないだろうか。というのも、僕は女の先生、天使のような忍耐力で読みの間違いを直してくれていた人に、「眼に日が入るんです」と、どうやら悲しみから眼に涙を浮かべて言ったからである。僕は、こうした間違いをあやまろうとしたのだが、その際、窓の近くに席が与えられていて、眼に当たる光が強すぎて眩しいのだという事実を、こんなふうに言い訳にしようとしたのだった。この瞬間になしつつあった宇宙の発見は、心の中ではじまった知識の創世記と並行するものであり、僕の読んでいる世界創造の物語は、自分の中で生まれつつあったものの物語の、つまり、神がその永遠の高みから事物の最初のたどたどしい歩みを司り、原罪の舞台となったあの園——あるいは運動場——に人間と動物だけを残す前に、教訓を繰り返し教えこんだのと同様、僕の読み方を指導する女の先生の抜かりない目の前での、知恵の最初の礎石の据付けの物語の、別の面での展開のように思われたのだが、それでもこうした宇宙の発見に関し、自分の眼をとり巻くまだ真新しい環境を引合いに出すのは、あるいは不釣合いだったかもしれない。それにしても世界のはじまりにおける自然と人間の形成の物語であり、世界の幼年期のかくも古く、粗削りなア・ベ・セである創世記ほど、子供の精神の形成に心憎いばかりにふさわしい読み物があるだろうか。

太陽の光——ガラス越しに、僕が読んでいたページをぎらぎらと照らして——が実際に眼を疲れさせ、涙を滲ませ、視野を曇らせて、ただでさえむずかしい判読の仕事の邪魔になったにせよ、それとは反対に、勉強のむずかしさからきた困惑がこの涙の原因で、目をページから離して窓の方へ向け、勉強から逃れようと外を眺めたとき、たまたま眼が太陽光線とぶつかっただけのことだったにせよ、僕たちをとり巻く世界の起源と、自分たちが従っている法則の起源が語られている、短い、簡潔な数行の文章が目に入ったのは、涙のヴェールを通してであり、虹色の透し文様と一緒になってのことである。そして、人間は「額に汗してパンを稼ぐ」義務に従わなければならず、心配と努力なしには何一つ得ることができないように、ほとんどはじめから定められているという聖書の文章が明示されたのは、このようにまず最初、読み方の苦労を通してのことであった。このあと幼年期の地上の楽園——僕が周囲の未分化のものたちとほとんど対等の暮らしをしていた至福の垣内《かいと》——を追われて、小学校の先生という世俗の大天使の鞭撻を受けつつ、物を命名するすべに習熟することを手はじめにして、あの自分に対するきびしい戦いをはじめることになるのだった。無邪気に勉強にいそしみながらも僕は、教えこまれる印刷された言葉の一つ一つが、実際に物を支配する力を自分に与える手段であると同時に、物を別々にするための、また、それらを周辺に追いやり、僕という中心点に対するそれぞれの位置を定めることによって——一家の主人が客たちの名前を書きこむ長方形の白いボール紙さながら——、それらを自分から切り離すためのインクの輪ないし溝でもあるのだ、ということを知らなかった。くわえて、そのような区別が将来生じるかもしれないことを予想するには、知恵の木の実をまだほとんどかじっていなかったのだ。そして言葉にとても魅惑されていたので、一行読むごとに、自然のある広い一面をはっきり理解できるような気がしたものだった。言葉が正確にはどのようなものであるかを知るのは、のちになってからのことにすぎない。僕は、言葉が物の顔立ちそのものの上にわかちがたく貼りついて、物と自分とのあいだに初歩的なコミュニケーションを作り出すように思われた時期の古い、あやふやな思い出としてしか、もう言葉を思い返すことがないだろう。「神」は少しずつ、たとえば、父のものであり、肖像画みたいに彼にそっくりだと思われた「ウージェーヌ」という名前と同じくらい明白な名前ではなくなってゆくだろう。「アダム」はもはやまぐれにしかはまむぎや歯ブラシ（こうしたざらざらしたものは、原始人、あるいは彼が腰に巻きつけていた毛皮からの連想）に似ることはないだろう。「楽園」はほぼ完全にアスパラガスの風味を失うだろう。この風味は、地上の楽園とは腐植土のいい匂いがする菜園みたいなものだと思ったことと、パイプ・オルガンの管やモーヴ色の炎を戴く蠟燭みたいなアスパラガスの束の形が、おごそかな白い長衣にすっぽりくるまれ、肩に虹色の羽がはえている天使たちを思わせるところからきているのだ。僕の読むすべてのものが神の言葉、すなわちその絶対の真実性に疑問を差しはさむことが許されない、文字どおりの「不動の真理」であったこの時期はやがて、あまりにもはかなく過ぎ去ってしまうだろう。あのころ、神が御言葉であり、言葉が神であり、この神が万物の中に具現していたのは確かだ。けれど現在では、そのしっぺ返しに、「神」とはもはや言葉の問題、他の言葉のなかの一つの言葉にすぎなくなり、僕と思考と言葉と物とはそれぞれ別々の道を行くかのようである。

言葉巧みな蛇のささやきを信じ、りんごを食べ、罪（péché）（罪体（corps du délit〔犯罪の対象である物体〕）となっているのが「禁断の木の実」であるところから、桃（pêche）に近い名前をもつ）を犯したため——言うことをきかなかったせいで罰せられた二人の子供のように——、アダムとイヴは緑の茂みである楽園を追われた。僕はこの楽園を、「イギリス式」と呼ばれる庭園の中にあって、自由と野生の観念を呼び起こすのが役割の、型どおりの木々の植込み（小さな森ともいえないほどの）のようなところだと考えていて、原始林だなどとは思ってもみなかった。悪いことは重なるもので、やがて両親の過ちに、長男カインのそれが続いた。このカインというのは、その運命を告げるような名前だ。なぜって、美しくて善良なアベルの温厚さとは打ってかわった彼の意地悪さ、陰険な性格、火打石を思わせる、人を傷つける冷酷さ（dureté〔固さの意もある〕）のすべては、小石《カイユー》（caillou）よりももっと圭角的なこの「カイン（Caïn）」の中に含まれているように思われるからだ。「caillou」という語が、最初どれほどごつごつしたものに見えようと、長いこと流れに運ばれているうちにすっかり角の丸くなった川石のように、しまいには湿って、滑らかで、ほとんど柔らかい何かに変わってしまうのに対し、「カイン」という言葉の a-ïn という語尾は敵意のこもった軋み——先がとがって、圭角のある固体が、やはり先がとがって、圭角のある他の固体とこすれ合う音——をたてる。

「Caïn」の中のïの上についているトレマは、めくれた唇から他の歯よりも突き出ている二本の犬歯をのぞかせた一種のひきつり笑いを思わせる。しかし「Moïse《モイズ》〔モーセのこと〕」となると、同じ記号がとても違って見える。けれど僕は、人々を約束の地へと連れていったこの預言者の名前の中にそれがあるとはすぐに気がつかなかった。しばらくのあいだ、「Moïse」は「Moisse《モワス》」と読むのだと信じていた。そしてちょっと地理を知るようになってからは、この言葉は「セーヌ＝エ＝オワーズ（Seine-et-Oise）」といういかにも爽やかな名前のこだまのようにきこえた。そこは、もっと田舎びた地帯のセーヌ河沿いの人口密集地帯をとり巻いている県で、緑豊かな土地が多く、セーヌ河だけでなくその支流のオワーズ川までが潤している。正確に発音した場合でさえ、「Moïse」の中には冷たい川の流れと柳の木のしなやかさが見出される。子供の預言者が捨てられて、川の流れのままに運ばれてゆくのは揺り籠〔モーセはヘブライ人に対するエジプトの迫害政策のため両親の家で育てられず、パピルスで編んだ籠に入られてナイル川の岸に捨てられた〕——樹脂か瀝青で目をふさいだ籠——の底に入れられてのことだからである。彼が入れられたのは「moïse〔籐製の揺り籠〕」——この名詞は現在、ある種の揺り籠をさすのに使われるのだから——の中なのだ。名前が岸辺にはえている芦のしなやかさや水の流れの滑らかさを思わせる、籐を編んだこの小さな寝台にねかされて、彼は水の変転に委ねられたのである。「Moïse」という言葉自体が、僕の心の中でいつまでもこれほどまでに生気を失わなかったとするならば、——多くの分枝にひっかかりながら——その理由はたぶんこのずれにあるので、このずれは、僕が「Moisse」は間違った発音だと気づいて、最初の読み方を改めたとき、身にしみてそのことを感じさせてくれた。この二つの語——それぞれが相手のねじれて歪んだ反映のように見える「Moïse」と「Moisse」——は、ささやかな差異そのもののおかげで効果が倍増している。病変や顰めっ面のような外観を帯びているこの差異は、こうして突き合わされた二つの言葉が互いに相手の戯画となっているように思われるとき、その響きのいい内容を人にこれまで以上に感じとらせずにはいないのである。この効果のすべては——ひとたび「Moisse」が誤りと認められ、その後とり消されて、無効に類するものとなってからは——同時にさまざまな響きを帯びていて、そこから他の語を派生させる「Moïse」一個に集中する。すなわちモーセの揺り籠は、ナイル川に浮かぶのではなくて、いまやオワーズ川の上を漂うのであり、そしてこの川——それが潤す県同様——は揺り籠の材料だと僕の想定する柳の木（osier）の枝の観念とわかちがたく結びついてしまうのである。この想定はたぶん「Moïse」と「osier」のあいだに半階音の関係があるという事実からきている。したがって「Oise」は、しまいには「osier」をその派生語の一つとする語基に見えてくる始末なのだ。「オワーズ」と「セーヌ＝エ＝オワーズ」という名前のどちらかを読んだり聞いたりするたびに、僕はある種の感情にとらわれずにはいない。それほどまでに、「水から救われた者」から生まれた昔の連想が僕の中に張った——そしていまも張りつづけている——根は深いのだ。

「水から救われた者」とはモーセのことだ。人類の「救い主（Sauveur）」とはキリストもしくは救世主のことだ。ヨルダン川に浸かっての洗礼、波の上をはだしで歩いたこと、奇跡的な釣り、ティベリアス湖に浮かぶ弟子たちの舟を脅かした嵐の鎮定——実際の救助だ——が示しているように、キリストが川や湖ともつ特別な親近関係から、彼を「（水難）救助者（sauveteur）」と呼ぶこともできよう。

そうしたことすべての前に、大洪水があった。

四十日と四十夜、雨は降りつづき、ノアはひとつがいずつの動物たちと一緒に方舟（arche）の中にいて、神がその怒りの鎮まったことを、「ママ《ママン》（maman）」や「ダイヤモンド《ディアマン》（diamant）」と奇妙に韻の合う、空の同意語である天空《フィルママン》（firmament）に、みごとな筆さばきで、「虹（arc-en-ciel〔直訳は空のアーチ〕）」という名をもつ逆さにした舟の輪郭を描くことで示してくださるのを待っていた。虹はのちにダヴィデがその前で踊ることになる契約の「櫃（arche）」の予示であると同時に、逆さにした古い木の方舟

（arche）のきらきら光る形だ。虹の arc とこれらの arches のあいだにはほとんど径庭はない。一方が、今後はもう必要のない、水の上に浮かぶ arche の空に描き出された反映だとするならば、それは平和の保証であり、こうしてもう一方の arche と結びつく。地上の arche と海上の arche とは―― arc-en-ciel 同様――、いずれも神の契約のしるしだからだ。それゆえこの arc とこれらの arches とは橋弧（arches）のように連鎖をなしている。橋は橋でも水道橋のといったほうがいいだろう。誘導されてその中を流れてゆくのは大洪水の水――まさしく――だ。

ここでもまた、思い出を懸命によみがえらせようとするとき――それにいわば昂奮剤を飲ませるか、溺れた者を蘇生させるための人工呼吸にひとしい何かを施すことによって――、とりわけある種の言葉が活気づくのを見る。これらの断片こそは、あらゆる言葉のなかで一番生き生きとしたものに見える。僕は、それらが呼びあい、集まり、一つの言葉が別の言葉へ、この別の言葉がもう一つ別の言葉へと移り、ついでこの最後の言葉が最初の言葉に戻ったりして、親しみから互いに行き来をするのを見る。流れた歳月が僕の頭の中に作り出した大冷水塊から、今日、いくらかの熱を帯びて浮かび出てくるすべてのものがそれらに宿っている（ノアの方舟の中のさまざまな動物の代表のように）と信じたくなるほどだ。同様のことは、遠い国ないし時代の息吹をふきこまれ、アラブ的な雰囲気の中から浮かび出る――災厄の唯一の名残り――、「tranche-syllabes」という言葉についてもいえよう。ただし遠い国といったからといって、この場合もセム民族の圏内から出ることはないのである。聖書物語の時期から数年後、フランス語の先生が教室で、

異様なシラブルが（D'étranges syllabes）
またきこえてくる（Nous viennent encor）

という二行の詩句の出てくる（詩が鬼神《ジン》たちの群のように荒れ狂ったあと、鎮まった瞬間）、ヴィクトル・ユゴーの『鬼神たち』を読むのをきいたとき、僕は、自分でその詩を読んでみて間違いに気づく前、この étranges syllabes というのが「tranche-syllabes〔tranche は切れっ端の意〕」、つまり疾風のごとく鬼神たちが過ぎ去ったあと、大気の中に漂いつづけている——感動的な言葉の潜水人形のように——、こまかく刻まれるか、ナイフで切られるかしたシラブルの断片か切れっ端と思いこんでいたのだった。

洪水のおびただしい水がひいて、堅い大地が再びあらわれたとき、別の罰が襲ってくる。僕が双六の枡目の一つに描かれた迷宮（螺旋状の手摺をまわりにめぐらせた一種の円錐形の塔）に似たものと想像していたバベルの塔の崩壊。その結果、「言葉の乱れ」が生じる。それは、話しはするけれどももはや互いに通じないといった人間——それぞれの片言の迷宮の中で目隠し鬼ごっこをしていて、思考の物置小屋の中で身動きできなくなってしまった——の精神上の混乱だ。蔓延したちんぷんかんは、その後、聖霊が炎の舌の形をとって使徒たちの頭上に降り、そこにマストの先端に灯るセント＝エルモの火のごときものを置いて彼らに言葉の才を授けるとき、一部改善されるだろう。その日が聖霊降臨祭（Pentecôte）の日となるのだが、火は人の脇腹（côte）を取りかこむ馬鍬にいつでも変じる焼肉屋の火だ。ソドムの火災から逃れる際、肩越しに振り向いたために「塩の像（statue de sel）」となったロトの妻。これは岩塩か海塩でできた彫刻であり、実際に驚きのために石と化した人の像だが、もしかすると「騎馬像（statue équestre）」や「全身像」というのと同様の「statue de selle〔selle は馬の鞍、または彫刻家の使う回転式の彫塑台。塩の sel と同音〕」ではないだろうか。

アダムの名において罰せられた不服従についてここで懲らしめられているのは、子供のもう一つの罪、好奇心である。バベルの塔の挿話の原因であり、七大罪の一つである傲慢についていえば、それがいかなるものかを知るのはもっとあとのこと、つまり「かわいそうな人たち」を軽蔑してはなりませんと教えられるときのことにすぎない。これはすでにかなり多くの社会的観念を自分のものとしていることを前提としている。

傲慢の正確な性質よりもっと分かりやすいのは、ヤコブがエサウに対して犯した罪の性質だ。ひと皿のレンズ豆で飢えた兄から長子権を買うことや、ひどく毛深いのが特徴のこの兄になりすますために毛皮をまとって、死に瀕している盲目の父の祝福をだましとることは、兄弟がいて、しかも末っ子、つまり年上の連中と同じように重んじてもらいたいというのが主な望みの一つである人間でありさえすれば、すぐに呑みこむことのできる手管である。他方、老いたイサクがためらいがちな手でその毛をまさぐるこの「けもの」の皮は、ヤコブにけものじみた性格を与えており、それで彼の母は、僕がなにか愚かなことをしたり話したりすると母が言ったのとまったく同様、彼のことを「おばかさん（grosse bête〔直訳は大きなけもの〕）」呼ばわりしたのではないだろうか。この同じけものの、あるいは「大きなけもの」の皮は、ベツレヘム（Bethléem）の最初のシラブルの中にもやはり見られるのではないだろうか。ベツレヘムとは神の子の生まれた村であり、そこの旅籠は双六の旅籠、つまり、たまたま出た賽の目のためにそこに行かされた駒が多少とも長い滞在を余儀なくされる枡目よりもたしかに客あしらいが悪い。ベツレヘム、それは、クリスマスのクレシュ〔キリスト誕生の馬小屋の模型〕に見られる、荒い息を吐くけものの快いいきれのこもる村だ。クリスマス（Noël）、それは、トレマの、頂飾りのついた言葉だ。この頂飾りは、二番目の母音を霧氷のように固くし、その二つのきらめく切っ先を、「幼いイエス」が藁の中に裸で寝かされて、牛と驢馬のあいだで眠っている厩の方へとさし向ける。――この牛は、動物であるよりも前に、おそらくは料理だ。この驢馬（âne）の牝（もっと正確にいえば、その女性形の ânesse）は、たえず下らぬ語呂合せをしようと待ち構えている子供の心の中では、イサクの二人の子供のうち、人間離れした兄から、もっと華奢ではあるけれど、兄からそれを盗むだけの狡さはそなえている弟へと移ったあの「長子権（aînesse）」にごく近いのだ。ところで長子権を奪われたエサウ（Esaü）の名前の中に、もう一度トレマが見出される。

Noël のトレマがとりわけ二つの切っ先（氷の切っ先としよう。なにしろ十二月の末は寒いのだから）や一対の星（つまり一つは東方三博士のための、もう一つは羊飼たちのための）の感じを僕に与えるとするならば、Essaü の場合は精密機械のごく繊細な部品のようなものだ。

子供のころ、「Essaü」というヘブライの名前は、一時期、姉の持物だった二つの家具とわかちがたく結びついているように思われた。この姉は、実をいうと、ごく幼いころから僕の両親に育てられた父方の従姉の一人にすぎなかった。しかし両親は、彼女が少しも不自然に見えないようにするため、僕たちがある年齢に達するまでは、彼女はごく近い親戚にすぎず、同じ血肉をわけた人間ではないことを隠しておいたほうがいいと判断したのだ。けれどこんなことは、いまから話そうとする事柄には大して関係はない。参考までにさらに、彼女は僕よりほぼ十三歳（十二使徒に、最後の晩餐の十三番目の会食者であるキリストを加えた数だ）年上であり、僕たちの血縁関係が実際どのようなものであろうと、彼女の役割は「長姉」のそれであったし、さらにはその長子権はとてもはっきりしていて、特別の関係——同じ一家の長たちの庇護のもとで、相並んで生活する二人のあいだに——を作り出すのに足るほどの、また、ひと世代違うといっていい年齢差からして、一種特殊な肉親関係をあらわすに足るほどのものだったとつけ加えておくが、これも同様だ。

いずれにせよ、とにかく、僕が今日でもまだ姉と称している女性の部屋の一角を占めていた堂々たる家具の一つである長持《バユ》（bahut）が、a-u《アユ》という同じ母音接続のためにエサウ（Esaü〔仏語読みはエザユ〕）に近かったことに変わりはない。もう一つの家具、彼女の化粧室として使われていた部屋の姿見つきの簞笥も、「bahut」を介してエサウと結びついていた。この言葉は、本来は寝室にある目のつまった木の羽目板でできている家具に使われるべきものなのに、僕の心の中でこの家具と多少とも一つになってしまっている姿見つきの箪笥に転用されてしまった――当時語彙の不正確さなどにはあまりこだわらなかったので――のである。実際は他の品物をさす言葉のずれのおかげで、すでになかばエサウの軌道内に引き入れられているのに加えて、姿見つきの箪笥は同様に、直接感覚に訴える方途によってこの聖書中の人物の引力圏に入りこんでいた。僕が「Esaü」のことを思うとき、a-ü という二つの母音（トレマは u の上だけについているのだが、形のうえで二重性をあらわすのに十分と思われた）が呼び起こすものは――姉が服をしまっていたくすんだ長持のことよりも――、姿見つきの箪笥の北米産松材の放つ繊細な香りであり、光沢のある扉の蝶番のやや甲高い（aigrelet）（その香り同様〔やや酸味を帯びたという意味もある〕）軋みであり、扉を開け閉めするたびに生まれる鏡の束の間のきらめきであった。a-ü という母音衝突が示すように思われるものは主として、窓から差してくる日の光を、あらわれたと思うと消えるぎらぎらした反映として僕の方へ送ってよこす、鏡の放つ白い閃光だった。要するに、真の「bahut」、本当にこの名に価する家具とは、目のつまった木の羽目板でできている長持よりはむしろ姿見つきの箪笥のほうだった。だからこうしたことを思い出すとき、僕は今日でもなお、姉妹たちは姿見つきの箪笥が「bahut」を形作っている b-a ba、h-u hu とは別のシラブルの集まりで示されることをどの程度まで認めるか――もっと首尾一貫性があって、僕たちの言葉と思考により一致した世界（聖書の読者が想像するエデン、つまり堕落が生ずる前に存在した理想の世界のような）において――あやしいものだと思ってしまうのだ。

　エサウという名前は、動産――鏡のきらめきか、艶出しワックスをたっぷり塗った古材の艶をもつ――をさすのだが、その動産とは本来教会のものである。なぜって、聖書に引かれている（ほんのちょっと変わっているだけで、同一名といっていいイザヤ（Isaïe）の名前同様）からであり、そのブロンド色の材質の中に、いくらかパイプ・オルガンのケースのようなところが秘められているからである。ある種の香の匂いもだ。こうしたむせ返る煙は、刳形のやたらとついている、騒々しい、大きな書棚のようなパイプ・オルガンの渦巻装飾とかたみにまじりあう。この刳形の一つ一つはミサに際し、多くの弁装置のどれか一つが開くとき、音楽の蠟を滲み出させるのである。

やはり香の匂い——もっと正確にいえば、アルメニア紙の古めかしい芳香——がするのは、公現祭《エピファニー》（Epiphanie）だ。ほとんど一世紀近くも前から、お決まりのようにプチ・ブルジョワの家の冷ややかな客間を飾ってきた、指でさわるとかすかに乾いた音をたて、すぐに粉々になってしまうあの飾り物の、「ルナリア（monnaies du pape〔直訳は教皇の貨幣〕）」のような、色あせた優雅さをもつこの名前の中に、王たちの日〔幼児イエスが東方三博士の訪問を受けたことを記念する日である公現祭のこと。東方三博士がアラビアの王たちとみなされているところからこの名がある〕を認めるのはたしかにむずかしい。この「monnaies du pape」に類するくすんだ豪奢さの中に見出せるものといってはせいぜいが——ファニー（Fanny）という名前のもつめっきの剝げた魅力の中に、昔の刺繡のあるサテンかラメの胴着や、スパンコールのついている扇が見出せるのと同じように——、東方三博士をあらわす人形たちがクレシュの中で眠っている幼児のイエスに、「クリスマス・プレゼント」として持ってきた少しばかりの金粉、香、没薬くらいのものだ。

聖書に出てくるもう一つの言葉が、その音楽的な響きで僕に強い印象を与えた。それも人名——さして変わらぬ「エサウ」と同様——で、「サウル（Saül〔仏語読みはサユル〕）」にほかならない。これは、父がなくした牝騾馬を探しているとき、預言者のサムエルが王として聖別した男をさす名前だ。最初、「Saül」という名前を形作っている文字を見たとき、僕は Moïse の場合と同じ過ちを犯した。トレマを無視して「ソール（Saul）」と読み、柳《ソル》（saule）や、ソール王（roi Saule）や、妖精《オーヌ》たちの王（roi

Aulnes）のことを考えた。これらは、話にきかされていたカンダウレス王（roi Candaule〔リュディアの王。前六八五年にギュゲスに王位を奪われ殺された〕）や、今日僕の知っている、その泣き柳（saule pleureur）のような髯をエオリアン・ハープに変えてしまう風の中、狂って彷徨う老いたリア王（roi Lear〔仏語読みはリアル王〕）（もしかすると竪琴《リル》王（roi-lyre）かもしれない）と同じたぐいの王たちだ。垂れ下がった枝、榛の木の植込み（aulnaies）を吹く嵐、木の葉のざわめき、これは、サウルの運命と関係がないわけではない。

　時折、神の憑依者（possédé du Très-Haut）となって失神状態に陥り預言をしたサウルは、生憎と傲慢にとり憑かれた者（possédé d'orgueil）でもある。神の意思に背き、ペリシテ人から奪った戦利品を自分の軍隊の中で山わけしたあとは、そのたけだけしさが彼を単なる悪魔憑き（possédé）、「悪霊」の言いなり次第の下らぬ道具に変えてしまう。ダヴィデ――竪琴を弾いて動物たちを手懐ずけたオルフェウスさながら――は、時を決めてはサウルにとり憑く悪魔をハープでいくら呪縛しようとしてもむだだ。こうしたまじないの方法はやがて、オセロの怒りをデズデモーナから逸らせるのに、『柳の歌』〔ヴェルディ作曲『オテロ』の第四幕でデズデモーナのうたう歌〕がそうであったように、効き目がないことが明らかになる。サウルは槍でもって、ダヴィデを壁に刺し通そうとし、彼を砂漠へと逃亡させる。神に見捨てられたサウルは、エンドルの女占師が彼の前にサムエルの亡霊を出現させたとき、地にくずおれる。そのあとペリシテ人に敗れ、これ以上の不幸と縁を切るため、自らの剣の上に身を伏すことで、ダヴィデに科したいと思っていた痛苦の死を遂げる。

　だからサウルは外面は力強く見えるが、内面はうつろであり、実際には一本の芦に、あるいは笛にすぎない。ちぐはぐな衝動がよぎり、その中空の部分は――絶え間なく――豊かというより、多くの場合しゃがれた旋律で震えるのである。振子の音を思わせる、そして「遠慮（scrupule）」（その語源は、軽い錘をあらわす小石）や「計算（calcul）」（それが何かの寓喩であるとするなら、音といい、形といい、楽器のなかで一番幾何学的なトライアングルの奏者であろう）といった言葉と同じ文字の配列の結果と思われる、外見はとても節度のある彼の名前、夕暮、騾馬の鈴からこぼれ落ちる銀色の二つの雫のようなトレマに飾られたこの名前は、天の霊感よりもむしろ、極端に節度のない、怒りっぽい、残酷な人間を――偽って――さしているのである。

平均律クラヴィーアやトライアングル奏者の律儀さよりも、彼ははるかにシンバルの炸裂する太陽のような響きや、クレッセントやがらがら《シストルム》といった、ある種の手で揺り動かす楽器の地震さながらの揺れに似ている。シストルムはといえば、古代エジプト人たちの楽器であり、『カルメン』の第二幕で、

シストルムの横棒が鳴っていた……

と歌われている楽器だ。この歌詞は昔ひどく僕の興味をそそった。「シストルム」がどんなものか知らなかったからであり、この言葉はボヘミアン、換言すれば、ジタン、ツィガーヌ、ジンガリ、ロマニ、あるいは「ジプシー」をさすものだと思いこみかねなかったからだ。この最後の呼び名は、彼らを何世紀ものあいだ、エジプトからその芸と秘密を輸入した移民に仕立てあげた俗信にもとづくものである〔ジプシーという語は、エジプト人という語の頭音消失によって生まれた〕。

木馬の蒸気オルガン（しばしば二つの着色した人物像にかこまれていて、その一つはトライアングルを、もう一つはタンバリンを演奏している）、力士たちの見世物小屋の卑猥な音楽（大太鼓やへこんだ銅のコルネットが、虎皮のパンツをはき、口髭をはやしたゴリアテのまわりに群衆を集める）、市の吹奏楽団やブラスバンド（竪琴の刺繍のある、金色の房飾りのついた旗を先立てて）、常打のサーカスの陽気に跳ねまわるようなオーケストラ（移動サーカスのブルジョワ的な形式に対して）だけ

が、「ブッキーナ（buccins〔古代ローマの軍隊で信号などに用いられた一種のホルン〕）」の金属的な音色に比すべき調子をそなえている。この buccins は、とりわけて戦争に関係のある用語であり、それがもつ固く雄々しい部分によって、そのきわみである「戦利品（butin）」（最初の b をちょっと変えて p にすると、下品な女性名詞〔putain は売春婦〕になるにもかかわらず）を思わせる。butin には、蜜を集める（butine）蜜蜂という観念と結びついた優雅さは何一つ残っていないが、その二つのシラブルはサウル麾下の軍勢の攻撃を受けたペリシテ人たちさながらばらばらと崩れ去る。

軽業師、屑屋、それに（度合は違うけれども）香具師、煙突掃除人、炭焼人といった職業集団——ごろつきという、その範囲があまりにも一定しない人たちの群は別として——は、かつてヘブライ人に対してアマレク人やペリシテ人がそうだったように、特殊な人間たちをあらわし、一般の人たちとははっきりと一線を画した人々の群とみなされることが多かった。教会の守衛（suisse〔固有名詞になるとスイス人の意〕）も忘れまい。そのふくらんだこむらはスイス民族の一特色とみなされかねない。

「アマレク人《アマレシット》（Amalécites）」は、素焼《テル・キュイット》（terre cuite）の煉瓦、鍋《マルミット》（marmites）の熱で焼けて皺の寄った老女中（フェリシテという名の料理女）の煤けた顔。「ペリシテ人《フィリスタン》（Philistins）」は緑がかった腸《アンテスタン》（intestins）のもつれた糸玉、さだかならぬ本能《アンスタン・アンディスタン》（instincts indistincts）の呟き。アマレク人が思わせるのは壺（ヘブライ人たちとギデオンとがアニスで味つけした聖水の匂いのするミデアン人のもとに夜分ひそかに潜入したとき、彼が、くすぶり、火をちらちらとのぞかせるランプを隠させた壺のように多孔質の）のひそかなひび割れ《クラケルマン・タシト》（craquèlement tacite）。ペリシテ人の場合は、くねくねした《セルパンタン》（serpentin）内臓の底荷を積んだ腹部と、昔、包帯製造業者の店先に見られた像にかぶせてあったブロンズの糞便のような色合《フェカル・タンチュール》（fécale teinture）。この「ペリシテ人」という名前（僕にとってはいつも、ヴィシー・セレスタン水のような塩辛いところがあった）は今日、まるで無知蒙昧な人たちからなる

——形のさだかならぬものの泥沼から出ることなく——、無気力のくせにざわめき、吠え立て、弱々しく泣き叫ぶ、そしてまことに漠とはしているもののうごめきひしめく集団のレッテルとしては恰好のものと思われる。

それゆえ僕は、この二つの民族の名前——ある人の顔立ちを、なかば意識的に親族の誰かに「そっくり」になるまで修正してしまうような悪癖に陥らないでも——は彼らにそっくりの名前だということができる。これは、「軽業師《サルタンバンク》（saltimbanque）」（ブンチャッチャという感じの三つのシラブルをもつ）や、「イエス＝キリスト《ジェジュ＝クリ》（Jésus-Christ）」（「地下納骨堂《クリプト》（crypte）」と「叫び《クリ》（cri）」に近い）など、多くの個人ないし集団の名前についてもいえることである。しかし「Saül《サユル》」となるとまったく違う。「Esaü《エザユ》」（その母音衝突はザという直前の鋸の音によって一層強められて、十全の働きをしている）に起こったこととは様変わり、「Saül」にあっては——たぶん、あまりにも優しいサのせいで——、a-ü は軋みをたてない。それは、徐々に消え、忘れられ、沈み去って、ü の澄明さのなかに完全に溶けてしまう。同様に、「ボアス（Booz〔仏語読みはボオス。旧約聖書の登場人物〕）」と「ボース（Beauce〔フランスの地方名。小麦の大生産地〕）」とのあいだには、わが国の麦畑の連なる静かな平野と、聖書の主人公たちの舞台である耐えがたい場所、毒麦やしばむぎとは別のものを実らせるには、エホヴァの祝福を必要とする酷熱の地とを隔てる径庭がある。

z という音——その熱のすべては、「ガス（gaz〔仏語読みはガズ〕）」（老物理学者ヴァン・ヘルモントの命名。彼は微妙な物体を意味するラテン語のカオス（chaos）からこの名を思いついた）という言葉に要約されている——は、昔、旧約聖書で読んだある種の地名や人名に、聖霊降臨祭の際、使徒たちの頭の上に灯される粗末な薄暗いランプの炎であれ、電気の普及する前、オーエル・ガス灯の管ガラス、つまり部屋部屋を照らす妙なる光の発生源である小さなレトルトの中で燃えていた、飼い馴らされた白い炎であれ、そうしたすべての穏やかな炎とはまるで違った、激しく燃える、青みを帯びた炎のような、異様な伸張力を授けている。

zという音のこのような爆発的な性質は、とりわけ「ヨシュア（Josué〔仏語読みはジョズュエ。旧約中の人物、モーセの後継者。イスラエル人を率いてカナンの地を征服した〕）」の中にあらわれている。その最後の唸るような音は、ちょうど、創造された世界にそれまで存在していなかった多量のエネルギーが、バランスのとれていた諸力のシステムの中に新しい因子を導入することによってしかじかの予定された動きを妨げるのと同様に、太陽の規則正しい運行に逆らうものである。この因子の侵入は一切の均衡を変え、かくして宇宙とその正確な秩序の混乱の重大原因となるのである。厚い雲の中の頂である Josué。それは天高く迸り、その上昇の頂点にあって、凝固して固い柱となり、日輪はそれに妨げられて運行を停止するだろう（終点に到着し、大きな溜息あるいはこの zẅé とさして変わらぬシューシューという音をたててピストンが蒸気を吐く機関車さながら）。頑固な人物である Josué。この名はスペインの「ホセ（José〔仏語読みはジョゼ〕）」からきていると信じてもいいかもしれない。José のすでにそれだけでかなり攻撃的な zé が、ẅ の添加（深く真っ直ぐに突き刺さるか、かすり傷を負わせる棘ないし刃）によってねじ曲げられて zẅé の燃える間欠泉に変じているのだ。José の兄弟である Josué。二つの名前のあいだにあるわずかなずれ。わずかとはいえ、それはジョゼ・ナオン（José Nahom）という名の僕の級友の一人をヘブライの預言者に変貌させる。彼は固く密生した黒髪を短く刈った、若いくせに顔のごつごつしている、長いこと深い切傷のために片方の手首に白い包帯を巻いていた少年だった。ある日その傷を見せてくれたのだが、それはいつまでも消えぬ恐怖感を僕に植えつけた。傷が深部に達しているように見えたので、切断しかかったのではないかと思ったからである。現在僕は、Josué と José Nahom という名のこの少年とを結びつけて考える。zé の中に挿入された ẅ は、僕たちが綴方を教えてもらっていた小さな学校で見せられた、深手であるだけに友達が一層自慢しているように見えたこの傷と同様の、熟したいちじくのはじけたつぶつぶのような印象を僕に与える。

Josué という名のあとに続いて、以下のような名前が徒党を組んでやってくる。正面が七宝で飾られた宮殿とバザールのまわりに集まった群衆が、水門を通る水のようなざわめきをあげる、典型的なオリエントの都市スサ（Suse〔仏語読みはシュズ。古代ペルシア帝国の首都〕）。そのバザールから立ちのぼる匂いは、繊細な細工を施した砂糖菓子のように凝りに凝っていて、吊り庭やピエス・モンテ〔砂糖細工やケーキを積み上げて建物の形にした大きなデコレーション・ケーキ〕のような空中楼閣を築く三つの透明なシラブルをもつエクバタナ（Ecbatane〔古代にあってメディア王国、ついでペルシア帝国の首都〕）の匂いと好一対だ。吊り香炉や香炉やクッションのあいだに寝そべっている――その名前のように度はずれに長々と――姿でしか想像することのできない、高い宝冠をかぶり、金糸で縫った長衣を着、巻毛の髯をはやした、アッシリアの金持の専制君主たるネブカドネッザル（Nabuchodonosor）。黒板の文字さながら、壁に記された MANÉ, THÉCEL, PHARÈS という文句を解き明かしてみせた――課業をよく心得た生徒みたいに！――とき、興ざましの預言者ダニエルの饗宴のさなかに響き渡った声そっくりの、たくましい骨組を形作る子音たちがゴングあるいは弔鐘のように響かせる三つの a をもつバルタザール（Balthazar〔バビロニア最後の王。饗宴の最中、かつて父ネブカドネッザルがエルサレムの神殿から奪ってきた聖なる壺を持ってこさせて、それで酒を飲むという瀆神を犯したとき、一つの手があらわれて壁に前記の文字を書いた。誰もが読めなかった文字を、ダニエルが解読した。この手は神が遣わした手であり、三つの語は「数えたり」、「秤れり」、「わかたれたり」の意。つまり王の治世の日が数えられており、王の人物が秤られており、その国はいずれ分割されるであろうという預言。旧約ダニエル書〕）。肢のあいだにもぐりこんで、象を短刀で刺し殺したエレアザル（Eléazar）。象の巨大な穹窿はサン＝ラザール（Saint-Lazare）駅の広々としたホールを思わせるし、この名には決まってロシア語の「サモワール（samovar）」がすぐにこだまを返す（それが、アンティオコスがマカベア人たちに用いた湯沸かしその他の拷問の道具をさすかのように）。

僕は現在、こうした名前すべてに分列行進をさせて悦に入り、そのシラブルの響きあう音にいくらか恍惚とし、そして――こうすることで――、たとえていえば、ある種の資料的価値はあるが、なによりもまず、一風変わっていて刺激的な点で僕たちを魅惑する時代遅れの衣裳の図録をひもとくのにも似た上っ面の楽しみに耽溺しているのだが、こうしたかなり空しいたわむれと、どれほど重大で、鉄のように堅固な部分がその中に含まれているのかいまのところ正確にははかりかねるけれども、縫い取りしたり、選んだりすることとは関係のない、その多彩に変化する組合せが子供の僕の目にそれ自身の生を生きる、議論の余地のない、忘れがたいイメージとして映った、昔の、深層の言葉遊びとのあいだに大きな隔たりがあることは認めなければならない。

　こうしたすべて――無邪気だったこの時代には――は青空（その色が青いということを知らぬ者はない）や草（その性質が緑だということは誰もが知っている）と変わらぬくらい単純なことだった。周囲の知合いたち同様、聖書の中の人たちにも名前が与えられていた。そしてこれらの名前は、貼りついている皮膚が僕たちを唯一正確にあらわすものであるのと同様、彼らをそっくりあらわしていた。ヨシュアは、夜が夜であり（昼間の反対であるその名前の命ずるとおり）、ユダ（Judas）（昔、客車の温度調節のために使われたあの湯沸かし《ブイヨット》（bouilottes）に似ているイスカリオテ《イスカリオット》（Iscariote）という余計なものがついているにもかかわらず）が覗き穴（judas）、つまり牢屋の中で起こっていることを観察するための卑劣な穴であるのと同様、太陽をとどめるものであった。「Moïse」を「Moise」ととり替えたとき、僕はめまいをおぼえた。変わったのは言葉だけでなく、事物の性質の一部が変わり、預言者の人間そのものの中に身分の突然の変化が生じたからである。同様に、最初「petit Jésus《プチ・ジェジュ》〔幼子イエス〕」であったJésusは、十字架の苦しみ、つまり実際に彼にcri《クリ》をあげさせる責苦を受けるに十分なだけ成人したとき、「Jésus-Christ《ジェジュ＝クリ》〔イエス＝キリスト〕」に変わるのである。

　後年、聖史がフランス史に変わり、聖なる先史時代から本来の歴史時代へと移り――こうした年代の扱いと並行する成長にしたがって――、僕がかなり大きくなったとき、メロヴィング、カロリング（カルロリングともいう）、カペー、ヴァロワ、ブルボン、オルレアン、ボナパルトといった王朝名が出てくることになる。しかし、たとえどれほど印象的なものであろうと、これらの名前のどれ一つとして（貨幣にみごとに打刻されているような――カロリュス金貨のように――「カロリング」でさえ。一部の愛好家だったら、とりわけ、無冠や単なる月桂冠ではなく、頭に金銀細工の王冠を戴いた好ましい皇帝の肖像のような「カルロリング」というその変種のほうを尊重するだろう）、職業名、人種ないし種族名、姓（厳密にいえば、「ブルボン」、「ヴァロワ」、「ボナポルト」という姓はある。「オルレアン」もまあよしとしよう。しかし「メロヴィング」、「カロリング」、「カペー」とは一体何だろうか）に似たこれら曖昧な語のどれ一つとして、一連の特別の人たちに対して用いられることだけは分かっているこれらの呼称のどれ一つとして、そうした人たちの誰それを、劇場のケンケ灯の光の中で揺れるぼんやりした姿ではなく、頭の天辺から足の先まで身を鎧い、丸彫の彫像さながらに空間の中にひとり立つ血肉をそなえた存在に仕立てるまでには至っていない。

ローマ史――僕たちの国の歴史の玄関口であり、すでにきちんとした年代の枠の中に組みこまれている――の名前のなかからここにただ一つだけ引用しよう。それは、剣のダモクレス、獅子のアンドロクレス、つぶれた眼のコクレスのように、短く縮めて「ディオクレス」という、ディオクレティアヌス皇帝の名だ。ディオクレティアヌス、僕は課題作文のテーマか、書取りもしくはフランス語の講読の文章の中でこの名に行き当たったのだった。そのとき――この皇帝の治世下に行われたキリスト教徒の迫害に関する物語を知ったとき――まで、僕はこの名を、「ディクトレティアヌス」だとずっと思っていた。一見これ以上余計な装飾を必要としないほどすでに十分仰々しいこの名前をちょっとふくらませ、ひとつまみ気どったところを冗談半分つけ加えたといった按配だった、ちょうど柱頭以外に何も必要のない円柱にさらに船嘴状装飾をつけ加えたみたいに。これは無用の追加であり、円柱の壮大さに何一つ加えず、海戦の勝利を記念するこの段状の装飾によって柱の垂直性を断ち切ることしかしていない。

「ディクトレティアヌス」にカットし直されたこの奇妙な宝石がはめこまれている文章を教えてくれた先生はロジェという名前だった。真ん丸の頭をした人で、正真正銘の短頭人だった。円い眼鏡、短いけれどあまり手入れされていない分厚い口髭、側頭のちぢれたふさふさした髪と対照的な禿頭。彼が公言している大野心は辞書を作ることだった。著作の一例として、「timbre〔切手、ベル〕」の項――彼が書きはじめていたおそらく唯一の項――を引用してくれたが、これは、tympanon〔楽器のチェンバロ〕と関係があり、太鼓から、鐘、兜の丸い部分、紋章を経て郵便切手へと意味の揺れ動くこの言葉のさまざまな変身の列挙からなっていた。

ロジェさん――僕たちにとっての生き字引――は、物語の少なくともある個所では主人公が「ディオクレス」という名をもつこの挿話の書取りの練習をしてくれた。僕は先生の言うことは何でも盲目的に信頼していたのだろうか。いずれにせよ「ディクトレティアヌス」という名前から、どうしてこういう略称が出てくるのかは当初考えなかった。こうして、フランスの多くの王に彼を似させ、彼に僕たちの郷土に対する市民権を与えていた語尾がなくなった（ごく当り前の削除。略称になっただけのことなのだから）だけでなく、僕が手を加えて子音を増やした結果、「Dioclétien」が変化して「Dictolétien」となったこの名前の最初の部分にあった冷ややかな（distant）、専制君主的な（dictatorial）性格までなくなってしまった。ところでこうした変化は、ロジェさんの知的能力に対して僕が抱いていた敬意に一致するものであり、この敬意こそは、彼が書き取らせた比較的簡単な言葉の中に、書き写し、再読する際、彼の大きな球形のおつむの中につまっている知識に対して僕があると思っていた複雑さと、彼の人柄自体（実をいうと、ただの衒学者）に僕が与えていた権威とにふさわしい余計な要素を導入した新たな理由にほかならなかった。「ディオクレティアヌス」は、いまや「ディオクレス」と短縮されてしまった。これは、柔らかで、黄土を含む《オクルーズ》(ocreuse)粘土《グレーズ》(glaise)であり、金めっき《ドレ》(dorée)さえされていないつまらぬもの《メディオクリテ》(médiocrité)だ。

心ならずももてあそんだ――単純な線や量感では満足できず、抽象的な空間を、生き生きとした、形体を過剰なまでにつめこんだ場所に変えてしまうバロックの芸術家のように――この名前は、僕の手になる改訂増補版においては、甲冑や、妖精たちの庇護を受けた職人がたくさんの神話の場面でおおい尽くした彫刻入りの楯に似はじめていたのだった。そのあと略称の奇妙な単純さという、すべてをしかるべき場所に戻し、こうした幻を消し去るひそかな規律遵守命令が、なにか誤りがあるのではないかという考えにおそらく僕をみちびいたのだ。その結果、「ディクトレティアヌス」の彫金の下に、「ディオクレティアヌス」の金属（たぶんもっと持ちはいいけれども、たしかに輝かしさにおいては劣る）を見出したのだった。こうしてこの皇帝はシラブルを一つとり去った程度で、その緋色のマントの長い裾を失ってしまったのだ。

ここで生じたいたずらは同じ一つの名前の二つのヴァリアントのあいだにある質の相違だけにかかわるものではなかった。取違えの結果、単純になったというのではなおさらなかった。なにしろそれとは反対に、引きのばしや加筆が問題だったのだから。本文の中の不明の部分をなんとかして明らかにしたいと思う写字生さながら、自分に強い印象を与えた本の中で読んだような、生徒たちに博識家の評判を得ていた先生が口にした君主にふさわしい言葉を作り出そうと、母音字を一つ移し、二つの子音字（その一つはわざわざつけ加えたt）からなる連なりを作り出したのだった。オリジナル版の言葉よりも内容豊かで、もっと角ばった、明確な輪郭をもつこの言葉のおかげで、前者はとうとう僕が降参しなければならなかったとき、くすんだ、がっかりするようなものにしか見えなかった。束桿のように固く、パクトロス川〔砂金で有名なリディアの川〕のようにきらめき、甲冑としては胸甲をつけているだけのローマの兵士の上半身のように筋骨たくましい「ディクトレティアヌス」という言葉は、いまでは「ディオクレティアヌス」になってしまった。名前を変えられ、記章ないし肩書の価値をもっていた名前をもぎ取られたため、皇帝は顔を失ってしまった。彼はもはや通用しなくなった貨幣同然で、ごみ捨場にすてられて、かびのはえるままになるほかはなかった。そして実際、僕の心の中での彼の死後の生――ほんの束の間の――は、ほぼこのとおりになった。なにしろ僕は、あの輝かしいディオクレティアヌスであったあとで、散文的な「ディオクレス」に甘んじる人間など、さっさと忘れてしまったのだから。

はるかな幼年時代から、悩ましい青春期を経て、問題多き成人のとば口に達するまでに、多くの観念がこうして、一つの言葉が別の言葉にとって代わったり――新旧交代は世の習いの諺どおり――、こうした言葉の鉤に吊るされていたイメージの手荷物が、ちょうど、恰好だけはいい、洒落た、不便なスーツケースを、形は味気ないし、材質も劣るけれども、たしかに実用的な軽いアタッシェケースととり替えるみたいに、あまりぱっとしない道具一式(たぶん、もっとちゃんと揃ってはいるだろうけれど)に場所をゆずったりしたために、干からびてしまった。

相変わらず学校に関することでいえば、僕はここで、聖史を勉強し、そのうえいくらかの計算と、文法と、ごく簡単な歴史と、地理と、それからもちろん、自然科学研究という外界に向かって開いた窓につけられた文句なしにもっとも美しい名前である「実物教育(leçons des choses)」を習ったミケランジュ街の小さな共学の寄宿学校で、成績優秀証としてもらった、淡いピンクや、薄緑色や、薄青い、「プレジダンス」という長方形のカードを引合いに出そう。この「プレジダンス」は当然、高い地位さながら、いい子としての栄誉を僕たちに授けてくれた。手渡されるボール紙の切れっ端の一枚一枚は、モラルと公徳心の最上天への自由通行票みたいなものだった。「プレジダンス」、それは形のうえでは、ルーレット盤で子供たちにくじを引かせて露天商たちの売るウーブリやウエハースのように薄い紙切、精神的には、大統領職《プレジダンス》、雲の中にゆったりと身を置き、守護天使のように心安らかに、この見張所の高みから、堅い木のベンチで、哀れな半ズボンの尻当てを擦り減らしつづけている恵まれない同輩たちを見守る生徒としての大統領職を授けてくれる許可証。

ところで、未亡人が経営していたミケランジュ街の男女共学の小さな寄宿学校に通ったあと、リセに入学する前、僕は神父を校長とするボワロー街の男子校へ通った。プレジダンスというとても詩的な制度は、そこでは行われていなかった。僕が「処罰免除《エグザンプシオン》の特典つき賞状」というもっと合理的な制度を知ったのはそこでのことだ。

こういうものの、思い違いをしているかもしれない。ジャンソン・ド・サイイでの通学生としての最初の数年の記憶をちょっと先どりしているのかもしれないし、当時ジャン＝バティスト・セイの生徒だった兄たちがしてくれた話を、自分自身の記憶の中にまぜてしまっているのかもしれない。俗に「ジャン＝バト」といい、掲示の文字には「J.-B.-Say」と記されていた、シャルドン＝ラガシュ街のこの上級小学校は、どちらも揃って陰気な名前のために、その街と一体化していた。この学校も街もいまでは、僕の頭の中で、ボワロー街の荒れた一戸建ての校舎ともども——ジャンソンの正面に並んでいたきりもなく続く胸像の列同様——、煉瓦色か漆喰色の、大きな塀の味気ない同じ連なりのうちに溶けあっている。

計量や測定とは何の関係もなく、ただある種の方法で子供たちを位置づけることだけを役割とする初歩的な区別法であって、もっぱら質にかかわる「プレジダンス」に対して、「エグザンプシオン」

のほうは、数の計算を含む制度であり、量の正確な法則に応じたより完備した方法であった。一定数の褒賞が優等生名簿に名前が載る権利を与えるだけでなく、優秀賞と罰とのあいだに差引勘定ができていた。一つのエグザンプシオンは原則として、不注意か何らかの非行が原因で受けた一時間の居残りという制裁を償う――もっと正確にいえば「免れる《エグザンテ》」――ことができた。悪い行いの罰という支払うべき借金が次々に加算されてゆく借方に対して、エグザンプシオンは、罰を受けた魂に、煉獄の期間を一定免れさせる贖宥や祈りにならって、理屈のうえでは貸方をなすものであった。

実際にあたって、事はいつも必ずしもこんな厳密な算術によって処理されるわけではなかった。居残りの時間が一定量に達すると、もはやいくらエグザンプシオンの数が溜っても、それをまとめて償うことはできなかった。こういうわけで、いくらかなりと量の目盛が上がると、制度は曖昧となり、エグザンプシオンは漠とした赦しの保証でしかなくなり、そして、この、しかもはっきりしない段階を超えるとどんな計算も働かなくなるので、新しい制度の唯一の魅力は、大体は質にかかわるプレジダンスの制度に対してその特色となっていたものとももども霧散してしまうのだった。

たとえ折衷的ではあっても、エグザンプシオンの方法は、僕にとって、少女たちの（時には、長いこと彼女たちとほとんど同じ髪をしていた僕のような少年の）ふわふわした巻毛のふうにすっかり染まっていた共学校の時代、僕の記憶の絵文様の中であの色つきのボール紙のカードが示しているような、優しい色合の時期につぐ、もっと堅固で、もっと男らしい何かへの進歩を示すものであった。区別がすべてニュアンスの問題にすぎない女の世界から、僕はもっと輪郭のはっきりした領域へと入りこんだのだった。そこでは、男性の幾何学に属する線が、御公現の祝い菓子の円形や、日曜の羊の腿肉のもっと切りわけにくい形を一家の主のカーヴィング・ナイフが支配するように支配していた。

観念の変化を反映するレッテルの変容、古風な名前、鍵と見えたアルファベ、謎をさし出す変形した言葉、こうした言葉ないし文字のある種の要素のおかげで、僕にはまるで見当のつかなかった世界に対し、扉が細めに開かれたのだ。これらの幻は、長いこと姿を隠していたあと、年齢の賜で、僕が大人になりはじめるとすぐ、再びあらわれた。そのとき僕は、ありのままに認め、実践した詩の旗印のもとに、第二の幼年期を見出し、この種の幻の歯車の中にとらわれ、仮面を剝ぎとられた多くの光景の呼び起こす陶酔をもう一度味わった。しかし最後には、すべてが消え去り、魔宴は凍りついた。客観的認識ができるようになるためのいくつかの原理を教えこまれた時期——プレジダンスやエグザンプシオンの蜜を逸早く諦めて——と同様、一切が次第に、建物の素材と一体になってしまっている、風雨にさらされた、あるいは美術館の展示室の空虚に触まれる群像さながらの、彫刻的な不動性に戻った。点検されることも、確認されることもない、あまりに安易なこうした奇跡に対する僕の嫌悪のせいにすべきだろうか、それともある種の疲労のせいなのだろうか。唯一明らかなことは、文字と言葉が——その役割がはっきりと定められ、意味が精緻化するにつれ——、天啓を授ける神秘の手がかりであったあと、おとなしく列の中の定められた位置につき、僕にとって「死文字」、もしくはそれに近いものに化したということである。

ペルセポネー

僕は引っ越したばかりだ。生まれたときから、目的のさまざまなかなりの数の旅の時期を別にすれば、先月——一九四二年四月——まで一度も出たことがなかったパリ西部界隈（結婚まではオートゥイユのミニェ街に住み、それからブーローニュの液体ガスのごく近くに移り、ついでまたオートゥイユに戻った。最初は母の家にいて、次にグルネル橋近くの、同名のごみ箱の考案者であり、知事でもあった人の名をとったプベル街へ、最後には一九四〇年の九月以来、再びブーローニュ＝ビヤンクールへ。ここでは、昔、リポラン工場で起きて、僕をあれほど驚かせた災害が、空襲という形をとってよみがえった）を離れ、芝居がかった言い方をすれば、「わが人生」と呼ぶべきものが織りなしている（気づこうと気づくまいと各人それぞれの人生同様）ドラマに関し、場所の一致の法則を破る決心——というより、諸般の成行きから決心させられたといったほうがいい——をした。

いま住んでいるのは、ポン＝ヌフから数歩のところ、シテ島に面したグランゾギュスタン河岸五十三番地二だ。新居はこれまでに知った住居のどこよりも都会的だが（この地域には、人々、交通手段、公共の建物、カフェ、レストラン、商店が蝟集し、オーステルリッツからオルセーに行く地下の電車が、鉱山のようなとどろきで時折窓や床板を震わせるのだから）、野趣もある。僕の住む五階からは木々や河――わざわざ下まで降りてゆかないでも、河に浸かっているような気になるほど――が見えるし、いまの季節、かなり遅くなってから訪れる夜が、闇と、時たま電車の響きで破られる静寂とで、現在僕がこの文章を書いている――さんざん回り道をしたり、立ち戻ったり、抹消（biffures）したり、さまざまに分岐（bifurcations）させたりしながら――部屋を隙間なく包みこむまで、鳥の声や、あちこちで鳴る鐘の音がきこえてくる。

僕の住居の変化には、周辺地区から中心地区への移動のほか、右岸から左岸へのそれもある。ごく最近まではいつも右岸びいきだった。歓楽街としてはモンパルナスよりモンマルトルを好み、河を越えるときは決まって旅行でもしているような落ち着かない感じをおぼえ、ともかくパリの中心はオペラ座広場でも、コンコルド広場でもなく、だからといって両岸に挟まれたノートル＝ダム寺院などとは露思わず、セーヌの対岸にある古い界隈の美しさを認めはしても、そこにひそかな軽蔑の念がまじっていないわけではなかった。ちょうど情緒豊かな風景を好む観光客が、ある古い街の芸術的な遺産を前にして一応うっとりとはするものの、きちんとした通りや、広い車道や、清潔な歩道があり、ずっと快適で整備されていて、ただし醜くもある建物の並ぶその街の便利な界隈に建つホテルとは別のところに泊るなんて考えてもみない――一種突飛で、風変わりな行為としてでなければ――のと同様だ。

きらめく月光といい、セーヌ河の上にかかる嵐を孕んだいくつかの雲といい、昨晩はデパートで売っている着色石版画そっくりだった。ヴェール＝ギャラン〔元来は森の中の盗賊、転じて女たらしの老人の意。アンリ四世のあだ名〕の彫像――得体の知れぬスフィンクスとも、ヴォーヴェール城の悪魔とも、騎士長の石像〔モリエール『ドン・ジュアン』で主人公を殺す騎士の石像〕とも見える――が、「アンリ四世の白馬の色は何ですか」という古典的な質問とは裏腹の、黒々とした姿を浮かべていた。歩道よりちょっと下にある（舞台装置の完璧さにとっては不可欠な細部。僕がそうした完璧さを過度に重要視しているのは確かだ。なにしろ舞台装置とは何であれ、どこまでいっても見かけでしかないのだから）小さなレストランまで僕は、午後十時近くだというのにまだ夕食をとっていない友人たちについて行った。彼らが蒸し鶏の哀れな代用品（超薄型のオムレツ、ひどく貧血症のスパゲッティ）を食べるのを眺めながら、まるでこの地区の本当の住人ではなく、むしろ異国情緒にあこがれる旅行者ででもあるかのように、ナントや、その奴隷商人の家々や、港のもつロマンティシズムに思いを馳せながら、ミュスカデ酒を飲むだけにしておいた。僕がこの界隈のまったく新前の住人であるのは本当だ。そして「新入居者」の状態につきものの、なんとも知れぬ所を得ぬ感じに首まで浸かって暮らしている。この状態は「罹災者」の境遇（こちらは悲劇だ）と瓜二つだが、ただし血と破滅とを欠くすべてのものの習いとして喜劇的だ。

それは、言語動作がゆき当りばったりになるときであり、外側の世界全体が共謀して自分たちの足跡をくらますことに意地悪な喜びをおぼえているかに見えて、日ごろの習慣がすべて狂ってしまうときであり、動産のすべてが雑多にまじり合いながらひと所に集められる（同じ一つの判じ絵の中にちぐはぐなのに隣接して並ぶいくつかの挿画の突飛な結びつきさながら）ときであり、普段は僕たちに従属している事物の大混乱と、そこから生じる諸関係の錯綜とが、この世の人と人との関係が終わったあとの、死というものの喜劇的なイメージ（取違えやどたばたといった形に置き換えられて）を僕たちに与えるときでもある。tu は殺され（tué）、駆引にたけた vous はたえず過ちを犯す。この種の大騒動（物との関係だけでなく、人と僕たちの結びつきもそのために損なわれてしまう。こうした上を下への大騒ぎのなかでは、外側の目安も、そして同時に、je の同意が日々追認されていた定点もなくなってしまうからだ）のはなから、nous は雪のように溶け去った。こちらを脅かすものとなった

——少なくともよそよそしくなった——物たちの il や ils と向かいあって、小さな穴の中に閉じこめられた je しかもはや残っていない。しかし tu も nous もなく、そのまわりをとり巻いて、一人称単数としての je が頂点に立つ階層秩序に根拠を与えていた il もない je ——たったひとりきりの、孤立した je ——とは一体何だろうか。je-tu-il からひき離され、nous-vous-ils からも（je-tu-elle はいうまでもなく）排除され、これほどばかげた状況に置かれた je とはもはや、ひとりで囃子唄を歌おうとして、「am-stram-gram pic-et-pic-et-colégram bour-et-bour-et-ratatam mis-tan-gram」〔子供たちが鬼などを決める際に歌う囃子唄の文句〕と唱え、仲間がいないために無意味な呟きと化してしまった文句と、それに伴う動作を繰り返し、きりもなく堂々めぐりをしている子供でしかないのではないか。こうした仲間とは、敵であると同時に協力者でもあって、このような囃子唄を意味あるものとし、眼前に他人という防波堤を築くことによって境界を作り上げ、その子に別個の人間だということをはっきりと感じさせるのである。

僕の意見では、以上が「引越の哲学」を考える場合の基礎だ。いわば空積みの土台であって、それを構成する各部分は加工されておらず、個々の勝手に委ねられていて、各々の重力によって安定するようにできており（その名に価するすべての観念の建築と同様）、互いを結びつけるのにいかなるセメントも必要としないはずである。けれどもここに示した考えが、生憎なことに余計なお世話によって卵のうちに押しつぶされることなしに済んだとして、引越という世界の終末の雛形の中にあってその本質をなすパニック的な部分に関し、確固とした観念を呼び起こす暗喩を考え出すことができるかどうかはまだ分からない。

要するに僕は今晩、今日で借りてから二か月以上になるグランゾギュスタン河岸のアパルトマンで、ペンと紙（作家のもつ道具のなかでもっとも物質的なものであり、手という仲立ちを介して、僕の頭と結びついているもの）でもって、悪戦苦闘しているのである。

広い部屋、美しい眺め、空気、静寂、一様に灰色の色調に塗られた——薄すぎも濃すぎもせず——壁、ノートを大きくひろげることも、マッチや本や灰皿を所狭しと置くことも、快適な椅子に坐って肱をしっかりとつくこともできる仕事机、こうしたすべてはそれだけで大したものだが、執筆に好ましい環境を作り出すには程遠い。というのも、実をいえば、僕にとって環境なるものは存在しないにひとしいからである。僕の仕事に対し、外面的な事象はほとんど影響を与えない。それに、万事が僕の頭の中で起こることであるならば、また、直接頭からとり出すものだけでなく、錯覚して外界から借りたと思っているものに対しても、責任があるのはひとり僕の頭であるならば、仕事の成果の多寡を説明するのに、周囲を引合いに出すのは安易にすぎるだろう。いま錯覚といった理由は、僕が「環境」から生じたと思うものでさえ、事物（それ自体は無関心な）に反射して、自分へと戻ってくる僕自身の考えにほかならないからである。

けれど何を言おうと（自分の責任を解除するため物に責任を負わせたいという欲求に駆られるにせよ、自分が全責任を引き受けようという反対の欲求に駆られるにせよ）、僕と物とのあいだには一種のバランスが存在する。そして、交換にほかならない体のメカニズムとの類似を強調するかのように、人が「インスピレーション〔ラテン語の inspiratio（呼吸）から出た語〕」と名づけている心のありようの不思議な連鎖において、対立すると同時に結びついてもいる僕と物という二つの項のどちらに何が帰着するのかを見定めるのはきわめてむずかしい。

僕にインスピレーションを与えるさまざまな風景（それを見ると豊かな気分になったり、活気が吹きこまれたりする風景、という意味だ）についていえば、いま住む新しい界隈の魅力を形作っているもののうちで、まだ僕が訪れていない場所が一つある。ヴェール＝ギャラン小公園だ。それはポン＝ヌフの向こう側、シテ島の突端部、この島のもっとも河に近い部分全体を占めており、その三角形は次第にせばまって水際に達し、こんもりと木々が茂っていて、中には、散歩者のためのベンチがある。それは、都市の塵埃で汚れた河の中に、その流れを速めるためのように、あるいはその腫瘍を切開するためのように突き出た緑の船嘴であり、授乳をする女たちにも、恋人たちのひそひそ話にも好都合の一種の治外法権を有しているかに見える――近くに聳える、ひと塊の新旧さまざまな建物に対して――楽園の面影を残す飛地だ。

　言葉の森を経めぐる、人の目にはやはり散歩していると映るらしい（しかしあくまでそう見えるというだけの話だ。なにしろ僕は、散策の心休まる楽しみを味わうだけのくつろぎを感じるには程遠い状態なのだから）、跛ひきひきの歩行はあまりにも遅いので、また、僕が「自分の仕事（travail）」――ブレアル〔ミシェル・ブレアル（一八三二―一九一五）、フランスの言語学者〕がその『意味論』の中で、足枷をはめられた（entravé）馬と語源が共通だと指摘しているこの言葉の十全な意味で――と呼ばざるをえないものがあまりにも逡巡しているので、この前の段落にピリオド（洗練された人たちが溜息代わりにそっと息を吐くときの口の形のような丸い点）を打ってから、ヴェール＝ギャラン小公園をひとまわりし、ヌイイのある建物に数人集まって夕食を共にし、そのときこの場所に関する興味深い歴史的事実を知るほどの時間があった。テンプル騎士団の最後の偉大な指導者であり、異端再転向者としてフィリップ・ル・ベルから有罪宣告を受けて「ユダヤ人の島」で火刑に処されたジャック・ド・モレー（Jacques de Molay）の火刑台が建てられたのは、どうやらそこらしいのだ。僕はこの知識を、記憶のあやしさ（あるいは歴史の知識の不確かさ）から、「Molé」と書くのか「Molay」と書くのか綴りが分からなかったため引いてみた『図解新ラルース』の Mele-Po の巻の一四九ページから借りている。

　橋板と小公園を結ぶ二つの対になった階段――芝居の山場の部分が演じられる前舞台へと通じる、実物の舞台装置の段のような――のいずれかを下りたところにあるヴェール＝ギャラン小公園からは、一連の怪人面を見ることができる。お互いにまったく違っていて、あるものは髭がはえ、あるものは無髭だが、どれも多少とも顰めっ面をしており、橋に沿って一列に配置されている。それは、鉱物になり代わって歌おうとするコーラス隊の各パート、花崗岩の生きた精霊たち、石におのずからなった果実とも見える顔の列だ。それは、橋の上に立つ二本の金属の支柱にささえられた傾いている大木から数歩のところにある。家のごく近くにあるのに、この期に及んでの最初の（そしていままでのところ唯一の）小公園訪問の際、たまたま出会った知合いの少年――自称スラヴ人の俳優――の言を信じるなら、パリに住む一部のロシア人のあいだに、ユダがこの木で首を吊ったという伝説がひろがっているという。木の梢は橋の水平のへりを斜めに横切って上へとのびている。ユダ――あるいは他の犯罪者――がこんな手近なところに絞首台があるのを発見し、胸壁を越えて川に身投げするよりはこの木に綱を結んだほうが手っとり早いと判断したというのは、容易に想像できることだ。それでも僕が、少年の話してくれた事柄に何の信も置いていないのは事実だ。のみならず彼が、その「伝説」と称するものをただ単に拵え上げたのではないかとさえ考えている。たしかにかなり年を経た老木であり、昔「ユダヤ人の島」と呼ばれていた土地にはえているうえ、ノートル＝ダム寺院のごく近くにあるのに、なぜ僕は歴史上の正確さにばかりこだわってユダがこの木で首を吊ったという話を認めようとしないのか。日ごろ詩を云々し、そのかたわら、確かめるのがきわめてむずかしい、自分の心の中で起きた、ごく内面的なこまごまとした事実にほとんど偏執的といっていい関心を抱いているくせに、目に見える世界で実際に起きたはずの出来事と、それについて読み聞きすることとのあいだの一致に対してこれほどきびしい要求をすることに、人はびっくりするかもしれない。これほどの要求、こう書いて、その瞬間僕は、ユダが本当に歴史上の人物なのか、それともお伽噺の登場人物同然の人物なのかどうかを知るという問題すら自分に課さなかったのに気づく。ことほどさように、幼いころ教えこまれた事柄は、僕に対していまなおこのように強い支配力をもつのであり、昔、話してきかされた架空の物語のいくつかなどは神聖不可侵であって、真実は論議の余地なく、その検証などまったく思い及ばないことなのである。

ヴェール＝ギャラン小公園へのこの散歩からは結局何一つ引き出すことはできなかった。僕は相変わらず文章を並べつづけている。ごく単純な考えを打ち明けることができず、それに下らぬ詰め物をして力を弱めるのが関の山で、楽しんででもいるかのように文章を直したり、引きのばしたりしている。自分と半分同名のミシェル・ブレアルを引用し、ラルース事典を参照し、某人物がしてくれた話の一部を報告したあと、以前同様、前へ進めなくなってしまった。同じ遮蔽幕が僕と現実とのあいだを隔てており、まるでもがき苦しんでいるこれらの文章——それに言葉をつけ加えたり、ある言葉を別の言葉に置き換えたりしながら——が、僕が現実と結ぼうと努力しながらなかなか結べないでいる交渉の象徴であるかのようだ。なにしろ僕は、両端へと引っ張りあう互いに正反対の動きによって身動きがとれなくなっているのであり、自分と現実とのあいだに直接の接触を作り出したいといくら望んでいるにせよ、事実へ直行することに対するいわれのない嫌悪だけが動機となって、多くの回り道を強いられ、ぐずぐずしているのである。ヴェール＝ギャラン小公園は光を通さぬ緑の茂みと、僕がこの足で踏んだ地とともに相変わらずシテ島の突端にある。中に入ってそれを見、それをきき（その葉擦れの音を）、それにさわり、その空気を吸ったけれども、僕は依然として遠く隔たったままだ。まるで、そこへは一度も行ったことがないみたいだ。五感のなかで一番抽象的な感覚である視覚、それを通すとき、すべての事物が、僕たちから遠く離れた周辺に投射され、書割のように組み立てられて、外界の事物と化する視覚はまだいい。聴覚はといえば、耳朶を打つものは、そうすることによって、狡猾に忍びこむにせよ、荒々しく闖入するにせよ、すでに僕たちの内部に入りこんでいるのだけれども、まあいいとしよう。しかし触覚は？　嗅覚は？　手に触れるもの、鼻でかぐものはどうであろうか。このような形で体験した諸要素が、これほどわずかな痕跡しか残さないなんて、また、ああして互いに相手の中に入りこんだあとで、僕がいま机の前に坐り、執筆の仕事のもつれた足跡を解きほぐそうと夢中になっているあいだも、自然が相変わらず健在で、消え去りも石化もしていないのを確かめようとするかのように、閉まっている窓から時々外を眺めているなんてほとんど信じられない。

　僕が多くの遮蔽幕によって自然から隔てられているという耐えがたい思いを四六時中感じているとするなら、書斎の秘密の幾何学的象徴であるこの四壁の中で起きていることをたとえ覗き見ることができないとしても、人は僕の書き方の中にこれら遮蔽幕の反映を見出すことと思う。僕が書くどの文章の中にも、前置きとかその時々の状況からくる必要（日ごとやりきれないものになっている）に応じるためにせよ、リズムに関する要求（散文を書く場合ですら、僕は自分の考えを総合文〔いくつかの節からなる調和のとれた構造をもつ文〕や、いつも多少とも律動をもつ文章群の形で表現せずにはいられないのだから）から出た単なる冗語であるにせよ、多寡は場合によって異なるが、副次的な役割を果たす一定数の言葉が出てくる（いきなり出てくることもあれば、あとから挿入されることもある）。言明した瞬間にあやしいと思われた断定に対する緩和物であり、時には、僕が自分の文章――売るに際し、博労が健康そうに見せかける病気の馬みたいな――につめこむ、ありふれた、響きのいい詰め物でもあるこれらの言葉に対し、自分では、文章の論理からしても、そのバランスからしても（冗語という性質があまりにはっきりしている言葉にも、総合文を乱す付《つけたり》的な言葉にも我慢できないので）、正当な根拠があると思ってはいるものの、もっと近寄って僕の文章の構造をわざわざ検討する人が（そうでない人も）、これらの言葉は実際には次のようなものだと認めたとしたところで、それは勝手である。すなわちこれらは、真の思考を一層正確にあらわす助けになるよりはむしろ、それをおおい隠し、結局のところ一連の遮蔽幕と化している、僕の書くものすべてに繁殖する寄生的な層であると。こうした遮蔽幕は僕の考えと僕とのあいだに置かれて、僕の考えをぼかし、それをあまりにおびただしい言葉の群の重みの下に窒息させ、しまいには、自分には無関係なものにしてしまうか、まったく解体してしまう。同様に、積み重ねられたあまりに多くの印象は、たとえ僕が自分で味わうことのできる範囲からは出ていないにしても、互いに強化しあって現実への出口となるどころか、現実を曇らす暈か、現実と僕とを隔てる薄膜となるという次第である。

言葉の流れに浸すことによって血肉を付与したいといくら努力したところで、最近の僕の印象の多くははかない合成物であり、骨組がなくて色もとりとめのない沈澱物にすぎない。それに対し僕は、遠い過去のごみ溜めに追放されながら、ある種の経験が、古びていないぶんだけ支配力が強まるとえてして想像——まったく間違って——しがちなごく新しい経験に比べて、驚くべき権威を保っているのを見出す。

いかなる時の垢も曇らすことのできなかったこれらの経験——時はそれらに、その輪郭を和らげて、共通の「雰囲気」の中に溶かしこむちょっとした古色をつけたにすぎない——のうちのいくつかは、他のものに比べて自然のあやめもつかぬ深みに根を下ろしているらしく、このことから同じ一つの項目の中に集めることができるように思われた。そしてそのもとにそれらを置くべき印として、ペルセポネー〔ゼウスとデメーテルの娘。冥界の王ハデスによって地下の世界へとさらわれ、その妻となった〕という花と地下とを同時にあらわす名前を選んだ。この名はこうして地中の闇からとり出されて、章の冒頭の空の高みまで引き上げられたのである。

リセで、どうにかこうにかデッサン用木炭の扱い方をおぼえたとき写したアカンサスの葉、丸葉朝顔その他の蔓植物の茎、

かたつむりの殻に記されている螺旋、
大腸と小腸の曲がりくねり、
みみずの分泌物が砂に描き出す蛇形の跡、
メダイヨンの中にはめこまれた子供の毛、
軽く指で押すと、「ペール＝ラ＝コリック〔訳せば下痢おやじ。ベル・エポック時代に流行した磁器や金属製の人形。ズボンを脱いで室内用便器にまたがった人物をあらわしていて、指で押すと小さな穴からくさい煙が出てくる〕」の中から出てくるくさい瓜二つのもの、
ある種の装幀本の小口にひろがっている波形文様、
メトロの入口に見られる、「モダン・スタイル」の湾曲した鉄格子、
シーツと枕カヴァーに縫い取りされている数字の組合せ文様、
金の兜〔二十世紀のはじめ、パリの場末のよた者二組が奪いあったという娼婦のあだ名〕の昔、一人の娼婦の顳骨に脂でくっついた巻毛、
鋼鉄のロープの、細くて、他に比べ褐色の編索、索具のロープの、太くて、他に比べ金色の編索、
料理として出される羊の脳がその一例であるような脳の渦巻、
ぶどうの蔓の作り出す螺旋形（tire-bouchonnement）、これはのちに——搾り汁がいったん壜につめられたら——ワインの栓抜き（tire-bouchon）（それ自体、酩酊の果てしない螺旋（vis sans fin〔元来は歯車を動かすウォーム・ギアのこと〕）を予示している）がとる形だ、
血の流れ出るさま、
耳甲介、
小道の紆余曲折、
花綵、渦巻装飾、唐草文様、花輪文様、渦巻文様、アラベスクといったたぐいのものすべて、
めかじきの水切（自分に都合のいいように、巻ひげ状のものを想像する）、

牡羊の角の螺旋状のねじれ、

こうしたすべてのものがペルセポネーという名前の中にひそみ隠れていて、時計を動かす歯車装置の真ん中に巻きこまれている帯鋼か、ひげもじゃの悪魔がまだ飛び出してこない、蓋の閉まった箱の中の渦巻ばねさながら、始動装置をちょっとでも動かせば、たちまち始動するように思う。

というわけで、主としてペルセポネーという螺旋状の一つの名前、もっと広くいってカーヴする名前が問題なのだ。かといってそのカーヴのゆるやかさを、磨滅したものにつきもののなまった性質と混同してはならない。なぜって——それどころか——、その鋭い、突き刺すような面は、それを形作っているシラブルと、はさみむし《ペルソレィユ》(perce-oreille)という昆虫の戸籍であるシラブルとを比較してみれば確かめることができるからだ。「ペルセポネー《ペルセフォーヌ》(Perséphone)」も「perce-oreille」も「貫通《ペルセ》(percée)」という観念への暗示によってはじまっている(この観念はペルセポネーのほうが不確かだ。その中のsが、簡単な音位顛倒《メタテーゼ》を行って、妖精のような人《フェ・ペルソーヌ》(Fée Personne)と呼びたくなるほど、なにか波打つような、草のような、夢のようなとらえどころのない感じを与えているからだ)だけでなく、どちらも聴覚への訴えかけで終わっているためである。昆虫の場合は「耳(oreille)」(つまり、そこを通って聴覚が僕たちの中に侵入(pénétrer)してくる器官)という語が入っているため、その点はっきりしているが、女神の場合は phone という接尾辞によるもっと間接的な形でのことだ。これは「電話《テレフォン》(téléphone)」にも「グラモフォン(gramophone)」にも見出される。とても好音調のこの語尾は、前者よりもいかにも音楽の機械らしい感じを出している後者のほうにぴったりだ。

生活の糧を得るため、果実の核をかじるのを主な仕事とし、時にはその鋏で人間の鼓膜に穴をあけることもあるというこの昆虫は、やはり地下の王国にひそんでいるデメーテルの娘と共通点がある。聴覚の奥深い国。それについての記述は、他のあらゆる自然科学の何ものにもまして地質学に属している。聴覚の器官を形作る軟骨の洞穴のせいだけでなく、それと洞窟や淵との、さらには地殻にうがたれ、その窪みがちょっとした音にも共鳴箱の働きをするすべての穴との関係のせいだ。

脆い薄膜でできていて、昆虫のごく小さな鋏でも穴を開けられる――大音声で破けない場合には――おそれのある鼓膜のことを思うと不安になるのと同様、声帯に対しても同じ心配をすることがある。たとえば、あまり大きな声で呼びすぎたり、過度の緊張を与えて（怒りや悲しみの、あるいは、面白がって声を限りに叫ぶ単なる楽しみの結果）「声をつぶす」ときには、声帯は往々にして即座に損傷してしまう。これは、そうしたことが僕の身に起きると本当に心配していたのか、それともひときのあいだ僕を静かにさせるためのこけおどし――むしろこちらのほうだと思う――だったのかは分からないが、母が時々注意するようにと諭した事故だ。名前の関係というセメントで固く――明々白々の形で――接合されたペルセポネーとはさみむしとは別に、洞窟界という同じ世界に属しているほか、いずれも損傷のおそれの対象となっている喉と鼓膜の離れることのない縫合がこうして行われる。そして洞窟は、とどのつまり、地下の女神と果実の核を穿つ昆虫、声が形作られる母型、音のばちで叩かれて響き渡る鼓膜（tambour〔太鼓の意でもある〕）とが出合う幾何学的な場所となる。洞窟、それは、外部の発酵体から真っ直ぐに立ちのぼったあと、長い、水平の波となってひろがる息吹――その時々で変わる温度と、濃度と、魅力とをもつ――を、僕たちの心の空間のむき出しの窪みにまでみちびくための、存在のもっとも秘められた場所にのびる暗い配管だ。

こういうわけで、一方には外部が、他方には内部があり、両者のあいだに洞窟的なものがある。

低くて太い、そのうえいささかその度の過ぎる声を「こもった（caverneux〔元来は洞窟の意〕）」声という。たとえば、音域がもっと高いながら歌声のもっと甘い「主旋律を歌うバス」に比較しての「バス＝バリトン」がそうだ。この「バス＝バリトン」の歌声のほうは――ごつごつした、斧で刻むようなところから――、石切人夫だの、墓石用の大理石を刻む職人だの、鶴嘴を持った坑夫だの、墓掘人夫だの、井戸掘人足だの、そして（もはや厳密な意味では職業とはいえない社会的身分をあげるならば）、内部の獲物に向かい、屋根つきの回廊と年月に沿って、重々しい足どりでゆっくりした旅を続ける修道士にふさわしい。

洞窟の中に入るための、もしくは水面下数メートルのところへ一歩一歩下りてゆくためのような、地中に設けられた階段という観念が、首につけた石さながらに結びついているこの「バス＝バリトン」についていえば、オートゥイユ街にその診察室があり、昔、父と一緒に歌曲をやりに家に来ていた――僕たちのほうは、こうした喉の運動よりは、むしろ歯の治療のために彼のところへ通ったのに対し――歯科医が好例だ。なにしろ彼の声ときたら、とても力強くて重々しく、ガラスを震わせ（材木や敷石を満載して通り過ぎるトラックさながら）、そのうえ震動は、こうした現象が起こるたびごとに僕の鼓膜にも反響して、恐怖でおののかせるほどだったのだから。壮年のこの男――とても背が高く、禿げていて、体毛が白く、いつも決まって眼球が暗く、顔はきまじめだった――は歌をうたうとき、その大きさから普通竈のようなといわれるたぐいの口を開くのだった。彼は大きく開けた患者の口を覗きこんでいたので、このような洞窟（原始人か、穴居人か、食人鬼の住居）を人に見せる習慣を身につけたのではないだろうか。ともかくこうした事柄は、僕を安心させる体《てい》のものではなかった。物事をもっと気軽に考えることのできる現在、僕は、この人物が、職業柄虫歯（dents creuses〔元来は穴の開いた歯の意〕）（彼はそれを鉛の詰め物をした歯に変えた）を扱っている事実と、下手の横好きの歌をうたうのに役立つ、生まれながらの巨大な共鳴箱から洩れ出てくるある種の音調の、とても重々しく、こもった性質とのあいだに関係があるのだということを仄めかして面白がっていたのではないか、そうしたいささか過ぎた悪趣味の持主だったのではないかと疑っている。

歯の白い列を越えて口から出てくる歌声は、喉の中で生まれて、言葉と同じ道を辿るとしても、その旋律豊かな性質だけでなく、はるか遠くからきこえてくるように思われる点からも、やはり言葉とは異なる。それが震動を帯びて立ちのぼってくるのは、胸の空洞そのものからであり、臓腑の奥深くからである。この震動とは、こうした地下の世界に潜伏していたあいだ、その身にしみついたいきれにほかならない。狭いとはいえ、最深部の筋肉にまで達するほど深くえぐれた傷口の水路を切り開きつつ、諸器官をかきわけながら出てくるように思われるアラブの――あるいはアンダルシアの、といったほうがいいかもしれない――歌手の声であれ、男の歌手（chanteur）の場合には、岩から刻み出されたような、あるいはきわめて柔軟な鋼鉄で作られているような、「女性歌手（chanteuses）」よりも「歌姫（cantatrices）」――ただし「歌男（cantateur）」などとはいわない――と呼ばれることの多い女性の場合には、室《むろ》の生温かい中から出てきたような、あるいは壊れやすい糸状のガラスとなって引きのばされたようなオペラ歌手の声であれ、ひどくつまらぬロマンスか、ごくありふれたルフランのため、そこらの人物が発した至極平凡な声であれ、話す声と比較して歌う声というものは謎だ。

この場合の謎とは――本来形をもたないものに、話の必要上、どうしてもそれを与えたいというなら――、対象をとり巻くへり、ないしは房飾りと考えることができる。それは、対象の存在を強調すると同時に孤立させ、対象を規定すると同時におおい隠し、対象を彩るその特殊な色彩がありきたりの事実のまじり合う沼の底から対象をひき出すと同時に、目安となる脈絡も動機もない雑多な事実のなかにそれを挿入してしまう。音楽の発声法は、普通の発声法と比較すると、このような虹彩、すなわち人間の声としか思われないものと、動物界、植物界の、さらには仕草の影までがことごとく凝然とした形に変えられてしまう鉱物界の、リズムとのあいだの共謀のしるしである妖精のマントをまとっているといってもいい。話し言葉――それ自体かなり謎めいているが、なにしろ思考が現実のものとなるのは、外にあらわれる形をとるとらないは別として、ただそれが表明される瞬間からのことなのだ——から歌う言葉に至るとき、人が眼前にするのは一段と高度な謎だ。というのも、メロディとはある意味では肉体の構造に一層近く（発せられる一つ一つの音は、そこから直接生まれてくるように思えるので）、したがって安定した基盤の上にしっかりと立っているように見えながら、言葉では言いあらわせないものの、純粋に音特有の語法を用いての翻訳なので、人は実際には曰く言いがたいものとかかわり合っていることに気づくからである。このような次第で、まして歌の出所が人間の口（つまり僕たちが多少とも知っている器官）ではなくて、歌われる言葉の中にもともとある異様なものにその復元の驚きの加わる機械であるならば、人が直面するのはほとんど純粋な謎である。

ミケランジュ街に住んでいたとき、両親のさまざまな持物のなかでいつも子供の僕の関心の的になっていたものの一つは、父が日曜日や暇な晩に家庭音楽会を開いたり、録音するために使っていた円筒レコード用の蓄音器だった。

僕自身も一台、蓄音器を持っていた。これは、長いこと——そしてとりわけ映画会社になる前には——この種の機械ではフランスで唯一のメーカー（少なくとも唯一有名な）だったパテ社のものだったと思う。新年のお年玉かなにかにもらったにちがいないこのひとまわり小さい蓄音器は、父のものより性能が劣っていた。録音機として使うことがまったく考えられていなかっただけでなく、円筒レコードも小型と中型だけで、奇妙な付属品のある父の蓄音器ではきくことのできた大型のものはかけることができなかった。これらの付属品は、父が自分で録音した一連の「ロール」（僕たちは円筒レコードをこんなふうに呼んでいた）、および吹きこまれるのを待っている未使用の蠟のロールともども、いくらか家の簞笥の場所ふさぎになっていた。

勝手に使うことのできたジュニアむけのこの機械で中型のロールをききたいと思うときには、モーターの気筒のサイズを大きくしなければならなかった。元の気筒にぴったりはまる金属製の継手を使えばそうすることができた。元の気筒は、このような継足しによってその直径を望みの大きさにしないかぎり、一番小さい円筒しかかけることができないのだった。ガスレンジの接続ホースにそっくりで、煉瓦色がかった短いゴム管でスピーカーの朝顔に接続されていた、一般に「サファイア針用」と呼ばれていたサウンドボックス――小さな丸い箱で、雲母ないしそれに似た素材の薄板からなるその底には、この敏感な面に蠟の円筒レコードに刻まれた震動を伝えるための固い、極小の付属品がのっていた――、分解すると全部が掌に入ってしまうサウンドボックスは、最善を尽くして、ロールが伝える震動を音波に変えるのだった。ロールの全表面には、音を再生して売り出そうと企画されたオペラ、オペラ゠コミック、オペレッタの曲、音楽作品、朗誦がパテ兄弟商会で録音された際、もとの音波が刻みつけたさまざまの深さの溝が記されていた(互いにごく接近して走る細い線以外のものは見てとることができないほど密集した螺旋面をなして)。

モーターの気筒――水平に設置されていて、そのため、大きさは別として、地面から数センチのところに固定され、宙吊りにされた、道路に割石を敷くための地ならし用のローラーみたいに見えた――に関していえば、ごく単純で、むき出しのままの少数の歯車装置が、それを時計仕掛に結合させていた。一定した回転速度――正確な聴取には不可欠な――は、主として三つ――あるいは四つ――の小さな鉛の塊によって保証されていた。これらの塊は目に見えない正三角形の三つの頂点をなすように、あるいは十字架の枝の先端か方位盤の四方点のように二つずつ向きあうように配置されていて、その中央を上に装置ののっている伝導軸が横切っていた。これらの鉛の塊は、溶接その他の方法を用い、長さ数センチで、ばねの効果を発揮するほど柔らかい、それぞれ等量の金属の薄片によって中央部分に接合されていて、この薄片を介して伝導軸と連動していた。薄片の先端は、一緒になろうとするような二つの動き（物を磨いた表面に近づけると、影のほうも鏡の奥の架空の空間を横切って表面に近づくように見えるときの、物とその影のような）をなして伝導軸に沿って滑る、二つの可動のリングにねじでとめられていた。二つのリングのそれぞれの動きは、機械が作動しているとき、鉛の塊の全体が形作るハンドルのまわる垂直面を中心にして対称的な位置にある二つの点からはじまるのだった。

休止しているとき、これらの小さな重い鉛の塊は伝導軸からほんのわずかしか離れておらず、金属の薄片はそのとき伝導軸とほぼ平行にのびており、二つのリングは互いにもっとも離れていた。しかし装置が動き出し、速度が増すにつれて、鉛の塊はだんだん目立ってくる遠心力の影響を受けて次第に伝導軸から遠ざかった。一方牽引効果は弾力性のある薄片の中央部分にも及び、薄片をその長さのかなりの範囲にわたって伝導軸から離れさせ、同時に二つのリングの最初の間隔を縮めるのだった。したがって、装置は全体として見るとき、収縮するとともに、周辺が増大する（最初は別々の個体に見えていた鉛の塊が、見守っている目には、少しずつ溶けあって、半透明の灰色がかった輪になるので）につれて両極（二つのリングがあらわしている）のあいだがせばまるため、膨張もした。この目に見える変化には、時計仕掛の作動で発する唸り声がひそかに伴っており、その声には時々、ばねがゆるんだために突然生じる不規則な動きが原因の神経に障る音が加わるのだった。

ロールをきくこと自体の魅力に加えて、蓄音器を作動させているときの僕の楽しみはあきらかに、装置が始動あるいは停止する際の調整システムがこうむるはっきりとした変化を眺めることにもあった。別々の個体であることが確かな鉛の塊が、最初、ごく短いあいだながら動きを目で追うことができるほどゆっくりとまわりはじめ、ついで速くなるや塊は三つないし四つではなく無数のように見え、最後に速度が頂点に達するとぼんやりした、なかば非物質的な外見を呈するただ一つの円形の個体に変わるさまを見ること、反対に、装置を止めたとき、それらが曖昧な状態を捨て去り、あっというまに凝縮して塊と化し、輪郭をそなえた数えることのできる個体としてのありようをとり戻し、最初は回転しているこれらがついで停止してしまうさまを見ること、珍しい光景ででもあるかのように、この一連の変貌に立ち会うことは、僕にとって、ロールの多少ともかすり傷のついた黒い蠟からサウンドボックスが生み出す音をきくのと同じくらい――あるいはそれにほとんど劣らないくらい――大きな楽しみだった。

これとはまったく違っていたけれども、やはりとても刺激的だった楽しみは、ロールを扱う際に僕が感じたものであった。まず最初、ロールがしまわれている灰褐色のボール紙のケースの中に手をさし入れ、内側の面を指で押えるだけでロールを箱からとり出すことができるように指をひろげる。そのとき爪と指の外側は、モーターの気筒にはめたとき滑らないようにするための、ロールの内側のぐるり全体に四本ないし五本の割合でついている丸い筋を感じとるのだが、箱の内側に張ってあるフラシ天にも触れ、ロールの、溝の入った表面がこの柔らかなフェルト状のものに触れるかすかな音をきく。次に少し押しこむようにして(これは必要なことだ。ロールを気筒に固定させるには、その内面を気筒の外面に密着させるほかに手はないのだから)、ただしあまり強くはしないで(あまり一杯いっぱいまで押しこむと、ロールが粉々になってしまう危険があるので)、それらをモーターの気筒にはめこむ。最後に、動かす前に、万事うまくいっているかどうか、ロールの外縁と気筒の平たい側面の部分とがぴったり一致しているかどうか、どちらか一方が少し出っぱっていないかどうかを確認する(というのも、ロールは同型のものは本来どれも同一のはずだが、実際には、厳密にいえばすべてが同じというわけではなかった。なかには他よりいくらか小さいものがあり、気筒に一杯まではめると外縁と側面の部分とが完全に一致せず、数ミリのずれが生じた。逆に他よりいくらか大きいものもあって、これは反対の結果を生み、気筒が中に入りこんでしまって、自由な側――はめこみの行われる側――にいくらか空きが生ずるのだった)。

傷めるおそれがあるので、原則として、手を内側に入れるか、両手あるいは一杯にひろげた片手の指先で外側のへりをつまむかする以外のやり方でロールを扱うのは避けたけれども、もう一つの魅力は、たまたま手がロールの表面に軽く触れた場合、溝にかすかにくすぐられる――あるいは撫でられる――ことだった。通として味わったこれらの楽しみのすべてはありありとおぼえており、たとえばいまでも(いくらか注意を集中してそのことを考えるならば)僕の右手の指は、時計仕掛のキーを巻くとき、そのキーが指に当たる正確な抵抗感を、そして、それ以上進まなくなってゼンマイが一杯に巻かれたことが分かるまで、また、ゼンマイをもう一目盛進ませようとして、いったんは成功したように見えながら結局むだだと分かって、キーがぎりぎりの場所に落ち着くまでこの抵抗感に打ち克つために指のした努力を感じることができるほどだ。

繰り返し眺めたり扱ったりしたため、この蓄音器のことならこれほどまでに知り抜いていたけれども、父の蓄音器との関係となると、儀式ばっていてぜんぜん違っていた。書棚に並ぶみごとな装幀の本とともに、家の中にある一番貴重なものを代表しているように思われたこの「グラフォフォン」には、まったくの偶然でなければ、ほんのたまにしか触れなかったと思う。

「グラフォフォン」がその名前だった。「グラモフォン」の覚え違え(僕がある種の言葉を歪曲した形で記憶することになるああした思い込みの結果の一つ)ではなく本当の名前で、それを製作した会社、つまりエジソン商会に由来する特別の呼び名だった。ただしこれは、うかつにも僕が、アメリカの有名な技師の輝かしい名声に誘われて、科学的発明の英雄時代の半ばに至ってやっと発売されたさまざまな器具の製造会社に、この電気の実用化の主たるパイオニアの一人の名前をつけるという、事実の改変をしていなければの話である。たなびくさまをそっくり真似て描いた吹流しの中に、おそらくは会社名ともども「グラフォフォン」という名前が銘のように記されていたのは、「グラフォフォン」の時計仕掛が入っていた明るい色の木の箱の上か、使っていないときには他の装置を保護するために使う、同じ材料でできた幅に比べて高さの少し足りない箱の上か、かさや形からして、一時代前のタイプライターのそれを思わせもするああした蓋の上かであった。「グラフォフォン」は「グラモフォン」とははっきり違う名前であり、僕はそれを、「グラモフォン」と「フォノグラフ」という語が、朝顔のあるなしは別として、円盤レコード用の装置をさすのに対し、もっぱら円筒レコード用の古い装置に適用されるものとして、ともすれば「グラモフォン」と対立させがちだ。「グラフォフォン（graphophone）」、僕はこれを、二つの閉音oをもつ「grafófone」というふうにしか絶対に発音しなかった、まるで父の持物のこの蓄音器を動物界《フォーヌ》（faune）に属する動物たちか、古代の森に棲むサテュロス、つまり山羊の肢をもつ半人半獣と似たものにしようとするかのように。

この「グラフォフォン」について、僕は正確な描写をすることができないだろう。実見する機会があまりなかったというより、むしろほとんど扱わなかったせいだ。父がそれを使っていたとき、僕の頭をぼうっとさせた驚嘆の念のせいでもある。最初から一切の分析を寄せつけぬなかば奇跡の機械と思っていたので、それが一体、正確にはどのように作動するのかをまじめに考えたことは一度もない。グラフォフォンのおそらくもっとも注目すべき点は、蠟の深みに音を埋めるために使うのか、このようにしてうがたれた長い溝から音をよみがえらせる――熟した穀物か蘇生した死体みたいに――ために使うのかによって、それが二つのはっきり異なる形を呈することだった。

父が声楽や器楽に秀でた家族の一員か知合いの誰それ（玄人、素人を問わず）の演目を録音しようとするときには、かなりの数の付属部品を、しまわれている簞笥の中か上からとり出さなければならなかった。

まず最初は赤いフラシ天を張った平行六面体の大きな木の台で、父はそれをテーブルか小型円卓にのせ、その上に、演奏者に対して適当な高さになるように「グラフォフォン」を据えつけるのだった（少なくとも、立つ姿勢を前提とするヴァイオリンの曲や歌曲の場合には）。

次は固い、光沢のある、いくらか緑がかった灰色のボール紙でできている長い円錐形のもので、形と丈は魔法使いのとがった縁なし帽によく似ており、録音に際して普通スピーカーとして使われる、猟の角笛か途方もなく大きなラッパのたぐいの代わりをするものにちがいなかった。この円錐は、ラッパ形に開いた口のほうが、金属製の一部分湾曲した頑丈な細い棒にひっかけられていた。棒は機械全体の上を通り、装置の入っている箱の後ろの面に片手ほどの間隔をあけて上下に並ぶ、それぞれが棒の直線部分がはまる大きな通し穴をそなえた金属製の二つの留具によって固定されていた。このように吊り下げられた（ある種の揺り籠のカーテンの吊り下げ方を思わせる仕方で。こうした揺り籠では、船の艫に当たる部分からのびている棒の先が渦巻形になっていて、モスリンが結びつけられている）ボール紙の円錐体——使用の際には、水平にかなり倒された——は、口のところに特殊なサウンドボックスをそなえていた。それはもはや、上面に金色の鶏のシールが貼られていて、透明な底の上に「サファイア針」がのっている、とっつきやすい感じの丸い箱（音の再生に使われるパテ社のサウンドボックスのものと一致する特徴）ではなく、はるかに小さく、平たく、ほとんど金属でできていて（一方のサウンドボックスが、感度のいい薄膜の部分のほかは、エボナイトを思わせる黒い物質でできていたのに対し）、それでも一種の鋼鉄製の針はやはりそなえているカプセルだった。この針（カプセルの他の部分同様、ニッケルめっきが施してあったと思う。全体に繊細であると同時に意地悪げな外観を与えていた）の役割は、固形化したカフェ・オ・レそっくりの（一般に市販されているロールが黒いのに対し）ロールの蠟の中に、魔法使いの縁なし帽が集める振動音を刻みつけることであった。縁なし帽は――その懸垂装置のほか――、僕が一度も細部をきちんと観察したことのない装置によって支えられていた。それについては、ロールが回転しているあいだ、ロールの軸と平行するサウンドボックスの移動を確実なものにしていたとだけはいうことができる。この二重の運動から、蠟の中に、一連の音が転写された、ぎっしりつまった長い螺旋面を作り出す線が生まれるのだった。操作中、ロールの表面には、軽やかな、ブロンド色の蠟屑ができた。父はあとでそれを駱駝の革か小さなぼろ布でとり去るのだったが、僕はその匂いが大好きだった。

円筒レコードをきくだけの場合には、魔法使いの大きな帽子と場所ふさぎの懸垂装置は姿を消し、まっとうな金属製の朝顔がとって代わり、ボール紙の円錐とは反対方向にむけて――僕の知らない技術上の理由から――とりつけられた。これはちょっと、ある種の部品を逆回転することで後進可能となる機械みたいだった。また、かたや蠟への音の記入、かたやそのあとの、音を潜在させている多少とも深い溝からの音の再生という、相反するものが好一対をなしているところから、二つの操作の一方から他方へ移るには、いわば蒸気機関を逆回転させるのと同じことをするだけで十分だとでもいうかのようだった。

一方の端に誇らしげに口を開け、きらきらする表面（正真正銘、胸甲騎兵の甲冑だ……）が、その輝きによってそこから出てくる音の目に見える形とも思われるスピーカーの朝顔は、次第にすぼまって、しまいにはもはや、外気と洞窟の中の密閉された空気とが同じものだと思わせるための、しばしば唯一の手段たる壜の首（goulot）（goulet ともいう）のような、ぱっとしない一本の管にすぎなくなる。とりわけ僕の注意をひいたのは、まるで最初、広くラッパ形に開いていた部分に引きよせられていた好奇の視線が、知らず知らずのうちに集められ、サウンドボックスの闇と通じているのが分かっている中央の井戸へとみちびかれてゆくみたいな、朝顔のこの狭い、暗い部分だった。
かなり長いあいだ――まだ録音の神秘の手ほどきを受けていなかったときの、現実そのものと信じこんでいた幻の名残りではないだろうか――、たとえば二重唱のような歌曲を蓄音器できくとき、交互になったり、まじり合ったりする二つの声が、この通廊の闇の中に立つ二人のごく小さな人物から出てくるものと想像せずにはいられなかった。これらの人物は、オペラグラスの太い一方の端から、さもなければ劇場の奥の一番高い段から見た実際の歌手たち、プロンプターボックスから出てきた、舞台をとりかこむ巨大な建築に比してがっかりするほど小さい自動人形のように望見される実際の歌手たちと同じくらい頼りないものに思われた。朝顔の中の暗い、窮屈な場所にいると想像した幻の小さな人物を、劇場の「天井桟敷」、もっと俗な言い方をすれば「鶏小屋」から見た、その遠さからも、なにしろがっかりするその小ささ加減からも、ほとんど目の前に垂れ下がっている堂々たるシャンデリアとは対照的な生身の俳優たちと同一視するのは、いまの僕には当然のことのように思われる。実際、朝顔のラッパ形が、一方では、逆さにしたオペラグラスという観念に（芝居の観客は音楽の聞き手同様、直径の大きい側に位置し、芝居はサウンドボックスの中で生まれる音楽同様、直径が小さい側で行われているのだから）、他方では、距離のせいで、舞台は、人々の坐っている広い場所に比べてごく小さく見えるため、遠近法に従う僕たちの目に映るとおりの劇場ホールのイメージにかなり一致していると思う。けれど僕は、こうした考察が、この幻の誕生に何らかの役割を果たしたとは思わない。それはあとで考えたことなのだ。この後々まで尾を引いた錯覚の根にはむしろ、舌を下げてアーンをするとき（銀の匙を手にして診察をする医者の命に従うときのように）、奥に鍾乳石のように垂れ下がり、動くことから一見生きた動物を思わせる、喉びこの見える喉のイメージがあると考えてみたい。喉、それはこの製品――蓄音器の朝顔――が人間の声と音の再生装置であるのと同様、言葉を生み出す自然の器官。喉びこ、それは昔、蓄音器の朝顔の奥に棲んでいると想像した二人の小さな人物のことをいまなお連想せずには考えることのできない筋肉質の小さな舌。ヴァイオリンに魂柱（âme）、つまり共鳴箱の二つの面のあいだに固定されていて、品質の良し悪しがある程度その位置次第で決まると信じられている小さな棒があるのと同様、喉にも魂柱があり、それは喉びこにほかならず、朝顔にも歌に生気を吹きこむ正真正銘の魂柱たるあの一対の小さな人物がいるといえるだろう。なにしろサウンドボックスの感度のいい薄膜だけでは、こうした歌声すべてが生まれ出る理由を説明することができないと思われるため、彼らの存在を引合いに出さずにはいられない。

　この想像の中の小人――僕の頭が生み出した精巧な塑像――を別にすると、装置の部品のなかで一番繊細なのは明らかにサウンドボックスだった。この部品――蓄音器の心臓もしくは脳――の名前そのものからが、いまだに僕にそれを、きわめて脆く、他の何にもまして粉々に砕けやすいものと思わせている。実際「サウンドボックス《ディアフラグム》（diaphragme）」という言葉を思い浮かべるとき、それが「断片《フラグマン》（fragment）」と語源上密接な関係があるものと考えずにはいられないほどなのだ。この二つの名詞のどちらにもある同じ密なひと組の音の存在が、この関係を論議の余地ないものとして示しているように思えるのである。

　ロールの溝から生まれる音楽の流れは、さんざんかけたためにロールの溝にできたごく小さなかすり傷がサウンドボックスの針の先端に突然当たって生じる、単独の、あるいは続けざまの軋みによって時々中断された。といって、この軋みは、そのほとんど無言の動きをロール用の気筒に細いベルトを介して伝える、油をよく差したサウンドボックスとは何の関係もなかった。ベルトは獣皮製で、上昇するものと下降するものと二本あり、時計仕掛の入っている箱の表面にしつらえられた二本の平行する溝を通って、気筒よりかなり直径の小さい、気筒と同じ軸線に沿って設けられたシリンダーに働きかけるのだった。

それは、時々電話が発する揚物の音に似た雑音とも、湿った木が燃えるパチパチいう音とも、人の足に踏みしだかれる枯葉の音とも違っていた。むしろ舌打ちの音——それにはいくらか絡みつくようなところがあるので——か、細紐（独楽遊びをする子供たちが使うような）で軽く叩く音に似ていると言ったほうがいいかもしれない。しかしそれらよりもっと重々しく、より厚みがあって、そのうえかなり変化に富んでおり、音階の全範囲にわたっていた。これは、原則としては同一のはずの弾丸を同じ大砲で撃っても、いつも正確に同じ砲声になるとは限らず、時には乾いた、時には大きな、時には長い、時には弱い音になるのと同様だ。こうした相違は、装塡法の、あるいは、いくら同じ揃いのものであってもそれぞれの弾薬筒に見られる口径のほんのちょっとした違いとか、家計簿なら雑費という項に入れるような不測の事態のため生まれるのである。

この雑音——本当に骨折か、鉱物の砕ける感じを与えた——は時間の静かな流れをさえぎった。もっと激しい音だったら、銃声をきいたときのように飛び上がったであろう。身震いをひき起こすには弱すぎたが、それでもメロディの流れの場合同様、物事の流れが中断したと思えるほどの強度で知覚されたまさに爆発であった（小型のものだったけれど）。なにしろこの中断は、このような音に耳朶を打たれた人を、時の一様な流れという軌道からはずれさせ、普段彼をとりかこんでいる時間の枠組を飛散——一瞬間——させたからであり、一方、人が心の中で追っていた歌についての意識は、持続性のなかへ不法侵入したこの時ならぬ音の中に溶け去って蒸発してしまったからである。その音をきくとき、サウンドボックスがばらばらに壊れないことに、少なくともひびが入らないことに驚かされたものだった。それは、その背丈が歌のヴォリューム感にいかにもふさわしかったあの巨漢、こもった声の持主の歯医者があらわれて歌う場所の窓ガラスが、はらはらさせられるほどの歌声によっても少しも割れなかったのが不思議に思われたのと同様である。

コップの中の（それどころか絵具皿の中の）嵐であり、クリスタルガラスの厚いレンズを震わせる地震の揺れにひとしいこのポケット版の世界の終末は、組成はさまざまだけれども主要成分はいつも変わらぬ岩の中にみつかる、その岩とそっくりの薄片のように、「diaphragme」にも「fragment」にもある同じ fragme というシラブルの中にまるごと示されていた。けれど、このような形で互いに結びついている一連の言葉にあって、事情がいつも同じとは限らない。たとえば、「きびしい《オーステール》（austère）」がそうで、そのきびしさは「ステール・ド・ボワ（stère de bois〔薪の計量単位〕）」といった語の中に一部認められるほど明らかなように思われるけれども、オーステルリッツ（Austerlitz〔ナポレオンがオーストリア＝ロシア連合軍を破ったモラヴィアの戦地。パリの駅名でもある〕）の戦いや駅名の中にある austère とはもはや何の関係もない。同様に、俗に男性の性器をさす「棘（épine）」という語がラテン語においてペルセポネーに相当する「Proserpine」の中にもあるけれども、そんなことは誰も認めようとしないだろう。

蠟の深みに隠れている聴覚の帯水層から耳の海までのあいだに、サウンドボックスと朝顔とが協力して掘った水路を通るハーモニーの流れとは無関係な、思いがけない、といって原因はロールの状態にあると分かっているこの雑音は、かなり人を面くらわせるものだった。サファイア針を直接の受手（それが、音の流れを生み出す、もっとかすかであると同時に秩序立ってもいる動きの受手であるのと同様）とする衝撃に起因するこれらの音は、僕にはたしかにこのようなものに思われた。けれど僕はえてして、これらの痙攣はサウンドボックスの本体がその舞台となっているのであって、外部に由来するというより深部から生まれたものであり、だからサウンドボックスは外からの働きかけに従順な受身の器具ではなく、むしろ混乱の独立した原因になっているのだと思いがちだった。サウンドボックスの中で爆発し、その透明な壁面を破りかねないように思われたものは、それゆえ、単なるこだまではなく、ひとりでに生まれた雷であり、遠い場所から僕たちのところまで雲から雲へと反響してきこえてきた轟きではなく、いま目の前にある部品の内部の稲妻から生まれた大音響なのであった。それはまた、舞台の袖で作り出されるどんな効果音とも別の、分子から生まれた雷光であり、僕の恐怖を鎮めるために乳母が言った――と、人にきかされなければ僕が知りえないような遠い昔のこと――、あの大きな声は、すぐ上の階でどたばたやっている子供たちみたいに、空で騒ぎまわっている「ボール遊びをしている小さな天使たち」なんですよ、という雷ともまったく違っていた。

僕は、昔ある種の音が僕に感じさせた性質と、外界のとりつくしまのないありようの具体的な表れとしての鉱物に対し現在抱いている観念とのあいだに一致を見出すのだが、そうした一致を要約するのにどのような言葉がいいかを探すとすれば、真っ先に心に浮かぶのは、「岩のへこみ《アンフラクテュオジテ》（anfractuosité）」という言葉だ。

実際、「anfractuosité」の中には、ロールの蠟の表面を傷つけるだけでなく、物質と精神のあいだの仲介者と考えられた光波ないし光の粒子に何世紀にもわたって認められてきたものに比すべき、両棲的性質をもつ音楽という、なんとも形容しがたいあの発散物を破壊してしまうざらざら《アスペリテ》（aspérités）や、小さな傷《アンコシュ》（encoche）がある。「anfractuosité」の中には、なによりも、岩や石を傷つける割れ目や亀裂の観念がある。そこから雷や稲妻のイメージとも結びつく。これらはしばしば同じ亀裂という形であらわれるからであり、一方この種の大気現象は、物に襲いかかるとき、割ったり、亀裂を生じさせたりすることもできるからである。最後に、「anfractuosité」の中には普段再生される音とは何の関係もないが、蠟やサウンドボックス自体の叫びのように爆発するあの音響がいくらかきかれるのだ。「anfractuosité」という語――僕の語彙のなかに位置を占めるような――は、したがって逆説を含んでいる。なぜならそれは、岩の荒々しさや、中にはとても入りこめないその固さと同時に、そこから鉱物の世界、つまり僕にとってもっとも手ごわく、もっともなじみのないものが入りこんできたのだと、いまならすすんで信じるあの耳の割れ目をも思い起こさせるからである。

ロールの蠟、装置の蓋と台の箱（僕の蓄音器の場合は、単なる長方形の板）の木、サウンドボックスを構成している特殊な物質（針の「サファイア」、薄膜の半透明な雲母――でなければ他の物体――、容器の黒い物質）を別にすると、僕の蓄音器と父の「グラフォフォン」という、こうした複雑な機械を作り出している、巧みに組み立てられた部品の多くは金属製だった。正確にはどのような金属だったかは知らない。しかしこれらが「金属」製だったことは分かっている。金属とは僕にとって、小石や珪石や石膏や岩や水晶と同様に鉱物界に属しているなどとはかつて考えたこともない、一切の石のたぐいとはまったく異なる無機物と思われていたのだった。

「上質の厚紙《ブリストル》（bristol）」という名詞――正しいかどうか知らないが、僕がブリストル市に結びつけて考えているためであろう、いかにもイギリス風に思われる――が、あまりにもそれがあらわしている柔らかいボール紙にぴったりなので、発音するとき、このきわめて特殊な音が、たとえば両手で葉書を持って、片方からもう片方へ交互に折る際の、突然空気を打つ音そっくりにきこえるほどであるのと同様、明確な二つの母音に依拠する三つの子音によって発音され、まるでたったいま、るつぼで溶解されて純化されたばかりとでもいうように、一切の夾雑物が影をとどめぬ「金属《メタル》（métal）」という語は、無機物の集団の中で、宝石とともに一種の貴族階級を形成しているこれら特別な物質にうってつけだと僕には思われる。

家に届くや否や、兄たちと一緒に実に熱心にめくった――値段が手ごろで、短い説明を読むと無性に欲しくなるおもちゃを調べ、比較し、採点し、青鉛筆や赤鉛筆で印をつけたりしながら――お年玉用のカタログの中に、よく「金属」製の品物が出てきた。金属製とあるだけで、ただそれっきりだった。正確にどんな金属でできているのかを知ることのできる説明は一切なかった。科学的な正確さへの関心などとはまるで無縁だった当時の僕にとって、たとえ曖昧であろうと、「金属」と書いてあるだけで十分だった。そのうえ、無機化学が「半金属《メタロイド》（métalloïdes）」（まるで人を欺く呼び名だ。どう見たってそれらは、金属とは似ても似つかないのだから）と呼んでいる物質と対立させている金、銀、白金、鉄その他、ありふれた、あるいは貴重な多くの成分が、この属名の中に含まれるなどとは思いもしなかった。僕にとって「金属」とは、亜鉛や錫がそうであったように特別な物質で、この言葉が、共通の性格が必ずしも明らかでない多くの種に分類することのできる、実際にはかなり雑多な要素からなる族に適用されるのだと教えられたら、とても驚いただろう。金属とは、銀を思わせはするが銀ではないきらきら光る白い何かであり、不変の、はっきりと決まっている何かだった。それは、同じように色がなくてきらめく他の金属ともたしかに似ていた。しかし鉛のような艶がなくて灰色の物質と関係がないように、金や銅（あまりにも赤すぎるか黄色すぎる）とも関係がないのだった。

　本来の金属のほかに、たしかに「ブリタニア合金（métal anglais）」というものがあった。ついている形容詞から、僕はごく自然にこの「金属」というやつには少なくとも一つの変種——違っているのが原産地だけにせよ、本来の金属とは別の、異なった物質を示す必要から生まれたこのような具体的な呼び名がさしている変種——があるのだという考えへとみちびかれたけれども、そして、このような変種のある「金属」とは、僕が信じているような特定の物質ではないことにうすうす気づきはしたけれども、金属の世界の複雑さを僕にかいま見させることによって、こうした間違った観念を一掃するには、「ブリタニア合金」より、合金の混血的性格をあらわすのにもっと適切な言葉がおそらくは必要だった。

　それはブロンズでもエラン〔両方とも青銅。後者は古語〕でもなく（どちらも、あまりにも古代的な堅固さをそなえすぎている)、「洋銀《マイユショール》(maillechort)」という奇妙な名がついている混合物(舌をいくらかねじらせる湿音に続くシュー音のせいだろうか、いくらか金属の味がする)でも、赤玉(最高の貴金属である金と銀の厳密な方式による結合から生まれたもの。階級においてはこの二つの中間の位置を占める。つまり「赤玉のメダル」は「金メダル」の下だが、「銀メダル」よりは上だ。ちょうど陸軍中佐——金と銀のまじった階級章をつけている——が大佐より下で、少佐より上であるように)でもない。これらの名前のいずれでもなく、合金の名前としてはそれでもよく知られている最後の赤玉でさえない。これらは合金という観念のなかにあるあやしげな部分に僕を近づけさせてはくれた。合金とは二つないしいくつかの固体の完全な結合であって、これらの固体は、水と酒、コーヒーとミルクといった液体の場合だけに可能だと思われていたような具合に、完全に相互浸透し、互いの中にひろがり、一つのものと化してしまうよう、あらかじめ溶解されるらしいのであった。僕にこのような観念——最初はかなり人を面くらわせるものだった——を受け入れさせたものは、いまにして思うと「真鍮《レイトン》(laiton)」という言葉だったようだ。それはまさしく、軽やかであると同時に重々しいこの言葉の中に、動物に由来したものではなくて、どうやら金属的性質のものらしい「牛乳《レ》(lait)」(固まる前のコンクリート《レイタンス》(laitance)に近いものか)のイメージがくるみこまれているからである。

僕がブロンズという言葉の中にいつも鐘の唸り声を、エランの中にぶつかり合う甲冑の音をきくとするなら、真鍮の中にはブリキ屋のブリキのような、牛乳屋の桶の素材になっている金属のような、安っぽくて貧弱な物質を直ちに認める。これは、本来はもっと将来が約束されていて、成分が凝固したあかつきにはより豊かな合金(金属界の対象に対して「lait」という語が用いられているところからして当然予想されるような、錬金術が生んだ生きた宝とでもいうべきもの)になることが期待されていたのに、鋳造の結果凡庸なものになってしまった物質である。

けれど雑種の名詞である「laiton」にあって、単音節の「lait」がtonという語尾のため品格を落としていることは考慮しなければならない。この語尾はそれがつく多くのものに、決まってこうした平板さを与えるのである。この哀れな音で終わる言葉の多くの例をみつけるためには、「玉葱のホワイトシチュー（miroton）」だの「大尉（capiston）」だのといった日常語の助けを借りなくても、脚韻辞典をひもとくだけで十分だ。避難所を作る際に使うコンクリート（béton）、半ズボンをとめるボタン（bouton）、縁なし帽を織る綿糸（coton）、部屋着のためのメルトン（molleton〔織物の一つ〕）、湿気で腐った綱で岸にもやわれている艀（ponton）、外部の権力に従順で、風見鶏さながら風向き次第でくるくるまわり、軋み声一つあげない無性格な人々の象徴である独楽（toton）。

ところで――僕の性格のあちこちに見られる影響されやすくて優柔不断なところ（たぶんそこから、二つの顔をもつ言葉が一般に自分に及ぼす魅惑が生まれるのであろう）についてはいうまでもなく――、僕は突然、自分がこうした人々と、ある一点でよく似ているのに気づく。僕もまた風見鶏となって、いや、むしろ狂った羅針盤となってと言ったほうがいいかもしれないが、くるくるまわる。その針は、幼年時代の記憶が道しるべとなっている自身の内部へのこの旅において僕をみちびく（あるいは迷わす）、ありとあらゆる種類の言葉の、たえずところを変える北に惹きつけられるのだ。一体なぜ、僕は思い切って飛びこむという考えの前でいつも尻込みするのだろうか。澱んだ水に惹きつけられてあの湖に大胆に身を投じるかわりに、どうしてこんなふうにいつまでもくるくるまわり続けているのだろうか。それこそが、じっと動かず、人が来るのを見てはポーズをとり、ポーズをとる自分を眺めているナルシスの不毛な観照から逃れる唯一の手段だというのに。この観照は、ひと飛びで水の只中に身を躍らせるときにしか、そして、岸の一点から別の一点へと自分をみちびくにすぎぬとりとめのないそぞろ歩きで中断するのがせいぜいの美的夢想のほうを好んで、僕がいつまでもしげしげと眺めつづけていた水に映る影と、瞬時に一つになるときにしか終わらないだろう。

しかしこれが出来の悪い暗喩であることは認めなければならない。時には羅針盤で、時にはナルシスの僕は、最初自分をもともと不確かで動きやすいものに、ついでほとんど石と化すまでおのれを観照しつづけて動かぬ人物になぞらえたあと、どのような手を使ってそのあと切り抜けたらいいのかなかなか分からなかった。そぞろ歩きを介入させ、長い二つの観照のあいだの幕間のような――あるいは遊び時間のような――湖の周辺の彷徨に助けを求めたらいいと気づいたのはそのときだ。こうして、かなり苦心したあげく、僕は最初に持ち出した相反する二つの言葉、すなわち彷徨い（羅針盤の針が「方角を見失った」とき、あらゆる方角に動くような）と不変（何について話そうと、いつも自分に立ち戻る人間が変わらないような）とを折り合わせることに成功した。こんなふうにやると、あまり苦心することもなく事がうまく運んだ。こういうわけで、僕はいまや、森の中を走りまわり、幼年時代の記憶の眠っているあの湖へたえず立ち戻るナルシスだ。この記憶は最初は単なる道しるべだったが（散歩道沿いに間をおいて並ぶ、おそらくは幻の）、いまは、いくらか乱れてはいるものの、濡れて優しい彼自身の影を映している澄んだ水となっているのである。けれどまだそのあと、飛び込みを、解放の跳躍をしなければならない。それは、幼年時代の水の中に身を浸すことを可能にしてくれるはずであり、水はその瞬間から現実のものとなるのだ（ともかく――話の筋道からして当然――、幼年時代の記憶が道しるべないし道しるべ代わりの幻だった最初のときよりは）。しかしここで事は複雑になり、比較ははっきりと中途半端なものになる。なぜって、最小限いえることは、ナルシスの跳躍は「死の跳躍」であり、それが彼を解放するとしても、その解放は彼の消滅を条件としているからである……。すると僕のほうはどうなるのか。

だから冗談はやめだ。そして僕は単刀直入にこれらの幼年時代の思い出の懐の中に飛びこみたい。

なにしろ死ぬほどそうしたくてたまらないのだから。

けれど、飛びこむことによってさえ、言葉の垢を洗い流すのはそれほど容易ではない。そして金属はさておき、いま勿体ぶり（mines）について話そうとすると、たちまち鉛筆の「芯（mine）」のことが頭に浮かんで、僕の心を捕えてしまうだろう。

鉛筆の芯を削ること。まず最初ナイフでもって、こっぱを数片削りとること（むしろ厚めに。ナイフで思い切って木部繊維を削る感じが好きなので）。そのあと、いまではむき出しになった黒鉛の細い円筒形の先端を、左手の人差指の先か、何かしっかりしたものの表面に寝かせ、炭のように黒い円柱に対して刃が斜めになるようにナイフを持ち、削る動作を小刻みに繰り返すことによって、この円柱を入念にとがらすこと。この動作のおかげで、いささか歯を疼かせるかすかな音（それでも、どちらかといえば快い）をたてながら、少しばかりの灰色の粉が円柱から削りとられ、濃い色で人差指（その上にのせているのであれば）を染めるか、小さな灰の山となって積もるかする。山は支えに選ばれた表面（指を傷つける危険を避けるためや、指先を汚すのがいやなのでこのような削り方を選んだ場合には）から——それをひと吹きすることで——とり除かれるだろう。こんなふうに鉛筆の黒い先端を、できるだけ鋭い、小さな円錐に仕立てあげること。芯を作り上げている鉄分を含んだ物質に鋼鉄の刃先が触れるかすかな音をきくこと。この音の知覚を通して、こうしてこすれ合う二つの固体が互いにどれほど固いかを感じとること。物理の先生が長いことかかって準備し、時には成功、時には失敗するどんな実験にもまして、このようなごく単純な行為が僕たちを鉱物に接触させるのである。ここでの鉱物は精確さと繊細さによって宝石に近く、その不透明さと色によって炭にもっと近い、きらきら光る黒っぽい物体となって、滑稽なくらい狭い場所にすっぽり収まっているのだ。

僕はここで、ごく普通の芯、市販の鉛筆の脊髄をなしている黒鉛製の芯について書いている。しかしそのほかに、もっと柔らかく、脂を含み、なかば粘土質の練粉製の色鉛筆の芯も、ざらざらして、紙に騒々しい音をたてる、本当の炭でできたコンテ鉛筆の芯も、インク万年筆と呼ばれる、あのいまいましい発明品の芯もある。この芯は、使う前に濡らさなければならず、舌にちょっと苦い味を、唇にいかにも化学染料の色である紫がかった跡を残す。この紫は司教たちの象徴だが、それはおそらく、この教会の偉大な君主たち、毎日化体《かたい》の奇跡が生まれているとされる巨大な石の実験室の主たちが、天地のあいだに行う奇妙な実験のためであろう。

まだ真新しい鉛筆の放つ、しゃぶりたくなるようなあの森の匂いやニスの芳香のことも忘れてはならない。それ自体が刺激の強い匂いに包まれている木の外被の中に、鉛筆の芯の石炭の鉱脈が埋まっている。それを閉じこめている断面が円いか多角形の細くて固い棒は、保護の鞘であると同時に、それをはぐくむ媒質のように思われる。同じように、地中深くで採掘される本物の炭鉱（mines de houilles）においても、植物性の腐植土と、地質学上の堆積物とが、石炭という人々の渇望の物質の上に、それをひそやかに養い、たえず作り出している食物の堆積のように積み重なっているのである。

mine と mine のあいだには――これはつまり、鉛筆の芯と炭鉱のあいだにはの意味だが――、凸部と凹部、陽画と陰画を隔てる相違がある。鉛筆の芯がとりわけて鉱脈であり、木の厚みの中を走る、中身のつまった鉱条だとするなら、僕が地下の炭鉱について抱く観念の中にあって鉱脈《ミーヌ》――けれどもそれは炭鉱の存在理由だ――は影が薄く、ほとんど姿が見えない。炭鉱、それは、鉛筆の芯《ミーヌ》が木の柱身を端から端まで貫いて充実した中身で埋めつくしているのに対し、鉱床の中にうがたれた、どこまでも空虚な坑道であり、多少とも枝わかれした導管にすぎない。

したがって、これほど根本的な変化が起こっているのに、それを外から知ることのできるごくささやかな手がかりすら示さずに、同じ言葉がサインを変えてしまったのである。「mine」という音は最初、ごく限られたほんの一部の空間をみたす触知できる物体を示していたのに、もはやいまでは――解体作業が行われていることを示すつまらぬ襤褸布同然――、目のつまった地殻の現実の中に死のようにまぎれこむ中空の坑道の虚無にしか結びつかない。僕たちの吸っている比較的平和な空気と、生きた動物に血がみなぎるように炎が燃えさかる、地球の目に見えぬ中心の絶え間のない沸騰とを隔てる、この地殻のほとんど隙間のない隔壁の中に、手袋のどこまでものびる指の空虚がそっと忍びこんできたのだ。この指――あるいは何本も集まった指、つまり手――は、どのような下水管よりも、建物の中を四通八達するいかなる配管よりも、いたるところで、人を極度の不安に陥れる物音にとって恰好の器となる。

地の精の腹鳴り(borborygmes de gnomes)。これは、「mine」という言葉が、それに重しをつけて、飼い馴らしていた木の柱身からいったん解放されるや、どこまでも曳きずって歩いている、あのなんとも形容しがたいざわめきのことを考えるとき、記すより先にこちらの唇が震え出す体《てい》の言いまわしだ。地の精の腹鳴り。すなわち坑道から坑道へと反響する鶴嘴の響き、鉱脈から掘り出された大きな石炭の塊を積むトロッコのガタガタいう音、盲いた老馬が狭軌の鉄道の枕木につまずく音(前肢で地面を蹴りもせず、いななきもせず)、素早く下りてくる心臓破りの昇降機がひき起こす一陣の風、重いどた靴の足踏みの音、短い叫び声、かすかな喘ぎ、ランプや道具のガチャガチャいう音。地の精の腹鳴り。それは、「炭鉱の資源」とか「炭田」とか「地の底」といった言葉を口にするとき、決まってそのはじける音がきこえてくるといっていいさだかならぬ音のあぶく。

空気の精や小妖精よりも、水の精(欲望の最初の芽がきざしはじめるとき、人は彼女たちのことを考えるようになるだろう)よりも、地の精グノムは子供たちの仲間だ。たぶん、長い髭をはやしているくせに、子供にそっくりの小人のような背丈のせいで。もっと正確にいうと、この貧弱な背丈と周囲のものとの関係のせいで。たとえば、子供たちがテーブルの下に隠れるのと同様、傘の中に入るみたいに彼らがその下で雨宿りをする樹木とか、大人たちの脚の森の中に簡単に入りこんでゆくごく幼い子供たちさながら、彼らが根のまわりをぐるぐるまわる大木とか、子供たちが大きさその他の理由から使えないか、使う権利のない大人用の道具についてと同様、その寸法の違いからして、グノムたちにとって危険なしには済まないあらゆる種類の人間の道具とか。背丈が似ているため、グノムと同じ視角（体がモラルを作るということを認めるなら、観点といっても同じ）を共有している子供は、彼の中に子供の枠から出ないままで年寄になった場合の自分の姿を認める。グノムの挙動についてきかされたり、絵で見たりするすべて——習慣、いたずら、受難、悩み——は、共犯者たる子供の耳目をそばだたせるだろう。

「僕は小さなグノムです」と、自分が子供であることを意識させられた何らかの折に一度こう公言したことがあった。といって特別自分をそうと認めたかったわけではなく、ただ、もし自分が「子供」なら、ある種の子供、妖精界に属しているため大人の管轄の外にいて、こういったまったく理想的な形で体の貧弱さの埋合せをつけている、ああしたいたずら者に類する「子供」だと暗に言いたかっただけであった。

地の精たちの力とは書物から知った観念（しかもそれはのちに大人になって、一風変わった魔術的なものに魅力をおぼえたときに得たものである）だが、僕はそれがグノムたちにあることをいかなるときも疑わなかった。それは、子供の僕が可燃性ガスについてもっていた知識からそっくりきていると思う。

いうまでもなく、可燃性ガスはグノムとは別個の事柄であった。グノムは悪ふざけはするけれども邪気のない、軽薄で気まぐれな存在（そのうえ架空の）であるのに、可燃性ガスのひき起こす過失ははるかに劇的な事件である。それでも、炭坑内で生じる多くの事故の原因とされているこのガスにはグノムと共通点があった。つまり、それは彼ら同様精霊だった。僕は可燃性ガスをまったくの自然の働きだけでその怖ろしい効果を説明できる無機体だと考えたことは一度もない。炭坑の真の精霊である可燃性ガスは、あらゆる点でガスと似た、災厄をもたらす人格である。ただし似ているのは厳密にいえば外面だけだ。なにしろ可燃性ガスのほうは意思をもち、その気まぐれに従って行動するからである。それはあまりにも邪悪で、やはりガスであり、息吹であり、同時に火の精霊でもある鬼火の同類だ。

外見を超えたものに常々魅力を感じてきた結果、「驚異」と「自然」とをほとんど同意語と考えるまでになっている。だから、かつて僕を妖精物語へと、ついで、一見するとそれとはまったく裏腹と見えるもの、つまり「科学物」といわれる本へとみちびいたのは同じ好みではなかっただろうか。たとえば照明用ガスの作り方（石炭の蒸溜によって。ガス状の混合物は、下部のへりが液体の表面にのっている、そして沈めようとする瞬間の釣鐘形潜水器を思わせる大きな鐘形容器の中に集められる）を説明している本とか、一片のチョークの上に数滴の酢を注ぐ実験（その結果、たちどころに炭酸ガスが形成されて、特色のある泡立ちが生じる）によって判別できる、石膏とかギプスといった石灰質の物体を内容とする本とか、石灰窯、採石業者の使う古風な車輪（かつてシェルの石切場にあったようなものだろうか）、溶鉱炉（壁面が石積み工事でできていて、溶解性や可燃性の物質がはちきれるほどつめこまれている巨大な燃える壺）の断面を描いた挿絵が魅力的な本とか、退屈な数の使い方の習得を目的としている算数の本とは違って、具体的な事実を色つきで例示している本とかだ。算数の本のほうは、人間や動物の数をかぞえさせて生徒に数え方を教えこむため、大きな羊の群とか、たくさんの兵隊たちの並ぶ長い列を描いた絵などを使って魅力的なものにしようと努めてはいるものの、いつも味気がない（羊や兵隊の絵を一つ一つ次々と人差指の先で押えながら、絵に従って口先や心の中で数を言うのである）。

この雑多な知識の堆積——世界のパノラマの特殊な部分に関するごく簡単な部分拡大図——の中で、人間の作った産業に関する知識に特別の地位が与えられていた。自分の関心が自然そのものに集中する以前、そしてこの関心が現在のようなもの、つまり性的昂奮に近い一種の解放感ないし期待感になる以前、僕はなにかにつけて、人間が自然に対してもつ支配力に心を刺激されていたようだった。といって、これはごく無邪気な形のものだ。なにしろ、生のままの自然（砂漠とか、原始林のような、手を加えられることのない自然）と、たとえば畑（結局のところ鉱山とよく似ている。違いといえば、前者では食用の植物が、後者では有用な鉱物が採れるということだけだ）のような人間化された自然とをまだ区別することができなかったのだから。幼年期から思春期までのこのどっちつかずの時期、周囲に自分を合わせるための、さらには、手探りながらそれを支配するための自身の探究や努力——といって、熟慮のうえのものではない——に似かよったすべてのものに主として心を惹かれたらしい。

自然に対する愛情とは、文明生活の欺瞞にうんざりし、それと心底から訣別した大人の感情だ。「自然のままのもの」に対してこのようなノスタルジーを感じ、まわりのものを人手が加わっているか否かによって別の範疇にわけるほど十分洗練されていない子供にとっては、自分と違うものはみな「自然」だ。動物も草も小石も人間も製造品も、そしてまだ探究中のときは、自分の身体までがそうだ。石切場とか鉱山——人間の手で掘った穴——のたぐいは子供にとって洞穴と同じ部類に入る。前者が土木建造物であって、自然によってではなく人手によって作られたことを主な特色とする洞穴であるのに対し、後者が地質学上の形成物だという区別がついているかどうかは心もとない。僕が直接体験したか、本（小学生のときには、自然とほとんど変わらぬ情報源）で発見した外界の事物のなかで、好奇心がはっきりとあらわれるにつれ偏愛の対象となったものが「発明品」というすてきな名前をもっているものだったとすれば、その主な理由は、たぶんそれらが、たとえば、地にはえるものと同様のあの自生的性質をもっているように思われたのと同時に、発明品であるために、ありのままに受けとるかわりに、手を加えることが人間に許された、自然の一部分と僕の目に映っていたからでもあるらしい。ここで魔法が介入しているのだが、それは、勉強し時間をかけさえすればいつか僕もその技術を理解できるであろう――これは神々の秘密に僕を参入させることになるであろう――まったく人間的な魔法なのだ。これらの発明品の仕掛を分解したならば――まさしくそれらが「発明品」であることから、可能の限界を逸脱するものではなかった――、実際には自然の仕組も理解できるはずだった。部分は理解できても、全体の理解は不可能などと考える何のいわれもなかったのだから。のちになってやっと、僕はこのような錯覚がどれほどばかげているかを知った（こんなふうに「発明品」に対する昔の好みを説明しているからには、いま錯覚のとりこになっていないとしての話だが）。それを知ったのは、いつでも最後にはあの「自然の」本質、たとえどんな形をとろうと、人がそれにどれほど大きな変更を加えようと、厳として存在していることだけは分かっているあの本質に決まって突き当たるということに気づいたときだ。

イギリス人スティーヴンソンの発明になる最初の蒸気機関車、あのスマートなロケット号（細長い煙突をもった、かなり昆虫に似ている足高の機械）のピストンに対する蒸気の働きを理解するには、僕はパパンの圧力鍋（家庭器具であるうえ、ボワロー街の学校の同級生にこの有名な発明家と同姓の生徒がいたため一層身近な世界に属していた品。仲間たちと一緒に、この同姓ということをねたにして、顔が痩せて蒼白く、いささか不良っぽい感じの虚弱な件のパパン少年をよくからかったものだった）を参考にすればよかった。ピストンが往復するシリンダーの中への蒸気の送り込みを調節する

「滑り弁」の機能は、蒸気機関についての完全な理論を知りたいと思う僕のような人間にとっては問題の点なのだが、吸上げポンプや圧縮ポンプ(バルブや蝶形弁を必要とする)について僕が得たいくつかの概念は、『図解新ラルース』の中で「滑り弁」に関しての記述をかなり早く理解する——この場合、装置はもっと複雑だったけれども——助けとなった。というのも、ごく簡単な例によって、交互に開閉するのを主要な特徴とするこれらの装置がどのように働くかをいくらか知っていたからである。この仕掛の主な部品(車輪にピストンの動きを伝える一方、滑り弁の動きをも制御する連接棒と偏芯棒を含め)が機械としてどのように働くかを理解した——あるいは理解したと思った——とき、証明終わりと思い、満足してしまった。僕はそのとき、すべて説明がついたと思った瞬間から謎がはじまるのだということにまったく気づいていなかった。蒸気機関において真に問題となるのはピストンの円盤に大量の蒸気の圧力を加えて軸を回転させたり、車輪を走らせたりする方法ではない。問題はむしろ、このような蒸気がいかにして作られるのか、すなわち本質にどのような異常な変化が生じると、一定温度を超えたとたんに、水が液体でなくなってガス状態になるのかを知ることである。自然科学の理論がこうした変化のありようを説明するとしても、それでもなお、一体なぜ、ある瞬間(そしてある相のもと)に観察した結果、未来永劫その状態が変わらないと信じていたある物質が、こうした変遷を経て別の物に変わることがありうるのかという疑問は残る。

僕は長いこと、発明のお手本とは、のんびりと風呂に入っていたとき、「液体に沈むすべての物質は……」というあの有名な原理が閃き、「われ発見せり《ユーレカ》!」と叫んで自分の頰を叩いたアルキメデスの発見だと思ってきた。けれど発明と発明品とは別だということに注意しなければならない。俗に「天の啓示」と呼ばれているものが突然閃く事実と、レピーヌ・コンクール〔一九〇二年以来、毎年パリで開かれている発明品コンクール。パリの警視総監だったルイ・レピーヌの名をとってこう呼ばれる〕のユーレカ・ピストル、ユーレカ・カービン銃のような発明品とはまったく違う。

これらの銃の発射する矢は否定しがたい発見（「ユーレカ」という名が示すように）である。なぜなら、それは、先端についている、少しへこんだゴムの部品の吸引効果によって、投げられた壁や垂直面にくっつくからである。ばねで発射させて的を射るこうした吸盤つきの矢を手に入れた年ごろにあって、「発明」がいつでもそのもっとも直接の物質的側面を通して僕の目に映っていたことはいうまでもない。当時メカニズムに関心を抱いたとしても、それはもっぱら、眼前の器具（図に描かれているものであれ、実物であれ）を働かせる仕組に関してであって、このような器具という形をとってついに具体化するに至った思考の連鎖についてではなかった。この点で僕は、「発明家」を、役に立つものは考え出すことができず、むだな研究に金と時間を浪費している無邪気なマニアでなければ、職人、器用な組立工、ほとんど香具師同然の人間と考える庶民と同じだった。発明というものの重要性を理解するようになったのはごく最近のことで、この言葉が発見の同義語となったとき、もっと正確にいえば、有名なクリストファー・コロンブスの卵の逸話を教訓的なたとえ話の意味にとることができるようになったときからのことであった。実際、「それについて考える必要があった」とは誇らしげな「ユーレカ」より意味深い言葉であり、真の発明とは紆余曲折の末に閃きを手に入れる知性の所業というよりむしろ、真に自由な人間の行為の糧となるパンと水のようなものだということを示すのに一層適している。

自然の三つの界（動物界、植物界、鉱物界。私は誰でしょう遊びをするときの最初の質問である「それは男ですか、女ですか」と同様の基本的分類）の外にあって、発明品の世界は、僕にとって最初おもちゃの不思議な世界がそうであったように、ちょっと特別の部類をなし、それ自身の太陽をもつ圏《けん》であった。生命をもたない——おそらく鉱物界以上にそうであり、このため、こんな言い方ができるとして、人間から一層遠い——この発明品界は、にもかかわらず人間と一番近い関係にあった。

なにしろ人間の創造物であり、付属物だったからであり、僕はそれを人間の「annexe〔別館、付属物〕」と呼びたい。昔、デパートに連れてゆかれたとき、これから行かねばならないその別館、換言すれば付属の建物（supplément）（すべての大きな辞書に補遺の巻（supplément）があるように）、サテライト、境界壁を境とする二軒の家より隔たりの小さい、デパートから通り一本隔たっているだけの支店のことを、annexe の手足をもぎとって「nexe」と呼ぶのだと信じていたものだが、いまこの言葉にこうして別の光を当てるのを面白いことだと思う。

発明品——僕が絵でしか知らず、実物をとても見たいと思った蒸気機関車の「除雪機」（両親に連れられスイスに行き、はじめて外国でヴァカンスを過ごせたとき、このような氷河の国、つまり寒い国では、汽車は必ずそれをつけていると思っていたので、どこにも見ることができなくてがっかりした）のような、あるいは逆に、姉がヌムール在住の人と結婚したあと、僕ら一家がかの地でしばしばした短い滞在のいずれかのときに、パリ—リヨン—地中海線の機関車についているのをこの目で見たあと、事典の中の図で確認でき、喜びをおぼえた「風防装置」のような——のごく近く、「発明品」と隣り合って、その根を鉱物界（大部分の発明品同様）に下ろしているものに「実験」があった。それは、自然の一部分を一種の舞台とする奇妙な芝居であって、その舞台には、互いに仇同士ととり決められた物その他の要素という生命のない登場人物が、神話中の、あるいは人間の英雄とさして変わらぬ魅力をもって立ちあらわれるのであった。

「実験（expérience）」——事の核心に立ち入る前に、まず手はじめにこの言葉を実験してみるならば——、それは槽や平底の容器や試験管の中の液体のようにのびひろがっている。容器の如何を問わず、それはいくつかの泡がはじけてかすかに乱すだけの水平の表面だ。この言葉の表情は、忍耐強く、まじめで、物理や化学の教科書に記されている「実験」、操作の熟練した手が、用いられる材料同様、無人称で声をもたぬ俳優となるあの実験にぴったりだ。それはまた、分別ざかりの人たちがあると言って自慢しているあの「経験」という変種〔実験も経験ももとにexpérience〕にもふさわしい。彼らはそれを青年たちの希望（espérances）と対比させる。まるで人の世の行いという真に重要な経験から得る教訓とは、口にするとき人が好んで複数にするこの希望の範囲を、余計なものを一切とり払ってしまった、しみったれの単数へ、つまり、弱って息絶え絶えで、もはや糞しか出てこない経験（expérience）にまでせばめることでしかないかのように。

たしかに「実験」には、作為的とはいわないまでも（この意味では、これは方策（expédient）とあまり変わらない）、作り上げた何かといった観念が伴う。しかし同時に、単に気どった衒学的なものではなく、おごそかで荘重な何かを含んでいる。事物はあるがままにとり上げられるのではなくて、細心に選ばれ、前々から準備され、積年の汚れが洗い清められ、こうして外界から遮断されたようにして皿の上に集められ、そこできびしい視線にさらされつつ「事物」の永遠性のなかで向かいあう。それらは、その演技が、次々に行う仕草よりも一連の姿勢からなっていて、時間——唯一の真の行動——が流れるにつれて不動の姿勢がこうむる変化がその動きとなるような、長い、石さながらの襞のある長衣をまとった悲劇俳優のようだ。このような実験の例として、聖所の中の象徴的人物さながら、国立工芸学校の中央広間の丸天井に吊り下げられている、時間のリズムを刻むと同時に地球の自転をも示す装置であるフーコーの振子を、あるいは、もっと自然の分野でいえば、人間が立って持っていると燃えているが、地面に置いたとたんに消えてしまうカーネ洞窟〔イタリア語で「犬の洞窟」の意。カンパーニア地方にある〕の蠟燭をあげよう。カーネ洞窟についていえば、この事実は、見物人には別に支障はないものの、もっと背の低い生き物——犬のような四足獣——の場合、ある期間その中にいると、窒息して死んでしまう危険が大いにあるほど、洞窟の中の大気の下層に、空気より重い炭酸ガスが溜っていることを証明するものである。

この二つの実験の前者にあっては、振子の金属の塊と、重力という目に見えない人間を超えた力とのあいだで、後者にあっては、蠟燭から立ちのぼる炎と、息を吸いこむたびに肺が有害な影響をこうむる大気とのあいだで、すべての事が運ぶ。前者では礼拝堂が、後者では洞窟が、実験にとっての選ばれた場所であるあの理想的な「密室」を、すなわち、外部の干渉が入念に一切遮断され、完全な状態への要求から、最高度に真空化された抽象的空間をあらわしている。

もし息を切らせ、喘いで舌を垂らしているとても大きな犬——セントバーナードとか、ブルドッグ・マスティフとか——を見たら、少なくとも一瞬、坑夫のランプのみすぼらしい光のような、案内人の指がつかんでいる白蠟燭の光が照らしている、昔、話してきかされたあの洞窟の中で、窒息しようとしている犬の姿が僕の脳裡を掠めるだろう。もし僕が教会の身廊にいて、穹窿から下がっている灯明の方へ目を向けるならば、ゆっくりと吐く犬の苦しげな息も、急に消え去る蠟燭の火も、いかなる破局も妨ぐことのできない、静かな独言を唱えつづけているあの振子——いまこの瞬間、僕の頭蓋冠から下がっていると想像する振子のように——のことを考えずにいることはむずかしい。ここで僕は真の実験、つまり運命の容赦ない諸相を僕に発見——陰に陽に——させることを任務とし、今日では真に「実験」の名に価する唯一のものと思われる実験とはじめてかかわる（あるいはかかわると想像する）のである。かつて実験とは、僕にとって、とりわけ、力と物とを主役とし、「実物教育」の本にそのシナリオがそれを補う版画とともにのっていたあやしげなドラマをさす言葉だった。

息を切らせているとても大きな犬、岩の斜面か細い道をつたって中に入る、狭い、かすかに照らされた洞窟、ちょっとつんとする臭いもしくは味、これらが、炭酸ガスという観念が僕に呼び起こすイメージのなかで目立つものだ。この同じつんとする臭い、光の乏しさが一層不快にしているこの同じ狭い場所、犬の肥満の原因なのか結果なのか、つまり肥っているせいでそういう息をするのか、片肺だけ呼吸がつまって体がそのためにふくらんでいるのか分からない、この同じ苦しげな息、同じ鉱山のさまざまな産物といっていいこれらのものをほぼそっくり、僕の内部にある土地の別な襞の中に見出す。それは、自分の地下の思考の地図を描こうとするならば、「慢性疾患（maladie chronique）」もしくは「慢性病（chronique）」という項目に関連する襞だ。

言葉の面で「炭酸ガス（gaz carbonique）」だけでなく、「重クロム酸塩の電池（piles au bichromate）」（お年玉カタログの中でこのような電池つきの電気おもちゃの説明をよく読んだので、早くから知っていた）と近いと思われる（この概念をひっぱり出すとき、多分は僕が心ならずもそれに加える改変のせいからか）この「慢性疾患」という概念、「慢性」――時間のカテゴリーより臭いの世界に属するものと想像し、また、炭酸ガスにあると考えていたそれ自体有害な臭いと関係があるとみなしがちだった性質――であるという事実がどうやら他の病気との区別になっているらしいある病気の概念、少なくともカーネ洞窟の中に溜った悪い空気（飼桶の底の腐った物質）と同じくらい有毒なある事物についてのこの概念には、生身の実例があった。その人の生活は、僕とほとんど直接の関係はなかったけれども、それでも僕の生活圏内にあった。直接見聞きできたこの実例――その生活はもちろん、噂や肖像でしか知らない人々のものより直接僕の知るものとなっていた――とは、叔父同然の人物で、彼の慢性病のほうは、半分は「ヒステリー性」のものだったが喘息だった。

こんなまともでない手を使うとどんな悪習に落ちこむことになるやら知れたものではないが、僕はここで、なかなか諦めきれずにいる手をもう一度使ってみたい。なぜならそれは、幼年時代の記憶のいくつかを独立のものとし、もしこのような方法を無視するならば多くの場合死んだ抽象のままだったかもしれない事柄に、たとえ外面だけのことにせよ生き生きとした感じを与えることのできる、僕の利用しうる最良の——唯一とまではいえないにしても——試金石なのだから。美しい書体で記されているよりも炭で荒っぽく落書きされていることの多いこれらの立札が結びついている情景なり場面なりを僕の中によみがえらせるのは、ある種の言葉や成句を繰り返したり、結びつけたり、一緒にたわむれさせたりすることによってなのだ。名前を呼ばれただけで、あるいは、ろくに意味はないけれども、魔法の鞭同様、人を蘇生させる力をもつ文句を唱えただけで立ち上がる死者さながら、よみがえるだけが能の思い出を僕が形をもたぬ幻の中からとり出すのは、これらばらばらの印や水浸しの漂着物を隣同士に並べることによってなのだ。

赤信号《フー・ルージュ》（feu rouge）のような、列車最後部の車輌の後ろに灯るあやしげな星形の光のような「モンルージュ（Montrouge〔パリ郊外の町〕）」の、ペチコートのような、皺くちゃの色あせた紙でできているコティヨン踊り（cotillon）のかぶり物やアクセサリーのような「シャティヨン大通り（avenue de Chatillon）」に、「フィルマン（Firmin）」叔父と叔母が住んでいた。

フィルマン家には臭いが、締めきった部屋の、あるいは慢性病のすえた臭いがする。それは、急な木の階段を数階のぼったところにある、住み心地のよくないアパルトマンだ。そこで彼らは、僕たち兄弟のような歓待したいと思う子供たちが訪ねてきたときを除いては、晩になると、黄色の小人や、棒崩しや、蚤ゲームや何やかにやをして遊ぶ。スイント〔刈りとった羊毛に付着している脂分〕みたいな名前であるフィルマン、それは、紫がかった顔をし、「息づまり」（妻君の言い方によれば）と、四六時中次から次へとワイングラスをあけ続けた（それでも酔っ払わないのだ、この男ときたら）結果の動脈硬化とを病む、肥っただらしない男だ。糸を引く（filant）シロップみたいな名前のフィルマン、それはまた、飲むようにと出された、こちらも紫がかっていて、少しすっぱい味のするカシス酒（それとも、ラム酒をふんだんに入れたとても濃い紅茶だったろうか）のことで、紙包みか缶から出して、刺繍入りの小型マットが下に敷いてあることもある、似合いの鉢に盛った小さなガトー・セックが添えられていたと思う。痩せて（mince）蒼ざめた（blême）このフィルマンという名前は、母の父、つまり僕の二人の祖父の片方の家で長いこと召使いとして働いた男の娘だというので親戚扱いされていたこの男の配偶者、換言すれば、叔母まがいの女性のことでもある。この祖父は真の共和主義者――二人の祖父に与えて、家族一同が誇りにしていた肩書――だったうえ、パリ市役所のお偉方でもあった。フィルマン、それは、かぼそくて甲高い声をし、瞼が暗褐色で、黒い三角形の肩掛をはおった、痩せこけて黄色い女、夫や自分自身の苦しみについての泣き言を並べるかと思うと、小娘みたいに下らぬ話題に耽る女でもある。彼女は、そうした小娘同様、世界中の名前を自分流につけ直したいとでも思っているかのように、誰それにあだ名をつけたがり、ゆうべも喘息に苦しんだ「愛するミミ」のことを話題にするかと思うと、階下か隣の小店主である「傘おやじ」（たぶん傘を売るのが商売だったのであろう）の近況を話したり、「ガリュラン」のことを訊ねたりするのだった。父の弟のことで、彼女がなぜこんな名前をつけたのかは誰にも分からなかった。婚礼の晩、彼女はあまりにおぼこすぎたので、あるいは自分の身分のほうがあまりに上だと考えたので、「愛するミミ」と床を共にするのを断った。ごく早い時期から彼女には「自分の悩み」があった。神経科の医者が暗示療法と電気療法で治療してくれたが、大して効果はなかった。「愛するミミ」が死んだとき、それまでいつも寒そうに着ていた赤っぽい部屋着を喪服に替えた。それから僕たちの住むオートゥイユ界隈のサント＝ペリーヌ養老院にひっこみ、時折夢で「愛するミミ」が神様の右手に坐っているのを見たり、毎夜、あるいはほとんど毎夜、故人の訪問を受けると想像したり、霊媒としてなかなかの才能――ひとかどの偉大な神経症の女が誰でもそうであるように――の持主だったので、昔の下らぬ気晴らしはやめて、こっくりさんをしたりして、なお数年そこで生き永らえた……。フィルマン、それは、父が事務所に雇い入れたとき、忠犬のごとき献身ぶりを発揮した、重々しいけれども平凡な物腰の律儀な男だった。フィルマン、それは、唇に血の気がなく、恍惚とした微笑を浮かべ、「発作」を起こしたときには目が吊り上がったように見えるあの痩せた女、素人巫女、サルペトリユール病院（僕は「サル・ペトリエール（salle Petrière〔ペトリエール室〕）」と言っていた）の入院患者、ほとんど家から出ず、その苦痛――本物なのか、想像上のものか、見せかけのものなのか――のため釘づけになっていた肱掛椅子からさえ離れなかった、あのメリッサ水〔気つけ薬〕漬けの女のことだった。すえた名前であるフィルマン、それは、あまりちゃんと体を洗わないにちがいない人たちの住む、つつましい、目張りをしたアパルトマンの気の滅入るような臭いだった。彼らの一方は、炭酸ガスに浸かった大きな犬のように息をつまらせる――まわりの人たちがヘラクレスみたいだと言っていたその怪力にもかかわらず――慢性病と、もう片方は電気と、つまり、重クロム酸塩のせいだけでなく、電気が入っているかどうかを確かめようとすると、とても我慢できないぴりっとした感じが肌に走ることからも、刺すような味がするにちがいない流体と固く結ばれていた。モンルージュのシャティヨン大通りに住むウージェーヌとガブリエル・フィルマン、それは子供もなく、女中もいない夫婦であり、喜劇の登場人物に仕立てあげて描いた下手くそな二幅対の絵だ。そして、結婚のあとに必ずやってくる別れ（病気のあと、死が訪れるとき）こそ、人間悲劇に一番よくある、もっとも単純な例といっていい。

　モンルージュ――郊外のようなどこかがさつなところがあって、冬の夜は石灰窯の薄気味の悪い仄明かりに照らされる――は、とても空気のいいパリの何区かにある、広大で静かな庭園の真ん中に建てられた養老院サント＝ペリーヌで最終章が展開するこのドラマの最初の背景だ。モンルージュであろうと、サント＝ペリーヌであろうと、場所がどこに変わろうと、事が起こるのはいつも決まって同じ、締めきった部屋の中である、まるで老年という病――諸力の取返しのつかない消耗とは時間の病であるという意味で、実際の慢性病――の舞台となるのは、四壁にかこまれた空間でしかないという、どうしても逃れることのできない法則でも存在するかのように。

これは、僕が老人との接し方を最初に知った人たちが、訪問先の家にいて暖炉の片隅に坐って客を迎えるのが主な役目のように見えた人たちだったからだろうか。それとも僕のような都会人にとって、一番古く、強烈な記憶というのは、戸外の光景よりむしろ、室内風景と関連するというのが通例だからだろうか。もっと一般的にいって、社交の世界とは「大人」(年齢の階梯で一番低い段階を占める人々に、そのしきたり風習を押しつける)の創造物だからであり、大人になったということが認められないかぎり入ることのできないこの年長者の世界は、家とか、家具とか、所帯道具とか、書画骨董とか、社会生活を営む男女の持つさまざまな品という形をとって具体化しているからだろうか。それとも――もっと単純に、他の動機は除外して考えて――老人たちは自然の法則に従うかのように、肱掛椅子を一つでも手に入れたらそれから離れないからだろうか。僕には分からない。しかし子供としての僕が老年に対して抱いたイメージは、閉鎖的な場所と、そして家具の覆いや壁掛や窓掛や敷物のために重苦しくなった、締めきった部屋と切り離すことはどうやらむずかしい。

こうした狭苦しい場所や、煙がしみつくように、そばで暮らしている人たちの息――刻々に弱ってゆく――がしみついているこれらの物や、門戸を閉ざした人たちの時間にも節目をつけてゆく結婚や、葬式や、誕生日や、大祝日が残していったこれらの瓦礫や、暦の紙の色をしたこれらの建物の埃と対照的なのは、「野外」という手つかずの辺境だ。両者は、決まりきった日々が繰り返される一年のその他の時期と、「夏休み」という生き生きとして自由な時期のようにまるっきり違う。

家の外で起こり、普段の慣れきった生活とは様変わりしている点で「自然の」といわれる諸現象のなかで、おそらくもっとも異常なものの一つは、一般にいぶしガラスでもって強い光から眼を守りながら観察する日蝕である。ヴィロフレ（土地の駅員を真似て「ヴィロフレーエー……」と書き写したくなる。彼は列車が着くと、においあらせいとう《ジロフレ》（giroflée）のたぐいの花のことでもあるかのように、こんなふうに駅の名を告げるのだった）、そのヴィロフレで、ずっと昔の夏のある日、日蝕に立ち会う機会に恵まれた。父、兄たち、僕、姉、そのうえ誰やかや、母までが、そのシーズンを通して借りた「シュザンヌ荘」の庭にいて、いぶしガラスを透かして太陽を見ていたのだった。正確にいって何を見ることが問題になっていたのかあまりよくおぼえていない。重要なのは、別に空で起こっていることではなく――それでも、もっと暗くならないことに驚いたものだった――、いぶしガラスのほうだった。こうした休暇の日々の父の大きな楽しみの一つは写真撮影だったから、僕には感光板とは何かについての漠然とした観念はあったし、写真をうつす人がしかるべくカメラを向けるすべての現実対象の映像を、太陽がある種の釉薬を塗ったこの長方形のガラスの上に刻印するということも分かっていた。日蝕にあって関心をひいたのは、感光板のように僕の眼と太陽（それともバケツの水に映ったその反射か）のあいだに挿入されたいぶしガラスの扱い方だった。見なければならないものなどどうでもよかった。眺めるための方法のことしかほとんど眼中になかった。太陽の円盤の全部あるいは一部の遮蔽の結果として期待していた暗さは、煤の形をとってガラスの上に移動してきていたので、真の日蝕とは僕にとって、眼のごく近くにあり、第二の眼である眼鏡に似た、透明な長方形の板の上にひろがっている闇の層だった。この眼鏡の中にひそかに、怪奇現象――実際に太陽の運行に影響を与える――が不思議な形で入りこんでいるように思われたのだった。言葉（素早い滑動、瞬き、シャッターの始動）までもが蝕――ある天球の別の天球による隠蔽――を、写真機の操作にあって僕に大事なものと思われた現象と同程度の物理現象にまで押し下げる一助となっていた。この現象とは、レンズを通って暗箱の中にある乾板に物の姿を刻印する光線を、場合によって（「ポーズ写真」を撮るか、「スナップ写真」を撮るかによって）長短はあるが、ある期間通過させるシャッターの一時的開放である。「エクレール（éclair〔稲妻〕）」という映画会社――古いということから、昔の会社である「リュミエール」ととり違えているのかもしれない――がいつも、一九〇六年前後、ヴィロフレの僕たちの家で観察した日蝕（éclipse）を思わせるとすれば、それは、名前の類似と、稲妻（一種の裏返しの日蝕だ、なぜって、ここでは一時的なのは光のほうで闇ではないのだから）の外観そのもののせいだけでなく、日蝕が帯びていると僕の目に映った写真の操作と似た性質のせいでもあると思う。実をいうと、僕にとって日蝕は少しも天体現象などではなかったのであり、それが月に関するものではなく、太陽に関するものだと断言できない（推論するのでなければ）ほどだ。なにしろ僕の注意は、観察の対象としての日蝕、ないしはそういわれているものよりも、その観察を可能にするいぶしガラスのほうに向いていたのだから。

　姿は見せず、純粋の色彩あるいは光のままで空の一角を照らす稲光《エクレール》、それとは打ってかわって、束の間ながらその道筋を追うことのできる、明確な一本の、あるいは分岐した破線で描き出される稲妻《エクレール》、瞬きせずに眺めた者を盲いにする（といわれている）有害な閃光《エクレール》、お決まりの「もう動かないでください」を言われて不動の姿勢をとっている客を、背筋も凍るようなショックによって石と化せしめ、瞬時にネガの二次元の中の厚みも生気もないあの硬直した映像に変えてしまうマグネシウムの閃光《エクレール》、雷に打たれて死んだ男の網膜に、天の放電によって感電死した瞬間、彼がその下に立っていた木のイメージを焼き付けるような面妖な離れ業を演じる自身写真屋か魔術師となった閃光《エクレール》（週刊誌『私たちの休暇』のニュースや科学雑報欄の語っているような）、ある種の列車、すなわち急行よりも、「超特急」より速く、「稲妻列車」と呼ばれる列車の形容になっている――僕のいとこの一人の言によれば――、スピードそのものの稲妻《エクレール》、色と味の濃厚さ加減によって、「コーヒー・エクレア」

とか「チョコレート・エクレア」といわれる菓子の、名前にそぐわぬ柔らかさと甘ったるさをもつエクレア《エクレール》、家でほんのわずかのあいだしか働かなかったドイツ人かスイス人の若い女中のあだ名だった「稲妻《エクレール》」、彼女の態度の活潑さのためだけだったか、そのうえ彼女の本名をわざともじってのことだったか、ともかく僕たち兄弟にはこんな名前をつけるだけの時間はあったのである。兄のピエールと競馬に関する事柄に熱中し、騎手や調教助手や競争馬からなる大家族のなかで、きびしい規律に従って暮らす、近代の族長といっていい調教師兼飼育係の生活にほとんど宗教的な尊敬を抱いていたころ、純血種の馬の典型的な名前（犬がメドールで、猫がミヌーであるのと同様）と僕に思われた「エクレール」、光の緞帳をなして、あるいはジグザグや噴水や花束となって炸裂し、花開き、ガラス屋がとり替えることになる微塵に砕けた窓ガラスさながら、澄んだ光のしぶきとなって、あっというまに消え去る「閃光《エクレール》」、サンプロン特急〔一九一九年にできた国際特急。ロンドン―カレ―パリ―ローザンヌ―ミラノ―ヴェネツィア―ベルグラード―ソフィア―サンプロン・トンネル経由〕か、「ヴィトリイ＝ル＝フランソワ」の町の名かによって、つまり高速列車について考えるか、大気現象について考えるかで重くも軽くもなる「エクレール」、この大気現象とは、太陽の光を反射させる懐中鏡のいたずらか、爆発音も、転車台の上を疾走し駅の曇りガラスを震わせる急行列車の轟音もなく、すぐにただの穏やかな光と化してはしまうものの、一瞬鋭い、凝縮した輝きを生み出す、回転ガラス窓の軸の偶然の回転がひき起こすものに似た束の間のきらめきだ。空にさまざまな形の稲妻（あるときはじかに、あるときは鎧扉のわずかな隙間から、あるときは透明なガラス窓越しに見た）があったように、地には雨氷のあることがあった。

稲妻から雨氷へ、突然燃え上がる空の永久保証つきのガラスから、地表の一部の一時的なガラス化へと移るとき、僕はかすかな不安に襲われる。それは、昔経験した事柄のほうに身をかがめるときいつも感じる滅入るような気持（老年が近いことをはっきり感じさせるから）のせいでもあり、いくらかの後ろめたさのせいでもある。心の中にも頭の中にも、ただしゃべるだけの上っ面な能力のほかはもう何も持ち合わせていないかのように、言葉を当てにしてそれを次から次へと並べ立てながら、僕がかきまぜる事柄にしても、互いに結びつける観念にしても、それらすべてが一種の饒舌どころか、もっとも下らぬ文学上の技巧の産物ではないという確信はないのだ。現在と過去、想像と記憶、詩と現実のあいだの不安定な場所で、僕はためらい、回り道をし、つまずき、揺れ動き、時には足を踏みはずしそうに感じる……。これは一体どういうことなのか。僕の意図そのものは、どのような事情からすべての事柄が突然不安定な状態に立ち至ったのか、自分が足を踏みはずしかかっていると感じるようになったのかを知ることにある。感じている不安は単に僕が再発見しようとしている事柄の性質に由来するものなのか。それとも不誠実という感情がその裏にあるせいなのだろうか。こうした感情の生ずるゆえんは、僕の探究のいくらかいかがわしい方法と、探究の対象自体と、こうした試みのせいで最初から自分の中に入りこんでいる感情とがたえずまじり合い、そのうえ一つに溶けあって、あやしげな混合物と化した結果、いくらかなりとも不安定なものとして示すことのできた事情が、この探究と称するもののために僕のあやつる筆のうえだけのことかどうか区別がつかなくなっているという事実、もっと正確にいうと、過去の状態——いつでも好きなときにそれと同様のものを手に入れる方法を発見するためとり出そうと努めている——をすでに手に入れていて、過去の探究を可能にしてくれるものと規定できることから、いまさら発見する必要などない方法を用いた結果、さしあたって自分の中から得ることのできたものをもってあらわすという、同義反復的な錯覚に僕がやすやすととらわれている事実にあるのだ。僕がその上を滑ってゆく雨氷とは、足を踏みはずす別種の危険のある沼地であり、自分を照らすよりも盲いにするといったほうがいい稲妻だ。

ある日、学校から帰る途中、次兄がこう言った。「けさ、雨氷が張ってたんだ……。」僕は冬も、霧氷も、結氷も、雪もよく知っていた。しかし雨氷《ヴェルグラ》(verglas)とは、正確なところ一体何なのだろうか。そこにはガラス(verre)――名前が示しているように――を思わせるものがあった。そして氷(glace)に結びつくものは、もともとガラスに関係するのではないだろうか。語尾のglâはその重々しさからして、なにかちょっと不安なものを含んでいる。弔鐘《グラ》(glas)を鳴らすのは死の合図だということをすでに知っているではないか。一方で、ジュグラ(Jouglas)という写真の乾板がある。

割れた壜の濃緑色(vert bouteille)(料理女が何日も磨くのを忘れたとき、台所の蛇口に見ることのできる「緑青(vert-de-gris)」より深みのある)のガラスのかけら。今日「boire un verre〔一杯飲む〕」の代わりに、隠語的な言いまわしでいう「boire un glass」(「boire un verre」のverre〔一杯〕とは、glassという言葉に惹かれてこの言いまわしを英語風に解釈するならば、とりわけ一杯のスタウト・バスビールのことだ)。こうしたすべてが僕に雨氷のことを考えさせる。

結氷と冬のある日の朝、なにか未知の物質が地上に生じ、兄がそれを雨氷だと言った。雨氷とは滑って危険な、雨が凍って固まったあの薄い板だということが、僕にはすぐ分かったのだろうか。「雨氷」という言葉のさすものが実際にはどんなものか、一遍に理解できたのだろうか。あるいは兄が質問に答えて説明してくれたのだろうか。あるいは僕は知ったふりをして(無知と見られたくなくて)口をつぐみ、ただあとになって、実際に経験してから、雨氷とはどんなものかを知ったのだろうか。

「雨氷」、それは雪と酷似した危険なもの。「雨氷」、それはその名前が不吉な響きで終わる氷の薄膜。「雨氷」、それはこの世界のもつ透明でいて不吉なある種の面をあらわすもの。「雨氷」、それは繊細で、固い、日蝕の偽りの闇よりもっと人を痛めつける氷のひろがり。

「雨氷」、それは文句なしに都会のものであり、砂利道と舗装道の分泌物だ。ある意味では、それは自然が作り出した物ではない。僕はあまり粉飾することなく、それを開花にたとえることができるけれども、といって——たしかに——、やはり植物の対極にある。実際それは、ラッパ（clairon）みたいな花を咲かせ、ラッパみたいなはっきりした響きをもつ昼顔（liseron）とも、頬に化粧していて、鉛丹で彩られたその名前は、花壇（plates-bandes）という語よりももっと金物装飾の響きをたてるジェラニウム、ベゴニア、ダリアとも、寒さの産物であるとはいえ、まつゆき草とも、さらには、僕にとっては決して植物ではなく、むしろ冬空の灰色にいくらか似た半透明の物質であり、氷の小さな聖体であり、昔嫌いだった唯一のボンボンである薄荷とも関係がない。「花」という言葉をことさらにひとひねりし——それがまだもっている腐植土（terreau）くささ、田舎（terroir）くささを一切とり去って——、「歩道（trottoir）の花」と言うならば、そのとき「雨氷」がまた姿をのぞかせるのを見る。都市の大気の急激な変化から生まれた病的な花、街路のあまりにもぴんと張られたシーツを染める氷の汗、すばらしく滑らかで、釉薬をかけたように光る、ただし厳冬が田野に置くものとは何の関係もない固体と化した寒風。霜、一面の雪、枝に積み重なる結晶、澱みきった池や沼の表面に浮かぶ氷片、こうしたものはみな——いうまでもないことだが——、森や、牧場や、畑にある。しかし、人間が建設した大通り以外の場所で、「雨氷」と呼ばれる、とりわけ都会的なこの産物に出合えるとはとても思えない。それは、アーモンドの細片をまぶしたヌガーの棒さながら、砂利をちりばめた大きな板となってひろがる、流しこまれたばかりで煙を上げている泥膏みたいな（いくらか糞便的な感じがしないでもない）瀝青の寒冷版、萎黄病版だ。かたや雨氷は、（もし食物にたとえるなら）むしろ、ある種の菓子の上にかかっている砂糖の薄い上塗り《グラッシ》に比すべきかもしれない。

　食べることのできる——あるいは食べられそうな——鉱物性の物質のなかには、雪（香りがないことは知っていても、とても食欲をそそるシャーベット）や、その反対物の瀝青（黒くて、熱くて、一瞬のうちに溶けるかわりに歯にねばつく）や、塩（塩田の場合を除き、人工の場所にしろ、自然のままの場所にしろ、広範囲にいたるところむき出しのままになっているのを決して見ることができない）といった日用の調味料のほかに、プディングやモカケーキのような緻密な塊をなす粘土や、石灰乳（lait de chaux）――その名前はクリーム状というより、しゃちこばっている――や、モルタルとセメントの粗末な粥がある。溶岩流もそうで、これは、大きな銅の鍋でジャムを煮るときその表面に生まれ、いったんジャムを壺にしまって鍋を洗う際、ひと匙ひと匙すくって食べる、わずかに色がついていて、胸が悪くなるほど甘ったるい泡と違うものだとはなかなか想像しにくい。さらには、僕がヌムールで知ったような、とても白くて細かいある種の砂――指のあいだからこぼして長いこと遊んだものだが、味をみるところまではゆかなかった――、植物界のものを素材とする製品であり、有機化学が扱う物質の部類に入れるべきものなのに、それ自体は完全に鉱物の外観を呈しているあの粉砂糖を思わせる岩屑もある。

　街路の雨氷（verglas）、銅の蛇口につく緑青（vert-de-gris）、善良な王様のアンリ四世についている――いかにも陽気な――「ヴェール＝ギャラン（Vert-Galant）」というあだ名、聖女（闘牛のもっとも典型的なパセの一つに彼女の名前がついている）ではなく、オペレッタに出てくるほう（ピクニックの際、ブランコその他尻軽な女工《グリゼット》たちのする遊びで、エステルの相方になる）のヴェロニク（Véronique）〔一八九八年初演の三幕のオペラ＝コミック。作曲はアンドレ・メサジェ〕、これら四つの言葉―― verre、vert、ver〔いずれもヴェールと発音する〕を共通分母としているけれども――ははっきりと異なる二つのグループにわけることができる。最初の二つは食べられそうに思えても、あるいはどれほど色が優しくても、鉱物界という無機物の世界に属し、あとの二つは緑（vert）でもなく、食べられもしない多くの場合でさえ、いつも生き生きとしている植物〔ヴェロニクはくわがた草の意でもある〕に属している。これにみみず（ver de terre）（lombric ともいう。おそらくこの無脊椎動物と ombilic〔臍〕とのあいだにある種の相似があるせいだろう。ombilic と nombril〔臍〕は傷痕となってへこんだ不在のしるしというより、むしろ巣と見える）を加え、先ほどあげた一連の言葉――見てもさわっても気持のいい、とても新鮮で、光沢があって、固いマロニエの実の頸飾りに似た――をもう一つ増やしてみてほしい。そうすると、自然の外縁にある花壇をひと飛びで越えて、動物界という正真正銘の生命の精髄に至る。

　鉱物界、植物界、動物界。この「界」というのはすばらしい概念だ。まるで自然の中には、笏を持ち、王冠を戴き、貴族、大臣、顧問官からなる全宮廷に君臨するのがその主な役目らしい、妖精物語中の王や女王とそっくりの王や女王の特別の管轄下に置かれた、三つの王国（フランス、ドイツ、ロタリンギア〔九世紀に創立され、ロタール二世が王となり、十世紀にロレーヌとブラバントにわかれた国〕のような）が実際にあるかのようだ。

　貴金属と宝石とは鉱物界の君主であろう。僕は宿り木――ドルイド僧が新年おめでとう！と叫んで黄金の鎌で伐り、ひろげた白いシーツに集める――に、オークの木が植物界の王であることのしるしを認めたい〔ケルト人はオークの木の宿り木に神が棲むと信じ、新年にはこの宿り木を伐って家に飾るのを風習とした〕。これは聖王ルイが伴侶とした木であり、僕がヴィロフレの森で出合った木々のなかで名前を言うことのできた唯一――あるいはほとんど唯一――の木であった（たぶん、その葉の見当のつきやすい外観のせいであろう。僕はそれらが、フランスの将軍たちがかぶるピケ帽の日除けのまわりを王冠状に飾っているのを知っていた）。僕はライオン――ドルイド僧に髭が、ブリュヌオー家の人たちに髪があるのと同様、豊かなたてがみをもつ四足獣――に、一般の意見と一致して「百獣の王」を見たい。すなわち、ライオンは生物の階級の最高位に立つ人間とほとんど同じ位置にいるのだ。しかし金属ともっとも貴重な宝石、宿り木、猛獣の王自体は、僕が三つの界のそれぞれに固有の君主権について抱くまったく抽象的な観念と実際のところはさして変わらぬ、血の気のない、冷ややかな比喩の域を出ない。この三つの界は理論上はわかれているものの、小鳥たちは木々とまじり、地上を蟻のような昆虫が走り、苔が岩から滲み出ているように見える森の茂みが示しているように、実際にはその国境はさだかでないのである。

蟻塚。小さな生き物たちの列が至るところに線影をつけている、土や小枝やごみからなる小山。その生き物たちは、盲目的に（と見える）、そしてあらゆる方向に動きまわり、急ぎ、すれ違い、しばしば巨大な資材や種々雑多な荷物を運び、一定の、ただしこちらには見当のつかない目的地へと曳きずってゆく。蟻たちは大地の生命だ。それは腐植土や砂に張りついた微粒子であり、さらには、何らかの鉱物——さもなければ土——の生きているかけらだ。僕は、斜面に作られていて、おそらく土の奥深くまで、ある種のお伽噺が語っている、あの「地の底」と呼ばれる神秘的な場所に達するまでにひろがっているものと想像していた蟻塚のことを思い出す（こうしたお伽噺の一つをとりわけ、ヴィロフレでのあれらの夏の数年後、絵入り新聞の『ベル・ジマージュ』で読んだ。数号に分載され、子供新聞の例にならい、規則正しい正方形の列をなして並ぶ一連の挿絵にひとわたりちょっとした説明がついているという体裁のものだった）。それはまた、みじめな、なかば野獣に近い存在で、食人鬼のたぐいであり、木こりとよく間違われる炭焼——もっとも彼らのほうは、むしろ夜働く人々であり、草や土まみれの汚い服を着た鈍重なウルカヌス〔ローマ神話の火の神〕であり、地底の火とかかわる鉄の靴をはいた田舎者だけれども——の小屋とも関係のあるあやしげな場所だ。僕は蟻塚の近くの砂地の場所を思い出す。それは僕たち兄弟が、「細砂採取場（sablonnière）」と区別して、「砂採取場（sablière）」と呼んでいた場所だ（その逆で、蟻の大きな巣はむしろこの「細砂採取場」の隣だったのかもしれない）。前者は、その同意語と同じたぐいの場所だが、もっと狭く、砂は後者ほど白くなかった。これは僕たちにとって、この二つ一組の名詞が当然もっているはずの微妙な相違の根拠となるものであった。僕は蟻の蛹集から数歩のところにあったこの別種の蛹集（シャベルと手を中につっこんで遊んだ、極小の、固い粒の）を思い出す。しかしこうした比較をしたあと、話はそれ以上進まない。ただ単に、兄たちとこのあたりに遊びにゆくときはいつも蟻塚を眺めたということをおぼえているだけだ。動いているこの昆虫の群を観察するのは楽しかった。かれらは地にへばりつき、始終その中に入りこむ。地下の生活と地上の生活の境界にいるかれら。物質と生き物の境の存在であるかれら。

それに二匹の針鼠——乾いた珪石でできていた僕たちの別荘の庭のほうに——もいた。無数の棘のある——たしかにこちらのほうがずっと大きかったけれども栗の実を思わせた——小さな玉。かれらは森の中で捕えられ、そういう場合の慣例どおり、一匹ずつハンカチにくるまれて家まで運ばれてきた。ほうっておくと、丸まっているのをやめ、小鼻面や鉤爪のある小さな肢を見せながら、あちこちをちょこちょこ歩いた。腹のぬくみを感じながら——あるいは予感しながら——、両手の中に入れてやると、その肢は掌をくすぐった。かれらが庭から逃げてしまうのではないかといつも心配だった。二匹の見わけがつくようにと、父は片方の背中に、まるで白木の家具に塗料をぬるか、仕上げの上塗り前に柵格子の下塗りをするみたいに、リポラン（エナメル塗料の一種）か鉛丹を使って筆で大きな赤い印をつけた。時々僕たちは、庭のすみずみまで二匹の針鼠を探しまわった。かれらが、濃緑色で光沢のある葉をもつ灌木の下枝——と僕には思われる——の下にうずくまっていたり、かれらが掘ることのできる柔らかい地や、なかば隠れることのできる陰のあるところにいるのをみつけるのはうれしかった。この針鼠たちは、いくらか地の精とも、ちょっと変わっているけれども親しい仲間となった生きている自然の一部とも見えた。

動物にも命があるという事実を僕に痛切に感じさせた最初の印象、特別の脈動——自然の背景となっている事物の、眠りこんだような、あるいは石のように身動き一つしない存在とも、犬や馬その他の高等動物の、ほとんど人間に近いありよう（魂と結びつけて考えることさえできる）とも違った、一種の生命そのもの——をもつとみなされている生身の存在について僕がはじめておぼえた感情、純然たる感覚をそなえ、そういうものとして認められた、自分の外側にある体であり、僕とも、どんな知性とも切り離されてはいるが、僕自身の体に近い感覚をもつ（踏みつぶしたときの苦悶が、人間の体が感じるものと何の共通点もないように見えるみみずのような、まったく異質の存在とは違って）肉塊であり、自前の弾力（「生身の肉体」と呼ばれているこの物質のもっとも明らかな特質の一つは、まさにこのような弾力性ではないだろうか）を有する、それ以上でも以下でもない存在としての生身の肉体を僕に示してくれたもの——ひと言でいうなら——との最初のはっきりした接触、こうした機会を与えてくれたのは、蟻（この点では、僕からあまりにも遠く、またあまりに違いすぎ、そのうえ嚙みつき方にあまりに敵意がありすぎる）でもなければ、僕の尺度にもっと近いとはいえ、針鼠でもなかった。

記憶の奥深くを探るならば、よみがえらせることができるように思われるのだ——やっとのことで、さらにいつとははっきり分からないが、おそらくは架空の日のこととして。このような不明確さは、その日に起こったはずの場面がもしかすると想像上の拵え事にすぎないせいかもしれない——、見ることができるように思われるのだ、ヴィロフレの庭を舞台とし、針鼠とも蟻とも違った生き物を主役とするささやかなドラマを。教訓がどうしても一つ必要であるというのなら、それを生身の肉体の発見であるといっていい短い光景。この肉体は、目に映ったものの姿に誘われて道草ばかりくっていた僕という子供が経めぐった多様な自然をめぐる道程のなかで、いまでは決定的な経験という相を帯びている。

といってただ単に僕は、庭の小道で、巣から落ちた、まだ羽根もはえていない、とても幼い小鳥を一度見せられたことをおぼえているように思うだけのことだ。

真っ裸で、ほとんど形をなしていない、ばら色がかった小さな塊（にこ毛におおわれてはいたろうがあまりにも薄く、手でさわってみる気にもならないようなものだったので、たぶんすぐには気づかなかったし、漠としてであれ記憶に残ることもなかったのだ）。辛うじて頭ができ上がっていて、横に寝かせると、眼と想像できるものと、嘴らしきものをそなえた横顔が見えた。全体は生き物だと分かるほどにかすかに動いていた。まだほとんど体《てい》をなしていないこの塊には、地上に落ちてもがいている様子はまるでなかった。もしあればそれは、あきらかに小鳥であり、したがって飛ぶことが本性であるこの生き物の自然の運命を、いま眼前にしている気の毒な事故が断ち切らなかったなら、いつか将来飛翔へと変わったにちがいない動きの芽生えであったろう。

この生き物を見て僕は心に大きな動揺をおぼえた。それがもっぱら憐れみであったという確信はない。この哀れな小さな塊を片手のへこみにのせることもできるのに、と僕は想像したらしい。ただしぞっとしながらであり、そうしたことを想像するだけで、ある隠れた欲望を表に出してしまうかのような気がしたものだった。なかば未生の状態（limbes）にある一つの生き物の感性のすべてが凝縮しているかに見える、苦しみの形をとって目の前にあらわれた生身の肉体の最初の――さだかでない――目撃。リンボ（limbes）とはつまり、僕がのちにその存在――虚無というべきか――を知ったさだかならぬ場所であり、幼くして死んだ子供たちや生まれてくる前の子供たちの魂が棲んでいるのは「リンボの中」だと教えられたので、まだ形の作られていない生き物たちの領域のように思われた場所のことだ。この limbes に関しては、僕は、木の葉の葉身（limbe）ということもあるのに――ただしもう少しあとのことで、そのときは、こうした同形異義の言葉には隠れた意味があるのではないかと思われた――気づいた。limbe とはそのうえ、僕たちの組織の中を樹液のようにまわっている「リンパ液（lymphe）」（それはそれでニンフ（nymphe）に近い）にごく近い言葉だ。しかしこの落ちた小鳥を前にして、この鳥と同じくらい幼かった僕は、いましているような洒落た言葉遊びに耽るほど言葉も概念も十分知らなかったので、ただ、感覚をもつ生命の基盤である――あるいはこういったほうがいいかもしれない――、ひとまとまりの、具体的な形をとった感覚の集合体である生身の肉体には、なにか心を動顛させるような、理解しがたいものがあるということを予感しただけだった。

僕にとって、死んだ子供たち（彼らは「小さな天使」になったときかされていた。これは、その兄貴分の天使たちのようには長い寝巻はまとっておらず、真っ裸だと想像していた、あの「キューピッド」とは区別のつかない有翼の存在だった）の棲む幻の場所であるリンボとは遠いところに、そして、教えこまれた信仰、話してきかされた物語、目にしたものから生まれたイメージ、耳にした言葉、後年の読書の沖積土、といったものが作り出した夢の世界からも遠いところに、なによりも、むき出しの現実であるところにたぶんその意味のあるこの対象、つまり、生命と熱と、地上か小道の小石の上での不安を如実に示すおののきとの凝縮した姿があった。このような遭遇は、その生々しさからして、三面記事的なところをもち、『プチ・ジュルナル』や『プチ・パリジャン』のような日刊紙の絵入り付録の表紙に毎週報じられるああした出来事――他の出来事よりも怖ろしいというただそれだけで、たぶん一層「真実」なのだ――と同じぞっとするような影に限どられていた。これらの出来事は色彩強烈なイメージであって、しばしば赤い血があらわれる、まるで僕たちの体内を浸すこの液体を白日のもとにさらすことは、このように記述されている出来事に究極の真実という刻印を押すためのほとんど必須の条件ででもあるかのように。三面記事（fait divers）、それは、その構成要素である「divers〔元来はさまざまなの意〕」が、犯罪ないし血なまぐさい出来事の象徴となっている言葉の混合体だ。「三面」記事〔「さまざまな」事実の意とだぶらせている〕、つまりそれは、たしかに日々の多くの出来事の一つであり、月並の匂いはするが、悲劇の炎がより強烈なもの、一層生々しい印象を与えるものとして、他から区別している出来事であり、他の「人生の断面」や現実の断片のなかで、もっとも内容に富む特選品なのだ。

以下の本物の三面記事はこの小鳥の雛の身に起きた出来事とほぼ同時期だったと思う。それは、夏休みのあいだ、軽率にも両親の田舎の別荘の屋根にのぼって遊んでいて、墜落して重傷を負った寄宿学校仲間の事故だ（僕は話をきかされた）。本当に起きたことなのか、それとも作り話だったのだろうか。ただここでは、してきかされたその話が僕に与えた印象だけが重要である。

　おそらく僕の友達は――たぶん小鳥のほうも？――、両親がきっとしたにちがいない危険についての警告を無視して、冒険をしたのではなかったろうか。おそらく彼が落ちたのは不幸な偶然の結果だったのではなく、不服従の結果だったのではなかろうか。人生――たしかにもっと圧縮した時間の中でのことながら、僕の文章がページからページへと進みつづけるように、時間の中を進みつづける――のさまざまな時期に、僕はこの二つの出来事のことを考えた。しかし出来事に対して、当然の罰というような道徳的な見方をしたことは一度もない。小鳥はさわることもなく、かいま見たにすぎず、友達の墜落はといえば、話をきいただけだったけれども、いつまでも心に残るのは、まざまざと思い浮かべた傷ついた生身の肉体の想念である。それは、たとえば、ヴィロフレの庭で花を摘むか、遊び半分種を蒔くかしていたある日のこと、僕の手の上を通り、ぞっとするようなむずかゆさを感じさせた「メクラグモ」類の蜘蛛（嵩はほとんどなく、糸のように長い肢をしていた）の記憶のように執拗なものだ。

　もちろん僕の手は小鳥に触れはしなかった。手は一瞬このような接触を怖れたが、たしかにそれを望んでもいた。そうすることは文字どおり生殺与奪の権を握ること（une mainmise sur la vie〔生命の上に手を置くことの意でもある〕）だった。神秘的なペルセポネーの、心をときめかせると同時にぞっとする王国。枯木の幹のうろとか、なかば掘り出された木の根の塊から、僕が蝮か赤楝蛇《やまかがし》の巣と勘違いした、齧歯目が土に掘った暗く、細い坑道に至るまでの、蜘蛛や蛇と結びついたすべてのものが僕にとって昔そうだったように、近づくのが無気味な王国。数年前に見たある夢のことを思い出すとき、いくらかその神秘に近づくことができると思う、暗い錯節した王国。その夢にあっては、両掌の、それ自体生きている障壁の中に閉じこめられた動物の小さな塊の似たような感覚を感じたところから、恥辱と苦痛の人間的ドラマの幕が開いたのだった。

その夢の舞台となったのはシナゴーグ。時代は現代だった。夢の最後の部分に関して記憶に残っている、舞台の周辺の強烈な光と暑さから判断すると、太陽の国の、美しい季節でのことだ。中にいた建物に関していえば、ユダヤ教固有の特色も、多少とも目につく地方色なども何一つ見られなかったのに、僕はそれがシナゴーグだということを完全に理解していた。たしかに一種の教会ではあったが、祭壇は見られなかった。建物はかなり小さく、和らげられた光しか入ってこなかった（少なくとも、筋のはじめが展開する教会に関しては）。跪き台はなく、ここがカトリックの教会とは違っていた。壁は板張りだった。全体はむしろ――昔を思い出しての以下のような比較がいくらかでも信用できるならば――、その前後にアテネで見たギリシア正教の礼拝堂を思わせるものだったが、つまるところヴナスク伯爵領〔十三世紀から十八世紀まで南仏にあった教皇領〕で見物したような本物のシナゴーグに似てもいた。事の起きている時代に関しては、大方の宗教建築の内部を支配するものと同様の古風な雰囲気（ただし僕の意見では、プロテスタントの教会は別だ。そこでは、古代の匂いや聖なる雰囲気に身を包まれるように、香に身を包まれると感じることは決してない）にもかかわらず、時は現在だということが分かっていた。

シナゴーグと決まったこの教会の中で、僕は祭式を見物するため、他の人たちに立ちまじっている。おそらくは観光客として、そのうえ民族学者として（なにしろそれが僕の職業なんだから）。なにはともあれ、儀式には一から十まで従おうと考えており、いまのような覚醒状態なら、合理主義から自分にせずにはいられない質問、つまり、それを信じて儀式に加わっているのかどうかという質問もせずに。僕は、あらかじめ決められた一定の筋書に従ってこれこれの動作をする、ということを承知している参加者たちのグループの一員になっている。ただそれだけのことであって、眼前の事柄以外、余計なものは何もない。このような夢が、聖なる儀式のあるべき姿の一種のお手本と今日思えるのは、たぶんこうしたことのせいであろう。

カトリック教会の場合と同様、信者たちは募金をつのる人に施しをし、また各人は犠牲の供物をラビに渡さなければならない。そのために僕は、一匹の灰色の小さな子猫（どこも一様に柔らかな毛をした）と六匹の小さな二十日鼠――僕の両手の囲いの中で震えている軽い塊――を持っている。僕は、かれらが両手のあいだで、ひと塊になって生きて動いているのを感じるのがうれしく、かれらを待っているもの、つまり喉を切っての殺戮のことを考えて憐れみをおぼえる。僕は、かれらを渡すべきか、放してやるべきか迷う。

シナゴーグの別の場所の奥の方に――中央の身廊か側廊かは分からないが、椅子一つ、どんな種類のものであれ、家具一つないタイル張りのかなり広い身廊――、そのとき、あきらかに祭式（カトリックのミサにおける聖体奉挙にいくらか似た）の肝心な場面の当事者たちがあらわれる。左から右へとゆっくり進む行列を作って、以下の人々が僕の方へ正面からやって来る。一人のラビ――頬に黒い髯を一面にはやしたむさくるしいアラブ人のたぐいで、ベドウィン人の風習に従い、頭にかぶったヴェールは額のところで羊毛と絹の組紐で固く締めつけられていて、褐色の痩せた顔の左右の両肩に垂れ下がっている――と、もう一人のラビ。こちらは、悪口雑言しながら、節くれだった腕にかざした綱で、キリストである、むさくるしいアラブ人面をした一方のラビを脅している。右の端、この二番目の人物に比べてやや後景に、骨ばった皺だらけの老婆――、彼女もむさくるしい中近東人面だ（ちょうど腰の真上のところをベルトで締めつけた、垢じみた白い長衣を着て、裾からは痩せた素足をのぞかせ、頭には二人の男のものに似た、ただしいかなる組紐も使わずにとめたヴェールをかぶっている）。さらに、エチオピア人風の身なりをし、顔色がジプシーのような赤銅色の聖母を演じる老婆。彼女は異様に鋭い、張りさけるような声で、スペイン語でフラメンコ風に歌いながら嘆く。夢はここで終わる。僕はこの最後の部分が、「侮辱されるキリスト」の場面にほかならないことを――目ざめる前に――知る。

自然の奥深くまで達する掘抜き井戸であり、時には甘くささやくような、時には甲高い響きをあげて迸る水の形で地下の秘密を教えるペルセポネーよ、汝は、おお、ペルセポネーよ、本当にこの湧き出る水と化するのか、それともそれは、たまたまの暗喩の結果にすぎぬのか。

昔々ある時……

僕が「昔々ある時……(Il était une fois...)」という文句の本当の意味を知ったのは、歴史家が好んで「奇妙な戦争」と呼ぶ戦争のあいだ、モロッコと南オランの境にあるルヴォワル・ベニ＝ウニフにいたときのことだった。

イスの町〔四世紀か五世紀のころ、海に呑みこまれたとされるブルターニュの伝説の町〕の宝物のように伝説の黄金である「昔(jadis)」、いくらか後悔の色は帯びてはいるが、忘れてしまえばそれっきりといったもののように軽快な「しばらく前(naguère)」、もっと情愛がこもっていて、「昔々ある時……」のように、素朴な信仰(foi de charbonniers)みたいに古くさくて、親しみ深い「かつて(autrefois)」、この三つの副詞——多少とも遠く隔たった、流れ去った時間に対する回顧を示している——はどれ一つとして、「昔々ある時……」(これらの言いまわしすべてのなかで、実際は一番曖昧で、それと決まったどのような過去にも結びつかないもの)のように、夢想がきて宿る括弧を開くものはない。これは、歴史の埒外にある時間を呼び起こす伝統的な決まり文句であり、幼年時代に何度も繰り返しお話の冒頭で読むか聞くかしたので、言葉自体はずっと以前から知っているものである。

するすると開いて、入口に足を踏み入れた人に一連の不思議な、古びた客間をのぞかせるカーテンのように、これから紹介すべき物語の冒頭に垂れ下がっている「昔々ある時……」という言葉が、どれほど豊かな展望を開いてくれるのかを知ったのは、ルヴォワル・ベニ＝ウニフ——小さな駐屯地と並んで、原住民のぱっとしない村がひろがっているかなり貧弱なオアシス——でのことである。物語の筋と僕たちとのあいだに一気に距離を作り出し、時間の中にめくるめくような隔たりを出現させるこの魔法の文句の内容を十二分に僕に感じさせるには、おそらくふさぎの虫の温床であるこの相当に陰気な僻地が必要だったのだ。距離が遠く隔たっているおかげで、あとに残してきたばかりのパリの生活が夢のような過去と少しも変わらず、ともかくそうした過去と同様、情緒豊かな光に金色に染め上げられていると思われたこの地で、ノスタルジーという昔ながらのテーマを心ゆくまで育てることができた。

昔々ある時（「ある時」とはこの場合一九三九年の九月二十九日、つまり毎年の九月二十九日同様、僕の守護聖人である大天使ミカエルに捧げられた日だ）、昔々ある時、ルヴォワル・ベニ＝ウニフで一番ましだった店（とり澄ました老婦人の経営する小さなレストラン兼ホテル、ペンション・ミモザの中にある文房具屋兼小間物店。僕たち動員兵のあいだでは、彼女はその華やかなりし時代、当時青雲の志を抱いていた故リヨテイ〔一八五四—一九三四、フランスの軍人。植民地行政に大きな足跡を残した〕の情婦だったといわれていて、いまでは、士官たち——それに舌が肥えているか、「気どり」たがっている少数の下士官たち——がいつも食事をするこの店をやっていた）に、昔々ある時、位が下の兵士たちには無愛想だが、たしかに小ぎれいなこの店のカウンターの前に、当時砲兵隊の軍曹で、さしあたっては便箋の箱を買いたいと思っていた僕自身がいた。いろいろあるなか、猫っかぶりのこの老婆（階級章の筋も少ないし、ペンションのお客でもない無名氏に対していささかの軽蔑は隠さず）がすすめる箱を、僕はすぐに買うことに決めた。といって別に選り好みがあったわけではない。箱の蓋には空色もしくはモーヴ色の地(なにしろこれが便箋の色だったのだから)に黒で凸版印刷された、封建時代の城をあらわす昔の版画の複製がついていた。この中世の建物の下には、古風な活字で記された「昔々ある時……」という文句を読むことができた。

「昔々ある時……」、それは、一夜作りの時間の堀の上に、想像の行列を渡すために突然下ろされた跳ね橋。いま話している個人的な場合に関していえば、飛行機と軍艦に護送されての最近の航海の末、海の彼方のある場所、ある時に残してきた僕の市民生活の、まるで幸福な幼年時代でもあるかのような想起。僕という軍服姿の登場人物の演技(こうした土地では、やりおおすのは簡単だ)を、自分に対してほとんど皮肉な気持を抱くことなく演じるようにと誘うかのような、心に浮かんだ騎士道をめぐるとりとめのない思い。なによりも、ただただ動員されたがためにこのようにサハラのへりに飛ばされるに至ったいまの流謫の境遇を公認するかのような文句の出現。率直にいって、僕はこのような流謫を楽しみ、危険回避ででもあるかのように気に病む(いずれはそうなるだろうが、ただし「後知恵」的な形でのことだ)こともなく、誇りにすら思っていた。事の成行きを呪うどころか、こんなところに自分を連れてきた偶然を、ずっと以前からおのれの宿命と思われていたものに、つまり、数年前すでに僕にアフリカを旅するように仕向けた、そして一般的にいって、架空の物語や、時の彼方の時代の追憶や、自分とは違う国に対する好みの理由となっているあの不適応者の条件に、奇しくも一致するものと考えていた。

「昔々ある時……」。このように宙に浮いたままになっている――幼い聴衆の注意をひきつけようと立ち上がったばかりの瞬間、何らかの内外いずれかの突発事故のため、呆然と立ちすくんだ話し手の人差指のように――ことによって、そのあとに続く一切の物語から切り離され、自身の飛躍も途中で妨げられたこの冒頭の文句は、空中に虚無の門を、何一つ建物が残っていない遺跡の上に建つ廃墟の入口を、何ものへもみちびかない存在しない玄関の間に向かって開く框を組み立てる。非人称の主語を先立て、「ある時」という、すべての時のなかの任意の一つをあらわしているゆえに、時についての言及ともいえないような言及を従えた、ただ一つの半過去にすぎぬこの前置きのために「全身これ耳」と化しながらも、入口のところで突然足止めされた者の期待だけがいつまでも残る。

おそらく肝心なのは、精神が Il（つまり中身は何でもいい代名詞）était という事実によって注意を促されたことではない。ごく抽象的な文法上の道具にほかならない主語に依拠してさえおらず、まったく不確かな過去に位置づけされているある存在のこの単なる確認は、そのあとに une fois がなければ、人の注意をひくにはあまりにも無性格な単彩画にすぎないであろう。この時点では、まだ何事も起こっていないけれども、少なくとも場面の冒頭の部分が姿を見せている。背景がしつらえられる前、場面の空間はこの二つの小さな言葉によって構成されている。これらは、日、季節、時代を特定するところまではゆかないが、純粋状態でとらえられた持続の中のある一瞬をとり出しており、この瞬間の他と異なる性質は、他からひき離すこの行為がなかったならば他とは見わけがつかないであろうすべての瞬間の中から、こうしてとり出されて、別にされていることである。

何事か——まだ名づけられていないけれども、ある時存在したといわれていること——が近々舞台に登場すると告げられて待機の姿勢をとった精神は、すべてを受け入れようとし、心を大きく開き、できるかぎりおのれを無にする。しかし語られはじめたばかりの言葉はそこで終わってしまい、精神は自分自身の内に生まれたこの空虚の中に突然置き去りにされてしまう。彼に分かっているのは、「ある時……」という言葉によって作り出された枠の中にきて宿ろうとしながら、ぎりぎりになって待惚けをくわせたこの何事かは過去のことであり、色のはっきりしない、雲をつかむような、規定できないものというよりは、お伽噺の領域に属する事柄だということだけだ。つまり、年代学上の目安とは一切関係のない、始原の渾沌に近いと想像される時代（そこに展開する出来事の非現実性と、ましてや非現代性からして）に一括して投げ入れてしまう以外、時代に関する指定の可能性をすべて排除することである。

僕は自分の前に「昔々ある時……」という文句を据え、そしてオペラグラスで一切を仔細に観察するか、片眼鏡越しにしか物を見ない、眼窩にはめた円いガラスにならってひたすら冷眼に徹しようとする芝居通さながらに、感情抜きでそれを解剖した。さらには、純度が高いかどうかを知ろうとしてダイヤモンドを吟味する鑑定家みたいに、さまざまな面からそれを詮索した。ただし、舞台というものは、衣裳と書割が形作る画面のための単なる画架ではなく、筋の展開する場所だということを、ダイヤモンドは単に生命のない石ではなく、素肌を一層肉感的に見せる結晶だということを忘れてしまった。ところで素朴な観客（「善良な大衆」に属している人）にとっても、豪華な宝石を見て眩惑される恋する男にとっても、嫉妬する女友達にとっても、事は別だ。神話的な過去にかかわる物語を予告する一方で、幼年時代というもう一つの神話的な過去へと一気に僕を連れ去るこうした文句が心の中に入りこむや否や、自分が素朴な証人に変わるのを感じるのだが、そうした証人についても同様のことがいえる。そのとき僕の前にあらわれるもの（「昔々ある時……」という言葉が実際に見せるもの）は、頭脳ゲームやうつつの幻の愛好家にはむいている芝居の眺めでもなければ、単石のダイヤモンドや洋梨形ダイヤモンドのめったに見られぬ輝きでもなく、僕の幼年期の妖精の国そのものである。ある時あった（était une fois）ものとは、昔々ある時ではじまるお話をきかされた僕という子供なのである。

「昔々ある時……」という文句を思いがけない形で眼前にしたとき、僕という軍人の心に浮かんだのは、この前の戦争以前の子供——ごく最近までそうだった民間人ではなく——だけではない。僕にはまた、滑稽な服装をし、滑稽な立場にある僕という人間——アフリカの太陽の下の、カロをかぶった兵士（いまから思うと、どぎつい照明にてらされたサーカスの道化役者のたぐいだ）——も伝説の対象になり、僕の記憶がのちになって勝手に作り出すであろう物語の主人公となるかもしれないとも思われた。この物語の中では、たぶん以下のような事柄が語られるであろう。「昔々ある時、アフリカの太陽の下、カロをかぶった一人の兵士がいました。この兵士はジュリヤン＝ミシェル・レリスという名前でした。彼は一個の便箋の箱を所有していて、その上には「昔々ある時……」と記されていました。」幼年時代と田舎の地の強い匂いがしみついているだけのこの平凡な断片的文句も、サハラのへりで僕が置かれたいまの新しい境遇のなかで読むと、その効能たるや絶大で、心の中でそれを言ってみるだけで、現在に身を置いたままで自分が神話の世界の人物、あるいは、現実の存在ではあるけれど、同様に神秘的な歴史上の人物に変貌するのを見るようだった。未来の彫像の下図でもあるかのような、投影された僕の姿。額縁の中から下りてきた未完成の肖像。けれども少しも幽霊じみてはおらず、それどころか、とても潑溂としていて、生気に満ちみちているのだ。

とりわけて「歴史的な」服装、いったん身につけるや、着た者にいくらかエピナル版画めく素朴な色彩を与え、博物館のマネキン（装飾をつけ、衣裳を着せかけるだけの単なる台）のように極度に人を単純化してしまう服装とは、あきらかに軍服である。すなわち、人々が子供たちに話してきかせるような歴史、宮殿や広場や戦場といった背景の前で軍人や国家の元首の偉業が生き生きと語られる、オペラの長々と続く一連の場景のごとき歴史の、代々の合唱隊員である人たちの服装だ。

軍服を着るとはただそれだけですでに、登場するかもしれない端役として歴史のオペラの一員となることだ。そのうえ砂漠との境に投げ出され、ぜんぜんなじみのない書割の中に、こんなふうに用もなく立っているとすれば、彼の突飛な姿は一層そう見える。ところでそこへ、古色蒼然たる、紋切型の、しかもきわめて奇妙な過去をさし示す矢印のような意味をもつ「昔々ある時……」という文句がきこえてくる。その文句の響きは、あきらかにとても身近で、内側からきこえてくるようなので、さして事実を曲げることなく、自分自身に当てはめることができるほどだ。それゆえこうした事情すべてが合わさった結果、遠くて、立派な（歴史的な性質があることから）、それでいて兄弟のごとき（なにしろもう一人の僕自身なのだから）人物に自分が変身するのを見る――外側から見るようにして――ことができるような距離ないし隔たりが心の中に生まれる。その人物とは、たとえばヴェルサンジェトリクス〔前一世紀のガリア人の英雄〕の粗野な顔立ちを、あるいは、姉が知っていたあるロマンスの中に出てくる、屋根がないので毎夜星を眺めながら夢想して過ごしたという、一時期の僕にとって追い求める理想に一生を捧げることの象徴であった、遍歴の名人たるあの美しい星の騎士の、もっとほっそりとした、この世ならぬ顔立ちでもってあらわれ、少年の自分をとりこにした昔の叙事詩中の人物と、また後年、映画に出てくる冒険家たちの中に再び見出すこととなった、目鼻立ちがより明確で、近代的な服装をした人物と同類と映る孤独な人物だ。けれどこうした感情のがらくたの寄せ集めに対しては、太陽に灼かれた、ほとんど空虚な風景の中にばかばかしくも野営し、兵隊言葉でいうところの「楽隠居」をさせてもらい、主人公らしいところといっては、妄想と、ノスタルジーという実のない感情の温床たる孤独と隔絶ばかりというこの兵隊が一体何者なのかを冷静に考えると、嘲弄の念がふつふつと湧く。

　棕櫚林のみすぼらしい羽根飾りをつけた細い木々と、干上がった川床と、モロッコ国境に聳える山々の一方の面全部をふさぐかなり迫った障壁――それに数軒の汚らしい家と、安っぽい公共建物と、ぱっとしない兵営を加えて――がなかったならば、存在しないも同然の風景の中に立つマネキン人形、さまざまな夢想で変装し、さまざまな心理の古着で自分を飾り立てることのできるマネキン人形、これこそ僕の成れの果てだ。長兄が持っていたアルバムの中の、さまざまに変化する人物を思い出そうとするかのように、あるときはカーキ色のラシャの、あるときはもっと薄地の服を着、熱帯地方用のヘルメットをかぶることもあるが（「町内」勤務のときには）、大抵はカロをかぶって。このアルバムというのは、各ページから一つ一つ切り抜いて根気よく利用すれば、頭の天辺から足の先まで武装した革命期と帝政期（ナポレオンとその麾下の数人の将軍ともども）の兵士たちをはじめ、王宮の近衛兵、近衛騎兵、宗教戦争のころの火縄銃兵、大きな楯を持ち、ほぼ円筒形の兜をかぶったブヴィーヌの戦い〔十三世紀はじめ、フィリップ・オーギュストがイギリス王ジョンと神聖ローマ皇帝オットー四世を破った戦い〕のときの騎士、さらには正方形の金属の集まりからなる鎖帷子をつけたカロリング王朝期の戦士たちのようなもっと古いタイプの軍人を作り出すことのできる材料が、入念に描かれ、彩色されて載っている図版集である。こうしたものはすべて、ボール紙の表紙をつけて、アシェット社から売り出されたのだと思う。素描家ジョブ〔Jacques Onfray de Bréville の頭文字をとった筆名〕の作品で、彼はまた、判型が立派で、ご褒美の本やお年玉用の本と同様、小口が金装されていた、フランス史のいくつかの重要な場面が子供が楽しめるように描かれている数冊の本の挿絵画家でもあった。すべては、一片一片切り抜いて貼りつけるようになっていて、一定数の人物像がマネキン代わりをしており、たとえば鋏と糊刷毛を使って作った「礼装」や「略装」の付属品を次々にそれらの上にのせれば、人形を着せ替えるように、好きなようにその衣裳を替えることができるのだった。

　ベニ＝ウニフ滞在中、まさしく陳列用蠟人形（実はお客としては僕本人だけが相手の広告に使われた）であった僕は、僕という人物から切り離すことのできない、そして、まるで自分の神性を聖別する品物かその意味ある付属品ででもあるかのように誇りにしていたいくつかの装具を持っていた。

　軍隊用語で「ダイヤのエース」と呼ばれる背嚢のことは話したくない。銃剣と銃についてはなおさらだ。毎日着用——就寝中以外は——していたし、革装具としてのすぐれた品質を買って現在までとってある剣帯についてさえそうだ（とりわけこの品質のよさは、パリでも、そのあとランド地方の弾薬庫に配属になったときも巻いていた、晒していない粗い麻布製のゲートルと、僕の最終的な動員解除が行われるはずだったロッテ＝ギャロンヌ県の小さな村へ向けて出発する前夜に買ったバスクベレー——民間服へ戻る第一歩——ともども、この時期の名残りの品であるこの剣帯に僕の執着する理由だ）。自分の兵士としての身分につきものの装具の一部というだけで、僕といかなる真の関係も結ぶに至らなかった、これら無名の品々については語りたくない。

しかしたとえば、僕たちの中隊の兵站部であった互助会館で出発前に衣服が支給されたとき、もっと軽くて柔らかな徴発された編上げ靴よりも、その、荒くれ兵士むきのところと、ワックスを塗って汚すことなど決してなかった鹿子色のために選んだ、生皮製で、先が四角く、裏に鋲の打ってある分厚い軍正規の編上げ靴は、なんと他とは違っていたことだろう。靴の片方は、どんなに油を塗っても、はくといつまでもいくらか足が痛かったが、僕がこの靴を好んだのは、その頑丈な様子と、一方、まだ新品だったころ、靴底の土踏まずの部分に「クレルヴォー監獄」と記されているのを読むことができたためだった。輝かしい製造元の表示のおかげで、この靴をはいていると、アフリカ懲治部隊の兵士か徒刑囚になったような錯覚をいくらか抱くことができた。同様に、僕がベニ＝ウニフの原住民の靴直し職人の店で七フランで手に入れたサンダルも、いかに他と違っていたことか。その靴底は、道路の泥灰土や埃で擦り減ってしまう前には読めたように、ダンロップ・タイヤの古い断片でできていた。それをはいていると、賤民の状態にまで落ち、原住民と同様のみじめな暮らしをしている植民地部隊の兵士になったように思った。というのも、熱帯アフリカのそこかしこの市場でもっぱら黒人用に売られていた、廃物のゴムの上に形ばかり革紐をつけて作ったこの種のサンダルをよく知っていたからだ……。また、僕たちの部隊の店で、パリで買ったありふれたフランネルのベルトとひきかえに手に入れた、平織《エタミーヌ》の薄布製か赤い金巾《ペルカル》製の幅広のベルトもあった。ベニ＝ウニフの基地を離れ、約九十キロ隔たった、自分たちの担当する毒ガスの実験（大砲、飛行機、その他の兵器を使って）が行われる砂漠そのものの地方へ出かけていったとき、毎晩――このような季節には、サハラの夜は寒かったから――パジャマのズボンの下、腰のまわりにこの布を丁寧に巻いたものだった。僕が予備役と現役の数人の同僚――そのうちの二、三人は、半分スペイン人の血のまじったオラン人であり、もう一人はユダヤ人（僕に大空の洗礼を授けてくれた飛行士で、その地方の反ユダヤ主義者たちがユダヤ人への迫害がはじまる前から「はんだ鏝〔獅子鼻の意の隠語〕」という下劣な表現で呼んでいた、あの人間味に溢れたグループの一員）だった――と一緒に住んでいた、貧乏くさくて、小さくて、殺風景な部屋の中で、土方のするようなベルトをこんなふうに巻きつけて寝るのは刺激的なことだった。朝、服を着るためにそれをはずすとき、僕は闘牛士の使うムレータの赤い布のことを思わずにはいられなかった。仲間の一人（パリっ子で、飛行機の若い整備士）がポルノよりも美的な目的で壁に鋲でとめたヌード写真のかたわらにあっては、大好きな闘牛のこのような追憶には――血の通う、そして牛を魅惑するラシャの布のように震える繊細な織物のごとき、僕の心につきまとって離れぬ絹の肌の思い出と結びついて――なにか感動的なところがあった。最後に、家から送ってもらった、本当に冷える場合には、肩を後ろにひき、短く刈った髪の下のいつに変わらぬオリンピア額〔広く突き出た額〕ながら、額に皺を寄せるときもそうでないときも、食堂に夕食に行く際に着たタートルネックのグレーのセーターがあった。もしそれが人からもらった贈物でなかったなら、僕はきっとラジオ局のフランスやベルギーの外人部隊の兵士たちが持っているようなカーキ色のセーターととり替えていただろう。当時は、普段の生活環境とはまったくかけ離れた砂漠にいたせいで、ある種のいかがわしいロマンティシズムに強く支配されていたので、実際に外人部隊の兵士みたいに見えたりしたら、ボクサーに見えるよりご満悦だっただろう。普通犯の受刑者、アルコールと熱病に蝕まれた冒険家、向こう見ずのタフ・ガイ、外人部隊の傭兵、子供っぽくもこれが、僕が自分を似せようと思っていた人物たちだった。彼らの文学上のモデルを最初僕に提供したのは、西欧の近代生活に甘んじることのできなかった真に男の名に価する男の不適応について詩人や小説家が考え出した、「いつも徒刑に終わらずにはいない、性懲りもない徒刑囚」〔ランボー『地獄の季節』中の詩句〕だの、「ランドア・ロードの移民」〔アポリネール『アルコール』中の詩の題名〕だのといった多くの表現だった。

水平にひろがる不毛の土地に垂直に立つ、感覚をそなえた一本の細い柱である僕はひとりっきりだった。そしてその孤立と立っている姿勢からすると、地理の小さな本に出てくる、黒い上っ張りをきちっと着たあの生徒、判で押したように一日を東ではじめ、西で終える太陽の位置に従って東西南北をさし示す生徒に似ていた。北とはもっぱら地中海沿岸であり、僕たちと首都とを結ぶそこから出てゆく船のことであった。南とは僕たちの背後の砂漠だった。砂漠という観念は、僕がしばしば落ちこむのを感じる、そして熱風のように僕を横切るああした熱情の息吹だけが時折そこから自分を解放してくれる、不毛の、空虚の象徴としておなじみのものだった。この熱風はそれ自体砂漠の秩序に属し、不毛と空虚の兄弟ではあるが、それから僕を逃れさせてくれるという功徳——砂漠を裏切ることなく——がある。なぜって熱風は、「火事だ！」と叫ばずにはいられないような、ただただ熱くて破壊するだけの炎とは違い、金属をとり出すために鉱石に襲いかかる炎に似て、砂漠の肯定面（おそらく）にほかならないからである。

軍服に身を包み、表面は愛国者らしく見える僕という人物の心は、戦闘員ではなく、ただの無名の動員兵として自分がささやかな役割を果たしていた集団的な戦闘準備のほうよりも、運命、僕をもう一度アフリカへほうり出し、こうして人生のデッサンに鉛筆の決定的なひと筆を加えることだけを目的としているかに見えるこの運命の秤の上にかかった歴史の分銅が、僕の人生の絵模様に一体何を加えるのかのほうに——それは確かだ——向いていた。

まさしくデッサンが問題であった。ただし僕がいま生きているたぐいの人生のデッサンではなく、発掘したばかりの品の外観をためつすがめつする考古学者さながら、あるいは解釈すべきデータをあらわす曲線の形を観察する統計学者さながら、僕がある種の超然たる態度をもって曲折と変化を目で追い、その外観を鑑賞できるような線で描かれた人物としての僕の人生のデッサンが問題なのである。

歴史の遠い背景に——すでにもう四年経ってしまったあの過去の方へ身をかがめるとき——、あの僕のシルエットが、いやむしろ、僕の人生の一部である、砂漠にいる＝兵士の＝僕という輪郭が描き出される。これはあのころ、他のどのような肖像画よりも、たしかに自分に似ていると思ったシルエットだ。降服する＝ヴェルサンジェトリクス、学校＝を建てる＝シャルルマーニュ、生きたまま＝焼かれる＝ジャンヌ・ダルク、牝鹿＝を殺す＝ルイ十五世、錠前屋の＝ルイ十六世、セント＝ヘレナで＝死ぬ＝ナポレオン（歌にあるように）といったたぐいの偉大な星々の個人的な運命が天高く輝く、幼いころ教えられたような歴史のなかで、君主や英雄の偉大な姿を際立たせていた明確な輪郭をいささか借りて、歴史の霧のなかから浮かび上がらせたシルエット。幼いとき教えられた歴史にあっては、実際に「歴史」を作り出している人間集団の動きなどは気づきようのなかったものであり、そこでは、一連の著名な人物を別にすると、子供の僕の興味をひく戦争、戦闘、平和条約といったレッテルを貼られた型どおりの出来事だけが示されていた。これらの出来事には、人の注意をひき、心を奪う簡潔きわまる呼び名がつけられていたが、こうした名前がつくと、人間と同じ生きた何かになるみたいだった。

ワーテルローの戦い（あの有名な灰色のフロックコートのような、あるいはあの日の空のような雨催いの灰色の）、アザンクールの戦い〔百年戦争中、ヘンリー五世の率いるイギリス軍がフランス軍を撃破した戦い〕（楯形文地風に紺碧の地に描かれた）、マレンゴの戦い（あきらかに「子牛のマレンゴ風」〔マレンゴの戦いは、一八〇〇年六月十四日、イタリアのマレンゴでナポレオンがオーストリア軍を破った戦い。子牛のマレンゴ風は、ナポレオンの料理長がこの日に作ったとされる〕のせいで、ソースのように褐色の）、マリニャン（Marignan）の戦い〔一五一五年九月十四日、フランソワ一世がミラノの近くのマリニャーノでスイス軍を破った戦い〕（ニャンには口の中で溶けるようなところがあるので、グレーヴィーソース入りの人参のバター煮を、あるいは、へりに奇妙な切込みと丸襞装飾のついている、ドイツの傭兵《ランスクネ》のかぶる大きな帽子のような笠をもつ食用きのこ（champignon《シャンピニョン》）を連想させる）のかたわらに、たとえば僕は――人目をひく名前のついた歴史的事件の一覧表を作ろうとするならば――宮廷用のドレスの衣擦れの音や、枢機卿のスカートの波打つさまを伴っていて、そのため、社交界のカレンダーかなにかに、プチ・リ・ブランの舞踏会やオートゥイユの競馬開催日と並んで書きこまれてもいいようなあの欺かれた者たちの日〔失脚したと思われた宰相のリシュリューが、ルイ十三世のもとで復権した日のこと。一六三〇年十一月十日〕を見出す。

僕の幼年期にもっとはっきり結びついているものとしては、「Colloque」という奇妙な言葉のせいで注目をひく「ポワシー会議（Colloque de Poissy〔ポワシーはパリ北西部、セーヌ河沿いの町。一五六一年ここでユグノー、カトリック両派の会議が開かれた〕）」がある。この言葉は、「くらわせる」という意味で使われる「colloquer」という俗語的表現（「お前に往復びんたをくらわせてやる」）の中にも見出すことができるし、「おやつ（collation）」の変形とみなすこともできる。これは、父がその一員だった芸術サークルとやらが企画した、バトー＝ムーシュでのセーヌめぐりの際、両親と一緒に食べた実際のおやつが裏書きする恰好になったことだ。河めぐりの目的地はまさしくポワシーだったのだから。昼食、おやつ、夕食を食べてから、セーヌ河を溯って戻ってきたのだと思う。素人たちの演じるいくつかの出し物が夜の部を占めていた。とりわけ一人の紳士がちょっと猥りがわしい様子をしながら、次のようなルフランのある小唄を歌っていた。

そいつは悪かあないんだぜ、コリネット
そいつは悪かあないんだぜ！

これは、恋のささやき（colloque）かなにかの最中、どうやらコリネットという相手の女に対して男が求めているらしい、かくかくのいちゃつきへの仄めかし——からかい半分同意を迫る体《てい》の——だ。

ポワシー会議の周辺にあり、宗教戦争という同じ項目に入るのがワシーの虐殺〔宗教戦争の口火となったフランソワ・ド・ギーズによるプロテスタントの虐殺〕だ。しかしここでもまた食物が問題になるとするなら、それは「ワシーのケース」と呼ばれるメレンゲ菓子の産地であるワシーの町自体のせいだ。僕はこの「ケース」という言葉が、菓子そのもの（軽くて、ぽろぽろしていて、歯に当たると粉になってしまうほど歯ごたえがない）をさすのか、それとも単に、それが入っているボール紙の薄い箱を意味するのか、分からなかった。このように菓子の仲間なので、ワシーの虐殺は、僕の目には、サン＝バルテルミーというユグノー教徒のもう一つの虐殺がどこまでも引きずっている警鐘の響きや、撲殺の金槌の音や、夜の血の臭いにはともかく何の関係もない、なにか比較的ほほえましいものとずっと映っていた。

何年もの間隔をおいて——個人的な歴史とは大して関係のない、大文字のＨではじまるあの歴史の観点に立つならば——、最後にジェマプ〔ベルギー南西部の町。一七九二年、デュムリエ将軍がここでオーストリア軍を破った〕の戦いがくる。それは、僕が持っていた水彩の絵具箱（そこではヴァーミリオンがひときわ輝いていた）の中にあった、僕たちの数次にわたるヴィロフレ滞在のあるとき、ヴェルサイユで興行した巡回サーカスのコルヴィ・サーカスの小猿の毛並の中に兄のピエールと一致して認めた日から、僕にとってもっとも貴重でデリケートな色彩の一つと思われるようになった「ネープルズ・イエロー（jaune de Naples）」をいつも思わせた。出し物は、リングではなく、舞台か演芸台の上で行われたように思う。記憶に残っているただ二つの出し物は、猿の食事（チンパンジーの料理人がとり仕切っていて、仲間の猿たちより一段と小さい「ネープルズ・イエローの小猿」が、一番最後に食事をもらうか、もっと大きい猿たちに食物をくすねとられるかしてしまい、それが面白い半面、観客の同情を誘うのだった）と、もっぱら犬たちの演じる「脱走兵」という題のパントマイムだった。このパントマイムの最後では、卑怯な兵士を演じるプードル犬が、別種の犬によって銃で撃たれたあと、死んだふりをするのが見られた。「動物たちが口をきいていた時代……」、これは、「昔々ある時……」に劣らず不思議な文句であり、さらに一段と夢のような時代を、妖精めくけものたちと、利口な、たぶん口をきくことのできる動物たちが同居していた――けれどもまじり合うことなく――世界を示すものだ。たぶんといったのは、そうした動物は、それ自体がお話や言葉でしかない世界だけに存在するものだからである。彼らは、見世物という別種の虚構の中での、まったくの見せかけだけのものとはいえ、人前に出せるような芸を演じることのできる動物たちでもある。

「動物たちが口をきいていた時代……」、これはあきらかに、ラ・フォンテーヌの寓話の時代とは違う。そこに出てくる動物たちは本物ではないし、お話もまた本当ではない。寓話とは、暗誦するための、そして一度決まったらその形が金輪際変わらない短い文章だ。つまり、あまり深く考えずに暗誦し、時にはたどたどしく唱えることもある、韻文で書かれた代物だ。寓話とは大文字の歴史ではないし、妖精物語でもない。その中で起こることは重要性をもたない。大事なのは文章であり、動かしがたいまでに推敲された言葉だ。その一つでも変えようものなら必ずお叱りを招く。寓話の中には空想のための場所も、過去を包みこむたぐいのいかなる霧も、あんぐり口を開けるような超自然もない。動物たちは、何をしようと、あらかじめすべてが了解済みの紋切型の存在であり、決して驚嘆の種にはならない。なにしろ寓話の中では一切が綿密に計算され、予見され、寓話作者の意志に従って「五線紙のようにきちんと決まっている」からである。

妖精物語の中では——そして大文字の歴史の中でも——まったく事情が異なる。そこでは物語の字句などどうでもよく、人物と出来事にしか注意が払われない。こうした人物と出来事は非現実的ではあるけれども（くすんだ過去の彼方に見失われてしまった歴史上の人物や出来事もそうだ）、少なくともそれらをふくらませ、自分自身で養い育て、肉づけすることはできる。なにしろ僕たちと、語ってきかされることのほかには無にひとしい、頼りないこれらの存在とのあいだには、ほとんど厳密な形など入りこむ余地はまったくないのだから。お伽噺の中では、口をきく動物は、目で見、感じとることはできないまでも、ともかく具体的な姿をもち、おばあさんに変身した狼のように、顎紐がつき、丸襞の入った白いボンネットや、カラバス侯爵〔ペローの童話「長靴をはいた猫」の登場人物。粉屋の息子だったが、飼猫の才覚のおかげで侯爵とみなされるようになり、国王の婿となる〕の猫のように羽根飾りのついた帽子をかぶっている。具体的な形をとるというこうした傾向は、服装についてのある種の正確な細部が、文章自体か挿絵（単に話してきかされるだけのお伽噺ではなく、本で読むお話の場合には）によって示されている事実にだけでなく、僕たちが物語により直接に参加しているという事実にもよっている。なぜなら、お話の中には、決められたとおりそっくりそのまま頭に入れねばならない事柄の代わりに、僕たちの想像力がありとあらゆる色つきの糸で自由に縫い取りすることのできる刺繍用布地が存在するからである。

「動物たちが口をきいていた時代……」、これは、「昔々ある時……」よりももっと完璧な開けごまだ。ここで問題になっている時代は、理屈からいって、他の種類の言葉が支配していた時代なので（人間はもはや言葉を有している唯一の存在ではないのだから）、この短い文句はその全体が特別の統辞法《シンタックス》に従っていると信じることのできる世界に向かって戸を開く。物語の媒体それ自体である言葉は、物語の縁辺から、人間の手の届かない、動物の近づくことのできる場所へと押しやられる。そしてこのように無限に後退して距離をとるのは、単に物語られる事柄だけでなく、話したり、物語ったりする行為であり、さらには話し手自身でもある。というのも、時代と言葉とのあいだにこのように密接なつながりを作り出している文句は、物語が語ろうとしているのが、ただ、口をきく動物たちがいた時代についてであると予告することだけを目的としているのか、それとも、物語をこれから語ろうとするのが、言葉の能力があるとされるこの動物たちの一匹なのかどうか、分からないからである。「動物たちが口をきいていた時代……」、これは、目下の物語が依存している言葉を、神話の過去へと沈める。現在の話し手から、その話す能力が時代の隔絶の象徴とみなされているあの動物たちへ、口をきく伝説的な存在へと、ほんの少し視点をずらしてみるだけで、こうしたことが起こるのである。

観客の大部分を幼い人たちが占めるサーカスという見世物は、おのずから幼年期に近いものであるだろう。それを見物する大人にとって、サーカスは、一方では過去の方を向き（年とった子供である彼に、昔のサーカスのことを思い出させるために、またその伝統的な側面のために）、他方では、きわめて切実な現在、どっと湧く笑いの現在、行われつつあり、いつ失敗するか分からぬ曲芸を前にしてはらはらする不安の現在、さらには、道化師たちの口にする英仏語ごたまぜの混成語が、もっと一般的にいうなら、博覧会の会期末の収支決算表のようにあらゆる国民が隣り合っている、国際色豊かなプログラムがあらわす現在——はっきりと「モダニズム」的色彩の——、こうした現在の中に組みこまれているところから多義的な意味合いを帯びている。このような見世物はたちどころに人をとらえて離さぬ魅力を発散する。もとになっているのは対照の働きだ。まわりをとり巻く会場の素っ気なさ（裸電球の照らす、そして動物の糞のすっぱいような臭いの立ちのぼるあの円形のリング）と対照的な、きらめく、変幻自在の夢のような衣裳、交互に演じられる滑稽な場面と危険なアクロバット、自分たちとは違った雲の彼方の人々に見とれるため輪になって集まった大衆の凡庸さと、それとは打ってかわる見世物すべての並外れた性格。しかしこのような表面的な魅力のほかに、サーカスに行く大人は深い詩情にとらわれるのを感じる。それを生み出す原動力の一つはこのような円形の、魔法の場所の只中にいまここと彼方との偶然の一致が生まれるという事実——対照の妙の下にひそむ——にあるといわねばならない。眼前に展開する、僕たちが刻一刻ともに生きる、いまここで演じられている出来事の切実さ。そして、ずれが生じて、この出来事が彼方、子供部屋とフォークロアの過去の方へと送り返されるや、この出来事の上にかかる異様さの靄。

子供にとってサーカスは、もちろん大人にとってのものとはまったく違う。それはただ単に、えてして見かけの奇妙な人たちや、通りではめったにお目にかかれないような、同じように入念に仕立てあげられた動物たちが、日常世界の人々や動物がとてもやれそうもない芸当を演じてみせる特殊な世界だ。子供にとっては、かの過去への後退（「昔々ある時……」によって導入されるような）も、詩情（詩情は少なくとも、いくらかは明晰さとイロニーとを前提とするから）も問題にはなりえない。子供は怖れ（僕のサハラでの戦争体験の場合同様、いつ火器を発射させるか知れない道化役者たちの、極彩色に隈どられた顰めっ面が呼び起こすたぐいの）や驚き（たとえばアクロバットや、飾り立てられ、よく訓練された馬を眼前にしての）のさなかで、サーカスが見せてくれるすべてのものに全身で一体となる。突飛で、感嘆せずにはいられない事柄が絶え間なく続くサーカスという見世物はまことにもって奇跡である。けれど妖精物語——やはり奇跡に類するものだが、ただしそれが根っからの嘘偽りだということを人々は知らないわけではない——の場合とは反対に、そこでは、眼前で起きていることが真実だという保証が子供には与えられている。つまり、長い鞭を手にした礼装のロワイヤル氏〔一八三五—八九、著名な調教師。それから転じてサーカスの監督や調教師一般をさす〕の自信満々の様子も、見物人をたえず巻きこんで、ゲームに参加させようとするやり方（見物人を煙に巻くにせよ、カードの裏を見せて、ぐるとして扱うふりをするにせよ）も、実際、リングで行われている場面と、階段席に集まっている見物人の否定しえない現実とのあいだの同質性を示すことだけを目的としているのである。だから、そのへりに坐ることを許されている砂を敷いたリングの中で起こることはみな、見物人の目に本当に奇跡的なことであると同時に、奇跡的なまでに本当のことと映るのであろう。そして、こうしたことはみな、本気でやっているのではなく、ただ「冗談で」やっているのだと断言されたら──恐怖に襲われた見物人を安心させるために──、その人は相手が自分をだまそうとしていると考えるにちがいない。

サーカスのリングというこのもう一つの砂の空間（たぶん、ただ砂の色をしているだけのことだ。本物の闘技場とは違って、その地面は靴拭きのマットを敷いた、ありきたりの平面なのだから）の方へと移動する──先刻、兵隊に変装して立っていた砂漠を逃れて──ふりをしているとしても、僕は、短い半ズボンをはいて、新サーカスかメドラノ・サーカスのようなホールのベンチか肱掛椅子に母と並んで坐っている子供の姿の自分を思い浮かべたりはしない。ラヴァリエール・ネクタイを結んだ、子供のころ長いことつけていたような糊のきいた大きな白いカラーを首に感じたりはしない。僕にとってはその演じ方の巧拙など当時まったく関心がなく、少しも特別の注意の対象ではなかった人物のことは忘れる一方、むしろ思い浮かぶのは、どれもがお祭みたいだったこれらの上演の際にむさぼるようにして見た演目のあれこれの一部であろう。とりわけ、あちこちへとひとりで転がってゆくように思われた、「不思議な球」というたぶん金の星がちりばめてあった大きな青い球の行う回転運動──最初は少し傾斜のある面に沿って、次にはリングの中央にあらかじめしつらえられた長方形の板の上でか──のことをおぼえている。ショーの最後に球が開き、中からタイツ姿のきれいな女の体操教師があらわれて挨拶した。これは、ヴィロフレ時代のランシー・サーカスでのことだ。その同じ昼間の興行の最中、一人の軽業師——出し物は棒を持っての綱渡りだったと思う——が、踏みはずしだったか、墜落だったか、とにかく軽い事故の犠牲となり、脱臼したか、捻挫したか、僕がこれまでちゃんと説明することも、区別することもできなかったまったく別の怪我をするかした（たとえば、どこかを脱臼するとは裂傷を伴うものと今この瞬間まで考えてきたのだから）。一瞬サーカスの人たちのあいだに混乱が起こり、観客にアナウンスするという事態となり、僕自身もかなり脅えた。現実でありながら、それまでのところはまったくの驚異だった世界への「三面記事」の突然の侵入だったからだ。「不思議な球」はというと——長いことそれを、実際にボールと同様密閉されていて、不思議なものだと信じていた——、少しあとで自動式おもちゃという形で再会した。螺旋状に配置された金属のリボンに沿って球が転がり落ちてゆくというものだった。ただし、球がコースの下まで来たとき、それが開いて、中から青いタイツに身を包み、ふわりとした黒髪が額をほとんど隠しているといった姿で僕が思い描くのが常の、あのきれいな女の体操教師そっくりの人形があらわれたかどうかはおぼえていない。

　それから何年もあとのこと、僕は金の刳形で飾られた、建築様式が流行遅れのホールの中にいる。ビロード張りのその肱掛椅子は、大道サーカスのテントの下に集まる気どらない人たちとはまったく違った、夜会服姿の人々によって占められている。それは一九二三年か一九二四年、ロシア・バレエのシーズン興行が行われているゲテ座でのことだ。そこで『パラード』〔台本ジャン・コクトー、作曲エリック・サティの著名なバレエ〕の上演に立ち会い、このようなスペクタクル（サーカスではないが、サーカスや、ごく埃っぽいミュージック・ホールや、縁日の大道芝居で見られるものの換骨奪胎）を前にして、少年期が過ぎ去るや否や失われてしまうのがお決まりの新鮮な感動を再び見出す。ピカソがこのバレエ——彼はその装置と衣裳を担当した——のために描いた幕には、サーカスの一場面が表現されている。つまり、自分より小さい馬の頸部に首をのせた、有翼の大きな白い馬の上で平衡をとっている踊子だ。ところでこのペガサス――幕が上がると姿を消してしまう――はやがて、戯画化された汚らしい四足獣の姿をとって、バレエの登場人物たちのあいだにもあらわれる。みすぼらしい毛並をしていて、中には二人の男の踊手が隠れている。上演が終わって幕が下りるや、再び例の大きな馬が姿を見せる。それゆえ、失笑を買う駄馬から、最後には人を夢想へと誘う駿馬へと再び戻るのであり、要するに、一方では神話の作者たちが、他方では大道芸人が想像した、まるでかけ離れている二つの馬の姿のあいだですべてが演じられるのである。僕たちの期待を体現している幕に描かれた非現実的なペガサスについで、ピカドールの乗る痩せ馬（継接ぎだらけだが、だからといって、縫目がほどかれてしまうこともなく）があらわれて、舞台の何もない空間を醜悪な姿で跳ねまわるのを見るとき、その馬は舞台の三次元の中にあるすべての現実をくらい尽くし、現代芸術が追求することになる大目的の一つたるあの「真実より一層真実なもの」に到達する。そのあと幕が再び下りて、結局は「真実より一層真実なもの」がすべて、なしで済ませることのできない夢の中へと送り返される。というのも、すべてはいつまでも二つの極のあいだで揺れやむことがないからである。二つの極の一つはできるかぎりむき出しの、そしていま現在の現実であり、もう一つは神話である。神話はここではペガサスのようなきわめて現実離れをした形をとっているが、それは、他では、記憶が行う、そして想像力の働きの対象となる固定観念に似た、彼方や彼岸という固定観念に応ずる過去のノスタルジックな再構築という形をとることもある。

幕を見て感じたのは、なによりもまず僕と小さな馬の相似ということだった。当時僕は、呪われた者、冒険家、やくざ者を気どるには程遠かった。そして、偶然の成行きから南へ旅行して以来、長いあいだ自分に影響を与えることになった、アフリカの太陽というあのほとんど神秘的な観念もまだ手に入れていなかった。それ以前はむしろ北に惹かれていて、そのきびしさと冷たさは、南に対して僕が抱いていた、一切が汗の中で溶け去ってしまうという観念と対立するものだった。遠い国を夢見るとするなら、それは雪国ではなく、ましてや熱帯でもなく、詩が示して見せてくれるような、単なる架空の楽園だった。体《てい》をなさない片言にすぎぬ習作の詩しか書いていない、よちよち歩きの子馬である僕は、大きなペガサスを羨み、できればそのあとについて行きたいものだと思った。もちろん、もはやサーカスに連れていってもらうような純真な子供ではなかったが、それ以上に、まったく「歴史的な」重々しさをそなえた態度をとる自分の胸像のためにポーズをとるのでなければ、悲劇的な道化役者の仮面を少しずつ自分のために作り上げる、老いはじめた知識人でもなかった。イロニーや妥協なしに夢と現実とを対立させ、両者の相違を開いた傷口と感じることのできた僕は、物を書く理由についてまだ屁理屈をこねたりせず、夢によって現実から癒えるために、あるいはこのような傷に悩む人たちが身に帯びていると思っていた輝かしい魅惑で他人の目に対して自分を飾るために、ただ詩人になりたいと思っていただけだった。幕に見える大きな馬と、舞台の上を動きまわるその滑稽な分身とを比較しながら、怖ろしい断絶によって引き裂かれた正反対の世界のことのように、この夢と現実について考え、叶わぬながらも、大きな馬と一体化したいという灼けつくような欲求に身を委ねるのだった。この白い馬と向かいあいながら、まるで自分がそれを、夢を思いのままにし、その化身のごときものである天才の象徴——僕がとてもなれそうにないと思っていたもののイメージ——に仕立てあげたかのように感動した。

夢と現実の融合という観点から見れば、僕の生活は全体としてきわめて不満足なものに思えたけれども、ただ時々人生が恵んでくれる光景の中にこの二つの極が一つになっているのを見出すように思った——「白昼夢」からは程遠く、まったくの明晰さのうちに——ことは認めなければならない。それらをありのままに受け入れるだけでよく、いかなる詩的苦行に従わせる必要もなかった。
一九三三年の夏——かなり長いアフリカ旅行から戻ってきて、まるで「エキゾティシズム」の材料をふんだんに提供してくれる新しい国でもあるかのようにしてフランスとまたつき合いはじめたとき——、妻と一緒にヴァカンスのあいだ滞在していたブルターニュの海岸からラニオンにやって来て一日を過ごした。名前が大いに気に入ったこの小さな町（とても鄙びた響きがするし、それをきくと、バターの塊や新鮮な卵で一杯の籠の柄に腕を通して、村人たちが市場へ行くさまが髣髴とするからだ）の広場で、僕たちは竹馬に乗って踊っている旅芸人たちを見た。二人の大人と二人の子供で、どうやら家族らしく、父母（どちらも三十歳くらいだった）のほかに少年と少女がいた。四人とも派手な色の衣裳を着て、縄底のズック靴《エスパドリーユ》をはいていた。父親は無髭で、ひとつがいの猿の絵柄が繰り返されている青灰色のゆったりとした道化服を着て、シルクハットをかぶり、竹馬で移動しながらコルネットを吹き、アコーディオンも演奏していた。髪が褐色のきれいな母親は、鮮やかな赤色のセーターを着、黄色のスカートの上に紫がかった赤色の前掛をしていた。彼女は自分で伴奏のカスタネットを鳴らしながら踊り、時々素早くくるりと回転した。するとスカートが持ち上がってラッパ形に開き、木綿か褐色の糸で編んだ粗末な靴下の上、膝より少し上のところでとめられている真っ白な、小さい、古風なズロースをのぞかせた。彼女は、回転を終えるや、左脚を水平に上げ、竹馬をはいたその長い脚で、最前列の見物人の頭上に円弧を描いてみせた。少女（とても日に焼けていて、髪に空色のリボンを結んでいた）と少年（暗紅色の幅広のズボンをはき、風変わりなアルジェリア歩兵の服装をしていた）の二人は、ともにタンバリンを鳴らしていた。ダンスが終わると、彼らは金集めにかかり、子供たちは小銭を受けとるのにタンバリンをさし出し、母親は二階の窓のところへ来て、直接手渡しで小銭を集めた。その儀式が終わると、次のショーのため、一家は大股で別の場所へと向かった。なおしばらくのあいだ、狭い通りを、くっつき合って一列になって進んでゆく、とても丈の高い彼らの姿が見られた。その場面にとても魅惑されたので、ラニオンから戻るとすぐくわしくノートしておいた。それはいままで日記の中に、いつか意味をもつことになるだろうと感じた――だからノートしたのだが――他のいくつかの場面（それらが何を意味していたのかはいつもよく分からずに）同様、眠っていたのである。

この目を瞠るようなみずみずしさ、貧しい人たちの音楽の小粋さは、田舎の古びた中庭の奥にある花壇のように、市場町のお決まりのせわしなさと対照をなしていた。この家族にどんなささやかなものであれ不和があるなどとは、たとえば父親は飲んだくれで、飲んだら母親を叩くなどとは、それ以上に、この母親が意地悪女か尻軽女（父親のほうが欲得ずくからけしかけて彼女に売淫させるにせよ、彼女のちょっとした過ちに目をつむるにせよ、あるいは、彼女のほうがずるがしこくて夫に何も気づかせないにせよ、彼の抗議や脅しなどを少しも気にかけないにせよ）であるなどとはとても想像できなかった。また、実入りが少なくて、生活の見通しが立たないところから、生みの親たちが癇癪を起こして子供たちを滅多打ちにするなどとは、どこをつついても考えられなかっただろう。それ以上に、このささやかな一座が気まぐれな寄合所帯で、男のほうがどこやらで、すでに二人あるいは一人の子持の女を拾ったなどと、さもなければ、他の一度ないし二度の結婚で、いま曳きずって歩いているひと組のちびっこどもを作ったのは元気のいい一家の長のほうであり、しかも三人目が生まれようとしており（ありうることだ）、なのにこのあと、ある夜、彼が、ひと足で七里を行く長靴さながら、足に竹馬をはき、一切合切を持って逐電し、残された一家がようやく目をさまして眼をこすり終えたころには、すでに他国の空の下を呑気に歩いているなどということが想像できただろうか。ともあれ感動的な四人組であり、正真正銘、妖精物語の中の家族であり、人間の家族というより、霞を食って生きている、そしてあまり深く大気とまじわっているので、どのような国に行っても、僕たちの重苦しい地上の習慣にはとらわれることのない小妖精か空気の精の家族だった。

同じ日にラニオンで、久々に町にやって来たのでいくつかの買物をした。ズボンの革のベルト（どこでだったかもう忘れてしまったが、パリのデパートで買ったまぎれもない粗悪品）がだめになってしまったので革製品の店に入った。その場で、律儀な男が、目の前で大きな牛の皮から革帯を切り取り、打抜器で穴をあけ、両へりから一ミリほどのところにローレットを使って一列の点線の飾りをつけたあと、鋼鉄のバックルに固定して、最上等のやつを一つ作ってくれた。以後数年のあいだ、僕はそのベルトを身につけることになった。毎朝締めるときと毎晩はずすときに、それは、丈夫で美しいものに触れる際に感じる至福感を与えてくれた。

同じ散歩のあいだ、ちょっと前にある友人が話題にしていたミシュレの『魔女』をたまたま店のショーウインドーで見かけて買った。購入からまもなく十年になるこの著作を、僕はまだ読みおえていない。それが全体として関心をひかなかったからでもないし、（いうまでもないが）苦労しいしい、ほんのわずかしか読めなかったので、十年経っても読みきれなかったからでもない。そうであればぼんくら《ミニュサ・ベーンス》ということになろうが違う。ただこんなふうに読書の途中で頓挫してしまうことが僕にはよくあるのだ（おそらくそのうち、この本の仕事が頓挫してしまうであろうように）。これは必ずしも、読んでいるものが実際に僕を退屈させるからではない。むしろ僕の注意を長いことひきつけることのできる本が稀だからだ。その時の関心に応じた本を一冊とり上げ、ある程度のページを読む。それからなにか新しいことに関心を抱いて、別の本へとひきよせられる。そして次の本に移るのをせくあまり、さらには、いま読んでいる本にきちんとけりをつけたいという気持が、新しい関心事に適う本を読みはじめたいという熱望に打ち克つにはゆっくりと読みすぎることも事実なので、だいたいは最初の本をほったらかしにしてしまう。怠惰や落着きのなさが一因で、こうして読みおえない本が山と積まれてゆくことになるのだが、ただし最後まで読む価値があると分かっているときには――すでに読んだ内容から、あるいは、それについて人が言ったり、書いたりしたことから――、計画を立て、必要に応じてまとめ読みをして、定期的にその山を片づけることもある。けれどミシュレの『魔女』に関しては、流れを溯るための、そして、さしたる理由もなしに途中で遠ざかってしまった著作の山を死ぬときまでにできるかぎり小さなものにするための、このようなあらゆる試みからこれまでのところ洩れてしまったのである。

何が『魔女』の読書中に僕の気を逸らせ、それっきり中断させてしまったのかまったくおぼえていない。あるとき、気が散ったとしても不思議でもなんでもない。なにしろ僕は、目の前のものに心を向けはするものの、いつまでもそうしていることができず、注意が目移りするのを避けるのにとても苦労する人間なので、ミシュレの著作が僕に寄与するところがあったにもかかわらず、最初それに抱いた本物の熱意が長続きしなかったことは別に驚くには当たらない。この著作の中で、彼は、博識にまかせて細部の空しい山を築くようなことはせず、ある意味をもつ一つの壮大な歴史の一面を周到に組み上げている。ミシュレの『魔女』とは、封建時代のヨーロッパにあって、魔法が何をあらわしていたかについての天才的な洞察である。すなわち庶民にとって魔法とは、権力者によって強いられた屈辱的な生活に対する補いを、想像の世界の中に見出すための方法なのだ。こうした洞察は、本の入手の直前までいたアビシニアで、自身、女性の憑依の現象をごく間近で観察してきただけに僕を感動させた。この種の現象も大方は、その主人公である百姓女たちにとって、夫という自分より上の権威者から逃れ、やはり想像の面で自分を満足させようとする報復の欲望から出ているように思われた。それでもある日、『魔女』を読むのをやめ、それっきり再び手にとろうとしなかったのは事実である。

その理由は一体何なのか。

　もっともありうるのは、ここで本当の理由を探したってむだだということだ。たぶんヴァカンスが終わってパリに戻ったときに中断し、ブルターニュへの出発に際してやめた他の読書に戻ったのだ。『魔女』はしばらくのあいだ、僕のテーブルの片隅にそのままになっていたにちがいない。さもなければ、帰宅した際、いつものように、整理（ここで、子供のころ時々没頭した、「大整理」と自分で呼んでいた作業のことを思い出す。これは、持っている鉛や錫の兵隊を数えて区わけし、そのあと正確に調べ上げた兵隊を、武器、階級、大きさ、その材料に従って分類した一覧表を作ることだった）に夢中になったあげく、このかなり厚い本（全集の端本。たぶんそこからある種の嫌悪感が生じたのであろう。なにしろ僕は偏執的なほど秩序好きで、半端なものが大嫌いだから）を、僕の持っている本のなかで厳密な意味では文学に属していないものが並べてある、書架のおそらくはかなり高い棚の上に置くかしたのだ。こうして手の届かない場所に追いやられ（すぐにそれをしまったにせよ、あるとき机の上をきれいにする決心をし、当分のあいだは読みつぐことがないと分かっている本を片づけたにせよ）、梯子を使わねばとれない棚の上に置かれたため、再読しようと思いつつも、梯子をとりに行くという手間に価するほどさし迫って必要なものとは思われなかったため、そしてとりわけ、この『魔女』（ミシュレのもう一つの著作である『北方の民主的伝説』と合本になっていた）が全集の端本だという事実からくるばかげた不快感に打ち克つことができなかったため、あっさりと放棄してしまったのである。そのうえ、中世の魔法に関する著作と、北方のフォークロアから採った伝説集（まるで忘れてほしいと言わんばかりに「民主的」という字が小さな活字で印刷されているとはいえ、書名がそう思わせるような）ではなく、ポーランドの歴史、およびあの有名なアダム・ミツキェヴィチ〔一七九八―一八五五、ポーランドの代表的詩人〕も（もちろん）含むその国民的英雄たちに関する文章とを、同じ表紙をつけて一書にするということには、漠然としてではあるが、なにか人を苛立たせるものがあった。詩に関しての一種の専門家に、さらにはプロになって以来、国民詩人なるものをつねに嫌悪してきたので――真の詩人であるにはあまりに国民詩人過ぎるのだ――、同じ一冊の中にミッキェヴィチの文学的亡霊の出没する文章と一緒になっているというだけで、僕にとっては『魔女』の価値を落とすに十分だったのである。こうしたことに、屈従のポーランドに対して抱いていた僕の青春期の熱情（ヴェルサイユ条約以前、多くの青年たちが同様だったと思う）と打ってかわった、すでに年久しいまったくの無関心をつけ加えていただきたい。そうすれば、この古本が僕の心にひき起こした軽い苛立ち――端本というだけでなく、その恣意的な構成のため――が結局、出版年代の近さのためか、出版社の気まぐれのために、こんなふうに隣同士にされてしまった二冊の本の中の一冊が僕に対してもっていた魅力に勝ってしまった理由が、おそらく分かっていただけるだろう。要するに二つの著作の一方から他方へ一種の感染が生じ、僕が『民主的伝説』に対して抱いていた嫌悪が『魔女』に移ってしまい、公的な歴史の一部について述べたアカデミックな研究ではなく、過去のある側面を内側から再構成してよみがえらせ、読者を素材の死んだ山の前に立たせるのではなく、次々にそのありさまが明らかになってゆくある心性のさなかに連れこもうとする、野心的な試みであるこの著作の性質を忘れさせてしまったのである。

第六学級に入り、古代史に関して中等教育歴史科カリキュラム前期課程を迎えたときの僕の喜びの一つは、統治史、戦争史、事件史にいくらか文明史が加わったことである。エジプト人がナイル川の増水をどのように利用したかを知ったり、墓だということを示す大ピラミッドの断面図を見たり、彼らが香料をつめて死体に防腐処置を施したことや、象形文字という奇妙な記号の発明者だったことを習うのは、この方面の分野でこれまで教えられたすべてのこと、すなわち、かくかくの君主の成功や失敗、民衆に対する彼の善行や悪行、彼が署名した条約といったことより、はるかに関心をそそった。起きた事柄の単なる物語ではない古代の再生――オリエントやギリシアやローマの人々が僕たちが知っているのとは別の人類のありようを示す、第六学級のカリキュラムを通じて学ぶ歴史はこのようなものと思われた。これらのありようの魅力の主要な因子は、「古い（anciens）」ということだ、隔たり自体のためであれ、その隔たりにもかかわらず記憶を残したという事実が疑いえない偉大さのしるしと思われるためであれ、時間におけるある種の隔たりだけで一つの時代を魅力的なものにするのに十分であるかのように。

　僕が幼かったとき（これは第六学級の年齢に達する以前のことだ）、「古い時代（ancien temps）」とは、「昔々ある時……」が呼び起こす時代とさして変わらぬ何かであり、現実にあった時代であることは明らかだけれども、ほとんど同じくらい漠とした時代だった。古い時代とは、藁屋根と蠟燭とリヤール〔十五―十九世紀のフランスの銅貨〕（エキュ、ダブロン金貨、ピストル金貨の豪奢さ、ピアストル、ドッカート金貨の東洋的な画趣に富む美しさに比べると、実に貧弱で、薄くて、しみったれた貨幣）の時代である。それは、マーモット〔リス科の動物〕と一緒に道を走るサヴォワの子供たちの時代、薪を運ぶ背負籠とおばあさんのお話の古き良き時代、ヴィエール〔中世の楽器〕の曲を思わせるそのシラブルの並び方が遠い山国の眠りこけた古い市場町といった不思議な印象を僕に与えたモンベリヤール（Montbéliard）の町の時代だ。そして「古い時代には」、同様に、騎士たちの騎馬試合や、軍馬や、地下牢や、水刑のような刑罰や、プルポワン〔中世から十七世紀ころまで男子が着ていた胴着〕とかジュストコール〔十七―十八世紀に男子の着た、体にぴったりした丈長の上衣〕を着た人々や、宮廷人や、マドリガルの愛好者や、コティヨン踊りや、乗合馬車や、牧羊杖を持つ羊飼の男女が存在した。

「古い時代」とは、おおむね君主制の時代のことであった。「われらが祖先のガリア人」によるローマ略奪、ヴェルサンジェトリクスのユリウス・カエサルに対する降服、ガロ＝ロマン時代（「敗者ニ災イアレ」〔ガリア人の首領ブレンヌスが、負けたローマ人たちに言ったとされる言葉〕やアレシアの包囲〔ヴェルサンジェトリクスは、カエサルを向こうにまわしてガリアの町アレシアに籠城したが、包囲作戦にあって降服した〕といった挿話のあとでは、いかにも空疎で、生気がない）でさえ、まだ古い時代ではなかった。それとは反対の、歴史の一方の端にある七月十四日のバスティーユ奪取や、『マルセイエーズ』を歌うルージェ・ド・リール、ナポレオンとその麾下のマムルーク騎兵ルスタン〔ナポレオンがエジプト遠征の際に得た奴隷。彼が創設したマムルーク騎兵という近衛兵の一員であり、忠実な近習でもあった〕は、もはや古い時代ではなかった。たしかに古い時代は町よりも、古い物事に忠実な田舎の奥には存在しつづけてはいたものの、すでにこれらの町を見捨て、それがかつて生まれたにちがいないフランク王国の最初の弱小の王たちがいたローマ化されたガリアのどこかの人知れぬ場所に閉じこもって、煤けたあばら屋の炉床に寒そうに温まっているのだった。町ではアンシャン・レジームの悪弊に続くフランス革命の残虐行為が、近代の到来とともに、古い時代の終焉をあらわしていた。つまりそれは、王制の没落をひき起こした政治の嵐以上に、風俗の根本的変化なのであった。

　王たちの時代（都市で営まれていた生活が、今日田舎で営まれている生活とさして変わらなかった時代の王たち）である古い時代は、年代学のうえでは、クロヴィスの聖別式からルイ十六世の死まで、フランスにおいて相次いだ途切れることのない一連の治世によってかなり正確に限定されていた。リセの最初の数年間、兄と一緒に『ロトリテ』紙〔ナポレオン信奉者のポール・ド・カサニャックが一八八六年に創刊した日刊紙〕を購読したほどのナポレオン熱の短い時期のあと、僕は王党派であることを誇りとしたが――最初はオルレアン公フィリップ七世の、ついで正統王朝主義者になったときにはドン・ハイメ・ド・ブルボン〔一八七〇―一九三一。マドリード公カルロス擁護運動支持者〕の支持者――、これは単にスノビズムからのことではなかった。王制の復活は、僕にはまさしく（権力が、国のもっとも偉大な栄光のためにそれを行使した人たちに、少なくともその子孫たちに返されるのだから。両者は僕にとって一体のものだった）、フランスの健全な国作りに必要不可欠（国家の経営がそれを目的に教育された人たちの手に移るためにも、加えて、粗末な服装をした人たちがブルジョワの子供にまで吹きこんでいた、嫌悪のまじる恐怖の念を抱いて当時の僕が見ていた「労働者たち」が即刻逮捕されるためにも）と見えただけでなく、古い時代といわれるものの復帰になるだろう——なにしろ復古が問題になっているのだから——と思われたからである。その後——世の習いに従って自分の「考え」と呼んでいたものの理由づけに気を遣いはじめたとき——、とりわけ根拠があると僕の目に映ったのはこの最後の理由だった。それが、時流に逆らい、歴史の自然な傾向に刃向かう唯一のあり方であり、確立されている体制に反対するだけでなく、現実の動きそのものに逆らうかぎりにおいて、真に「理想」を体現するもっとも高貴にして唯一の政治的な理想であることからも王党派でなければならなかった。けれどこのような理由を前面に押し出したとき、思い違いをしていたのはほぼ間違いない。とりわけ僕の心中にあったと思われるのは、懐古の甘い衣の陰に隠されていた、時間の圧力に対する一種の態度硬化であり、拒否、すなわち思春期の人間にとって、自分の将来の成熟と一つになっている未来に対する純粋な不安である。まるで結局のところ「古い時代」——僕の誕生よりはるか前の時代であり、近代の、誰の目にも明らかな機械化に先立つ、諸世紀のさだかならぬ幼年期——とは、年をとることを、要するに死が近づくことを前にして後ずさりした僕がおびえて身をかくす想像の中の隠れ家の意味をもっていたかのようだ。王の支持者であるとは、静かで、古めかしくて、妖精物語のように人を安心させる世界にひたすら目を閉ざすことによって、現実に背を向け、重くのしかかってくる時の流れから逃れる方法である。たぶんいまここでも、僕は、記憶を反芻することによって、同じように、もはやひき離されることのない逃げ場所にしがみつくように、幼年期にしがみついているだけのことなのだ。

どこよりも古い時代が残っていて、そのうえ田舎にも博物館にも——過去の栄華を、一方は戸外にあって、他方は閉ざされた場所で保存している——属している場所とはトリアノン庭園であった。王妃アントワネット、その宮廷の婦人や取巻の貴族の多くは、仮装舞踏会のような服装をしてそこで羊飼の男女を気どり、懐古趣味に浸って喜び、古くさい人物をあらわすある種の骨董品や博物館の人形に似合うような人工的な生活をすることに一見没頭した。トリアノンに連れてゆかれた時期、僕は自分の政治上の顔を気にする年齢にはなっていなかった。当時は、意見をもつということが一体どういうことかさえ分かっていなかったので、王党派の信条をひけらかすには程遠かった。せいぜいが（あまりありそうにないことだが、誰かが気まぐれにこの点について僕に試問するようなときには）、自分の国はフランスで、フランスは共和国だということを知らないわけではなかったので、自分は「共和主義者」だくらいのことは言ったかもしれない。名前が「ミシェル」であり、姓が「レリス」であるのと同様に、共和主義者というわけだった。しかし、あの党派の問題は当時の僕には存在しなかったので一切無関係だったけれども、これら宮廷の過去の楽しみは、その見かけの単純さといい、「雨が降る、羊飼の娘よ……」〔有名な民謡〕のテーマにもとづく一見素朴で優しいその装飾のすべてといい、僕を感動させた。首を斬られて死んだこの王妃に僕は同情を抱いており、とりわけ、当否は別として彼女が犯したと民衆の主張する過ちがどれほど重大であろうと、田舎のすがすがしさや羊に対するその好みは、ともかく彼女の心の純真さを示していて、断頭台上での悲劇的な最期を免れさせるのに十分だと思われたのに、事がそうならなかったことに驚いていた。自身羊が好きだったし、どんな人であろうと動物の世話を一生懸命する人が邪悪な心の持主だなどとは考えもしなかった（自分の馬を手荒く扱う酔っ払った馬方は別だ。これは、僕がそれから少しあとに知ることになる一種の賤民である）。また、いつか食べてしまうために、こんなに優しい羊を慈しみ育てるのだとは、また、単に飼育目的で、その首にリボンを結ぶだけで満足する場合ですら、この種の感傷癖が人間の貧困の完全な無視と両立することがあるなどとは片時も思わなかった。

古い時代――いかに多様で、どれほどそこに際立った相違があろうと――には、秩序、静寂、幸福、善意といった諸観念が結びついていた。古い時代にも不幸な人や悪人はいたにしても、調和を乱すとも、全体にひびを入れることも、物事の性質に得体の知れない毒を注ぎ入れることもないように思われた。このような甘い見方は、過去の事物が想像の中では角を失った非現実的な幻と化していて、輪郭がぼやけていることだけにその原因があったのだろうか。これは、大方の子供にとっても、大半の大人にとっても、祖先にかかわるすべてのものを包んでいるあの霞から、年月が過ぎ去るとともに墓石の角を丸くし、これらの角ばった石塊を心休まる信仰の対象に変えてしまう苔にも比すべき霞から生まれたのだろうか。僕に古い時代をかいま見させてくれた昔からの物語や、博物館的な過去の名残りの中では、この時代はすでに、生前、故人に日々のいさかいの種になるようなどんな欠点や悪癖があったとしても、時が経つにつれ親族の大方がその人の面影に少しずつ加えるのに似た理想化の作用をこうむっていたのだろうか。それとも、ずっと以前に終わってしまってはいるものの、その痕跡がいたるところに見られるゆえに僕の身近にあるといっていいこの漠とした諸時代は、「古い時代」であるという、つまり、手の届かないところにあって僕の知りえない事柄であるというただそれだけのことで、僕の目にいま単にここにあるいかなるものも及びえないような価値を得ているのだろうか。

音楽と絵の分野（成人として、日々増えてゆく禁錮重労働にあくせくする僕に、どこか他への可能性をかいま見させてくれる手立ての一つ）において、一見かなり違って見えるけれども、僕が「古い時代」と思っている時代へと連れ戻すという共通点のため、まったく同じように僕の心を動かすいくつかの作品がある。たとえば、『ペトルーシュカ』第三幕のモール人の踊りのような、民衆の腐植土にもっとも近い、ストラヴィンスキーのオーケストラ作品のある種のくだり。これは、作曲家のもともとの考えでは半人半獣の合成的存在だったらしい、お人よしのように見えながら怖ろしい、黒人のような顔をしたこの自動人形が閉じこめられているオリエント風の豪奢な装飾のある部屋で、孤独な儀式のようにして行うリズムのある身ぶりだ。さらにまた、魔術を扱う古書、とりわけ一六二六年にミラノで公刊された、ガクシュス神父著『魔術捷径』を飾るある種の版画。僕はオカルティストのグリヨ・ド・ジヴリーの書いた、近代の通俗書である『魔法使い博物館』を十五年ほど前に入手したとき、その中にこれらの版画の複製をみつけたのである。そこでは、草木のほとんどないわずかに起伏のある平坦地において、雲のたなびく夜とも昼とも分からぬ空の下で、サバトの光景が繰りひろげられている。絵（もっと正確にいえば、白地に黒だけの版画）のせいもあろうが、一般に使われている「正真正銘のサバトをする〔乱痴気騒ぎをするの意〕」という言いまわしから人が想像するのとは事変わり、一切はきわめて厳格な秩序と、とても深い静寂の中で行われているように見える。これらの版画の中に表現されている集会には乱痴気騒ぎ的ないかなる狂乱もない。瀆聖の儀式に参加している男女は良家の子女のような服装をし（と見える）、四角四面の物腰をしている。憂愁と、運命への従順さがまじり合っている女たちの表情は感動的だ。あるときは玉座の上に立ち、あるときは坐っている悪魔は、正面向きに描かれることはめったにない。まるで彼の人を欺く性質は、尊大なシルエットしか見ることのできない完全な横顔であらわされているという事実によって示されているかのようだ。この二つのもの――モール人の踊りの伴奏をなす、時間によって押しつぶされ、擦り切れてしまったような響きの音楽と、廃墟で行われている、たそがれか明け方の色のサバトの線画――は、まるでそれらが、僕の存在の内奥でもっとも原初的で深い層に達したかのように、同じきわめて遠くはるかな憂愁の念をひき起こす。これらをきいたり、見たりするとき、僕はいくらか物を書くときと同じようなものを感じる。こうした印象を一番よくあらわすのは「胸が締めつけられる」というありふれた文句であろうが、もっと正確を期するには「胸が引っ張られる」に直さねばならない（上から下へ、とつけ加えたい。

僕の言わんとするところは、この種のいくらか苦い魅惑のとりこになるとき、胸全体が、昔の幻想の織りなす底へと惹きつけられて、何やら知れぬ潜水を行うということだ)。

サバトの別の絵は、誰もが輪の内側に背を向けて、見たところゆっくりと輪踊りをおどる娘たちを示している。彼女たちは、さらし台の同じ処刑柱のまわりに鎖でつながれ、それぞれの苦しみの中でひとりにされている処刑者たちのようであり、平然として定期的に回転しつづける縁日のメリーゴーラウンドの人像柱のようでもある。互いに顔を見交わすこともなくつなぎ合った手と、直径を軸にして向けあった背中とが、その呪われた性質を示している輪踊り。すべての目が同じ中心へと集中することで参加者の結合が示されている、幸運をもたらす輪踊りとは反対の輪踊り。ここには、互いに交流することもできないまま、各人がとりこになっている、なにか不動で、荒涼としたものの観念が支配している。ここで人は、三日月刀を持ちターバンを巻いた『ペトルーシュカ』の黒人や、ただ一つの動作しかしない時計台の人形のような、その意味が自分にもよく分からないパントマイムをおのれのためにひたすら繰り返している、未来永劫変わらぬ姿の人物たちを眼前にすることになる。

オルゴールや、手まわしオルガンや、ひび割れた音のカリヨンや、消灯ラッパの奏でる旋律に似た、ある同じ物悲しさ――時には押し殺したような、時には乾いた、時には優しい、時には人を意気消沈させる――が、幼年期の僕の心に刻まれたある種の通りや場所の名前に結びついている。

ヴィロフレでは、それは「ゴーシェ大通り」(僕たちが住んでいた大通り)であり、「ソーセ通り」(そこには洗濯屋があり、ルーヴル―ヴェルサイユ線の電車に乗るためには、そこまで下ってゆかねばならなかった)だ。どちらも夏ではなく、秋のはじめの名前であり、森での散歩から戻っても、靴にはこまかい土埃しかついていない快晴の日々よりも、靴を泥で汚す悪天候の日々とかかわりがある。どちらも生温かい、湿った名前だが、前者の湿気が俄雨、つまり小川を増水させ、時には溢れさせる篠つく雨で重く濡れた木の葉の湿気からきているのに対し、後者にははっきりと食器を洗った水や洗濯物の臭いがする。

　オートゥイユには、「モザール大通り」がある。それは、思い出というただそれだけのことで思い出をほとんど必ずといっていいほど染め上げる悲しみがなければ、おそらく陽気の部類に入る名前であろう。「モザール大通り」、僕はそれが、とりわけ好きな音楽家に捧げられているということを一度も実感したことがない〔モザールとはモーツァルトの仏語読み〕。その名前はむしろ、この通りを走る圧縮空気の電車ブーローニュ－マドレーヌ線の丈の高い車輛とその響きをあらわしている。とくに、車輛の前部にあって、鍋のように、あるいは、電気がまだ各家庭に普及していなかったその時代、ミケランジュ街の僕たちの家の食堂にあった銅の吊りランプのようにきらめいていた、光沢のある銅製の一種のボイラーを。この電車のことをある人たちは「トラムウェイ」と、他の人たちは、一部の連中（とくに気どり屋の婦人たち）が「ウィ」と言わずに「ヴィ」と言うように、「トラムヴェイ」と呼んでいた。この吊り《シュス》ランプ《パンシオン》（suspension）はというと、それは、その形と名前から、宗教関係の本か祈禱書のページかなにかに複製が載っているのを見た、ムリリョ描くところの《聖母被昇天《アソンプシオン》（Assomption）》を思わせた。これは、キリストが支えられる（雲と天使にとりかこまれた聖母のように）必要も、吊り下げられる（湯気を立てていたスープ皿の上の僕たちの家の照明器具のように）必要もなく、自力で行う「キリ《アサ》スト昇天《ンシオン》（ascension）」とはずいぶん違った奇跡だ。僕はこの電車が、モザール大通りと、まさしく「アソンプシオン通り」といった通りの角にある車庫へ戻ってゆくのを時折見た。屋上席のあるその電車は金属の装甲におおわれていて、正面から見ると兜の威厳を思わせるほど丈が高かった。例の吊りランプは、一端でこの電車に、他端で聖母被昇天につながっている。これは、絶対「ヴィ」ではなく、「ウィ」か、それどころか「ヴイ」とさえ言いかねない、髭をはやした路面電車の運転手の上半身がその向こうに見えるあのかさばった銅の装置のせいだ。

　こうしたことはすべて（狭い地下の通路を走るメトロと、ゴムタイヤのバスとが僕たちのところまで通じるずっと以前の話）、オートゥイユ界隈でのことだ。「オートゥイユ（Auteuil）」、僕の生まれた界隈であるところからこの名前には特別の響きがある。そのことにこれまで気づかなかった。僕自身の名前と同じように、この名前は不変の事実だからだ。時々僕は、まるで、到着したばかりで、いままで知らなかった村の名前――僕にとって新しい――であるかのように、それをきいてみようとする。このように、ひと組のシラブルを慣れ親しんだ場所から別の場所へ移そうと努め、別の意味を担っているかのようなauとteuilをきくときのなんとも異様な感覚。

　オートゥイユについては、その名も実もよく知っている。だってそこでずっと暮らしてきたのだし、住む界隈を変えたのは、敗戦後のことにすぎないのだから。このとりわけて特別の場所、わが懐かしの界隈に関しては、名と実とが一種の必然性によって結びついているように思われる。それと同様に、昔からよく知っている人の場合、名前はその持主の疑いようのない肖像となっているものだ。かたやはっきりした実とは結びつかないのに、記憶に深い痕跡を残したいくつかの地名がある。「モンモランシー〔ジャン＝ジャック・ルソーが住んだことのあるパリ郊外の町〕」もその一つだ。それは、ほんの幼いころに見たためかすかな記憶しか残っていないが、生まれたばかりの赤児のひ弱さを象徴するおむつをつけていた――あるいはほとんどそれに近い――ころ、母が、自身の母親の死の直前、ヴァカンスを一緒に過ごしたので一番愛着がある場所の一つだと言って、昔からよく話にきかされた土地でもある。この土地については、ごく近年まで、おそらくきかされた話にもとづく次のようなイメージしかもっていなかった。緑の中に埋もれている何軒もの別荘、蔦におおわれた壁、柳の枝で編んだ肱掛椅子に坐っている母とたぶん祖母（彼女については、のちに見せられた写真を通してしかその姿をおぼえていない）のいる庭。全体にのかどうかは分からない。
それとも、思い出しつつある僕の頭という暗箱の中にそれを割りこませたのが今日になってのことな古い家族写真の昔の感じから想像したものなのか）の上に、当時からすでにそれが掛かっていたのか、時代遅れのヴェールが掛かっているのだが、僕は、こうした物事全体（実際そのとおりだったのか、

「モンモランシー」という名前に関していえば、この「モンモ……」（「ママン」にとても近い）の中には、母親の乳房か懐を求める幼児の片言のようなものがいくらかある。けれど最初の二つのシラブルのはじめに見られる、キスか吸引の際の唇の動きを思わせるこの繰り返しは他の意味に解すべきだ。実際、違った目で見るとき、僕はこの繰り返しのなかに、機械仕掛の玩具と同じくらい親しかった、環状線とオートゥイユ－サン＝ラザール線という二つの汽車の喘ぎをあらわすのに適した──普通、機関車の音をあらわすシュッシュッと同じくらい──擬音語を見出す。このような変貌（言葉の構造は少しも変わっていないけれども根本的な変化である）のもとになっているものとして記憶が教えてくれるのは、いま触れたばかりのこの二本の鉄道の線は、その路線の一部がともにボーセジュール大通りに達する前、実際にモンモランシー大通りに沿っていたという事実である。こんなことをいうのも、昔この方面に散歩に連れてゆかれたとき、汽車が通るたびごとに、「モンモランシー」という言葉が模しているように思われる動物めいたシュッシュッという音がその壁面に響く切通しの底から、機関車の厚い、白い煙がもくもくと立ちのぼってくるのを見て、僕はうれしくてたまらなかったからだ。

けれど数年前、たまたま友人たちと夕食をするため、パリ北郊のモンモランシー公に従属していた時代の痕跡を少なくとも名前にとどめている同地に赴いた際、僕が考えたのはシュッシュッのことではなく、この有名な名前──かつては人名だったこともあるが、いまは純粋な地名──が僕に包み隠

している、過去と母親に関するすべてのことだった。その一日のあいだに二度も既視感をおぼえたが、かといって何がどれだとはっきり分かったわけではない。最初は駅の近くの、白い石と赤煉瓦で築かれた十七世紀様式まがいの家々の前で。次は友人たちと夕食に行こうとしていたあばら家へと通じる、草木のおい茂る庭園が左右に続く、草のはえた大通りを出たところで。記憶していると思えば思えるような、昔かかわりをもった事物と結びついているゆえ、自身の生活の枠組の中のものといっていい、僕と直接関係のある老朽化の印象。また、もう一つ別の、僕個人の外側にあって、自分の誕生のはるか以前、時代の一般的な枠組の中ではじまっていた老朽化の印象。歴史上の過去が僕自身の過ぎ去った時代と一つになり、ルイ十三世の近衛騎兵たちが僕の幼年期の亡霊とまじり合った二重の過去。

オートゥイユでもモンモランシーでも、機関車は、動作が緩慢で、牛のような息をする、人のいい大きなけものだ。なにしろ普通列車しか通らなかったのだから。ヌムールの、姉と義兄の住んでいた家の庭の下方を通る急行の機関車——兜の下ろした庇そっくりの風切をつけて——は荒れ狂う騎士に似ていた。この比較は多少とも当を得ているように思われた。それにこれら風切つきの機関車がかつて僕を魅惑したのは、超近代的であると同時に中世的なその外観のせいでもある。その一台が全速力で踏切を通り過ぎるのを見るとき、たとえば、それがドルディヴ行の列車であれば、僕は大満足だった。このドルディヴという名前の中には、蒸気のヒューヒューいう音や、ボイラーの沸き立つ音や、機関車の騒音のすべてがあるように思われた。

ヌムール自体には、この名前が連想させるスレート色や、教会の灰色の石や、郊外に散らばっている岩の灰色にふさわしい静寂があった。「サン゠ピエール゠レ゠ヌムール」町（le faubourg de « Saint-Pierre-lès-Nemours »）（姉の結婚の数年前、夏に僕たちがやって来た家があった）のほうがもっと静かだった。これは、アクサン・グラーヴがつけ加えられたためにこのようにいくらか封建時代くさくなった、「les」とは似て非なる奇妙な「lès」のために、ヌムールよりも一層古風な名をもつ町だ。

サン＝ピエール＝レ＝ヌムールの僕たちが住んでいた別荘は「ばら荘」と呼ばれていて、僕がはじめて歩けるようになったのはここの庭でのことである。僕のお気に入りの仲間のひとりは、家主たちの飼っていたブーケという名の年とった白いプードル犬だった。やはりサン＝ピエール＝レ＝ヌムールに、ただしそれから数年後に義兄がその母から相続した家があって「ゴール荘（Les Gaule）」と呼ばれていた。僕には、この「ゴール」が、ガリア人たちの国をさすのか、平底の小舟に構えこんでいる姿がロワン川のほとりのそこかしこに見られた釣人たちの釣竿（gaules）をさすのか、ついに分からなかった。この別荘の犬——各別荘に必ず一匹犬がいる必要があるというのが本当ならば——は、血統とは無縁の妙な雑種だったが、少し赤毛のまじった黒と白の短い毛並の体軀はとてもがっしりしていた。浮かれ歩きの癖があって喧嘩好きのその犬は、土地の他の犬たちにとっては一種の脅威だった。僕にとっては最良の友達だったが、トラブルの種でもあった。なにしろかれは、僕の体を使って、僕にはその意味がよく呑みこめないたくらみに耽ることがあったからである。つまり後肢で立ち、前肢で僕の片方の脚を抱き、機関車のピストンに似た動きをしながら少しずつ昂奮し、ソックスと半ズボンの裾のあいだに対して性交の真似事をするのだった。このような接触が、とりわけ、ひとときのどうかしているとしか思えない、熱に浮かされたような昂奮のあとで、犬が僕を濡らす（長いこと尿だと思っていた液体で）瞬間が怖かった。それでも僕は、事を済ますのに相手構わぬ激しい欲望よりも、自分に向けられた特別の愛情がそこに見られるように思って、悪い気はしなかった。けれどたぶん最悪なのは、文字どおり一番動物的な振舞いに及ぶ段になって、この犬の表情が人間みたいになることだった。いったんサバトに耽るとなると、人を不安に陥れずにはいない、悪気のないけもの、あるいは肉づきのいい、優しい肢をした牡山羊。こんなふうにいうのも、そのとき僕は、後年、ロシア・

バレエの下唇の厚い自動人形の踊りと、悪魔学についてのある種の古書の挿絵に見られる、悪魔の手先たちの、無言の、凝固したような踊りを通してあらわれるように思われたものと起源の近い何かに触れたからである。

動物（「動物が口をきいた時代」の同類たちよりはたしかにかわい気がない）に関して、ヌムールで感じたこの昔の当惑の記憶は、はるか後年、同じ場所で起きたある事柄と無関係とは思えない。大人になって、ごく短い滞在のためサン＝ピエール＝レ＝ヌムールを再訪し、ある朝、人里離れたところへひとりで散歩に行ったとき、僕は石切場に入りこんだ。日曜のことでひと気はなかったが、ドゥコヴィル式鉄道〔ポール・ドゥコヴィルによって考案された工事用の鉄道〕のレールといくつかのトロッコは、そこがまだ採石中であり、週日にはたぶん労働者たちがやって来ることを示していた。ひとりきりでいることと、その場所の打ち捨てられた状態と、もっぱら鉱物からなる場所がもつ性質と、鶴嘴やシャベルやダイナマイトを使って人間の産業のために地中深くうがたれている、この広々とした採石場の壁面のいたるところに反射している直射日光とに心を動かされて、僕は一瞬立ち止まり、破廉恥にも「孤独の罪」といわれているものに耽った。それは、ヌムールという名前と関係がありそうな場所へ行くと、どこでもその影と出合う僕の幼年時代への――同時に大地への――讃歌だった。

むき出しの僕の頭に照りつける容赦ない太陽、光のきらめく囲い地の中を支配する灼けつくような暑さ、オナン〔旧約のユダの息子。兄の死後その妻によって兄の後嗣を得るよう父に望まれたが、膣外射精をして、その希望を容れなかったので神に殺された。オナニズムの語源〕の、相手のいない恋だけがかりそめの満足を与えてくれるように思われた無限の欲望、こうした、サン＝ピエール＝レ＝ヌムールで過ぎた退屈と暑さの一日にまつわる事柄は、戦争の最初の年に砂漠で暮らした長い時間を予示しているのではないだろうか。セーヌ＝エ＝マルヌ〔サン＝ピエール＝レ＝ヌムールのある県〕でもサハラでも、ごく数時間にせよ、山と積み重なる週のあいだにせよ、僕はひとりでいることの何たるかを感じ――まるでそれに指で触れたかのように——、まわりをとり巻く外界と見かけのうえだけで結ぶ契約の中にはけ口を求めずにはいられなかった。一瞬僕と、労働者たちという配偶者を失った石切場とを象徴的な形で結びつけた肉の契約。僕の置かれている状態の象徴のように、あるいは、きびしい横顔をのぞかせている自分の運命に、今後一体どのようなことが起きるのかという問いに対する外界の正確な答えのように思われた砂漠の風景ととり交わしたもっと頭脳的な契約。いずれの場合においても、精粗の違いはあれ、少なくとも橋渡しであり、自身を外界に直接結びつける手段である呪術に僕は暗々裡に訴えた。この呪術の背後には、「昔々ある時……」が、僕を昂揚させると同時に苦しめもする、遠いあるいは近い切実な思い出があった。いずれの場合においても、まわりをかこむものとの合体、あるいは同一化の欲求が僕を支配していた。こうした欲求が生じたのも、かつての自分という存在から歳月か距離によって隔てられてしまっている僕が、仮にもう一度足をしっかりと踏みしめ、自分自身を強烈に感じたいと思うなら、事物の不可侵性に支えを見出し、この不動の外界の明らかな共謀のなかから一種永遠の印象ともいうべきものをひき出さねばならなかったからだ。ヌムールの古城（そこには博物館らしきものがあって、僕はずっとあとになって訪れ、主塔の部屋の壁にいまは使われていない囚人用の鉄輪を、ずっと上の別の小さな部屋の中に「ゴール荘」の屋根裏部屋にあって子供の僕がよじのぼったひどく錆びた三輪車と好一対の昔の堂々たる二輪車らしきものを発見した）から程遠からぬところで、また、いくらかなりとも自分が歴史と一つになっていると想像した（僕をそこへ送りこんだ戦争の状況からして）ベニ＝ウニフで、大事だったのは普遍的、歴史的時間より、自分の生きた時間だった。かつてそうであり、今後決してなることはない子供（思うに、そこからあのひとりきりの散歩へと僕を促した憂鬱が生まれたのであろう）、そうであることをやめ、いつ再びそうなれるか分からない民間人。

サン＝ピエール＝レ＝ヌムールの散歩者が背後に残してきた小さな古い町の雰囲気、ついで彼が入りこみ、中断された仕事と放置されているトロッコとが時間の流れの断絶を、眠れる森の美女の宮殿の客人を唖然とさせたものとそっくりの、生き生きとした動きの停止を思わせたあの石切場の静寂。貴重なもの、下らぬものをとりまぜた、伝統的な軍装一式（子供が仮装セットに感じる喜びと同じくらいはかない洒落っ気をみたすためのもの）を身に帯びている南オランの動員兵が買ったあの便箋の箱の上に見られるような、円錐屋根の塔を左右に聳え立たせた城砦の遠望。石切場の男のきらめく精液も、アフリカで暮らす孤高の兵士をとらえた腐蝕性の昂奮もどうにもなしえない、燦々と太陽の降り注ぐ光景の背後に厳として存在する、もうもとには戻らぬ無数の過去。揃った並木に左右を縁どられた、そして水門通過の際のほかは騾馬が曳く川舟が時折風趣を添えるロワン川の運河の、水の澱んだ長方形の水路（一九一四年の戦争のあいだに気が違ってしまった姉の義兄が、食堂の壁に掛かっていた水彩画の中で雨に煙るさまを描いていた）、あちらには、僕の目と地平線のあいだにあるかなきかの起伏をひろげるサハラ高原の砂礫の大地。こうしたイメージを受け入れ、それを言葉で言いあらわすとき、僕は自分の背後の彼方に、深く根を下ろした時間があるということをあきらかに認めるのにひとしい書き方をしている。僕がともかくも甘受しなければならない時間、僕の努力の大半の目標である、過去の、そして当然それと一組になった未来の時間。この努力の主要目標は、そこに、僕の人生との共通分母を見出すことだ。記憶に頼り、僕が生きた時間の名残りの中から、もっとも意味深いと思われるものを集めて、いまある自分自身よりもはるかに永続性のある自画像を描こうとするにせよ、もっと野心的になり、虚構のうえで、一種の無時間性の中に自身を投げ入れ、自分の身に起きた大小の出来事と自分が接した人類の大事件とを、神話の英雄や偉大な主人公としての僕の姿を鮮やかに描き出す素材に変えようと努めるにせよ、手淫する青年の官能的な自己満足と紙一重のこのような自己観照を捨て去って、ついに行動するに至り、僕が自分自身の時間の中で熟慮したことを手段として、他人の時間の中に起きることを変えようと試みるにせよ。

　市場の客たちのなかに造花のような優雅さを花開かせたラニオンの大道芸人たちの場合のように、陽気な花火が上がって、自分の外、時間の外にいるという錯覚を一瞬僕もおぼえることがある。しかしすぐにあの昔話が戻ってきて、自分自身の過去を介してこの昔話自体が繰りこまれている無人称で無名の過去の厚みへ、僕をしっかり結びつけてしまうのだ。

　一九一〇年の大洪水、「ガリオト駅（La Galiote）」（「ゴール荘（Les Gaule）」のように湿っぽく、列車の車輛を温めるボイラー《ブイヨット》（bouillote）の匂いばかりか、解纜して機械が作動しはじめ、スクリューに大きな泡立ちを生むと同時に全体が震動するときの小舟自体の匂いもする語）の浮橋まで連れてゆかれて、僕もよく乗せてもらったバトー・ムーシュが普段は行きかうセーヌ河の氾濫。とりわけ僕にとって――年齢の如何を問わず、多くの人々にとってと同様――大きな興味の対象であった大災害。姉の求婚者の最初の訪問の際、僕たち兄弟は、この眼鏡をかけ、顎鬚をはやした田舎の人――婚約の間中ずっと、僕は彼にやきもちを焼いていた――は、ロワン川の出水の被害者として要求する権利のある補償金に関しての話をするためにやって来た、ヌムールの罹災者だと教えられたため、姉の結婚と切り離せないでいる浸水。独裁に反対で警察の高官であった母の父が、自分の部下のなかにまで将軍の支持者が油の染みのようにひろがるのを知ってひどく心を悩ませたということを、母の話を通して知ったブーランジェ将軍事件〔一八八〇年代に起きた、ブーランジェ将軍を中心とする反政府運動〕。国立作業場の解雇に続く紛争。小店員だった父方の祖父が参加し、一世紀近くのち、僕がいくらか徒刑囚を気どることになるあの北アフリカの、ランベサに流刑されるに至った暴動の日々。僕の曾祖父のうちの誰やらにとって、かくまっていた、そして彼の妻に対していささか慇懃すぎる態度を示していたコサック兵を窓――といっても実はただの一階の――から逃がしてやる記憶すべき機会となった、ナポレオン失脚後の連合軍によるパリ占領。大工を職とし、ルイ十六世の処刑に賛成投票した国民公会議員だった父方の先祖の一人（顔が肥えていて髯がなく、ダントン風のカラーから首がぬっと出ている彼の肖像を描いた細密画が家にあったのをおぼえている）が、ヴァンデ軍と戦うための大隊の編成に資産の大半を使ってしまったというフランス革命。同じころ、母方の曾祖父の兄弟かそれに近い誰かは、宣誓拒否司祭であったためにパリ近郊の森の一つに隠れざるをえなくなり、その隠れ家に親戚の女の一人が夜分食料の補給に行ったという。最後に、僕たち一家の歴史の地平線のはずれに立つモンレリ（Montlhéry）の塔。兄たちとそれを見て、そのMons Lehericiという名前が自分たちの姓と関係があるものと思って、そして封建時代の遺跡のあるパリ郊外のこの場所が一家の揺籃の地そのものであるかのように思って面白がったものだった。

　このように本当に自分の体験したものから、僕の生まれたこのパリで祖先たちが体験し、話を通じて（要するに人を介して）自分もいくらかは体験したものへと移り、全体を歴史そのものの展望の中に挿入するならば、僕は、一定の場所を枠とする、狭く限られた僕自身の時間を、もっとはるか遠いところから発し、川の水源とは反対に、もうどこにも位置づけられない、もっとはるかに広い持続に結びつけることになる。ヌムール時代、兄たちと一緒に、一種の天然のドルメンをなす一群の岩につけた「メゾン・ヴィッド（maison vide〔がらんとした家〕）」という名前を思わせる広大で、音のよく響く身廊。僕たちの声が花崗岩の丸天井の下でひびいたように響きのいい、そして巨人のひと気のない住居や、粗さ自体がそのとてつもない古さの証のように思われる、粗くて固い岩から刻み出された、堂々たる大きさの神殿を思わせる名前の「メゾン・ヴィッド」。その腹の下で兄たちと一緒に遊んだ、マンモスのようにあせた色の老いた厚皮動物である「メゾン・ヴィッド」。

僕は自分のとるに足りない冒険を、なかば一家に、なかば歴史に属する輪によって、諸時代をつなぐ全体の鎖に接続し、全体の展開の中に——なにやら身のはかなさを思い知らされながら——自分を位置づける。けれど人に教えられたものであり、文化の蒼ざめた果実にすぎず、僕の個人的な時間と比べるとまったく重みがなく、人の一生の一連の時期という過去の亡霊の行列とはまるきり違うこんな時間が何だというのか。僕が歴史上の諸事実にどんな関心——敬意とさえいいかねない？——を抱こうと、実際はそこに、自分とは少しも現実の関係をもたぬ事実の、時には精彩に富むことがあるとはいえ、多くの場合あまり冴えない一覧表しか見ることができない。僕が歴史を感じるためには、学校の腰掛に坐ってそれを勉強していた時代に想像の中で立ち戻らねばならない。結局のところ、もっとも古いという印象を僕に与えるものは、年代の序列にあって一番はじめに位置するものではない。たとえばフランス史——聖史はいうまでもなく——の最初は、古代史をそのあとにしか学ばなかったという理由だけで、古代史よりもっと前の時代にはじまっているように思われるのである。曰く言いがたい甘美さの源泉となっているある種の思い出に関してはなおさらである。それは、自分が幼年期に体験したことだからであり、芽吹きはじめたものと色あせたもの、朝のものとたそがれのもの、新鮮なものと古びたものとの心の中での融合が、このような思い出に、僕にとってかけがえのない性質を与え、まざまざと心に浮かぶと同時に、いまの僕とは時の厚い壁によって隔てられているそれらを、騎士物語か妖精物語のようなすばらしい、ほとんど聖なる円光で飾っているからでもある。その証拠としては次のような思い出をあげる。記憶しているもののなかでもっとも感動的な思い出の一つなのだが、理由はおそらく、単にすべてのなかでそれが一番遠い昔の思い出であり、一種の先史時代に属するもののようにとりとめがなく、不確かだからだ。

僕は三歳半くらいだったらしい。頭は丸く、髪はカールしていて、まだ幼児服を着ていたにちがいない（こうしたことをおぼえているなんてもちろん問題外だ。ただこんな自分を思い描くのだ）。五月ころのことだ。母が夏のあいだ借りようと思っているか、借りたばかりの別荘（サン＝ラザール駅からの便がいい場所、つまりほかならぬヴィロフレの）を訪ねる。彼女は腕に僕を抱きかかえている。僕たちは、たぶん殺虫剤の粉とおぼしき臭いや、埃の臭いのようなものがこもっている、鎧戸を閉めた部屋の中にいる。鎧戸の水平の隙間を通して、太陽が柔らかに漉された光の大きな縞目となって差しこんでいる。部屋は家具がとり払われてがらんとしている。表はかなり暑く、虫が震える声で鳴いていたにちがいない。僕は埃の粒子が舞うのを眺めながら、心地よさと幸福感と安心感をおぼえる。

「昔々ある時……」と語りかけてくるように思われるものの前で僕がいつも呆然としてしまうのは、おそらくこのような古さを考えてのことなのだ。

日曜日

「日曜日。イル・ド・フランスを車で散策。シャンティイ、サンリス、コンピエーニュ、ピエールフォン、ナントゥイユ、モルトフォンテーヌ、エルムノンヴィルを通った。青い美しい眼をし、髪をジャンヌ・ダルク風に切った、背が高くすらりとしている、十五歳くらいのとても可愛い金髪の羊飼の娘の姿をしたシルヴィ〔ネルヴァルの同名の小説の女主人公。シャンティイ以下はこの小説の舞台でもある〕に会った。彼女は、白い縞の入った黒の長い上っ張りを着ていて、一頭の牝山羊を連れて歩き、草を食ませていた。

「イル・ド・フランスの光は、僕にギリシアの光、とりわけオリンピアの光を思い出させる。同じようにかすかに靄がかっているか、光が拡散している。木の種類がとても変化に富んでいるおかげで、起伏に乏しいものの、いくらかうねりのある風景は、一切の単調さを免れている。

「鈴蘭を摘む一群の不快なドライヴァーたちがいる。ぞっとするほどいやなプチ・ブルジョワどもだ。小売商人連中だ。そのなかに一人だって好感のもてる人間をみつけることはできない。祭のために飾り立てられた町で、吹流しに「当局万歳」と書かれているのを読む。

「サン＝ドニ横断はいつでも印象的だ。封建時代の城の塔とはまた違った形で人を威圧する煙突を聳え立たせた堂々たる工場をいくつか見る。セーヌ河では、人々はボートに乗ったり、水浴びをしたりしていて、そんなことにはわれ関せずといった様子だ。パリの唯一まともな人たちは、家に閉じこもっているか、パリ・コミューン兵士の壁〔コミューン兵士が銃殺されたペール＝ラシェーズ墓地の壁〕にデモに行っているにちがいない。」

一九二九年五月二十六日の日付（ペール＝ラシェーズで銃殺されたパリ・コミューン加担者を偲んで毎年デモの行われる日）の入ったこの文章を、僕は青いボール紙が表紙の碁盤目のノートの中に見出す。このノートに毎日――ただし間《ま》があくことがあり、何か月にも、時には何年にもわたることがある――、自分用にメモしておく必要のある生活上の些事とか、前夜の夢とか、嘱目の事実についての、あるいは折々心に浮かぶ感想を書きこんでいるのである。日記や感想集というより、記念帖か、贈答用詩文集《キープセーク》といったところだ。絵葉書や写真のためのアルバムと同じ意味でのアルバムといってもいい。実際多くのページに資料が貼りつけてある。たとえば、たまたま殴り書きして、そのままはさみこんである紙切。こんなものをとっておくのは、この種の原資料（書いたときの状態を具体的な形でまだ生々しく思い出させる）にフェティッシュな価値があると思ったからか、ただ単に書き写すのが面倒だったからである。また、ある時期僕がとりわけ魅力的、あるいは感動的だと思ったタイプの女優たちのポートレート（一九二九年の『ブラック・バード』というレヴューの黒人スター、アデライド・ホールとか、現実派の女性歌手ダミアとか）。友人のアンドレ・マッソンが大道具と衣裳を担当し、ジャン＝ルイ・バローが演出した、セルバンテスの『ヌマンシアの包囲』の広告（ロベール・デスノスが一筆書き添えている広告）とか、僕の本『幻のアフリカ』（僕が民族誌学調査団に参加してブラック・アフリカを旅したときにつけたプライヴェートな日記にほかならない）の書評掲載依頼状《プリエル・ダンセレ》といったちらし類。またアンドレ・マッソンの《ナルシスとエコー》を主題とした絵や、食卓についてパン、赤ワイン、ざくろの間食をしている男たちを描いたごく初期の絵の一つの写真。ピカソの甥の手になる、そしてピカソが僕の闘牛趣味を知って（それには立派な理由がある。なにしろはじめて闘牛を見たのは、彼と一緒のときだったのだから）くれた、ペン画の闘牛の場面が真ん中に描かれている便箋。キャサリン役のマール・オベロンと、ヒースクリフ役のローレンス・オリヴィエの二人の肖像の入っている、映画『嵐が丘』のプログラムの表紙。上部に、「リラ」という題の下に一本のリラの枝が描かれている薄緑色の印刷物。この枝は二つの円の背景をなしており、円の一つは牡山羊を、もう一つは右向きの三日月をとりかこんでいる。これは、僕がある人物と一緒にタヴェルヌ・デュ・パレのテラスで食事をしていた日のこと、片輪の乞食がくれた安物の星占いだ。この人物は家族の関係で昔から知ってはいたが、めったに会うことのないオカルトと占星術の権威といえるような人である。映画のアトラクションの際にたまたま手に入れた、僕と同様四月生まれの人に関するもう一枚の——やはり地が緑色の——星占い。ある女の予言者（シュルレアリスムのグループに加わっていたとき、あまり信じていなかったけれども一度相談しにいった）が、僕の人生がこれまでどうだったか、一九三九年過ぎまでにどうなるかを、一連の日付、手がかりになる言葉、僕の手相の略図に要約して示した大きな方眼紙。このノートの末尾には、二ページ（裏表紙の内側と、モーヴ色の見返しページの裏）にわたって鉛筆のデッサンが貼りつけてある。これは、一九二八年のもうおぼえていないある日にたわむれに描いたもので、「僕自身による僕の生活」という題がついている。上部にはピラミッドが見え、背後に地平線が走っている。ピラミッドの左には、それを眺めている僕の横顔がある。下には女の片方の眼が描かれていて、その視線は右から左へと、僕の方へのぼってゆくように見える。この眼の上には眉をあらわす円弧があり、眼と平行に一本斜めの線が引かれ、そこから髪をあらわす波状の線が出ている。このデッサンにあって、当時僕にとって意味深く思われたことは、一方において、絵の僕と、この僕がみつめているように見える、堂々とした、しかし幾何学的な冷たさをもつピラミッドの形とのあいだにある、そして他方において、女の眼と絵の僕自身とのあいだにある、どうしようもない隔絶であった。この眼の視線は、拒否された存在である女が、不可能な結合を空しく求めるかのように下から上へと向かっていたが、僕自身の眼も同様に、そばにありながら近づくことのできないピラミッドと自分との距離――それを埋めることができずに――をただはかることしかできないのだった。

こうした一連のイメージや他の証拠物件をところどころに挿入しつつ覚書が続いており、そのトーンは概してペシミスティックだ。回想録を書くつもりにしては、あるいは、このノートの中に、ただ年代順に、ある肖像画を描くに必要な材料を集めるだけのつもりにしては、たしかに必要以上に絶え間なく書いている。その理由は、主として落ちこんでいる時期に、この日記を通して未来の話し相手(ほとんど想像上のパートナー)に向かって心中を打ち明ける必要があったということである。この日記は、生前には出版はおろか読まれることさえないはずで、僕よりあとに生き残る身内の人々に宛てた、死後になって手渡される最後のメッセージといったものにすぎない。

調子の悪いとき、とりわけ自分には本物の文学作品は書けないと感じるとき、僕はえてしてこの種の覚書に頼る。これはたしかに、首尾結構を与えることができるものに比べると物足りないが、それでも思考が目ざめていることを自分に証明するには足りる。創造的な活動は不可能だと認めざるをえない長い時期のあいだ(この方面での試みがことごとく実を結ばない場合にせよ、絶望から、あるいは単なる怠惰から、こうした活動に興味を失った場合にせよ)、これらの覚書は僕にとって退却陣地の代わりとなる。心の中から追い払いたいと思う事柄が他人にとって魅力的な表現をとらないかぎり、つまり、自分で自分の声に酔う雄弁家さながら自分から昂奮するような表現をとらないかぎり、解放に達するチャンスはないというのは確かであり、僕もそのことを知らぬわけではない。けれど紙の上に飾らずに吐き出して、心に重くのしかかる事どもをこんなふうに思いつくまま厄介払いすることに、僕がある種の慰めを見出している事実は否めない。打明け話をしたその舌の根の乾かぬうちだけのことであり、要するにページに書きつけたインクが乾くのとさして変わらぬあいだだけのことではあるが、少なくとも束の間はそうなのである。

　週に一度《エブドマデール》の（hebdomadaire）休息の日――あるいは、家族の冗談めかした言い方によれば、「駱《ドウロ》駝《マデール》（dromadaire）の休息の日」――である日曜日は、少なくとも、報われること少ない仕事によってまるまる一週間つぶされることのない人々、そうした一日が、暇な時間を持て余す結果、これまで以上に自分自身と向かいあう機会になってしまう人々にとっては、えてして忌わしい一日になりがちだ。彼らはこうした暇な時間を望んだにしても、そのあいだ勝手自由だとなると、あらゆる営みが空しく思われ、どうしたらよいか分からなくなってしまうのである。空虚な一日（なぜって、週がひとめぐりし終えて、またはじまる前の、不動の時間の中に立ちすくんでいる日だから）であり、がらんどうの一日（もともと、言葉の本来の意味でも、普通に使われている意味でも、ヴァカンス〔元来は空白を意味する〕をあらわしている）である日曜日――主の日であり、世界創造の七番目の日でもある――は、暦の中に周期的に、功成り名を遂げて引退した人のように栄誉に包まれて休息する創造者のうやうやしい姿より、死と虚無の小型版イメージをみちびき入れている。日曜日――それにどんな大祝日も――がこれほど鬱陶しいものになりがちだという事実は、漠然と感じられる寓意的な一致によって以上のように説明することができよう。つまりは、定期的な間をおいての、同じ死の脅威の喚起なのであり、この脅威の見地からするとき、たとえば、「引退して」、残されたわずかな日々を静かに過ごすために家を買ったり建てたりする人々がいるという考えは、耐えがたいものとなるのである。

　今日は日曜日、しかも復活祭の日曜日だ。けれど、うれしくないといえば、嘘をつくことになろう。

戦争と敗戦以来、とりわけ敵軍による占領が大きな重圧となって以来、実際僕にとって物事が大いに変化した。生活が閉ざされていて、未来は暗い穴でしかなく、空中楼閣の形でしか計画を立てることのできない現在（いつでも自分に作り話をしてきかせねばならないのだから）、前述のような気分や鬱状態に以前ほど陥らなくなっている。一切がだらけて安易だった時代のように、現在が非現実のなかに溶け去ることがなくなったので、僕は以前より現在の近くにいて、おおよそ我慢できるものであるかぎり現在を享受できる。多少とも自分に責任がないなどとは、また自分の行為の一つ一つが何らかの波紋をひろげることがないなどとは誰にも言えないほど忌わしい事柄が起きているこのような時代にあっては、僕のすることとなすことで無償と見えるものなど何もない。

だから、ノートル゠ダムの鐘が鳴るのをきいて、それを弔鐘とは感じない。通りの静けさを、墓地を支配する静けさの先触れとも思わない。そのうえ、降りはじめた雨でさえ好もしい。世界がまだ息のつけるものだったときより、こうした重圧の年々のほうが、僕と日曜という括弧つきの一日との折合いがつくとすれば、それはやはり、すべての、あるいはほとんどすべての人々が――しかも毎日――意気消沈しているので、祝祭日（jour férié）に、それを文字どおり「祝う（férié）」というあのとてつもないばかばかしさ、つまり仕事を休み、くつろぎ、まるでその日が他の日とは違い、人がこの世を去ってもはや時間の流れなど感じなくなる日への一歩ではないかのように、できるだけ何かに関心を抱いたり、楽しんだりして祝うというばかばかしさがないからであろう。ヨーロッパが、監獄ではないにしても、工場よりももっと悪い、大きな労働キャンプとなってしまったいまでは、人々が僕たちに課そうとしているくびきから逃れられる日がある――なにしろ働かなくていいのだから――と考えることには、なにか元気づけてくれるものがある。括弧つきの無為の一日は、虚無が忍びこんでくる割れ目であるどころか、僕たちが窒息しないで済むための、壁に開けられた穴となった。

イギリス人は日曜日
英仏海峡を越えてくる
ワイシャツ一枚携えて……

この「ワイシャツ（chemise）」と韻が合うのはたぶん「スーツケース（valise）」であろう。ワイシャツという言葉は、英仏海峡の向こう側の男ではなかったけれども、僕にとってとりわけ日曜日の男——週に一度休むところから——だった父が、袖に手首を通したり脱いだりするときの、糊づけされたカフスのたてるかすかなこすれる音をいまなお呼び起こす。この歌は、いまたいくらかアクチュアリティを帯びるに至った曲の冒頭の部分である。なにしろこれは、幼かったころよく耳にした、英仏協商〔英仏両国は植民地戦争で対立していたが、ドイツとの関係で共通の利益をもつようになり、一九〇四年にこの協定を結んだ〕のときにできたあの有名な『おいで、めんどりちゃん』なのだから。また、父が芸術サークルで知りあって、こちらはロドイスという名前だったイタリア出身のあるフルート奏者の息子で、ステファヌ・フェランティとやらいう男が僕たち兄弟に歌ってきかせた、『オー、イエス！　オー・ドゥ・ユー・ドゥ？』という歌もこのころのものだ。このステファヌ（Stéphane）という名前の男（ステとも言われた）のほうは、ヴァイオリン奏者の道を歩もうとしていたので、僕たち子供は、彼の名前に「コロファン（colophane〔ヴァイオリンの弓の毛に塗る松脂〕）」という韻を踏ませて面白がったものだ。なにしろ当時僕たちはばか話やあだ名の愛好者——この年ごろの子供たちがみなそうであるように——であり、たとえば家のほぼ真向かいに住んでいた少年を長いこと「クロウン・パテ（Clown Pâté〔一九〇五年ころ活躍したタテという道化役者にひっかけたあだ名〕）」（「クロード・タテ（Craude Taté）」という本名の代わりに）としか呼ばないで悦に入っていたのだから。彼が特別肥っていたためにこうしたあだ名をつけたのかどうかさえおぼえていない。

仏英双方にわたるこの二つの曲、つまり『おいで、めんどりちゃん』と、ステファヌ・フェランティが、自分で伴奏のヴァイオリンは弾かなかったものの、ソルフェージュの先生やダンス教師のような様子をして歌ってきかせた、言葉のちんぷんかんぷんの歌をきくのは、青少年クラブのお楽しみといったところだ。時を隔てて思い返してみるとき、日曜日のものとしか思われないほど冴えない、ご家族むきの、年寄くさい味のしみついている——使い古しの布に洗濯の糊がしみついているように——娯楽だ。それは、当時は楽しかったのかもしれないが、いま思い出してみると、せいぜいが匂いとか光の特別の加減とかがまとわりついている一つの名前ぐらいしかもう思い出せない音の印象、最初はむしろ物悲しいものだったのに、かつて楽しかった思い出を憂愁を帯びたものにするのとは逆の働きによって、途中で一種の甘美さをもつに至る昔の印象とさして変わらぬものと思われるあるいっときの名残りだ。

日曜日に連れられて訪ねた人たちのなかに、母の寄宿学校時代の友人がいた。真ん丸の小柄な人で、髪は灰色がかっていたけれども、その下の顔は血色がよく、かすかに口髭がはえていた。温和な性質——身近な人たちのあいだでは評判の——だったが、といって、才気と快活さに欠けているわけではなかった。正確にはおぼえていないがどこやらのぞっとしない界隈で保育園の園長をしていた彼女は、サン＝マンデに住居があって、そこへ行くにはいつも環状鉄道〔le chemin de fer de Ceinture. ceinture は元来はベルトの意〕に乗るのだった（この線の名前は、客車乗降口のガラスを下げたり上げたりするのに使われる幅広の革紐——ミリタリー・ベルト（ceinturon）のたぐい——のせいで、僕にはぴったりと思われた）。この線のある駅——サン＝マンデの前か、その一つ前の駅——は、いつ来てもどこか陰鬱な気配を漂わせているこのパリ周辺部にあって、とりわけ見捨てられた、辺鄙な一角への入口のように見えた。僕はベレール＝

サンチュール駅のことをいっているのだ。この駅のことは、実際には昼間にしか通らず、そのうえ、いずれにせよ、当時駅の照明にはガスよりもっと貧弱な手段が用いられていたはずなのに、ガス灯の青白い光に照らされたところしか思い出せない。アレ・フレールの店のベンチの緑色の上に注ぐこの明け方じみた、あるいは不健康なたそがれのような光は、一抹の煙の臭いと、切通し道の左右を縁どる二つの土の斜面の、さらにはトンネルの入口の大きな暗い穴のイメージと結びついている。

もう一つの駅名――メトロの標示板に読むことのできたもの――は、その駅がある評判の悪い界隈のためだけでなく、場末の気分を漂わせる名をもつごく近くの大通りのために、僕にベレール＝サンチュールより一層不安な印象を与えた。すなわち数本の外郭の大通りと連絡している、エトワール―ナシオン線の高架部分にある「バルベス＝ロシュシュアール」駅の名で、近くの大通りとは、化学液の臭い（当時メトロで使っていたように思う消毒液の臭い）と結びついていて、「アルコレ」（アルコレ橋、あるいはアルコレのボナパルトの）が燃料アルコールの気持のいい匂いをさせているのと同じように、犯罪の臭いをさせているオラノ大通りのことだ。新聞で誰かがメトロに飛びこんで自殺したという記事を読むたびにとかく思い出すのは、このオラノという名前である。消毒液の臭いはというと、僕はいつもそれが、駅の中を往来するとき、階段にちりばめられているのを見る、小さなきらきら光る薄片から臭ってくるように想像する。

わが家では親戚や家族ぐるみの友人を訪ねるのは日曜か夕食後で、父が主役の時間帯でのことだった。丸一日を事務所で過ごし、夕食時にしか戻ってこない――彼が勤めていた株式仲買商の店の決算の日にはもっと遅くなった――父は、普段は母の姿のために影が薄いが、戻ってくるや否や、再び権威をとり戻した。彼が一日を終えて戻ってきて、シルクハットをコート掛にかけ、ポケットから『タン』（彼がいつも読む新聞。『マタン』と『ジュルナル』もそうだった。『ジュルナル』については、ジュルナルの『ジュルナル』と言って僕たちは面白がった。「Journal」という固有名詞に「journal」という普通名詞を結びつけるこうした冗語法が愉快だったので）をとり出すだけで、彼がスリッパをはき、灰色のメルトンの普段着の上衣を着るだけで十分だった、家の中の一切が所を得るには。彼は少しも権威ぶる人間ではなかったけれども、戻ってくると権威が生まれた。そうした権威はレードル〔スープをとりわける玉杓子〕を扱うといった単純な仕草や、少し青みを帯びた新聞紙にゴシック体の活字を連ねている「Le Temps」という文字のいかめしさの中に具現しているのだった。

　海峡を渡るイギリス人やオー、イエスの思い出が僕に感じさせるのと同じお腹がこそばゆくなるような思いで、僕は父が愛情をこめて好んで口にしたある種の冗談口を——胸がきりきりするほどまでに——思い出す。たとえば兄たちや僕を呼ぶとき「子供たち」と言わないで「子んたち」と言ったり、「東ゴート族〔野蛮人の意〕」という呼び名を僕たちに奉ったりしたときのことだ。こうした言い方が一体どの程度まで父独特のものなのか、僕たち一家の属する社会階級に通有のものなのか、いつもいぶかったものだ。溲瓶のことを「ソワソンの壺〔メロヴィング朝のフランク王クロヴィスがソワソンの戦いのあとでランスの教会から奪った壺〕」と言ったり、僕の名前の代わりに「ミシェンヌ」と言ったりもした。

　この場合僕は、父が、そして間接的には自分もまた染まっている俗悪さに恥ずかしい思いをしているのか、それともこの恥ずかしさはむしろ、こうした気の利かない冗談を思い出してほろりとしたことから副次的に生まれているのかどうか分からない。それを使うと何人かの人たちが互いに連帯を感じあうたぐいの、限られた範囲でしか通用しない隠語を作ることだけを目的とするかのような、よくある言葉のねじ曲げ。同じ一家の成員であることを、秘密結社のメンバーみたいに互いに認めあうのが狙いの言葉遊び。使う人々の同意の封印が押されている、もっぱら取決めによる言いまわし。この封印はあまりにもしっかり押されているので、こうした同意がいまでも有効に思えるほどであり、この種の冗談のどれ一つを思い出してみても、たちまち昔の、家族というフリーメーソンの中に舞い戻るような気がして、心を動かされずにはいられない(そして自分の感動に面くらわずにはいられない)。

時の隔たりと、「ミシェンヌ」、「子んたち」といった言葉の突飛さのため、僕はここではある程度寛大になっている。しかし、ほとんど毎日、決まった時間に繰り返されるこのような内々の冗談は概して大嫌いである。毎日顔を合わせる人たちのあいだには否応なしに習慣が作り出される。各自は、他の人々が彼について抱く観念から生まれた、ある一定の態度をいつまでもとり続ける。各々にはまた特技があり、「おはこ」がある。我慢できないのはこうしたことだ。僕はこれを、ミイラ化の、つまり耄碌の徴候とみなしている。職業上のものであろうと、友達同士のものであろうと、家族のものであろうと、隠語を使うとき、不快感をおぼえずにはいられない。なにしろ隠語――グループに属していることを示すごく簡単な手段――は、徒党を組みたがる連中のもっとも明白なしるしの一つなのだから。

父が僕のことをミシェンヌと呼んで面白がっていた――愛情のこもったからかいなのか、それとも単なる揶揄だったのか――時期、この種の特殊な言葉についてはまだ何もとりたてて意見をもっていなかった。実をいうと、隠語の何たるかさえ知らなかった。僕の名をこんなふうに変えてしまうのが気に入らなかったのは、むしろこの変化が自分の人格に対する侵害のように思われたからだった。「Michel《ミシェル》」はミケランジュ街(rue Michel-Ange)よりもむしろ「大天使聖ミカエル(saint Michel archange)」に結びついており、僕はこの名の中に自分の私有財産だけでなく、誇るに足るだけの(ある人々が貴族の称号を誇りにするように)なにかかなりたぐい稀なものを見てとっていた。僕のもう一つの名前である「Julien《ジュリアン》」(人参の味が強いので好かなかったジュリアンヌ(julienne)という野菜のポタージュを思わせるので、あまり愉快でなかった名前)と比べると、「Michel」は「ミケランジエロ（Michel-Ange）」によっていささか天使（Ange）と、人間ではないのに聖人になっているという特異性のため一層輝かしい存在である「saint Michel archange」によって大天使と大いに関係があるので、特別の名前と思われた。それにしても、僕の名はどうしてこんなふうに「archange」や「ange」という称号が後ろにくるような名前なんだろうか。「大天使ラファエル（archange Raphaël）」、「天使ガブリエル（ange Gabriel）」の場合、名前の前に「archange」や「ange」がくるというのに。悪魔たちを一刀両断する天の戦士、アダムとイヴが追放されたあと地上の楽園を守る炎の剣を持つ番人、これが、僕が固く結ばれているように思っていた超自然的存在、他の聖なる守護神たちよりひときわ高貴で強力な保護者であった。僕はずいぶん余光に与った。なにしろ大天使と同じ名前なのだから。だから僕の本質そのものであるこの名前を変えることは、僕の一番深くにあるものを変えるだけでなく、こうした輝きの一部を奪い、julienne と同程度の低いレヴェルまで僕をひき下げることになるのだった。

天使と大天使は、日曜日を含め毎日のことであり、日曜だけのことでしかないミサとは違っていた。他方ミサはまた、天使や大天使、それに宗教の分野に属するすべてのものと同様、母の事柄でもあった。

ミサにおいてとりわけ問題になるのは、我らの主イエス、聖母マリアと神様だった。彼らの僕《しもべ》は神父たちだった。名前で神父たちを識別することができたし、そのうちの何人かは僕に教理問答を教えていた。彼らは尊敬せねばならぬ単にちょっと別の人間というにすぎず、その人柄には何であれ超自然的なところはなかった。ミサでは天使はあまり問題にならなかった。精神的な形でそれに加わっている他の存在は、聖家族を別にすると、聖人たちだけだった。しかし聖人たちは、その伝説がいかようなものであれ、彼らに帰せられている奇蹟がどんなものであれ、死者たち同様、まだなかば人間である。神様に接してはいるけれども――神父たちよりもっと近くで――、天使という有翼の手合ほどには、まるっきり僕たちと違っているわけではない。だからミサはどこまでいっても人間に属する事柄なのであり、大人たちが募金に応ずることによって心の善良さを、きちんとした服装でその信仰心を示す儀式ばった集まりなのだ。ならば、平日よりも美しい服を着せられて日曜日に連れてゆかれる教会とは、本当に神秘的体験のための選ばれた場所なのであろうか。人が信仰に浸るのはむしろ家の中の、朝晩お祈りをさせられる、そして守護天使がベッドの裾にいて見守っているとされている寝室の中でのことではないだろうか。

「幼子イエス様、あなたに僕の心を捧げます。そして良い子になることを約束します」、これは、僕の主な義務が従順さであった時期、起床に際して母が唱えさせた一番古いお祈りだった。毎晩彼女が僕に繰り返させたお祈りの文句――たぶん同じ？――のほうは忘れてしまった。その際母は長い寝巻を着せるのだったが、僕は袋にくるまれるようにその中にくるまれるのだった（この寝巻は悪いと決まっている僕の寝相でまくれないようにするため、紐通しつきの紐で下のところが結んであったので）。もう少し大きくなり、もっと長い文句を空で唱えられるようになったとき、母は僕に「天にまします我らが父よ」と「めでたしマリア」を暗誦させた。ある晩――物心つく年ごろを過ぎていたにちがいない――、僕はいつもの祈りに（自分から？　母にそそのかされて？）、「神様、父を法人代表者に任命してくださってありがとうございます」とつけ加えた。これは、勤めている株式仲買人の店で父が得たばかりの昇進に関し造物主になされた感謝である。その能力や働き好きもさることながら、神の摂理のおかげで、社主である金持の大ブルジョワとほとんど同等の人間になった父をいまでは誇りにすることができるところから、自分の人間も一段上がったような気がしたので、僕はこの感謝を熱烈な気持で捧げた。

幼子イエスと、それ以上あきらかに聖母マリアは、この地上で貧しい人たちと同じ生活を送っていたのに対し、天使は金持でも貧乏でもなく、天使は天使だった。聖人たちはというと、その大方はサンダルすらなく、はだしで歩いていたのだから、やはり貧者の仲間だった。少なくとも天使は、聖人たちや幼子イエスを連れた聖母マリアとは違い、はだしで街道を行くわけではない。なぜって彼らは飛んでいるからであり、そのうえいつも目に見えない存在の階層に属してきたからである。彼らもはだしだが、白い長い寝巻にくるまれてベッドに寝るときの僕の足と同様、みじめな人たちの足ではない。でこぼこ道のために足裏を痛めることも、埃でべったりおおわれることもないこの足は、きらきら光るカールした髪の毛や、染み一つない服や、羽根のきちんと揃った翼同様、恵まれている。つまりこうしたものはみな、天使が額に汗してパンを得ることもなく、食べることなど問題外の世界に属していることを示しているのである。

「置物のようにおとなしい」、「キューピッドみたいに可愛い」、「天使のように静か」、よく僕はこんなふうに言われたけれども、自分がこうした形容に価したかどうかは分からない。しかし道徳律としてなによりも従順な態度をとることが求められていた時期、聖画に描かれている生気のない姿や、弓と矢で遊んでいる丸ぽちゃのキューピッドや、若々しく、重々しい顔をした泡雪卵みたいな天使は、熱心さや、人のよさや、たぐいない優しさのお手本と見えた。善良であることとは、たしかに一方では、慈善心を示すことであり、通りで見かけた貧しい人たちに十サンティーム銅貨を与えることであり、必要とあれば、持っているものを仲間とわかち合うことであったが、それはなによりも、両親を満足させることであり、温和で勤勉であることであり、彼らに対し、神に仕え、神を愛するほかに余念のない天使のような態度をとることだった。

聖霊の神秘の妻である聖母マリアのかたわらには職人のヨセフがいる。彼は聖家族の中の闖入者のように見える。そしてなかば天使的な存在であるマリアの、奇妙な身分違いの結婚相手となった律儀で正直な男というにすぎない。僕には父がこのような存在に見えた。彼については人生の当初生活が苦しかったことを、それに対し母のほうは、若いころある程度ゆとりがあって、当時の娘としてはかなり進んだ教育を受けたことを知っていたからである。母は流暢に英語を話したし、十三歳か十四歳までしか学校に行かなかった父よりはたしかに教養があった。ただし彼女のために言っておかねばならないが、彼女はこの優越を鼻にかけたりせず、人生の伴侶として選んだ男を深く愛して、身分の下の男と結婚した女のような振舞いは断じてしなかった。

母と彼を二本の大黒柱とする家庭という小さな社会の中で、父の優位がはっきりするのは一家の養い手としての役割においてであった。彼はよく周囲から、冗談半分、ペリカンになぞらえられたものだ。実際彼は、兄たちと僕に栄養を摂らせる手段がほかになかったならば、自分の内臓さえ食物として与えただろうと思う。稼ぎは、僕たちの「将来」のことを考えるとき、彼の目にとりわけ価値のあるものと映るのだった、彼の夢は子供たちを、自分の選んだ好きな道に進み、彼以上の能力をもって精神を豊かにすることのできる青年に仕立てることだったのだから。十八歳のとき、普段もらっているよりもう少し余計に遊ぶ金を自由にしたいと思って商店員になろうとした（けれど失敗した）ときほど、彼を悲しませたことはなかったように思う。家族を養うために株式仲買人になったため（志望していた芸術家、つまりなろうと思えばなれたかもしれないオペラかオペラ＝コミックの歌手になるかわりに）、挫折を味わった彼としては、何らかの形で僕に勉強を続けてもらいたかったようだ。しかし当時は、すぐ手に入る稼ぎのことしか眼中になく、仕事に就けば自分の時間の大半を犠牲にしなければならず、そうなれば金を得るための唯一の目的だった好きな生活が送れなくなるという矛盾など、あまり気にかけていなかった。

いくつかの品物は父の経済力を、まるでその記章ででもあるかのように象徴していると思われた。両端がチョッキの左右の小ポケットに入っている太い鎖に吊るして彼が身につけていた金時計がそうだった。この鎖には、とりわけ金貨入れがついていた。これは、両面が少しふくらんだ丸い箱で、中はばねで動く二重底になっていて、蓋を開け、この小型金庫の中にぎっしりつまっているルイ金貨を、親指で軽く押すようにして滑り出させるにつれ、自動的に箱の底が浅くなるのだった。この二つ――金時計と金貨入れ――と同じものを、僕は初聖体のときの贈物としてもらった。すばらしい鎖ももらった。最初それは金めっきだと(純金だと高すぎるので)言われ、そのあとで――僕をあっと言わせるためのたくらみだった――、純金そのものだと告げられた。しかし、父の専有物と見えたため長いこと欲しいと思い、待望していたこれらの贈物、成年への歩みにおいて最初に経るべき通過儀礼に際して約束されているお祝い、結婚祝いのようにあちこちから届けられるこれらのプレゼントすべてをもってしても(必ずそれに伴う祝宴を勘定に入れても)、初聖体を人々が軽々しく予告するような「人生最良の日」にすることはできない。人々は、こうした予告につきものの、しかも後々の僕たちの信仰に必ずや影響を与える幻滅の効果には少しも気を遣おうとしない。僕は数年間楽しんで使った(男になった者だけがもつ権利のあるこの種の宝物の誇らしい持主として)あと、これらの品々をすべて――あるいはほとんど――四散させてしまった。上品ぶったバーに出入りするための金欲しさにほとんど毎日奔走していた時期、必要に迫られて、損を承知で売り払ってしまったのである。こうしたバーへ行けば――女たちと肱つき合わせたり、カクテルを飲んだりしてはいたものの、まだ初聖体を受けたばかりのリセの生徒だった――、ごくわずかな出費で、金持の子息の送る夢のような生活に似た生活が送れるものと想像していたのだった。

まだ二時間半経つかどうか——しかも前記の文章を書いた翌日のことだが（この文章の中である有色人種の男に暗々裡に触れていることにずっとあとになってから気づく。それをここに付記しておく。この前の戦争の終わりころフランスにやって来た最初の黒人ミュージシャンの一人、サキソフォン奏者のヴァンス・ローリーのことで、この男に、五十フランというわずかな金額とひきかえに、すばらしい金の鎖を渡してしまったのである）——、僕は近所の店のなかでは文句なく好きな「マルティニックのラム酒カフェ」からちょうど出ようとしたところだった。いまではアンティル諸島人をその店で見かけることは昔よりずっと少なくなっており、店内の装飾が豪華になり、赤いビロードを張ったなかなか坐り心地のいい椅子にすわれるようになって以来、かつての趣をまったく失ってはいるものの、まだここでは「マルティニック風」と称するパンチ（以前より味が落ちているのは確かだ。ラム酒の質が違っているし、にくずくの種もレモンの皮も入ってないのだから）が飲める。それは一日中——物資制限にもかかわらず——、そのうえ木曜と金曜を別にすれば一週間いつでもある。ごく些細なことまで厳格に管理されている昨今、「ラム酒カフェ」はこの両日、規則にちゃんと従って店を閉めるのである。僕は飲食代を払い、二人の連れの女と一緒に店の敷居をまたごうとしたところだった。二人のうちハディジャという名の女に僕は好意を寄せている。それは彼女の名前（ムハンマドの最初の妻の名であり、北アフリカに兵隊として行っていたとき僕が知った娘の名でもある）のせいであり、激しくプリミティヴなところから、僕が大きな価値をおいていることを友人たちも承知している二つの芸術、つまりダンス（彼女はそのプロだった）および闘牛という祝祭《フィエスタ》に対する彼女の好みのせいであり、そしてとりわけその身にそなわる魅惑、もっと正確にいうと、サン＝ジェルマン＝デ＝プレで暮らしてはいるものの、ポールテチエンヌ〔アフリカ西岸、モーリタニア共和国の港〕出身の生粋のモール人であるという事実のせいである。ポールテチエンヌはダカールへ向かう途中僕の乗った船が寄港し、以後二年間続く熱帯の暑さがいかなるものかを教えてくれた、砂漠の中の荒涼とした土地だ。僕たち三人はバーの店内からテラス（海岸のビストロにあるような板張りの一種の壇）へ出て、サン゠ジェルマン大通りの歩道に下り、別れ別れになるところだった。そのとき、自転車に乗った警官に、というよりむしろ、入口をふさぐために彼が自分の前に横に置いていた自転車にぶつかった。一斉手入れだった。帰宅が遅れることを、そしてこの遅れの理由を知らせるために直ちに家へ電話。数分待ったあと、窓にはしかるべく格子がはまってはいるのにガラスのないバスに、店の他の客たちと一緒に乗る。この一九四四年五月はかなりどんよりした天気だったので、途中はちょっと寒かった。事はサン゠シュルピス広場の中央警察署で終わった。身分証明書を調べられたあとすぐに釈放されたものの、他の人たち同様、三人の名前がリストに記されてしまった。これは、当局に知られないのが一番望ましいことの一つであった時代にあっては、きわめて不愉快な事実だ。全体として、万事が形式ばらずに行われた（そのことは認めなければならない）。僕たちが耳にしたいささか気に障った唯一の文句は、急いでいる男に対し、「羊の群みたいに」そんなふうにかたまっていなければ事がもっと早く片づくのにと怒った口調で答えたある書記のものである。バスにすし詰めにされたあとで、こんなふうにかたまっているのは、僕たちの責任だと言わんばかりだった。

このささやかな出来事――日々がきわめて重大なさまざまな事柄の舞台となっている現今ではとるに足りない――、現実の警察との、だしぬけの、ただし幸いにして束の間に終わったこの接触は、記憶を探りなんとか辛うじて書きつづけているあいだにも、地球はまわり続け、悪行が行われつづけていることを僕に思い出させるためであるかのようだ。

僕はほとんどいつでも、まったく金を持たない人たちの境遇、仕事を持てばおのずから入る限られた収入すら失い、毎日が同じように空虚でみじめであるところから、もはや日曜と週日の区別さえなくなってしまった人たちの境遇（それを思い描くことができるとしての話だが）を、怖ろしいものと考えてきた。飢えと無為のために痛めつけられた人たちはいうまでもないが、そこから先はもはや恋そのものが成り立ちようもなくなるかに見える貧乏の段階というものがある。肉体の交わりにもはや少しの彩りもなく、それが単なる必要でしかない人たち、互いに相手を美しいと思えない人たち（きびしい生活のため擦り切れてしまっているので）、互いにどんな幸福も約束しあえない人たち、ただ一緒に眠り、何の夢もなしに性交し（そうするのが生物の本性だから）、疲れを一緒くたにして身を寄せあっている人たちの境遇こそはおぞましい。数年前、パリのある通りで、連れの女と一緒にベンチに坐り、女の肩に頭をもたせかけて眠っている、こうした実にみじめな一人の青年を見た。女は母親のように片方の腕を彼にまわしていた。それは、誰にでも物を思わせずにはいない、そうした光景の一つだった。

二十歳になったばかりで、文学の道にはっきりと進みはじめたころ、天才にとって不可欠な関門と考えて、貧窮に対しあるロマンティックな魅惑を感じた。しかし僕が関心を抱いたのは、真の貧しさではなくて、ボヘミアンのこれ見よがしの弊衣のほうだった。そのうえ打ち明けていうと、ある程度の金銭上のゆとりを自分から捨て去るようなことは何一つしなかった。それでも、幼年期を別にすると、金銭そのものを重要と考えた記憶がない。実のところ、それは僕にとって、単に費消できるものという以外に何の意味ももたない。

初聖体のときまで——もう少しあとまでだったかもしれない。両親から月々の小遣をまったくもらわなかったあいだはそうだった——、お年玉とか、誕生日とか、お祝いとか、学校でいい成績をとったときとか、作文で上位になったときなどにもらったものは、全部貯金箱に入れておいた。この金を何に使ったのか、時にはこうしてためた金のいくたりで何か欲しいものを買ったのかどうか、あまりおぼえていない。考えてみるに、どちらかというとそんなことは何もせず、ひたすらためこむ一方だったように思う。これは金が、それが変じるものに関係なく、僕にとって本当にそれ自体の価値をもっていた、人生で唯一の時期だった。

ルイ金貨、十フラン貨幣（もっと小さく薄い）、大きな旧五フラン銀貨、外国の貨幣（僕がはじめて行った外国であるスイスとかベルギーの）のようなもっと小さな銀貨、金貨を思わせるその光沢のためとっておいた、真新しい十サンティーム銅貨（三人がまだごく小さかったころ、二人の兄のうち長兄のほうが、ある日その光沢をちらつかせて、こうしたきらきら光る美しい銅貨とひきかえに、僕から十フラン貨幣を掠めとったのではなかったか）、これらが、僕の貯金箱の中に並んでいて、僕の宝となっていたお金だ。お年玉をもらったあと（つまり僕が一番金持になったとき）でさえ、その総額は五十フランをあまり出なかったにちがいない。

この貨幣すべてに対しての僕の態度は、拝金の守銭奴というより、貨幣を交換手段ではなく、それ自体価値のあるメダルとみなす古銭学者のものだった。その点で、金属製の貨幣の円盤を薄い紙の下に置き、左右を指できっちり押え、軽く鉛筆を走らせて肖像を写しとるという遊びの好きな、貨幣が完全に物になってしまっている子供たちにも似ていた。この遊びは、それとは反対に、特製ノートの一見何も書いてないページを貨幣のへりでこすると、少しずつ絵が浮かび出て意味が分かってくるという遊びと同じくらい魅力的だった。

金貨入れを一杯にしたり、貯金箱につめこんだりする、こうした手でさわることのできる貨幣のほかに、別の形のお金もあることは知っていた。法人の代表者になる——まるで少佐か大佐に昇進したみたいに——前、雇われていた会社で、父は「株券出納係」だった。株券が何であるかについて、漠としたものではあるが、紙幣（もう一つのお金）とは違った大きくて丈夫な紙片といった程度の観念はあった。そのうえ兄たちも僕も、それを何枚か持っているということも知っていた。父が僕たちのために買ってくれたもので、彼はそれを金銭問題がひそかにとり決められる場所である書斎に保管していた。一家の大黒柱がある日、僕たちの名前で数株ひき受けたと告げたので、数か月のあいだ『タン』紙で「サンタフェ」株の株式相場での変動を追いかけて楽しんだ。「株をやる」というのは、人々があきらかに非難をこめて口にするのをよく耳にしたもう一つの事柄だった。有価証券の取引がその職業なのだから、こんな形で僕たちの日々の糧を得ている父が、投機に手を出すこともたまにはあったにちがいない。しかし一家の主としての彼の取引は慎重で、一日のうちにひと財産すったり手に入れたりする、ああした賭博師たちの一か八かの賭から僕がうすうす感じとるものとは何の関係もなかった。この人たちについては、贅沢な服装をしているものと想像していた（葉巻はもちろん、シルクハットとか、モーニングとか）。ただしそれは、彼らが破産し、物乞いに身を落とすか（「馬と馬車」を手に入れたあと、競馬に賭けて持っていたものをすべて失ってしまい、株式取引所で会うと、父におずおずと百スー貸してくれと頼む元同僚のように）、自殺以外に手のなくなる（最初に見た映画の一つで、警察に追いつめられた末、森の奥でピストルで頭を撃って自殺した、贋金作りのあの親玉のように）日までのことだ。

必ずや借金せざるをえなくなる賭に対する嫌悪と、倹約と勤勉に対する好みとが、非の打ちどころのない正直さを旨とする考えと結びついた結果、運命に恵まれなかった人々に憐れみを示すこと、金銭欲をもたぬこと、暮らしぶりでも衣服でもつつましくあること（ただし体の清潔さと衛生はなおざりにせずに）が、金と金に直接つながることに関して、両親が僕たちに言葉と身をもって教えこもうとした道徳上の大方針だった。そこには、現在の社会形態における富の配分の正当性を疑うようなものは何も含まれていなかった。金持は金持であり、貧乏人は貧乏人なのだ。幸いにして前者の列に加わることができた者はただ良い金持として振る舞わねばならず、あきらかに悪い金持がいるとすれば、それは一部の貧乏人が悪い貧乏人であるのと同断なのである。人はその運命次第、徳次第というわけだ。金持は物惜しみしてはならず、与えなければならないのであり、貧乏人は貧窮の重荷を軽くしてもらえるのをじっと待っていなければならず、自分の品行に対する誇りと、一点の曇りもない実直さによって人の恵みに応えなければならない。つまり誰もが、金に困っていようといまいと、無欲でなければならないのである。

　店先からパンを盗もうとした瞬間捕えられてしまう運の悪い飢えた男や、白い髭をはやしプードル犬を連れた優しい盲人とは打ってかわり、悪い貧乏人とは当然の権利だとばかりに金品を憎々しげに強要し、飲酒とか、単なる怠惰とかいった何らかの罪に身を委ね、垢だらけになることも服が襤褸になることも平然として顧みない人たちのことである。悪い貧乏人とはまた、サン＝マンデに住んでいて、保育園を経営していた母の友人が時折見かけたような、品行のよくない泥棒の仲間である。園児たちがどんな環境で暮らしているかを示す話の中で、彼女は――動揺しつつも、うれしそうな、びっくり仰天したという様子をしながら――、園の退けどきに、母親が男を迎えによこす少女の話をしなかっただろうか。少女は男を「パパ」と呼び、この「パパ」がほとんど毎晩、同じ人間でないことに驚く様子さえ見せないというのだった。

　悪い貧乏人のごく近くに――社会的地位の上下でいえば、こちらのほうがわずかばかり上だ――悪い労働者がいる。これは、いやいや仕事をし、働きたくないというただそれだけのためにストライキを打ち、稼ぎはすべて、家に持って帰ったり、妻子や自分のために貯金するどころか、土曜の晩か日曜に居酒屋で使ってしまう体《てい》の人間である。悪い労働者の典型とは、けもののように酔っ払い、一度酔うと、空の酒壜で妻を打ちのめす日雇である。妻にとっては、週に一度の休息も楽しい余暇もなく、日曜と休日はこの肉体労働者のただ一つの楽しみである酒のために、もっとも辛い日となるのである。「日雇」、この言葉の意味する職業が、女に関しての「研磨女工」の場合と同様、一体どのような労働をするものなのか、僕には見当がつかなかった。ただしそれが、三面記事の報ずる喧嘩その他の暴力行為に明け暮れる人物であることは知っていた。

この文章を書いているあいだにも、また一つの事件——ただしこちらはひじょうに重要な——が、部屋のガラス窓を叩きにやってくる。六月六日の朝、

イギリス人は英仏海峡を越えた

そしてついに、あの名だたる上陸作戦！　今日世界が嘉しつつある、それでもやはり悲劇的な危機とは直接何の関係もない事柄を追い求める僕の執拗さのなかには、たしかになにか滑稽な（そのうえ、醜悪などとためらわずに言う人だっているだろう）ものがある。しかし人が、自分自身を解明する必要をもっとも切実に感じるのは、まさに一切が再び問題視されているときのことではないだろうか。実際、僕が本当に執着しているもの、僕の人生を生きるに価すると思えるようにするもの、それに照らして僕の名を汚したくないものについて、換言すれば、他の人たち、少なくとも僕が愛し、尊敬している一部の人たち、僕の選ばれた証人になってくれるであろう人たちに、是が非でも与えたいと考えている自分自身のイメージについて、はっきり知っておかねばならないのはいまを措いてない。そのイメージは僕に似ていなければならず、そしてとりわけ、似るようにするためにすべきことが僕にで

きる範囲のことでなければならない。なぜって、借物の姿でしか存在しえないなら、他人の頭と心の中に生き残ったところで何になるだろう。この勘定の決算には、贋金を使ったって、ごまかしたって何の役にも立たない。他人との商取引であると同様、自分自身との取引でもあるこの契約を結んだ以上は、文字どおり「体でもって支払い」をしなければならない。

「労働とは自由なり」、「借金を返す者は金持になる」――いやな労役を、解放もしくは積極的な獲得の手段に変えようとするそらぞらしい格言。まだ子供で、年上の人たちの言うことにあまり疑いを差しはさまなかったときでさえ、僕はこうしたことを一度だってまともに信じはしなかった。実のところ、この種の格言を教えてくれた人たちも、自分ではろくに信じていなかったと思う。それにそれらは、あまり人が信を置かず、いくらか皮肉さえこめてむしろ機械的に引用するああした諺、昔からの言い伝えという事実以外に何の保証もなく、たとえどれほど奇異なものであろうと、なにしろ民族の知恵から生まれているのだからといって人があえて問題にもしない、さしあたってその前でお辞儀(あるいはお辞儀をするふり)をしなければならない真理として括弧の中に入れておくああした諺のような形でしか会話には出てこなかったと思う。

悪い貧乏人に並んで、心が冷酷で、恵まれない人々の苦しみに対して無情な悪い金持がいた。たとえば、父が働いていた職場の幹部の一人がそうで、年若の息子に数スーやるようなことがあると、けちを教えるのが教育者としての自分の務めと考えて、「出し惜しみしなければいけないよ」と決まって言うのだった。財産にかけて――たぶん悪事にかけても――ずっと上位の人間では、フランスで暮らしていた、たしかヴァンダービルトとかいうアメリカ人の億万長者がいた。自動車事故にあい、その事故で彼の運転手が死んだということを僕は新聞で知った。時速およそ百キロで走っていたのだが、これは当時にあっては、素人の車にとっては大変なことだった。運転手の死に責任があると思っていたこの大金持、一種呪うべき道楽者のことを考えるといやな気がした。なにしろリムジンの座席にふんぞり返り、髭は剃り立てで山高帽をかぶり、褐色の小さな飛行船みたいな（あるいは――正確にいうと――、兄たちと僕が、逆のたとえで「葉巻気球」と呼んだものみたいな）太いハバナの葉巻を口に銜えてふかしながら、こんなに速く走るよう命令を下したのは、あきらかに彼だったのだから。しばらくのあいだ、眠ろうとするとこの一件がとても気になった。いかなるものであれ、知った事故はどれも僕を脅えさせたからであり、とりわけこれは――非情で金まみれの男が命じた死のレースを髣髴とさせる――、死亡通知や陰惨きわまる事件を報じる日刊紙のトップの大見出しさながら、黒で縁どられた白ないし薄黄の手袋をする上流社会の人々のドラマの陰に、僕を不安にするに足る要素を揃えていたからだった。

「悪い金持」を話題にするとき人が口にする非難の文句を、一度僕は自分の家族（その暮らしぶりは実際にはまったくの中流だったけれども）に向けられたという気がした。しばらく前から家には、マルトという名前の女中がいた。身だしなみはいいけれども愛嬌のない人柄で、年は三十五歳から四十歳くらい、ラ・サルトの出身だったと思う。とても清潔で、働き者だったが、生憎と性格が悪く、根はきわめて優しい女である母から、何度も解雇すると脅かされる羽目になった。彼女はよく、物々しくも「新時代」と称していたものについて大演説をして、憤懣をぶちまけることがあった。その時代が近々やってくると予言し、そうなったら社会的関係、とりわけ主人と召使いの位置が完全に逆転するだろうと言うのだった。母は、言いたいだけ言わせておき、なんとなく革命をちらつかせるこうしたとめどもないおしゃべりがやむのを辛抱強く待つのだったが、場面がきりもなく続きそうな場合には、理屈は勘弁してちょうだいと言い、台所仕事その他に戻って働くようにと促すのだった。マルトが突然昂奮してしゃべり出す際、自らすすんで述べ立てるもう一つのテーマは自殺だった。彼女はこの行為を激しく非難し、新聞の三面記事で照明ガスその他の手段による自殺の記事をたまたま読んだりすると、そうした愚行に怒りをこめて反対した。ある晩、いつもよりひどい騒ぎ（新聞記事の文章にならっていえば）が、夕食のはじめころ食堂で起きた。ポタージュにヘアピンが浮かんでいるのをみつけたので、長兄がマルトにそのことを注意したのだ。彼女は自分には何の関係もないとやり返し、議論が次第に険悪なものとなった。兄は真っ赤になって怒り、突然食卓を離れるや、両親に向かいきっぱりと、出てゆくのは女中――この嘘つき女――か、自分か、どちらか選んでほしいと言った。彼女のほうが残ったところで、彼がどうともしなかったのは明らかだ。けれどマルトは解雇され（母はもうそれまでに十分すぎるほど彼女を大目に見ていたので）、家から出るとすぐ国元に戻った。しかしやがて後悔したらしい。あまり間をおかずに、もう一度雇ってほしいと母に手紙を書いてきたからだ。対して母は、彼女のしたさまざまな過失からして、それはとても考えられないと返事をした。困った性格のために決定的に解雇されてしまったこの女からは、他には何のたよりもなく日が過ぎた。けれど彼女が母のもとで働くのをやめてからほんの数週間後、家中を動顚させるような手紙が届いた。マルトの妹からのもので、それによると、僕たちの家の元女中は復職できなかったことを悲観し、かたや愛情関係にもとづく将来の計画にも破れて、入水自殺をしたというのだった。母は、最初の動機のほうを重く見て、家にいる間中、時ならぬ時にわめき散らしたり、悪趣味な事柄を言い立てたりした、この気むずかしい女に対しきびしい態度をとったことがいくらもっともだったにしろ、それについては自分に責任があると考えた。僕はといえば、同じ屋根の下で何か月も過ごしたあと、追いつめられ川に身を投げて、自ら命を絶ったこの無愛想な女の面影に長いことつきまとわれた。死人の顔――閉じた眼、いつもより一層とり澄ました顔立ち――、および、のどかな風景と、また夏のヴァカンスを除いてあまり田舎の生活に触れることのなかったこの時期に田舎というと切り離して考えることのできなかったじんじんいう暑さのさなか、引き揚げられて水辺に横たわっている、とても清潔できちんとしていて糊づけされてでもいるような、あるいは晴着姿の、まったく硬直した死体や、濡れた衣服を思い浮かべた。この、これまでにもまして依怙地な顔の背後に、非難のごときもの、いつまでも繰り返される不平のごときものがのぞいているのだった。それは、命令を下し、給料を払うことで人を辱め、ぎりぎりのときには慈悲を一切かけようとしない人々に対する、不幸な存在の、下層階級の怨恨であり、孤独の中に幽閉されている偏執者の敵意だ。こうした人物は敵意を抱いているぶんだけ一層孤独であり、永久にこの枠を破ることができず、幽閉されていると感じるぶんだけ敵意を抱くのである。自殺者の姿で想像した死んだ女中の顔に読みとったものの正確な意味が何であれ、この顔には怖ろしいところがあった。それは、石と化したこの顔には、ただただ頑なな拒否を一層強烈に表現するため、生命なきものの姿を借りたと見えるところがあるからであった。

利子だの、手形割引だの、年利率（数字のあとに「%」という象形文字をつけて書き写す。この%は子供のときの宿題を思い出させるので、現在タイプライターのキーボードにみつけるとうれしくなる）だのについての数学の問題をやっても、商業の授業で明細書だの、利札だの、手形だの、有価証券だの、信用状だの、為替手形だのを習っても、金銭は僕にとって相変わらず漠然とした、そのうえ非現実的なもののままであった。この種の問題がどうしてこういう結果をもたらしたのか。それは、これらがフランとサンティームに関する場合、メートル法の単位に関する場合よりいくらかは具体的になるとはいえ（少なくとも貨幣で直接表示できるので）、純粋に数の遊びだったからである。この種の授業はどのような点で僕の蒙を啓いてくれたというのだろうか。というのも、扱われている題目は目まぐるしく変わる流通を規制する複雑な条項に関する儀礼や作法でしかなく、そこでは、競馬場の近くでやっている、たくさんの人がすってんてんにされてしまう札当て賭博で自分の色のカードの移動を追うときのように、金銭を追い求めても空しく、目はすっかり混乱してしまうからである。

　貯金箱にためていた貨幣、木曜ごとに渡されるささやかな小遣、父の書斎にあるのを知っている株券といった、まことに貧弱な実例を別にすると、金銭とは僕にとって、肺が吸う空気と同じ（あるいはそれとほとんど変わらぬ）生活の必需品ではあるが、空気と同様、非物質的なもののままであった。なるほど僕は、ある人たちが多額の金を自由にする一方、別の人たちはごくわずかしか持たぬか稼げないということを知っていた。しかしこの多額の金とは、他の人たちについて健康に恵まれていると か、運がいいとかいわれるように、金持だといわれる人々にそなわっている一種の内在的性質であった。財産とは僕の目には、それを持っている男または女とは別の計算可能な富の総額というより、ある種の部類、すなわち有名な人（フェリックス・ボタン社刊の写真シリーズ『現代の著名人』に載っているような）の部類、偉い人たち（名誉を属性とする）の部類、聖人たち（円光でそれと分かる）の部類があるように、金持の人々という部類に属する個人に特有の属性と映ったのであった。

　大邸宅を持つこと、一人ないし数人の男の召使いにかしずかれること、自家用車に乗ること、これらが数年のあいだ、僕には金持のもっとも明らかな特徴であった。玉座や笏や王冠が王権をあらわしているように、ある意味でこれらは金持の目に見える記章であり、その威光の具現である富であったということができる。けれどもこれらは、当てにならない特徴でもあった。というのも僕は、「財力」と呼ばれるものを持たないくせに豪勢な暮らしをする「山師」なるものの存在を知らないわけではなかったからである。とはいえ、正統の君主と王位簒奪者とを区別するように、本当の金持と山師とを区別する安定した収入という観念が、外面的特徴の陰にあることにも気づきはじめてはいたのだった。しかしその滑稽な服装や、やたらにつけている宝石や、容姿（カールさせすぎたり、てかてかさせすぎた髪とか、オリーヴ色がかりすぎている顔色とか）にまであらわれている山師らしさの中には、娼婦の優雅さが本当の優雅さではなく、魔術師シモン〔使徒行伝に出てくる魔術師。シモン＝ペテロから金で超能力を買おうとした〕の超能力がひとり神から許されて奇跡を行ったシモン＝ペテロの超能力に比べればまがいものであるのと同様に、彼の富が見せかけにすぎないことを示す手がかりがあるのではないだろうか。こういうわけで金は僕に、自分を立派に見せるための、いわばある程度体面を作るための必要条件と思えたのだった。おそらくそこから、金のないことが単にある不都合のせいではなく、もっと根本的な何かの欠如ででもあるかのように、こうした欠乏に対して僕がつねづね抱いてきた怖れが生じたのであろう。

　これまでの人生にあって、大方が自分より金持の少年たちにとりかこまれていたため、そのころのことを思い出すと永遠の屈辱と思えるほどにはっきりと劣等感を抱いた時期がある。ほぼ十二歳でリセ・ジャンソンに入り、第五学級の授業を受けたときのことだ。同級生の多くは僕の住むオートゥイユ（そこもブーローニュの森に近いけれども、その端は怖るべきポワン＝デュ＝ジュールにつながっていた）よりもすてきなパッシーに住む家の子供たちだった。彼らは僕という「新入り」にさまざまな冷やかしを浴びせたが、とりわけある級友は――無意識からか、成上り者の息子の虚栄からか、単なる悪意からか――、僕について、金銭にかけて彼らより恵まれていないと見えるすべての点を非難した。ある日、運動場で、すっかり擦り切れ、色がさめ、袖口がひどく傷んでいて、そのうえたとえ新品であっても（兄たちの一人のお古をもらわなかったとして）あまり似合わなかったにちがいないコートを着て立っていたとき、仲間の一人が、僕のまわりに他の生徒たちを集めようとこう言ったのだった。「見ろよ、レリスを。まるで貧乏なじいさんみたいじゃないか。」別のとき、母がいつものようにごく質素な服装をして（子供たちの「将来」にそなえるため、なによりもまず倹約しなければならないと考えていたので）、僕を迎えにきたことがあった。いじめっ子の一人は翌日、校門のところで待っていた女の人はお前のお母さんか、それとも家庭教師かと、素知らぬふりをして訊ねた。僕は卑劣にも「家庭教師さ」と答え、こうして——このことをたえず悔みつづけた——、幼年期のあいだずっと、僕を自分の「宝物」と呼んだ人を否認したのだった。彼女は、他の二人の息子の場合と違い、僕を孕ったことだけでなく、養い育てたことを、その心に宿るきわめて深い愛情から、かけがえのない、ほとんど奇跡に近いことと感じていて、こうした思いのすべてをこの言葉にこめていたのである。

　僕は、立派な服装をしたいという欲求を、ずっと前から、そしてたえず、できるかぎりみたそうとしてきたが、その一端はこうした少年期に受けた屈辱から、復讐の意志として生まれてきたのだとともすれば考えがちである。しかし永遠にみたされず、失敗の思いがつきまとっているこの欲求、成功のチャンスは何一つ蔑ろにせず、この方面ではとことんまでやったのだと納得できるよう、世界で最高の仕立屋（もちろんイギリスの仕立屋）で服を誂えたいと思うまでに至るこの欲求のよってきたるところは、服装の問題が自分の泣き所であったために僕を傷つけただけのことにすぎぬリセの同級生たちのからかいよりもっと根が深い、と考えるほうが正しいだろう。服装の貧弱さや、眼が悪いかのようにたえず眼を細めたり瞬きする癖（前者より一層僕の肉体にかかわる滑稽さ）に対するからかい、母の外見や僕自身の肉体上の外見に対して浴びせられた軽蔑、リセの第一学級の間中、さんざん受けたいじめのなかでも、とりわけこれらに我慢できなかったのは確かだ。こうした特殊な感じやすさ（正確にいえば、「神経がぴりぴりしている」といわれるものにかなり近い）に対し、僕は、僕と自分の体（それ自体、ぎごちのない服装のような感じをいまだに僕に与えつづけている）とのあいだのある種の食い違い以上に深い理由をほかに見出すことができない。他人の目に射すくめられたり、どのような形であれ、こちらを判断し値踏みする人と向かいあうとき、ひどく居心地が悪くなるのはこの食い違いのせいだ。

ごく若いころ、着慣れていないために不恰好に見えるのではないかと心配して、新しい服を下ろすとき決まってひと騒ぎしたり、少し年をとってからは、それとは反対に、着古しすぎた服に恥ずかしい思いをしたり、さらに現在、その日を選んで一張羅を決めこんだと人に思われたくないので、日曜日にわざわざ平日より悪い服を着たりするのは、つまり、服装を通して人が自分をどう見るかが始終悩みの種になるのは、もとはといえば、自分の体にこだわりすぎて傷つきやすくなった結果、また、体を重大視しすぎて、あきらかに目立つその欠陥に屈辱の思いを抱くようになった結果、他人に支配されているという思いにいつもとらわれてしまうからであり、自分に注がれる好意をもたぬ視線がいつも直接の攻撃と思われるからではないだろうか。その辺から僕は、第一学級のときに知ったリセ・ジャンソンのもう一人の生徒、いつもかなりきれいな服を着ていて、その容姿に人目をひくようなところはまったくなかったのに、やはり他人の視線を灼けつく痛みと感じていたらしい生徒のことを思い出す。何の理由もなしに誰彼にくってかかり、なぜ自分の靴を見るんだと激しく問いつめる彼の姿が何度も見られはしなかっただろうか。ただし少年はユダヤ人であり、この事実は、反ユダヤ主義が横行していた(それについてはいささか身におぼえがある。なにしろこの僕が、どうやら名前が原因で軽蔑されて、一時期「ユダ公」扱いされたのだから)ジャンソンでは、彼が気違いじみるほどに怒りっぽくなるに足る理由だった。僕にはそうした理由はなかった。前記のような辱めを受けた時期、いくらか肥りすぎていた体(父の知人がある日、僕のことを話す際、兄たちと区別するため「肥った坊や」と呼んだほどに。それをきいてひどく傷ついたものだ)にただ単にばつの悪い思いをしたため、また、晩やトイレで耽っていたひそかな快楽のせいで、体がふっくらしたり、ぶよぶよしたりするようになったと思いこんで、この体をぎごちないものに感じていたため、僕は、永遠に被告席に立たされてしまったのであり、どうにも我慢できない証拠物件をいたるところ曳きずって歩いているという思いにとらわれてしまったのだった。

リセの第一学級のときに受けたあの一番情容赦のない二つの侮辱の筋書の中では、服装がある意味で象徴の役割を果たしていた。それ自体ある社会的地位の、つまり他の生徒たち全体に対して僕の占めていた位置の目安である富という観点からすると、服装は僕の位置を定めるものであった。母と自分の服装の不恰好さからして、自分の位置があきらかにトップクラスではないのを知って悩んだ。当時は、自分の気持次第で、もっとましな分野で人より卓越しさえすれば埋合せがつくのだということに思い及ばなかったからであり、服装の優雅さ自体は、富の問題であると同様、少なくとも趣味の問題でもあって、要するに、一種の精神上の優雅さの客観的な表れとして以外には意味がないということが分からなかったからでもある。しかし「貧乏なじいさん」扱いされたときの僕の服装は、それとは違うもっとはるかに直接的な意味において、文字どおり「僕が他人に対してさし出した自分自身の正面」、つまり、境界壁であり、接触面であり、遮蔽幕であって、したがってもっと美しいものであるべきだった。そうであったならば、そのとき他人の視線は、出来損ないの鎧の隙間から突き刺さった槍のように、僕の心にまで突き刺さるかわりに、そこで砕け散り、羨望となって霧散していただろうからだ。

数年後、受験準備クラスの授業を受けたパッシーにある悪臭ふんぷんたる予備校、バカロレア学校では、僕の位置は以前よりはいくらかましだった。僕自身がいくらかましになっていたこともあるが、なによりもまわりが汚らしくて、難なく高みから見下ろすことができたからであった。どの階にも漂っていた便所の臭い、癩病に罹っているみたいで、伝染るのではないかと心配になったほどの壁、ないも同然だったとしかいいようのない校庭、安食堂の主人みたいな、下品きわまる、まったくぱっとしない校長、ただ一人しか記憶に残っていないが、ありていにいって、みんな垢まみれだった教師たち、得体の知れない、出自もさまざまな生徒たち。そのなかには一人のルーマニア人（織糸が見えるほど擦り切れた三つ揃いとは不均合いの山高帽をかぶり、まるで顔色の冴えない若すぎる顔とはちぐはぐの、無煙炭みたいな口髭をはやしていた）、キプロス産ワインの臭いをぷんぷんさせ、講義をきくために並んで坐ると、いつも僕の尻を愛撫しようとした赤毛の男、どこにでもいるとるに足りないタイプの数人の劣等生、それに、嘘か本当か知らないが、夜になると屋根裏部屋で耽る、仲間同士のおかま掘りの自慢話を日がな一日していた、死人面の寄宿生の三人組がいた。この精力絶倫に加えて、彼らのうちの二人――兵隊に見せかけるため（戦争の最中だったので）、兵役前の予備教練の団体である「国民軍」の制服を着ていた――は、品数豊富な店々や一般にはとても静かで勿体ぶっているこの界隈にしては驚くほど活気のある群衆を荷台のまわりに集めている八百屋のひしめくパッシー通りの歩道を、カーキ色のキュロットをはき、脚にゲートルを巻いた姿で闊歩しながら、女たちを追いまわしていたのだった。変態ででもないかぎりまずは劣等感を抱かずに済むこうした環境の中で、僕は二人の少年としかつき合わなかった。一人は、ポーランド人の名を持つ、おそらくはユダヤ人だった（醜い反ユダヤ主義の狂態がヨーロッパにひろがり、どの宗教に帰属しているかを基準にして、おお《グロ》よそ《ソ・モド》のところで人を判断するという悲しむべき悪習に、もっとも反抗的な精神すら染まってしまった後年の時代に、僕があとになってから気づいた事実）。とても躾がよく、その静かで感じのいい物腰は、他の多くの級友たちの粗野さ加減に比べると際立った。イエナ広場のかなり快適な彼の家に一度お茶を飲みにいったこと、それから四、五年後にポワソニエール界隈のある店の入口でばったり出会ったことをおぼえている。彼はその界隈で毛皮商になっており、僕のほうは商業に就こうと試みて失敗したあと、化学の勉強をしていたところだった。もう一人の少年はどこにでもいるボヘミアンだったが、前者の少年との交際を大事にしたのとは反対の理由で僕を眩惑した。わけ知りで、服装はだらしなく、女あしらいの上手な人間といった様子をし、シャンソンや芝居の作者だと言い、加わった巡業だの、彼が同輩扱いしたモンマルトルその他の土地の寄席芸人のことだのを話題にした。彼にこのような知合いがいることは、僕に強い印象を与えた。というのも、「歌う鵠」、「赤茶色の月」、「止り木」といったキャバレーを発見したばかりだったからであり、当時は思春期のさなかで、他の多くの高校生同様、下品きわまるきわどい話だの、本当にうんざりするような「うがち」を喜ぶ年ごろということもあって、こうした店に夢中になっていたからだった。高校生にとってこの種のお寒い冗談を解するとは、その面白みが分かるほど精神も言語も鋭敏な人間と他の凡俗どもをわかつ特権と思われるものなのである。

この同じ学校には、他にもう二人、記憶に残っている生徒がいた。あまりつき合わなかったが、というのも彼らが僕より少し年下だったからであり、また、年が違って勉強が同じ段階ではないというだけでなく気が合わなかったからでもあった。家はあまり離れていなかったので、時折は一緒に帰った。僕にはちっとも楽しくなかったが、同行を求めたのは彼らのほうで、かなりしつこい態度を示すことさえあった。僕が他の連中にそうされるように、僕に鼻であしらわれていたからだと思う。実際このころ僕は、カクテルを飲ませてくれるアメリカ式のバーを発見した矢先で、たとえば、飛行士たちと会うことができ、粋な岡場所としてはきわめつきと思われたドヌー街のニューヨークを話題にできることが自慢だった。嘘は好きでも上手でもなかったので、女を鼻にかけたりはせず、自分の生活を実際とは別のものに、つまり自慰の段階は過ぎて、完全に男になったという幻想を与える恋の実践の段階にいると見せかけるようなことは何も言わなかった。しかしカクテルにかけては事情は別だった。たしかに本格的な酒飲みになるには若すぎたけれども、この点では童貞を失っていたし、たとえばポルト＝フリップのクリームのような滑らかさとか、マンハッタンの辛口の澄んだ味わいとか、クローヴを四つ突き刺したひと切れのレモンと一緒に出される、ウィスキー入りの上等なグロッグのぴりっとした旨さなどを講釈することができた。二人のばか者の目に箔のついた人物と映るにはこれで十分だった。彼らは、煙にまこうなどというはっきりした目論見などなしに出まかせに言ったこちらの言葉から、僕が羨むに足る贅沢な生活を送っていると思いこんだ。なにしろ彼らときたら、そういう場所には一度も足を踏み入れたことがなかったし、酒にかけての彼らの一番の冒険は、僕たちが一度一緒にオートゥイユ駅の近く、シュシェ大通りから下がったところに当時あった野外酒場《ガンゲット》でしたように、ただ単にガムシロップ入りの白ワインをやるか、ベルモット＝カシスとかピコン＝グルナディーヌ（僕はゆき当りばったりに列挙している）といったただのフランス風のアペリティフを飲むことだったからだ。

　この二人の少年――おばかさんで、図々しくて、俗っぽいと思っていた――は、その会話で僕をうんざりさせただけでなく、容姿でも不快感を抱かせた。年かさのほうははっきりいって傴僂で、それに加えて耳まで帽子をかぶり、蒼白い顔をして口ににやにや笑いを浮かべ、陰険な、それでいて満足しきった様子をしていた。年下のほうは、年かさよりおしゃべりではなく、むしろ無口であって、大きなへりの垂れたフェルト帽をかぶって陰気な顔をし、足を曳きずり、上半身を少し前かがみにして、影のように年かさのあとをついて歩くのだった。その様子は、低い身長をできるだけ高く見せようと背筋をのばし、肩を大きく揺すりながら歩道をゆるゆる歩き、骨ばった顔一杯に恥知らずのうぬぼれきった表情を浮かべては何でもかでもに目を向ける、傴僂の虚勢を張った様子と対照的だった。近所に住むこの二人の少年にあって一番僕をいらいらさせたのは、年かさのほうの粋なつもりの貧相さと作り物の陽気さであり、それと裏腹の、いつもあとにつき従って、自ら好んで忠実な腹心や三下の役を演じているらしい、年下のほうの鞠躬如たる態度だった。僕をよく思ってくれているらしいことが少しもありがたくなかったし、あまりはっきり角《かど》を立てないで済む場合には、いつもなんとかして彼らをまいたものだった。

バカロレア学校を出たあと――そこには一年、つまりラテン語と現代語で受験できるバカロレア（当時一番やさしいと思われていて、怠け者が好んで受けた部門）を通るだけの期間しかいなかった――、僕は傴僂とその相棒をまったく見失ってしまった。学校を出てからしばらくして、僕にかなり大きな衝撃を与え、この二人とのつき合いがいつも苦痛だったことがその前兆だったと思わせる事件が不意に起きなかったならば、彼らの思い出はたぶん記憶からほとんど消え去っていただろう。ある朝、オートゥイユの二人の少年が、盗みを働くため、真っ昼間、宝石商の店に押し入り、主人をゴムの棍棒で殴って殺害した、と新聞は報じた。当然のことながら「卑劣な」と形容されていたこの犯罪の下手人はフルネームで書かれていて、そこに自分を悩ませたあの二人の名前を認めたのである。

ゴムの棍棒とは不具者のきわめつきの武器だ。もちろん松葉杖や、片脚の人の義足や、運動失調患者ないし跛のためのゴムの輪金のついた杖でもいいわけだ。ポケットに凶器の棍棒を忍ばせ、以前は単なる医療器具だったのに、いまでは悲劇の小道具の威厳を帯びるに至った自分自身の整形外科的部分、義手義足のたぐいに触れ、それを撫でさすっている傴僂の姿を僕は思い描く。ピストルだったら――今日僕はそう思う――、これほど怖ろしくなかっただろう。音をたてない撲殺のかわりに、銃撃の響きがあったら、このドラマには二つの主要な要素が欠けることになったであろう。一つは殺人者の拳と犠牲者の頭蓋とのほとんどじかの接触（棍棒とは物と化した殴打そのもののようではないだろうか）であり、もう一つは致死の道具とその使い手の肉体的特徴とのあの驚くべき一致である。まったく時代遅れの狂暴さを帯びた棍棒に比べるなら、ピストルは文句なしにブルジョワの武器だ。この種の武器（それをさす feu〔元来は火の意〕という隠語は、とりわけその仕掛爆弾的側面に触れている）のなかでもっとも典型的なサンプルの一つ、僕にとってそれを代表しているのは今日でもなお父のピストル、鹿革か灰色のかもしかの革のケースの中にきっちりと入れられ、一家の書類が入っていた書き物机の抽斗の一つか、両親のベッド脇の小卓の中のどちらかに丁寧にしまわれていた、ニッケルめっきの金属製の、口径6／35で弾倉つきのスミス・アンド・ウェッソン銃ではなかろうか。それは家の安全の保証であり、とりわけ父親の象徴であった。それには、彼以外の誰一人として触れる権利がなかった。このピストルについては、若いころのある晩、父が母と帰宅する途中、あやしい素ぶりの放浪者の男女を脅すため、ガス灯の明かりで発射の用意ができているかどうか調べるふりをしたという話をきかされたことがあった。この出来事は、リシャール＝ルノワール大通りで起きたのだが、これは結婚当初二人が住み、母がいつも、辛いか不愉快な思い出しかないかのような口ぶりで話した界隈だった。兄たちと僕の姉になるはずだった少女が幼くして死んだのもそこである。たったひとりで外出したある日のこと、母が近づいてきた強盗殺人犯に抱きつかれてキスされた（義父母の住んでいたパリのその辺がどれほど危険かを示すためよくきかされた思い出話）のもそこである。一度も気に入ったことがなく、そのうえそこにいると、なにかにつけて悲しみが新たになるように思われて、どうにも耐えがたくなったこの界隈を去り、遠く離れた、性質のまったく違う場所を選んでオートゥイユに住みつくようになったのは娘の死がきっかけだったと母はごく最近話してくれた。

少なくとも必要に迫られて犯したとは見えないだけに、一層許しがたいこの犯罪の下手人たちと日常隣合せに暮らしていたことにぞっとしただけでなく、この二人の元級友のことを考えると、なにか居心地の悪いものを感じた。自分の勝手な遊び――ごく限られた贅沢だったとはいえ、彼らが近づくには金がかかりすぎる――を考えもなしに吹聴することで僕は、彼らの心という柔らかくて不透明なパン生地に働きかけ、パン種をまいてそれを貪欲でふくれ上がらせ、犯罪へと駆り立ててしまったのではないだろうか。バカロレア学校のこの二人の元生徒はたぶん性格が弱く、知能が劣っていて、卑俗な欲望に駆られやすく、劣等生で、落ちこぼれで、そのうえ正真正銘いずれは刑務所送りと決まった人間だったのであろう。それでもやはり、僕が彼らの前でいささか自己満足さえまじえて「良家の坊ちゃん」役を演じたことに、また、そうした振舞いが彼らにおのれの暮らしの情けない凡庸さを痛感させ、もっと上流の人間になりたいという灼けつくような欲望をあおったことに変わりはない。おのれの境遇から抜け出すために、この低級きわまる犯罪に見られるような乱暴でばかげた手段に訴えたことは、自分では正常だと信じていたにせよ、たしかに彼らの心の異常さを示していた。とはいえ僕は、ありきたりのアペリティフをちびちび飲むオートゥイユ界隈のカフェに比べると一段格が上の場所に対する好みをその心に植えつけることにより、スノビズムを刺激し、彼らの金銭欲をそそるのにひと役買ったのであり、したがって、彼らの不吉な決心にまったく無関係でなかったことは認めなければならなかった。

新聞はわずか数日間、しかもあまり派手な扱いはせずにこの事件をとり上げたあと、家族が恥じてもみ消したのか、この殺人の周辺の事情に刺激的なものが少しもないので、犯罪欄の記者たちが興味を失ったのか、沈黙した。だから二人の哀れな仲間がその後どうなったかはまったく知らない。未成年者だったから、たぶん少年院へ送られたのであろう。そのあと、少なくとも不具者ではなかった片方はアフリカの囚人部隊行であったろう。その先は神のみぞ知るだ。おそらくまた牢獄であり、そこから出たとしても、彼らの悪い星まわりから想像して再び懲役にやられたにちがいない。年が経つにつれ、あらゆる点で恵まれず不運だった二人の同級生の運命に対し、わざとではないにしても、弁解のしようもない思慮のなさから自分の与えた影響をますます疚しく思うようになったこととも結びついて、最初僕の心を襲った嫌悪感に憐憫の情がとって代わった。今日僕は、傴僂と、その別れられない友人であった影の薄い、あの冴えない男に対し、はっきりと自分に罪があると考えている。それは、ある程度安楽な生活を享受している人間は、何をしようと、貧しい人間に対して有罪とみなさねばならないからでもある。

バカロレア学校で過ごしたただ一年だけのあいだにかいま見た姿のなかで、忘れることができず、できれば彫像や肖像画のような特別の形にして残しておきたいと思っているものがもう一つある。それは、髪を振り乱した、神がかりの人間のようなその容貌のせいであろうが、当時から僕がエドガー・ポーの同族とみなしていた、背が高く、痩せぎすで、髪が褐色の文学の教師の姿だ。後年、『嵐が丘』を読んだとき、僕は彼の顔立ちを通して放浪者のヒースクリフを想像したものだった。服装に無頓着だった彼は、臭い足（はき古して形の変わった大きな短靴をはいていた）といつも手離さぬ葉巻でもって教室に悪臭をまき散らした。ジャンソンのようなリセだったら、やつれた顔立ち、不潔さ、泥灰岩色もしくはオリーヴ色がかったその服のくたびれ加減、彼の人となりの中にあるように思われたロマンティックで、打ちのめされたようなところが、彼をこの世ならぬ存在に仕立てあげたであろう。一方パッシー街の予備校のみじめな環境にあっては、反対に彼は、水を得た魚のようで、気楽そうに見え、良心的で、分かりやすい、教科の範囲を逸脱しない授業をした。しかし時折――自分のしていることは生活の手段でしかないと考えている人間の無関心な態度の陰に情熱をのぞかせつつ――、まともな授業では普通問題にならないか、あまり問題にならない詩人たちのことも話してくれた。僕がリュトブフ〔十三世紀後半のフランスの代表的詩人〕（僕は彼の口述によって、次の有名な二行の詩句を書きとったのをおぼえている。

風がさらいしわが友がり（Ce sont amis que vent emporte）

わが戸の前にはいつも風（Et il ventait devant ma porte）

とテオフィル・ド・ヴィヨー〔一五九〇―一六二六、自由思想家の詩人。猥褻な共著の詩集のため追放の刑を受けた〕（彼はこの詩人の風変わりなオードを引用したが、その中では、人を驚倒させようとする抒情的なたくらみなど少しもなしに、次のような突飛な比較が試みられている。

烏わが前で啼き、（Un corbeau devant moi croasse,）
影、わが眼差しを曇らせる……（Une ombre offusque mes regards...）

これは、フランスにおけるシュルレアリスムの詩の明らかな先駆の一つだ）を知ったのは彼のおかげである。はじめてモーリス・セーヴの話をきいたのもやはり彼からだったと思うが断言はできない。マスクロー――これが先生の名前だった――の文学史の講義についてはあまりはっきりおぼえておらず、いまとなっては思い出すよすがはない。試験に通るとすぐ、とった講義のノートを処分してしまったからだ。けれど彼がその講義――とりわけ抒情詩に関する部分において――をするのを、どれほど大きな関心をもってきいたか、それまで名前さえ知らなかった作者を僕たちに発見させてくれたことをどれほどありがたいと思ったかはおぼえている。慰み半分『ヌーヴェル・リテレール』誌を読んでいて、たまたま彼の死亡記事を見かけたのはすでにもうだいぶ前のことだ。やはりその折のことだったと思うが、僕は彼が『ファウスト』第二部の象徴性を対象とした研究を公にしているのを知った。このことは、文学のあまりにも踏み固められた道の外に僕たちを連れ出そうとした彼について思い描いていたもの、つまり夢幻のような何か、聖職者のスータンやスルプリに冷えた香の臭いがしみついているように彼の服にしみついていた古い葉巻の臭いや、その足の放つ臭いとまじり合った微妙な香気といったものと符節を合するように思われる。

服装にあまり気を遣わない教育者、浮世離れした心の持主、そこらにいくらもいるような落伍者——、これが僕の先生についての、偏見のない第三者の公平な見方だったかもしれない。けれど、彼がそれっきりの人だったとは思いたくないし、そのうえどのような望みを抱いていたかも、今日彼について分かっていることが彼の最初からの意図でなかったかどうかも分からない人間を「落伍者」扱いできるとは思わない。とことんまでの社会的零落とはしばしば一種の使命感の結果ではないだろうか。それに世にいう「成功者」とは、どんな目的をめざそうと、その野心がどうであろうと、どう転んでも凡庸の域を出ない人たちにすぎぬのではないだろうか。

パリの人たちが過ごしたばかりのこの激動の、異常な一週間——パリの町とその郊外が圧政(僕がこの本を書こうと企てたときには、まだはじまった矢先だった)から解放されるに至った一週間——にあっては、十六区その他の場所に住み、小金を持っていたり、「自由業」といわれる職業に就いているところから自分を「成功者」とみなしている連中のしたり顔が、僕にはこれまで以上に下らぬものに見えた。個人の運命と反抗の未来とが一体となっていると誰もが感じていたこれらの日々、叛乱のために立ち上がった地区の熱狂にだけ意味があって、占領軍の残党に対する公然たる戦いの行われている場所から一歩離れるや否や一切が生気を失っているように思われた。

この記憶すべき状況のさなかで目に焼き付いた事柄のうち一番多くのことを思わせた一つは、通りですれ違う人たちの姿が叛乱が成功と分かった瞬間はそれほどではないのに、事態が比較的安全になった瞬間から型にはまった外貌を帯びはじめた様子だった。晴着をきた叛徒、これがいくらか平和になった最初の日曜日、散歩する人たちの群を窓から見ていたときに感じたことだ。かなりの人たちが相変わらず銃を携え、普段の服装にはまだ戻っておらず、過ぎ去ったばかりの叛乱の痕跡を身にとどめていた。しかしそこには、モードあるいは制服となって固定しようとしている、様式化された、なかなか凝ったところがあった。つまり、上衣は着ていないけれども、そのワイシャツはとても清潔で、ズボンにははっきり筋がついており、頭にはあきらかに軍隊につきものの略帽《カロ》をかぶり、加えて、これまで義勇兵がつけていた、民間人そのものの印である三色の腕章を巻いているのだった。彼らが英雄だった特別な一週間ののち、少しずつ型どおりの生活に戻りつつあるこれらの人たちの服にはたしかに感動的なところがあったが、同時にいささかさびしいところもあると思った。彼らの大方がこれから再び日常の仕事に束縛されることになるにしても、戦いの道へと深く踏みこんだ人たちもいる。彼らに関しては、バリケードの英雄時代こそは過去のものとなったとはいえ、安全も、日常への回帰も問題になりえない。けれど、彼らの戦闘的態度が常態への移行をあらわすものであることに変わりはない。彼らとしては、市街戦が革命を直接可能にするかもしれなかった段階で歴史の歯車が止まらなかったのは遺憾だったといえよう。僕は実際勝手なことを言っている。この僕は戦いもせず、あの十六区の職場——人類博物館——にのんべんだらりと居坐りつづけていたのだから。そこは、わが家のあるドーフィヌ通り界隈の燃えるような空気の中に戻ってきてみると、まるで世の中と没交渉の場所と思われたものだった。

サロン・ドートンヌにおけるピカソの展示（彼が団体展に絵を出すのは、パリに住むようになってからはじめてのことだ）、そのオープニングの前日、彼が「銃殺された人たちの党」に入党したと報じる『ユマニテ』紙（自分の芸術が群衆の中に立ちまじるのを彼が承知したのは、共産党員になったせいだと言わんばかりに）、ドイツ軍に銃殺された抗独運動《レジスタンス》の闘士たちを偲んでパリ・コミューン兵士の壁で行われたマニフェスト（僕は十月八日の日曜日、作家委員会の一員としてそれに加わり、行列ではピカソから数歩のところ、モーリス・シュヴァリエからも近いところにいた。墓のあいだに集まっていた群衆は、国民戦線《フロン・ナシオナル》が一員に加えたばかりのスターが自分たちの中にまじっているのを見て大喜びし、拍手や「モーリス万歳」という叫びでシュヴァリエを歓迎した)、親戚たちのパリ到着と彼らのために(反ユダヤ主義の措置によって脅かされていた彼らの動産の置き場所として)僕が借りたグランゾギュスタン河岸五十三番地二のアパルトマン(彼らの来住以来、そのあまりの広さにも心を労することはなくなった)への彼らの引越、ダニエル・カザノヴァ(シレジアで銃殺された女の愛国者で、占領下、何者とも知らずに一月半にわたって家にかくまっていたあいだ、僕に深い印象を与えたある人物の妻)通りの開設、ジャン＝ポール・サルトル(彼の『存在と無』は、この著作の迷宮の中に歩み入り、その問題多い出口へ向かって手探りで進みつづけたあいだ、僕に実に多くのことを考えさせた)、アルベール・カミュ(日刊紙『コンバ』の編集長)、アンドレ・マルロー(現在、東部地方の連隊長)、それに僕自身を含めた他の数人をのちに編集委員会に加えることになるある雑誌の創刊のための準備作業、マテュラン劇場でマックス・ジャコブ(ドランシーの収容所で死んだ。一般的な立場からだけでなく、文学の道へ僕を最初に進ませてくれたのは彼だという因縁からも、彼に対してオマージュを捧げることになっている)のために行われるマチネむけの作品の選択と紹介文の点検、動きはじめた、そして血なまぐさい成上り者である独裁者フランコとやがて縁を切ると予想される共和政スペインの目ざめ、以上が――できるかぎり時間の順序に従って数え上げた――、僕自身と、いま企てているなかで一番さし迫っていると思われる仕事とのあいだに、光を通さぬシャッターのように置かれたさまざまな事実のうちの若干であり、短期あるいは長期の仕事であり、個人的ないし歴史的重要性をもつ出来事である。ところでさし迫った仕事とは、叛乱が起きたときこの本の中に書いていた、そして、何であれ天職のきざしがあらわれぬまま(それどころか、場合によっては窮乏生活に身をさらすというおそれさえあった)、中等教育を終えようとしていた時期を舞台とする思い出にひき続く、すすむべき進路の問題を扱う文章(長いあいだ中断しているままの)の推敲だ。

『職業を選ぶために』——家にこういう題の本があった。具体的な関心を予想して書かれていることの著書の性質は、ここからどんな利益(すなわち、世間ですぐ役に立つたぐいの分別ある選択)をひき出すことができるかを教える文句のあとにくる、「ために」という語の使用によってあからさまに示されていた。その本のベージュ色の布地の装幀や、判型や、ラルース小辞典よりはいくらか薄い厚さや、中流ないし下層の息子や娘たちが進もうと考えている、口に出して恥ずかしくない職業に関する情報を二段組で満載している薄紙のページをいまでも思い浮かべることができる。『職業を選ぶために』——それは、たしかにいつだってやり直しをする手段はあるだろうが、理屈からいって、その後の一生のステップを効率よく上ってゆくことができるか否かがかかっている決断の瀬戸際にあって、両親が軽々しく船出させたくないと思い、望ましい助言を提供したいと考える、若い人々むけのガイドブックだ。

僕の人生の岐路に関していえば、青年としてたまたました熟慮のうえでの(あるいはそう思われた)職業の選択が、その後の人生に何らかの影響があったとは思わない。あったとしても間接的で、そのうえそのような原因と結果の連鎖はまったく予測の外であった。ましてや、『職業を選ぶために』という本がいささかでも僕の助けになったとは思わない。それに僕は、職業の道に進むに際してこの種の助言を必要とする人たちは、かつて『フランスの狩猟家』誌で見たような広告欄を頼って結婚する人たちにいささか似ていると言いたい。この広告欄は、事情通の言を信じるなら、無数の実用品、装飾品の図と説明の入った分厚いカタログの刊行者でもある、サンテチエンヌ武器・自転車製作所の定期刊行物の、もっとも長続きした欄の一つだということだ。

将来にそなえるのにふさわしい年齢に達したとき、僕が選択すべき職業のなかで、あるものは最初から暗黙のうちに対象からはずされた。たとえば初聖体の直後、「上級公教要理教室〔初聖体を受けた子供にひき続いて与えられる宗教教育〕」といわれる公教要理のクラスにいくらか熱心に通っていたとき、教区の助祭の一人が進ませようとした聖職者といった職業がそうだ。ある日告解場から出てきた僕を脇に呼び、そのときひと気のなかった礼拝堂（僕が罪の告解をしたばかりの小部屋の近くにあった、聖母のための礼拝堂だったと思う）で自分のそばに坐らせて、件の助祭——いつも僕の聴罪師だった、ちょっと鰐みたいな顔つきの、赤ら顔の肥っちょ——は、愛情のこもった、確信のある口調で、おおむね次のような一場の話をした。「ミシェル君、私はあなたをよく観察してきました。あなたには天職のしるしがあると思います。私はあなたがとてもよい司祭になると思いますよ。」こんなふうにすすめられ心をくすぐられた。自分を一種選ばれた人間と、少なくとも教会の人間から目をかけられ、評価される少年だと思いこんだためだ。しかしあとになって分かったことだが、その点で僕は世間知らずだった。神父が僕につばをつけようとしたと知れば面白がるにちがいないと考えて、誰かにこの話をしたところ、その相手——筋金入りのキリスト教徒で、そのうえ聖職者の慣行に精通していた——から、僕の霊的指導者は、たぶん布教家としての仕事を良心的に果たそうとしたにすぎず、彼が僕に声をかけたのは、内々で協力を頼みたいと思って話したというには程遠く、普段の宗教的なお勤めにちょっとでも熱意を示した数多くの同輩に同じ話をしたのは十中八九間違いない、と教えられたからである。

いまではある種の罵り言葉を作るための土台くらいにしか思っていない神（Dieu）を〔たとえばBon Dieu（はちくしょうの意）〕、当時は最初の大文字のために人の名前だと思っていて、だから神がそうした名前で呼ばれるに足るだけの、現在の人間に近い何かを僕にとってあらわしていたにしても、毎日、身も心も彼に捧げるなんてことはあまりぞっとしなかった。まったく熱意がないというわけではなかったけれども、時間の大部分を祈りのうちに過ごし、世を捨てた人間であることを衣服にまで示そうとするかのようにスータンを着る人たちの一人になるだけの熱意をもち合わせるには程遠かった。とりわけ修道会に入る人たちには貞潔でなければならない義務があり、それに関連して結婚の禁制があった。肉の快楽がどれほど強烈なものかをすでにかいま見てしまったのに（僕が知った子供っぽい試みを通して）、そのときまでごく不完全な形でしか味わえなかった喜びだけでなく、僕にとって人生のごく当り前の目的と思われたもの、すなわち相思相愛の証であり、自分にはまったく未知の結合形式である結婚までをどうして諦めることができただろうか。

やはり決して進もうと考えなかったもう一つの職業は軍人である。大方の子供たち同様、僕も階級章、勲章、飾り紐、袖章、騎士団の上級勲章、軍服の肋骨文、羽根飾り、縁飾り、要するに制服を飾るすべてのものが好きだった。それに幼いころ、植民地軍の軍曹で、本物の軍人だったプロスペルの高い背丈と軍人らしい顔つきに強い印象を受けてもいた。しかし彼は、一家のなかでただ一人の軍人であるうえ、食前酒《アペロ》と居候根性という弱点があったので（このことは言っておかねばならない）、あまり人を勇気づける模範とはいいがたく、とても僕のお手本にはならなかった。それに再役の軍曹というのもあまりぱっとせず、正確には「キャリア」とはいえない。駅長やデパートの配達人でないとすれば、公園の番人か巡査のたぐいだ。以上のような事情に闘争心の明らかな欠如、あらゆる肉体運動に対する関心の薄さを加えるならば、青年期の僕が、人に告白させ、祭壇でお勤めするのが第一番の仕事である職業より、さらに一層軍職にひかれなかったことが難なく分かってもらえるだろう。

僕の一家には実はもう一人軍人がいたのだが、この人とは面識がなかった。母がたまにしか会わなかったいとこで海軍の将官だった。彼についてはほんのわずかなことしか知らなかった。彼は各航海のはじめに数日間船室に閉じこもり、部下たちの前に姿を見せないとのことだった。船酔いに苦しんでいたからで、これはいくら航海に慣れても、治すことのできなかった彼の泣き所であった。その後、彼のような職業の人にはよく見られることなのだが、東洋かツーロンで薬物の習慣に染まってしまったため、阿片中毒になったときいたように思う。船乗り、しかも将官の位をもつ船乗りとなれば、阿片にあらずしてペルノーの愛好者であり、女中さんたちのドン・ファンであった植民地軍の下士官より親戚としては自慢できる。この母のいとこを知っていたら、ひょっとしたら自分も船乗りになりたいと考えたかもしれない。しかし実際は、僕はあとにしか、すでに賭がなされてしまった——あるいはほとんどなされてしまった——あとにしか、彼に会うことはなかったのだ。それに船乗りという職業はまったく僕の気をそそらなかった。遠方への旅はたしかに試練になって悪くはない。しかしそれは長く続くし、その間中、好きな女から離れていることになる。そのうえ船乗りともなれば、泳ぎを知らねばならない。僕は、体を委ねたり、足と頭を同じ高さにしてその上に横になったり、めまいをおぼえずに体を浮かせたりするほど水という四大を信用していなかったので、いつも水泳には大きな嫌悪を抱いてきた。それに、あのいまいましい船酔いというやつがあった。事情やむなく航海せざるをえなくなって、船酔いしやすい質ではないと気づくまで、僕はそれにおびえ続けてきたのだった。だからのちに僕の人生にある役割を果たすことになる異国の魅惑は、最初のうちは、職業の決定にあたって階級章ほども数のうちには入らなかった。司祭や兵士になりたくなかったのと同様、船乗りになることなど考えもしなかった。旅行するようになったのははるかのち、まわりまわってのことであり、しかもほとんどこわいもの見たさ的な動機からだった。

海軍少将（vice-amiral）の次には海軍准将（contre-amiral）がある（ヴィテル（Vittel）ほど人気のない温泉地コントレグゼヴィル（Contrexéville）のような）。見習士官の階級から出発し——と僕は想像する——、次々と海軍中尉、海軍大尉、海軍大佐になったあと、母のいとこが達したのはこの准将という階級である。兄たちと僕とが、公認された階級名であり、どこかに位置すると思ってはいたものの、正確にどこかはあまりよく知らず、海軍大佐の隣くらいだろうと見当をつけていた次の奇妙な二つの階級を、彼が決して通らなかったのはほぼ確実である。すなわち海軍中佐（capiaine de frégate）（frégate は軍艦鳥という鳥であると同時に、フリゲート艦という船のことであり、水兵結びのタイ（cravates régates））とも、ウルガト浜（plage Houlgate）とも韻が合う）と海軍少佐（capitaine de corvette）（corvette は小さいという点でしか小海老（crevette）に似ていない小舟）だ。彼が決して兵長《キャルティエ＝メートル》（quartier-maître）（トロワ・キャルティエの店で見かけるような、赤いポンポンのついたベレー帽をかぶっている男）のような低い階級にいなかったことも確かだ。海軍が彼にとって、熟慮の末とはいうものの、ブルジョワとして選んだ「キャリア」であったことからも、こうした選択のブルジョワ的性格（なにしろ母同様、この母のいとこもこれが出身階級だったのだから）をもって見るに、海軍兵学校出身であるのはほぼ間違いないことからも、そういえる。

その気になりさえすれば僕が志望することもできた高等教育機関《グラン・ゼコール》のトップには、理工科学校《エコール・ポリテクニック》と中央工芸学校《エコール・サントラル》があった。しかし技師を職業とする見込みは、数学についてのまったくの無能からして最初から問題外だった（この無能についていうなら、僕と同年齢の同じ環境の多くの少年たち同様、その点では、愚かなことに家族からいいことのようにいわれ、文学と科学とでは文学のほうが上等でもあるかのように思いこんで、悦に入っていたものだった）。医者になるのはそれ以上に問題にならなかった。内科も外科もたしかに高貴な仕事だが、医学を勉強するとなると死体を解剖しなければならない。つね日ごろ死体に対して抱いていた恐怖は気をくじくのに十分だった。もう一つの立派な学校には、「リーブル」といわれた政治学研究院《エコール・デ・シアンス・ポリティック》があった。それは、本来のキャリア、キャリアという言葉の定義にうってつけのキャリア（他には何一つキャリアがないかのように）、つまり外交官としてのキャリアをめざす若い人たちの行くところだ。なにか華やかで、ぱっとしたところがあると思ってはいたものの、漠然としか心を惹かれなかったこの道を僕に対して閉ざしたもの、それは親の資力だった。僕が農業技師になれないものかどうか、一時期問題になったことがあった。しかしそうなれば田舎で暮らすことになろうし、たとえどれほど強く自然に惹かれようと、僕は骨の髄から都会人だった。単なる金儲けの手段である商業と、父が一生の重荷と考えていた銀行（死際に彼は、「わしの持っている三十株のリオが足を引っ張るんだ」と呟いたではないか。これは断末魔の彼の口から洩れた数少ないうわ言の一つだった）とは、それらを家名を汚す職業と考えたアンシャン・レジーム期の男同様、僕にとっても——そうした職業を選ぶことに、理屈のうえで何も支障はなかったけれど——場違いだった。もちろんどこかの役所に役人として入る可能性は残っていた。

それについては、両親も僕も最後の手段としてしか考えたことはない。けれど知らず知らずのうちに、実際に僕がなったのは役人である。僕は役所の人間ではないが博物館の人間なのだから、一種の役人といっていいだろう。けれど、僕がついに真の天職と認めるに至ったものと比べるならば、結局のところ、役所で働くことと博物館で働くこととのあいだにはそれほどの違いはない。政府の本体そのものである機関の一つに属そうと、どちらかといえばそのお飾りである文化的組織の一つに属そうと、公文書を書こうと、学術論文を書こうと、閉じこもってのデスクワークの生活である点では変わりはない。そこでは、カレンダーが主人面をして支配している。そこにあるのは、想像力の活用とは反対の目的、そうした活用を無理矢理隅に追いやる実用的な目的での言葉の、いずれも同じ利用であり、人間の自己表現の能力の同じ四角四面の行使である。要するに、言葉の去勢とセットになった飼い馴らされた生活であり、子供新聞の読者にはおなじみの皿運びのプードル犬に変えられてしまったライオンのごときものである。

役人タイプの人間としては、僕の一族では、母のもう一人のいとこがそうだった。血筋はもっと近く、かなりよく会う人だった。内反足のため松葉杖をつかざるをえず、おまけに、生涯のある時期に、禿げた頭に妙な「皮脂嚢腫」を拵えていたけれども、この体の悪いルイは、晴れ晴れとした顔をしていて、扇形にひろがった大きな髭をはやしていた。人づき合いがよく、なにかといっては借金をし、妻と三人の子供とのかつかつの生活も気にかけず――日々の糧は大蔵省のどこかの職によってほぼ保証されていた――、いくらか絵と美術批評をやっていた。彼の作品のいくつか（ほんのちょっとばかり印象主義がかったおとなしい風景画）は、彼が会議をする事務室に年中飾られていて、自分で買ったもの、複製、友人たちからの贈物と隣り合っていたが、そこらにお決まりの緑色の書類箱が置いてあるものだから、役所だということを忘れるわけにはゆかなかった。思想穏健な彼は、教会に行くとき「すてきな神様」とさし向かいでないと気持が集中しないと公言していた。要するに彼は、自分が芸術家だと確信していて、一見お人よしに見えながら、なかなかうぬぼれてもいて、家では彼のことを話すとき大概「先生」と呼んだほどだった。このあだ名は母の兄がつけたもので、冗談が昂じて「画伯」とまで祭り上げることもあった。何もしない性癖や、カフェでぶらぶらする趣味のため、彼は一度命拾いをしたことがあった。彼が家に夕食にやって来たある日のこと、家中がある菓子屋のものであるサン＝トノレ〔小さなシューとカスタードクリームを盛り合わせた菓子〕で中毒にかかり、その晩界隈には数人の死者が出た。僕は免れたが（小さすぎて、食事に加わらなかったので）、兄のピエールはこの中毒のことをいつまでも忘れることができなかった。彼に言わせると、数日間「歯がくたくたになったような」感じがしたという。ルイはたぶん少し下痢した程度で、何の影響も受けなかった。だから両親は、家から出たあと彼がカフェで友人たちと落ちあってふんだんにジョッキを空けたことを知るや、痛飲したビールが下剤の代わりをしたのだと考えた。以上が、大きな蝶結びのネクタイをしているか、つばの広いフェルト帽をかぶっているのが常の、小役人だった母のもう一人のいとこの、身体障害に甘え、怠け放題なまけ、のほほんとした信心を抱いている姿だった。彼というお手本は、役所の面でも、美術の面でも、僕にはまったく参考にならなかった。

こういうわけで、軍人の道も聖職者の道も、サーベルも灌水器もきらいで、船乗り（遠隔地へ行くもう一つの職業たる植民地軍の兵士に劣らず）にも、医者（死体をいじくりまわす人）にも、株屋にも、商人にも、技師にも、畜産業者にも、農業経営者にもなりたくなかったし、「キャリア」の道は閉ざされていると思っていたし、役人は最後の手段とみなしていたし、教授になることはまったく念頭になかったし（なぜだかあまりよく分からない）、そのくせたとえば長兄のように装飾の勉強をしたり、次兄のようにヴァイオリンの名手になるのにいそしんだりするだけの才能は何一つもち合わせていなかったので、とうとう僕は家の人たちとも意見の一致を見て、いつか代訴人か弁護士になるため法律の勉強をすることになった。しかし、最終的に決まったのは違う方面である。いったんバカロレアに通ると、前にいったように少し金を稼ぎたいと思い、最初はロンドンのデパート、ピーター・ロビンソンのパリ買付事務所で、次にはシテ・パラディの代理業者——マックス・ロザンベール（Max Rosenberg）、一九一八年の休戦以後は、もっと人心に適ったフランス風の「Rosembert」という表記に改めた——の店で運だめしをしようとした。この店には、例の母のいとこの海軍将官と姻戚関係にある親戚（正確にいうと彼の兄の義兄。彼の兄は医者で、僕たちとの関係は彼の場合より間遠くなく、時には医学上の見地から相談にのってもらった）が紹介してくれたのだった。ところが、これはうまくゆかなかった。時間をとられるうえ、僕みたいな青くさいスノッブには屈辱的だったからだ（商人の見習として、一番下っ端にさせられたので）。それに、収入もほんのわずかだった。化学の勉強をしていた、当時くっついて歩いていた友人の一人が、応用化学研究所に入れば、講義をきくかたわらで分析の仕事をして外で金を稼ぐことができると言ったので（しかし彼が一体どこでそんな仕事を探すことができたのか、いま考えてみても不思議だ）、僕はこの分野に進む決心をし、化学研究所の入試の、次には一般化学の修了証書のための勉強にかかった。この種の勉強はあまり得意でないうえ（昔、理科には魅力をおぼえたものの、精密科学一般に関してそうだった）、ひどくむずかしいというのではないにしても、かなりまじめに勉強する必要のある試験に対しては呑気すぎ、週日の気晴らしと日曜の自由時間に執着しすぎたので、失敗に失敗を重ねた。けれど知のこの部門で一番僕の関心をひいたのは、近代の概念ではなく、想像力に訴えてくる古い理論であり、流行遅れの学説だった。たとえば、あの有名な燃焼に関する実験のあとでラヴォワジエ〔一七四三―九四、フランスの化学者。燃焼の性質を明らかにし、それまでの燃素説をくつがえした〕が発表した新しい理論より、燃焼する物質である燃素《フロジスティック》の観念のほうがはるかに好きだった。放射能と物質の構造（要するに一切が活動中の微粒子の集合体にすぎないゆえ、何の支障もなくある要素が別の要素に変わるようになっている）についての最近の主張についていえば、それが僕を惹きつけるのは、錬金術とその卑金属の金への変質に関連するかぎりでのことだ。数学がだめだったのに加え、事態を改善するための努力も怠ったので、僕がこの種の科学から得たのは、こうした分野では、本来大きさも量も問題になりえないかのような、質を第一とする物の見方である。

まるまる三年か四年続いたものの、少しも熱心にやらなかったので、これらの勉強はほとんど痕跡を残さなかった。理論的な知識の面では大したことをおぼえていないし、こうした勉強にはつきものの実験室の作業でも、僕の動作は正確にも器用にもならなかった。けれどそれは、客観的には僕の人生に大きな影響を与えた。

兵役の時がきたとき、僕が思いがけないほどの好条件でそれを果たすことができたのは、化学の学生だったおかげである。戦時中だったらあえてしなかったにちがいないことも、平和の時代だったので、僕はそれをするのに何の疚しさもおぼえなかった。つまり最初、兵役猶予を利用したあと、父のある知人のおかげで、のちに砲兵隊の工員隊が編成されたとき、第二十二BOA連隊に統合された第十三砲兵連隊の化学中隊に入ることができた。オーベルヴィリエの要塞（そこでは、古い防毒マスクの回収と、大戦のあとそこに残っていた窒息性毒ガスの備蓄の破棄が行われていた）に数か月滞在したあと、親戚の一人の推薦によってパストゥール研究所に出向を命ぜられ、そこで一般市民の生活を送りながら、原則としては生化学の修了証書のための勉強をして、二年間の兵役を終えた。しかも試験に出頭するのがいやだったので、しまいには、この見せかけだけの兵役も放棄してしまった。この一九二三年という年には、頭が他の考え（詩人になろうという野心）で一杯だったので、数週間かけて試験準備をしなければならないと考えるだけでうんざりだったからだ。

このコネというやつへの依存——当座はごく当り前に思われた事柄——は、時が経つにつれて一種の原罪となった。二十歳のころよりは物が見え、自己判断ができるようになり、僕の得た特権とは自分がブルジョワだという事実に由来するのだということを知ったいま、自分の市民生活——何も加えずに、僕の生活といってもいい——が、出発点の不正のためどれほど歪められてしまったかが分かる。今度の戦争に際し、僕が動員されたのは化学者としてである。パストゥール研究所でカプセル、球形フラスコ、ピペット、試験管その他、陶製やガラス製の器具一式を台なしにしたあげくに手に入れた一片の階級章を利用したため下士官としてである。たしかにベニ＝ウニフ（そこに派遣されたのは化学者たちの分遣隊の一員としてだ）で、自分の能力について訊ねられたとき、片時たりとも相手を欺こうとはしなかった。しかし事はあらかじめ決まっていたのであり、化学の免状所有者でも、専門家でもないと申告した結果、相手は僕をいまさら砲兵にすることもできず（軍事教練をまったく受けていなかったので）、そのうえ、僕はたしかに化学者の範疇には入らないにしても、知識人の、さらには実験室の人間の範疇に属していたため（人類博物館、別名、現在の人間と化石化した人間の民族学実験室への所属ゆえに）、結局は秘書という資格で参謀本部に配属された筆耕者（gratte-papier）となり——運命が僕のために言葉遊びをしようとしたかのように——、ついで、火薬製造担当兵（artificier）——お役所仕事という点では大して変わらない——の役目を果たすよう命ぜられたのである。したがって、二十年以上を閲していた僕のインチキはここでもまかり通ってしまったのであった。

おのれの身分不相応な点について、僕があまりにも長いこと目をつむってきたこのような曖昧さを続けるならば犯すことになる不正について、さらには、たとえそのためにパリに戻らねばならないにしても（パリは南オランよりは作戦地域に一層近かったので、このような見通しについて考えることを少しも恥ずかしいとは思わなかった）、もっと自分の専門にふさわしい仕事に就きたいという希望について、首都にいる博物館の館長に手紙を書くといった程度の努力はした。一方、引き受けた仕事を終えてベニ゠ウニフから戻ってきて、中隊の本部で、どこへ派遣されたいかという質問が主たる書類に中近東地方を選び書きこんだ。こうすれば、エキゾティックな環境で僕に戦争を体験させたがっているらしい運命に対し、少なくとも、いくらかなりと実を示すことができるだろうと考えたからである。しかし、実際には何の結果も生まなかった。そして、ドイツ軍潰走のあとに化学兵として配属されたばかりの、爆薬庫が設けられていたランド地方の松と羊歯の茂る森の中で休戦を迎えた。もっと男らしい解決方法があったはずだ。戦闘訓練は受けていなかったにしても、どこでもいいから戦闘部隊に配属してくれと願い出ればよかったのだ。しかし僕は姑息な手段に甘んじ、言い逃れするのをやめなかった。ただ単に適切で合理的な配属を志望するだけでは、知識人としての、すなわちブルジョワとしての特典を利用することに変わりはなく、それは、牡牛の角を捕えるのを、みなと同じように戦場に行くのを拒否することだったのだから。つまり僕のした化学の勉強はまわりまわって、男としての僕の人生に大きな意味をもったはずの二つの経験、すなわち、きびしい条件が決まりの兵役、ついでこのような苦行の必然の結果である、ワン・オヴ・ゼムとしての僕を藁屑のように運び去ったであろう戦争、という二つの経験を免れさせる結果を生んだ。

僕はこの探究の中で、年代順という方法を適用し、そこにわが創世記を見出そうとするかのように年月の流れに身を置いている。職業のうえでいまある人間にどうして自分がなったのかを知ろうとして、青春期に立ち戻り、当時将来についてどのような計画を抱いていたかを知ろうと努め、そして実は何一つ抱いていなかったことを確認するに至っている。けれど僕は現在、職業としては民族誌学者であり、一方、もっとも執心しているのは作家活動である。目下の僕の生活の一番肝心な部分がこのようにどこにもはっきりした根をもたず、青春期の僕が身を投じたいと思った職業の夢と、漠としたものであろうと、目につく関係を少しも示していないなどということがありうるだろうか。これまでと反対のやり方をすれば——現在から過去へと溯って——、現在の僕と、多少なりともはっきりと表明したかつての欲求とを結びつける継目ないし蝶番を見出す機会に恵まれるかもしれない。これという適性を欠き、なりたい職業についての明確な考えはなかったとはいえ、土台くらいは、僕の人生がまったくの偶然の結果ではないと証明するに足るものくらいは、見出すことができるだろう。

表面だけから見るならば、僕をアフリカ黒人の社会学の専門家にしたのは偶然の事情である。雑誌『ドキュマン』の同僚の一人——アビシニアから戻り、生活費を得るためそこで働いていた民族誌学の専門家〔マルセル・グリオールのこと〕——が、計画中のアフリカ調査団に参加しないかと誘ってくれたのだった。これは、神経的にまいっていて、病的であることが一目瞭然だった状態から抜け出すためには医師の助力に頼らざるをえなかった、要するに空気を変えたいというやむにやまれぬ欲求に駆られていた当時の僕の状況にお誂えむきだった。人類博物館（当時は民族誌博物館）を本拠とするこの調査団に一九三一年から一九三三年まで同行して戻ってきたとき、僕がこの博物館の中に地位を得、実際上自分の職業となったものに必要な免状の取得に努めたのはごく自然のことである。けれど僕は、こうしたことすべてにおいて、ただただめぐり合せに翻弄されていただけだったのだろうか。一切を吟味して僕は否と答える。チャンスが目の前にあらわれ、それを利用したのだが、このチャンスの到来は、僕の心の奥にあるもの、つまり自分の世界と縁を切りたいという積年の欲求をみたすのに時宜を得ていた。この欲求は解放の試みであり、詩は数年のあいだ僕にとってそのためのとりわけすぐれた武器となっていたけれど、いまや残念ながら寸足らずと思えていたのだった。その後――僕が現在達しているのはまさにこの段階だ――、このような詩に対する嘲弄の念を繰り返し反芻したあと、文学に戻ることになる。つまり民族誌学は結果として僕を役人に仕立てあげたにすぎず、客観性と忍耐を要求するその科学としての性格は結局僕の期待（西欧のものとは違った規準によって生きている人々との接触を通して、自分の論理の骨組を叩き壊すこと）と背馳するものであり、旅は僕の想像（孤独な脱出）とは異なって、場所を変えることによっていまある自分とは別の人間になる方法であるどころか、一向に変わりばえしない自分の後ろにその不安とナルシシスムと偏執とを曳きずりながらの――それらは、比較的ひとりになることが多いため、消えるよりも強まって――、空間の単なる移動にすぎないのである。それに年月が経ち、老年と死が近づいてくると感じるにつれ、また、人や物をこれまで以上に大事に思うようになるにつれ、もう出かけたくないという気持が僕をとらえるようになった。誰を、何を大事に思うというのだろうか。それは言いたくない。遠慮から、羞恥から、さらには世間体からでもある。この世間体というやつは、僕が書いたり口にしたりする告白のなかで一番論議を呼ぶものよりもむしろ、僕をごくありきたりの人間に見せる告白、換言すれば、僕がその凡俗さを屈辱と思うところから、あるいは、この凡俗さが僕の白状するどんな特徴にもまして自分の私生活そのものを示すところから、ひた隠しにしたいと思う自分の姿を人目にさらすたぐいの告白を封じてしまうのである。

一時、芸術関係の定期刊行物の編集スタッフであったことの間接的結果――、僕が現在、表向き収入を得ている仕事はこうしたものに見える。けれど、僕の存在理由ではないにしても社会的理由であり、名刺の白い長方形の中に書きこむことのできる肩書となったこのもう一つの仕事に就いたのは、形而下的な原因と結果の連鎖以外に、作家としてのありようの自然の結果でもある。つまり人生のある時期に、ロマン主義的な夢想に駆られ、エキゾティックなものを求める激しい欲望に身を委ねたあげく、途方もない期待を抱いて、長い、困難とみなされている旅を企てたとするなら、それは内的発展の結果なのであり、さまざまな文化上の要素も関係しているはずである。すなわち、「原始心性〔フランスの社会学者レヴィ＝ブリュル（一八五七―一九三九）の代表的著作の題名でもある〕」に対する好奇心を呼びさましたレヴィ＝ブリュルの読書とか、黒人芸術に対する関心（古典芸術に対する嫌悪から、反対に子供の絵や、民衆芸術や、狂人たちの芸術に向かった同世代の多くの人々と同様の）とか、ランボーの詩、およびそれより一層、彼がキプロス島の石切場やエチオピアの蛮境で手に入れた沈黙の後光に飾られているその人間に対する感嘆とかだ。このあと知る必要があるのは、天職をもたなかったこの僕が、ある日どのようにして自分を作家だと思うようになったのか、自分で選んだというより、この活動のほうが僕を選ぶに至った道筋はどのようなものだったのかである。なにしろ万事がそこから派生しているのだから。

僕が言葉に関する事柄をいつもきわめて重視してきたことは、この本の書き方そのものから分かると思う。意識するかしないは別として、僕は、重要な真理とまるで突飛な格言とが隣り合っている書物のようなものとして、言葉の世界に関心をもち、早くからこの世界と契約を結んできた。徐々に生じてきた文学的な事柄との親炙のもっとも古い徴候を探すとすれば、考慮しなければならないのは、読書――言葉に対するほどそれに熱中したことは一度もない――好きということより、言葉そのものへのこの漠たる牽引だと思う。僕たちの心の営み全体を支配する言葉の広汎な働きを考えるとき、この種の親炙がなぜこれほど遅くなってあらわれたかが分かる。ある特定の活動に対する素質を発見するのは比較的容易であるのに対し、言葉のような普遍的な事柄が問題になると、診断はそれほど容易ではない。読んだり、書いたりするのが好きだと思えば、人はすすんで作家を自分の天職と認めるであろう。しかしむき出しで、まるでとっかかりのない言葉が相手となると、自分の天職が皆目分からなくなるのはまず間違いない。これが僕の場合だった。僕が文学へと向かい、ずっとあとになって自分にはこれしかできないと悟ったのは（長い時間が経ち、さまざまな回り道をしたあげくにやっと分かったこと）、まさしく手探りによってであり、他のやれるかもしれない活動を次々と消去することによってであった（要するに一連の否定によって）。

言語体験の分野でおぼえている前記のようなたくさんの思い出のほかに、文学的創造の芽生えを見てとることのできる若干の事実――熟慮のうえのものと、より古いもっととりとめのないものとがある――を、僕は記憶の中から難なく探し出すことができる。

青年期の終わり、幼少年期が少なくとも外見は跡形もなく消え去って、分別ざかりに達した時期に、僕は、とりわけ内心の強い欲求に駆られて、数篇の短い詩を書いた。稚拙なうえに息切を感じさせ、そのうえ感情の迸りに駆られて書いたくせに、ごくありきたりの審美主義に毒された下らぬ代物である。真の心の叫び、心のはるかな深みから迸り出るものに到達するには、ある種の技術（扱う素材を純化させ、増殖させるためのレトルト）を必要とするのは確かだ。僕は、マンハッタンの商業地区の賑わいをたたえたホイットマンの詩――ある英語の本の中でみつけたもの――の翻訳と、二、三篇の散文もおぼえている。そのなかには、ヴィクトル・ユゴーについてのきびしい批評がある。当時、僕は長兄から影響を受けて、彼よりルコント・ド・リールと、十二音綴《アレクサンドラン》で表現されたそのペシミズムのほうを好んでいたのだった。僕は今日、彼の彫像の、ひとしなみに光沢を帯びた頭蓋（毛は少し残っているけれども禿げた）と無髭の顔を見ると、そこにそれとそっくり同じものがあらわれているように思う。

まだまったくの子供で、大きいほうの用を足すためもう一人の兄と一緒に毎晩トイレに行っていたころ、僕たちが始終語りあったお話もある。これは、僕たちが交互に考え出した、動物を主人公とする一種の連続ドラマだった。僕たちが共犯者意識を一番感じたのはこの場所で、二人は山賊の住み処か秘密結社の洞窟ででもあるかのようにそこで落ちあうのだった。兄は上級の秘儀伝授者さながら大きな便座に、年下の僕は新加入者の丸椅子の役目を果たすありきたりのおまるに坐り、旧式のバルブで閉まる円い穴から地下の精霊が通ってくると思ってでもいるかのように、二人とも霊感を受けた人間のポーズをとりながら、性の分野の心から離れぬさまざまな謎に対する答えを飽くことなく探し求める一方、毎晩語り継がれ、時にはノートに清書されることもある、文字どおり僕たちの想像世界の糧である一つの神話体系を際限もなく飾り立てたのだった。戦闘や、スポーツ競技や、推理小説風の筋立ての中に巻きこまれた動物の兵士や、ジョッキーや、民間ないし軍の飛行士たち。クーデタを含む謎の政治的陰謀。理想的な政府を確立するはずの憲法の草案。大概は幸福な結婚とたくさんの子供の誕生となって終わるが、最後が夫婦生き別れになることもないではない、貧窮のどん底から生まれた恋物語。兵器や、地下廊や、揚戸や、罠（時には、草で隠しただの穴からできていて、その壁面に、落ちた人間をこま切れにしたり、串刺しにしたりするために鋭い刃が並んでいたり、底にとがった杭が林立していることもある）の考案。それぞれの戦いが終わったあとには、たとえば王党派の猫と共和派の犬といったような、敵対する両軍双方に関して、捕虜、負傷者、死者の正確な数を含む詳細な統計。こうした一切は、物語、絵、地図、見取図、さらに要点一覧表や系図も忘れることなく、僕たちのノートにちゃんと書きこまれるのだった。

陰謀をたくらむみたいにしてトイレの中で作り出したこの一種の叙事詩に関していえば、僕たちはただ空想を楽しんだだけで、文学作品を作ろうなどとは露ほども考えなかった。先ほど言及した、僕の知っていたヴェルレーヌとボードレールのわずかな作品の真似といっていい詩のほうはもっと野心的なものだった。けれどこれらの作品の中にさえ、思春期の人たちが大概一度はやってみるあのとるに足らぬ試み、彼らを悩ませはじめている肉欲や恋の思いの言葉による発散以外のものを見ることができるとは思わない。だから僕はこの種の試みを、現在とは直接何の関係もないあの古道具やがらくた、つまり、かつては意味があったけれどもいまでは「記念品」という以外にまるで意味がなく、ただ火中に投じるのは過去を蔑ろにすることだと信じて人々が抽斗の中にしまっておく、あのばかげた、時代遅れの品物と同然のものとしかみなすことができない。

こういう次第で、文化人としての僕の今日の生活を説明するに足る前触れを過去に立ち戻って探し集めてみても、それらはまるで証拠としての価値をもたず、どのようなものであれ、結論を下すための根拠とするにはあまりにも没個性的であり、とりとめがなさすぎる。しかし僕に手がかりを与える一つの要素がある。ごく世俗的なものも含め、ほんのささやかな特徴すら示すことのなかった、僕の天職の否定的面（もっと正確にいえば、天職の欠如の面）である。自分に残された唯一の活路であり、自分の時間（それを金目当てのために働く時間の中からできるかぎり掠めとろうとしてみたものの、それを下らぬ遊びに浪費するだけではやはり満足できなかった）の唯一の使用法である文学は、他のすべてを否定したあと、実際に僕にとって、いつまでも打ちこむに価する唯一の目的となったらしい。

選択しさえすれば就くことができたにちがいないさまざまな職業を拒否し、別に本気になってやろうと思ったわけではないけれども、そのなかの一つ(「キャリア」という華やかな肩書を独占している職業)にはあらかじめ拒否された結果、おおっぴらに文学を生きる理由にしようという考えがとうとう僕にとり憑いたわけだが、これはこのように、僕の意志が部分的にしか関係しなかった、拒否したり拒否されたりのあげくの果てのことであった。あるときは偶然に、あるときは気まぐれにみちびかれての、自分で選んだというより受身の帰結といっていい、自分を作家とみなすという事実——それにむいていることを運命として甘受することであり、自分が役立たずでしかない分野から喜んで身を引くことでもある——は疑いようのない欲求の肯定である一方、世間体からいっても、僕の内心の観点からいっても気に入らないものにそっぽを向くということでもあった。自分の書く物がいささか体《てい》をなすようになったとき、その中でとりわけ、論理的な構造を無化したいという欲求、また、物理的法則に異を立てることによってこの世界の重みから自分を解放したいという強い欲求を示した(まるで自分の肉体的条件から逃れたいと大いにこだわり、衣服によってひき立てることに汲々としてはきたものの、長年にわたって折合いの悪かった自分の肉体を否定したいと思ってでもいるかのように)。同様に僕にとって詩とは、その社会的意味合いにおいては、自分を欄外に置き、自分の位置を他の位置の中の一つとして直接決めてしまうようなものから逃れ、一般の職業の鬱陶しい枠組を無効にし、かてて加えて、階級の仕切をとり払い、自分をその外側に、さらにはその上に置くことによって、階級を白紙状態に還元させる方法と思われた。こんなふうに考えたのはおそらく、生まれからも財産からも、自分が最高の階級に属していないことを忘れたいがためであっただろう。(これと同様、貧しい階層の人々にとっては、スポーツ、犯罪、売淫が、めくるめくような上昇をなしとげ、神や英雄の位に達する手段になることがある。僕だって、もし自分が美貌で金持の少年で、偉大なスポーツマンや、艶福家や、華やかな社交界の人間に手が届くと思ったならば、自分を並はずれた存在にするためには、文学などやらず、こうしたカードのうちのどれかに賭けたのではないだろうか。）
それゆえ詩は僕にとって、精神的な面でも、社会生活の面でも、逸脱であった。それは、距離をおくことであり、規範からの脱走だったからである（旅もある時期、このようなものと思われた）。永遠に他から切り離された人間、これが、詩人であろうとしたとき、自分について作り上げたいと思ったイメージであり、また、到達できない目標でもあるかのようにピラミッドをみつめ、その僕を女の眼がみつめていて、二つの視線の出合う可能性はまったくないといったデッサンを描いたとき、自分に与えようとした姿でもあった。

　自分を切り離すこと。自分を抽象化すること。自分ひとりを自然の理法の埒外に置くこと。徒刑囚が一生身につける番号札のような、あまりご立派すぎる職業には一切就かないこと。幼年期の自由に立ち戻るために、時間の流れを断ち切ること。これは、旅行や、家を離れて過ごすヴァカンスその他、いつに変わらぬ単調な日常の時間の持続の中に挿入された括弧つきの時間が時折大人にも味わわせてくれる感情であり、とりわけ、のらくら暮らす（しなければならない緊急の用事にせき立てられることなく）だけでいい現在と、目の前にどこまでもひろがっている未来とを見て、当時僕たちが抱いた、無限の時間を自由にできるという印象に結びついた感情である。最初「日曜作家」になろうと思っていた僕（何らかの職業に就き、その余暇に書いて）、そして実際に現在は「日曜作家」になっている僕（ともかく給料の入る仕事をひき受けねばならなかったからであり、自分にとって大事な仕事をするには、日曜、祭日、その他の自由にできる時間を当てにせねばならないからである）、その僕が書くこと以外はするまいと決意したとき、一番重大な障害と思われたことの一つ、つまり一日が働く時間と自由な時間に分断されている事実と衝突するに至った。二足す二が四（会計係にはお誂えむきの）からも、時計の専制からも解放された国へみちびいてくれることを詩に対して期待し、詩人を一種の大天使（僕と同じ名前の大天使、聖ミカエルの思い出？）とみなしていたので、詩に時間の一部しか割くことができず、時間を出し惜しまねばならないとすれば、これほどばかげたことはないはずだ。なにしろ詩に専心するに至ったもっとも明確な理由の一つは、それが時間の範疇から僕を解放してくれる（想像のうえで）ことだったのだから。詩に対してすべてを要求したときから、値切ることは僕にとって問題になりえなかった。生活全体の変貌を期待していた一つの技術の実践と、規則に制約された生活とは両立不可能だった。

けれど現在、こうした規則に制約された生活をしているのは事実だ。仕事の鬼になることもなく、自分の時間の大半を給料をもらっている職業に当てている。僕が書くのは一般に晩（外出したり、人と会ったりする必要のないかぎり）か、日曜（僕が長いことあれほど嫌っていた日）か、ヴァカンスのあいだだ。僕が書くという行為に、なにか聖なるものを、すなわち、一日のいつ、いかなる時間にやってくるかは分からない至上命令を見ていた時代はもうはるか昔のことだ。その至上命令のためには、たえず自分を空けておかねばならず、精神をその予言的役割から逸らせたり、言いあらわす行為そのものに真実が宿っているゆえ、他に何の保証も必要としない純粋な言葉と化することから精神を妨げるたぐいのいかなる仕事も引き受けてはならないのであった。

僕は、逃れようとしたありきたりのわだちにはまりこみ、とうとう諦めて、副業と呼ばれているものに就いた。最初は、結婚して、最低限の生活費を得なければならなくなった結果、書店の販売代理人に、次に定期刊行物『ドキュマン』ともう一つの美術雑誌の編集者に、ついで冒険家（今日、アフリカに関して、笑わずにこのような言葉を使うことができるとして）に、そして現在は博物館員に。生来の怠け癖に毎日抵抗しなければならないこのような生活がますます重荷になってきている。僕には散文による自伝を唯一の表現手段とする傾きがあって、もはやほとんど詩も、想像の物語も書いていない。この相対的な不毛の原因を、僕のしているあまりにも秩序が勝った生活に、もうすべての時間を自分のためにとっておけなくなった事実（これは、詩に関しては、まったく時間がなくなったということに帰着しかねない）に帰すべきなのかどうか、それともむしろ、詩的感興がほとんど涸れ、詩に対する僕の信仰が衰えたからなのか、現在の職に落ち着くと同時に、文学をなかば科学的に行う習慣を身につけてしまったからなのかどうかは分からない。なにはともあれ、家計のことは別にしても、僕はもはやこのような職業なしでいることができなくなってしまった。つまり穴ふさぎであって、それは僕の日々を灰色にしてはいるものの、一方で日々がまったくの空虚に陥るのを妨げており、たとえ創造の見地からしていくら利益があろうと、そこからどのような不吉で、苦悩にみちた反芻が生まれてくるかをよく知っているので、恐怖を抱かずして考えることのできない無為から、日々を遠ざけてくれてもいるのである。いくらか強いられたものであるにせよ、少なくとも支えとなっているこの規則正しい仕事がなかったならば、僕は死の観念から身を守るいかなる防壁ももたず、永遠の日曜日を生きることになるだろう、まるで、自由で、自分の時間を手前勝手に使えるという事実、一日がぽっかり空いて、ふさがっていないという事実が、あの「白紙委任状」そのものの感じを与えて、僕を虚無のめまいに引き渡すかのように。それほどいまの自分は、子供のころの楽園から、その呑気さから遠いところにいるのだ。

僕は時間の流れを溯った。そして学期の終わりに生徒たちがやるように、自分自身の参考までに、要点をまとめてみた。それから、たとえば、たしかにエムス電報という小事件（ビスマルクの表現に従うなら、「ゴロワの牛の前で振られた赤い布」）が直接の引金にはなっているものの、もっと深い原因を探す必要のあった一八七〇年の戦争に関し、人々がさまざまな段階の原因を認めるに至ったのと同じようにして、重要度を比較しながら諸原因を探った。僕は、偶然だけにみちびかれて従事するようになったとは考えていない仕事によって作られた、いまある自分にどうしてなったのかを、なんとか見出そうと努めた。旅行および未開といわれる住民についての研究に対しておぼえた魅力を、僕は文学に、少なくとも、自分の地平をひろげたいという、あるとき感じた欲求に結びつけた。書くことに対する関心そのものについていえば、僕はそれが、自然と人間に関するすべての法則が廃止される世界、社会階級との結び目と同時に、戸籍、すなわち勝手に生み落とされ、こき使われ、葬り去られる人類すべての書記——さもなければ死刑執行人——たる戸籍が人の首に巻きつける、入念に綯った縄もまた切り落とされる世界を作り出すことによって、自分から逃れ、自分を射程距離の外に置くことが究極の目的であるかのような、ある種の否認の欲求からきているものと考えた。手短にいえば僕は、どのような涸渇もしくは放棄の結果——まるで詩（あるいは僕がそうだと思っているもの）が、そのお手のもののあの否のおかげで、少しずつ蚕蝕されてしまったかのようだ——、自分について描くイメージの中にいくらかしっかりした足がかりを見出したいと熱望しながらも、書くとなれば結局は自分を火あぶりにすることにしかならない事態に立ち至ってしまったかを示した。その途中で、プチ・ブルジョワの凡庸さとは一見無縁な境遇を僕に選ばせた社会的偏見に加え、物理的法則を、したがって死を免れないことが許せなかったゆえ、肉体——あまつさえ、そのおかげで僕は冴えない役割を振られてしまった——を持っているという事実に対して感じた幻滅の重要性にも触れた。

自分（衰え、消え去るものと決まっている）一個のことだけでなく、他人（まもなく僕の衰亡の目撃者となるであろう）の目という点からも、時間と老化についての強迫観念に苛まれていた僕は、時が経つにつれて人が失うものに対する予防手段を、最初は、この世界を有効とみなすことへの短絡的な拒否の中に、次には、努めて輝かしいものにしたいと願う知的活動によって、年とともに訪れる抗しえない衰え、とりわけ人間生活においてもっとも貴重で、しかも一番早く脅かされる宝である性の衰えを補おうとする計画の中に見出そうとした。僕をみちびくものが結局のところ衰えに対するこの恐怖であるとするなら、自身の彫像の建立が僕の文学上の試みの意識した目的（そのうえここでは公然のものとなっている）となったところで驚くことがあるだろうか。人がしなびてゆくにつれ、防衛は一層緊急のものとなる。そして一番直接の手段は美しい衣服で身を装うことだ。

僕が文学の中に見出している慰め——文学にどのような疑いを抱いていようと——はしたがって、老年には埋合せが必要だとする万人共通の考えと根本のところでは一致する。当事者が自身で味わうか、子孫に味わわせる物質的満足感の増大、これが大方の意見に従うなら、普通の生活の行きつく頂点だ。少なくとも重きをなすだけの——栄光とまではいわないにしても——、そしていったん死んだあと、完全な忘却に沈まないだけの可能性を与えてくれる精神的な資本の蓄積、これが僕が自身の老年の目的とみなしている弥縫策だ。老年の苦しみを最小限のものにしてくれるある程度の富（大ブルジョワの最期と病院側が早く死んでもらいたいと思っている人間の最期とは雲泥の差だ）を衰えゆく日々にあたって持ちたいという考えをもちろん否定しない。しかし僕の本来の望みは、名声に関してと同様、そこにはない。金持や重要人物に見えることが皺同様、老年のしるしでもあるかのように、金満家ぶった様子には怖じ気をふるう。

したがって僕が立てようとしているこの彫像（女の視線とピラミッドの稜とのあいだに位置する自分の断片的な姿をスケッチした時期にはその下図しか描いていなかった）は、ただ単に自分の手腕の証拠を他人に見せるためのものでもないし、外側から僕を見ている人たちの目に一番見栄えのする自分の姿を示すためのものでもない。墓かなにかに飾る肖像代わりとして作ることなど、それ以上に問題にならない。この像（たぶん、グレヴァン蠟人形博物館にさえむかない滑稽な偶像にすぎないだろう）を作るのに執着するのは、こうすることで自分自身をもいくらか作り上げるからであり、それだけ自分を強固なものにするからである。ここで僕は言葉に、それにそなわっていると思う探知する力、人を昂揚させる力に、意識化の、したがって自己に働きかけ、自分を作り上げる道具としての文字の使用に立ち戻る。

この章——僕の頑固な自己鍛造の試みのいささか退屈な局面——を書きはじめて以来、かなりたくさんの出来事が起きた。いくつかは公的性格のものであり、他はまったく私的なたぐいのものだ。連合軍の上陸とパリ解放については記した（最初の日々の昂奮がいったん収まると、解放は、多くの人々と同様、再びとり戻された自由を前にして、僕をかなり途方に暮れさせた。占領下では、敵が目の前にいてその脅威がはっきりしていたので、善悪の区別が容易であったと同時に、直接の問題しか考える余地がなかったのに対し、すべての問題が再び課されることになる）。しかし僕のした二度目のアフリカ旅行（コートディヴォワールとゴールドコースト）についても、ごく身近に起きた近親者の死、グランゾギュスタン河岸のアパルトマンのあまりにも広すぎるスペースをもう嘆かないでも済むと皮肉まじりに記したことを悔やむに至った死〔画商カーンワイラーの妻であり、レリス夫人の母であるリュシーの死〕についても書いていない。したばかりの旅行のあいだ、その姿をまざまざと思い浮かべたカミュとマルロー（前者に関してはその故郷アルジェに寄港した際に、後者に関しては、僕たちの多くにとってと同様、彼にとっても特別の土地であるあのスペインの沿岸を飛行機で飛んでいたときに）は、もはや雑誌『タン・モデルヌ』の編集委員会には属していない。それは、彼らにとって、あまりに多くの時間を割くことになるからであり、時間は浪費できるものではないからである。ドイツ人がまだパリにいた時期の一斉手入れの際、「マルティニックのラム酒カフェ」に一緒にいて、ともに捕えられたハディジャという名のモーリタニア女性の行方を僕は見失ってしまった。最後につけ加えると、最近、『リチャード三世』において、シェイクスピアを演じることができるのはイギリス人だけだと言わんばかりの演技を見せた

(様式化された演技にも、自然主義的な演技にも頼ることなく、役になりきることによって、そしてアクセント同様、まずは真似のできない曰く言いがたいユーモアによって)俳優のローレンス・オリヴィエに拍手を送った。映画『嵐が丘』のヒースクリフ役の彼が、キャサリン役のマール・オベロンとうつっている写真を愛蔵していたものだ。つまり、この章を書いている途中、入りこんできた時代の流れの中で、僕は万事につけたえず先を越されているかのようであり、僕のペンは逃れ去るアクチュアリティを追いかけようとして果たせないかのようだ。こうした失敗の原因は、早く書きたいと思いながらも、山を動かしてでもいるかのように苦心するこのペンの遅滞にある。

考えてみるに、心の中に起きていることを報告するにせよ、思い出を呼び起こすにせよ、空間も時間も消え去る世界に逃れるにせよ、自分の影像を刻むことで一種揺るぎないもの――もしくは不死――を得ようとするにせよ(たえずやり直さなければならない正真正銘のシシュポスの仕事)、書くときに僕が標的とするのはとりわけ時間そのものらしい。僕の生活それ自体の時間であれ、カレンダーの時間(日曜と祭日によって区切られた)であれ、歴史のフレスコ画であれ、僕の私生活の画廊であれ、ひと悶着起こす相手は決まって時間なのだ。それは僕が死の恐怖に押しつぶされているからであり、万人同様、自分たちの上にも時間による荒廃が及ぶにもかかわらず、世界は進歩の法則に従っていると、言いかえれば、時間が経つにつれて世界は改善され、学年中の生徒みたいに「進歩する」と信じる人たちが考えるような、都合のいい面から時間を考慮することができないからでもある。(けれど、時代が楽観論にむいていないので、このような信仰は当然だんだんと流行らなくなるにちがいない。)

「degré」、「Barèges」、「liège」は目下、進歩(progrès)を話題にするとき、僕が自分の前にひろげるカードだ。「degré」はといえば、進歩の観念――つまり順調に前進し、上昇するという観念――は、当然段階（échelon）とか、degré（百分目盛の度、時には位階そのもの、稀に階段の段を意味する）といった観念を含むからだ。「Barèges」はといえば、バレージュの温泉〔ピレネー山脈の中央にある〕のためだ。その硫黄の臭いは、僕にとって二番目の半階音を通して progrès という語にしみついているのであり、そしてまた、温泉の中には温度を知ることができるようにいつも温度計があるからだ。このことは、別の道を通って人を degré の観念に連れ戻す。「liège」はといえば、「Barèges」が漠としたこだまのようにそれを呼び寄せたからであり、温泉の表面には温度計が浮いていて、その浮く部分は、小さいころに連れてゆかれた施設の浴槽では、コルク（liège）でできていた（それが底の栓でなければ）ように思われるからである。こういうわけで、進歩は浴室の、皮膚を和らげるような空気の中で行われるのであり、それは腐った卵の臭いがし、家の前の階段の、あるいは歩道のへりの砂岩（grès）よりは、栓だけでなく、救助ベルトや、植民地人には欠かせない保護ヘルメットの材料にもなるコルクに似ることになるのだ。

お利口さんで、安心な多くの言葉（ノネット（nonnette）と呼ばれる香料入りのパン同様、いくらかおめでたい（benêt）感じのする「正直な（honnête）」とか、場違いなその最初の部分からして「悪臭を放つ（puer）」の派生語ではないかと思わせる「慎み深さ（pudeur）」とか。このことは、「純粋さ（pureté）」とか「大衆（public）」には当てはまらないが、「思春期（puberté）」にはどうやら当てはまる）と同様、僕にとって「progrès」は、それがあらわしている観念をうさんくさく思わせる言葉のうちに入る。あるいはその逆で、こうした言葉が耳に入るとき、それに感じの悪い響きを添えるのはこの観念のほうかもしれない。

その死に先立つ数か月のあいだ父が苦しんだようには苦しまないで済むと期待させる――医学的、外科的技術の絶えざる改良からして――もの、これがある期間、僕が「progrès」という言葉に与えていた具体的な意味であり、僕の頭の中にある個人的な辞書（言葉を話す者なら誰にでも頭の中にあるような）をひもとくことのできる人がいたら読みとるだろう意味だ。もっと広くいって、両親の生活よりも僕の生活を一層幸福にしてくれたもの、これが、「progrès」という言葉にこめていた意味内容だった。といって、そのことに留意さえしていなかったので、たしかにこの言葉の中に自分を超える何かを見てとってはいたものの、はっきりした形でそれについて考えるとき、ごくごく狭い、個人的な考えから出ることはほとんどなかったのである。

読者に気に入られたいという気持に負けてのことであろうが（あるいは、率直な感じを与え、かえって若く見られることもあるところから、年齢をわざとあけすけに言うといったたぐいの告白のテクニックについ誘われて）、僕は自分が進歩に対して、自己中心的な考えを抱いていたことを強調している。この種のエゴイズムの開陳に対して抱く偽悪的な快感なのか、自分を悪く言う羽目になろうとも自分の話をすることにおぼえる快楽なのか、自分が標的になりかねない批判の先まわりをしてみせるいじましい満足感なのか、それとも明晰な自己究明を行ういささか苦い喜びなのか、何とも言いようのない複雑な気持を抱きながらも、僕はここで、進歩というこれほど普遍的な観念が、人生に対して期待することのできる幸福の総量に関しての日ごろの懸念という小さな戸口ないし忍び階段から、自分の中に入りこんできたことを確認しておく。

しかしこれでは一体、進歩への信仰が、力を失った宗教の代わりをしている人たちとどこがどう違うというのだろうか。義務教育による知識のゆるやかな普及と、「発明」のすばらしい蓄積の絶え間ない増大のおかげで、生活状態がなかば自動的に改善されるといった能天気な期待は、進歩という観念を生活の安楽という形で考えた僕の期待の場合同様、無気力に過ぎるのではないだろうか。この観念は、可能性をあらわす場合にかぎり、つまり、人類全体が進んでゆくことになる、好ましい、すっかり用意されている軌道ではなく、努力して向かうべき方向がある、ということを単に示す場合にかぎり、はじめて高貴なものになるというのに。

現在の事態を考えるとき、また、科学の発明が人間（その意図の純粋さは期待できないとしても、ともかく理性的な動物）の産業によって適切に利用された結果、おのずからすべては改良されるという盲目的な信仰がここ数年どのようなひどい打撃を受けたかを考えるとき、僕は、なんとしてでも進まねばならない茨の道という観念のほか、分別ある人間が進歩に対してどのような観念を抱きうるのか分からない。僕がどのような活動にも適性を見出せなかったのに劣らず、人間には、もし本気になって何らかの進歩を実現したいと思うなら引き受けねばならない、きびしい、しばしば危険な仕事に対する適性などない。そこから、多くの人々が自己満足に浸っていた、古い、怠惰な楽観主義を、ただ漠とした「そんなことをして何になる？」ととり替えるだけの、他の多くの人々の逃げが生じるのだ（あらかじめ行動の動機をすべてとり除いているのだからこちらも楽なものだ）。自分に関しても、そうしたことに十分注意しなければならない。絶望を恰好の枕とみなして横になり、もう動くまいと心を決める傾向が僕にはありすぎるほどあるのだから。同様に、次に記すような性癖もありすぎるほどあるのだから。この性癖は、まず最初ありとあらゆる「現代的なもの」（ジャズを好み、流行のダンスを踊ることにはじまって。次には、この前の戦争に続く時期に開花を見た芸術の新しい諸形式に関心をもって。最初は、生活の飾りないし衣服の延長として愛好した家具調度であり、次は、コンサートとバレエがこのような飾りの性質を帯びているかぎりでの話だが、「前衛」音楽であり、そして絵画と文学）に刺激されたあとになって生まれてきた。こうしたものが自分を惹きつけたのは、時代の先端を行くように思われたからであり、また、いつかは若くなくなるという考えを受け入れたくなかったので、僕には時代の最新の創造に加わる一種の必要があったからである。ところでこの性癖とは、幼年時代（物心つくといわれているより前の時期）でもあり、西欧文明によってまだ腐敗していないプリミティヴな人々か、西欧の機械文明の狂気の外にいたすべての人々にあると考えられている無垢の状態でもある、とり返すことのできないある種の生き方によって代表される黄金時代の方へ、ロマンティックな気持に駆られて逃げてゆくというものだ。永遠の日曜の空虚と無為を我慢することさえできれば、僕はそうしたものに満足するだろう。しかし静止は——そして幸福の静止さえも——もはや単調しか、視線の前に立ちふさがる出来事（もうすぐギロチンにかけられる人の目から死刑台を隠す神父のスータンのような）一つなく、盲いにさせないまでもせめて僕の目をひきつけて、通りのはずれで待っている死を直接見ないでも済むようにしてくれるどんな生彩もない変わりばえのしない単調な時の流れしか意味しない。

この十年間というもの、今度の戦争が次第に現実のものとなるなかで、集団的破局にとどまらず、自身の消滅の機会にもなるかもしれないと、僕の怖れも日増しに強まっていったが、かたや戦争は、現在の瞬間と予想される僕の最期の瞬間とのあいだに置かれた目隠しの代わりをして、ともあれ麻酔的なある役割を果たしてきた。そのあとには、僕の視線を釘づけにしていた解放の期待があった。けれどこの岬をまわったら、またぞろ日常の化物と格闘するという予感はあった。現在、戦争は、ヨーロッパ大陸では終息し、占領は終わって、僕の前にはもう何もない。横切るべき防火壁も、打ち破るべき光を通さぬ扉も、行手に聳えて穴の方へと真っ直ぐ進むのを妨げるものは何もない。だからたぶん、これまでにないほどひどく途方に暮れてしまったのである。

自分の生活に一大痛棒をくらわせようとしたことが時折あった。空虚に思われたものを充実に変え、明確な欲望や精神的要求を満足させるためというよりは、変化に対する願望や、一切をやり直そうとするかのような白紙還元の欲求や、死へと転落する前になにか大きな事がもう一度起きてほしいというただそれだけの望みから。しかし僕が普通、時間との戦いで使う戦術は、どちらかといえば一連のささやかな計画の遂行に終わることが多い。これは、ある意味では気晴らしであり、時間つぶし（暇を持て余さない方法を考え出すことにかけて恥ずかしいほど無能力な僕にとっての）だが、別の意味ではごく近い未来に対してとる保証でもある。まるで、刻一刻、足もとから時間が逃れ去るのを怖れてでもいるかのようであり、また、時間に強制して、はっきりと指定した道を歩ませ、こうして自分の時間について将来の希望をもっていたいとでも思っているかのようだ。友達と会う約束とか、日時の決まった集まりとか、その週か別の週のかくかくの晩に見にゆくつもりの出し物といったささやかな計画の網を編むことによって——安心したいがために人が担保をとるように、僕は日時を決めるという観念にこれほど支配されている——、僕は自分自身の前でしか決して生きることができないまでになっている。現在を味わうことができず、無数の計画の上に無数の計画を重ねながら、どれ一つあまり楽しむことがない。まるで僕が落ちあう約束をするのは、人に対してでも、なにかの楽しみ事のためでもなく、時間そのものに対してであるかのようだ。せめて眼前の日々のことだけでもお膳立てしておきたいというこの欲求はあまりにも抗しがたく（予定がないことへの怖れから。また、こんなふうに未来を抵当に入れておけば、消滅の危険は一時的には回避できる気がするので）、また、日常の快楽をいつもいくつかは用意して手もとに置いておきたい（銀行の預金みたいに）という執着があまりにもどうかしているため、たとえば好きな友人たちと会う約束をしたあとで、会う日がくる前から、その会合の際、それほど遠からぬ将来に次の約束を決めることができるかどうかにやきもきしたりするほどなのだ。僕の不安な期待は他の一切の感情に勝ってしまうので、当の相手に会っているあいだにもそれにとり憑かれ、困惑した、あまり口をきかぬ、心ここにあらずといった態度を示すことになりかねず、したがって完全なものにしたいと思っていた相互理解がそのため遺憾ながら変質し、互いに心を許しあうこの数時間から得たいと願っていた楽しみが損なわれかねない。こうした懸念(一方では渇望と、時間が空いてしまうことへの恐怖が、他方ではたえず先まわりするよう人を駆り立てる不安が関係している)はあまりに強く、偏執的で、僕の心を領しているので、しまいには、僕自身の死とか近親者の死、僕なり彼なりの重病の地獄への沈湎が、陰鬱な気分のときなど、ある朝車輪に差しこまれて、僕の計画の実現を妨げる棒のように思われてくる始末だ。といってこの計画は、楽しい予想や、こうしたとるに足りない計画にそんなものがあるとしての話だが、何らかの緊急性のために立てられたのではなく、不幸につけ入る隙を与えないよう、十分目をつんで編んだ網の中に未来を閉じこめたいという関心から出たものなのである。こうして、死の、もっと広く不幸の脅威から守られているという幻想を抱くためにささやかな計画を利用した結果、僕は死と不幸をこうした計画を妨げるおそれのあるものとみなすに至る。回避のたくらみ以外にさして意味のなかったものが、そのためには何がなんでも他をさしおきたい気持にさせ、一切の逃げ口上を許さないたぐいのものになってしまった。スケールの大きい思想も、それに比べれば死など物の数に入らぬ真の野心も持ち合わせていないので、僕は些事の山の陰に隠れる。これはけちくさい砦で、そのうえ、いつか僕の生きていない日がくるという確信からのありきたりの逃げ場所にすぎなかったものが、主たる生きる理由に昇格した——実際に——いまとなっては、これを頼みに逃れたいと思っていた怖れに、砦の瓦解に対する怖れが加わったために、まるで役に立たないものになっている。これは失敗した手品、手段が目的となったため立場が逆転してしまった間抜けなたくらみ、本体となった付属品、大黒柱と化した隅柱、保護しなければならない大事なものとなった保護活動だ。こうしたことはすべて死に対する恐怖から生じたのであり、まるで死は僕そのものを殺す前に、僕の中にあるまともな行為をさせる一切の能力を手はじめに殺しにかかっているかのようだ。

僕自身の前で。直接法現在ではなく、死の恐怖のために追いこまれたあの絶対未来に生きて（僕が過去へと退行しないときには）。将来を設定しておきたいのと、そこから先にはもう前も後もないあの地点に達する前に、自分の行手に越えなければならない障害物を設けておきたいという二重の考えから立てられたこれらの計画のあらわす相対的未来にしがみついて。ぎりぎり最後になってやってくるものについての考えに押しつぶされないために、いますぐやってくるものに安心を託して。僕自身の前で。自分の死を生きて、あるいは、まさしく未来ではあるが、まだ死でもないし、死の前触れでもない、ありふれた出来事にへばりついて。

僕はドイツ人に銃殺されようとしている（これは占領下のある夜に見た夢だ）。慣例となっている刑執行前の最後の身づくろいである髭剃りのため、人が来るのは午後のはじめだと知るときまで、僕は勇気をもって事態を受けとめている。いつ処刑そのものと僕とを隔てるものが完全に消え去るかをはっきりと知り（最後の身づくろいがそれまで僕の注意のすべてを奪っていて、その瞬間まで処刑という決定的な出来事を隠していたのに）、髭剃りの儀式によって僕と死のあいだに置かれていた目隠しがもうじきなくなるのだという事実にぶつかるに至って、それまでの勇気のあとに、怖ろしいパニック状態がくる。とても頑張り通せない、銃殺刑用の柱のところへ連れてゆかれるときには泣きわめくだろうと僕は感じる。

未確定（背景のような）でない、僕にとってぎりぎりの、あいだに隔てるものが何もないような、すぐにやってくる死を直視できないこと。些細なことにしがみつく弁解しようのない性癖（昔だったら、誂えさせる衣服。いまは、存在の悲劇性を当り障りのない喜劇に変えてくれるものなら何でも）。その一方で革命の観念に対する執着。なぜって僕たちの生活は変わらねばならないからであり、いかなる真の進歩も——仕事と金とがこれほどの重みをもつ僕たちの世界では——、経済的条件の完全な顚覆なしには考えられないからである。こうした条件についていえば、いまでは、それが自分の進路決定にあたって、正直なところ無視しえない影響を与えたと思うようになっている。自殺したあのマルトが夢見ていた「新時代」、たしかに黄金時代ではないが（真の黄金時代とは当然、もはや死の問題のない時代なのだから）、少なくとも僕が道化をしたり、見せしめの酔っ払い奴隷を演じたりして悦に入っている世界よりはばかげていないと思われる時代への呼びかけ。いま話した夢の中で僕が銃殺されねばならなかったのは、このような「新時代」に通じるすべてのものに反対した人たちによってである。

明日は日曜日——現在ヴァカンスを過ごしているオーヴェルニュ地方の日曜日——、自分が何をするのかはほぼ分かっている。僕の一日は、生徒の一日が時間割で決まっているように、前もって大体決まっている。そこに過不足はない。しかしセックスをするかどうかは分からない。

どうしてそうなったかは正確にはいえないけれども、パリでの生活のあいだに、少しずつ罠に閉じこめられるようにして身につけた習慣のなかに、俗な言い方で、日曜の午前を「ヴィーナスに捧げる」という習慣がある。それは、日曜の朝は完全に自由に使うことのできる唯一の朝だからであり、僕が昼間のセックスをとりわけ好むからである。そのわけはたぶん、太陽が輝いているときに快楽に耽ることは（とりわけ、戸外の活動をせせら笑うかのように、わざわざ午後に寝るときには）、エロティックな行為に僕が与えている反社会的性格を際立たせるせいであろう。晩、事務所が閉まり、大部分の機械が停止する時刻に床につくのは眠りたいからだ。明日の日曜日——天気が期待できそうな田舎の日曜日——は、僕にとっては日曜ではなく、他の日々と変わらぬ日だろう。なにしろヴァカンス中なのだから。たぶんそこに、僕がセックスをするかどうか分からない理由があるにちがいない。何曜日だろうと、朝寝坊も昼寝も勝手放題なので、明日の日曜日は気分次第、体調次第ということになるだろう。少し英語の勉強をするだろう。これは先月のはじめ以来、日課になっている。ずっと前に仕上げてただ出版するばかりになっているアフリカ民族学の仕事の校正刷にある時間手を入れるだろう。たぶんこの章を仕上げてから散歩に出るだろう。一緒に誰かがついてくるだろう。その人の名前は言いたくないが、世界の他の土地へたったひとり行くために別れるようなことはもうしたくない人だとは言うことができる。

昨日受けとった新聞で、僕たちは、もはや冗談は通用せず、面白おかしい話しかしたくないなら口をつぐまねばならない、そういった事実を確認した。ドイツで強制収容所に入れられ、すでに帰途に就いていた――あるいはその寸前だった――ロベール・デスノスの死だ。僕たちはきっと、友人の一人として、あの怖るべき逆行の時代に最大の犠牲を払った三人のきわめて偉大な詩人の一人として、彼のことを話題にするだろう。デスノスのことを思い出すと自分の癖や媚態が恥ずかしくなる。牧場や木々を眺めて、自分にあまり目がゆかないように努めるだろう。そしてそれについてどう考えたらいいのかよく分からずに急いで僕は写しとるだろう――括弧を閉じるためのように、あるいは会話の途中でまぎれてしまった打明け話を再び続けるためのように――、ある日曜、日記をつける青いボール紙の表紙のノートに書きとめた以下のくだりを。それは、サンリス地方へのドライヴのことを記した日曜と同じく日曜日、僕がまだ自分は他人よりすぐれていると、あるいは、ともかく他人とは違っているというはっきりした確信をもっていた時期の日曜日だ。

それから――とこうするうちに日曜が今日になったので――、とても天気がいいことを確認する(高度千メートル余のため、例によっていくらかひやりとするほどだ)。自室から出て洗面所に行き、そこでたまたま、まだひと月になるかならぬか以前に、コメディー＝フランセーズで上演されたイギリスの芝居に関する写真の入った雑誌の切抜をみつけた。僕が『リチャード三世』を見たのはこのときだ。そして僕にいくらか英語をやる決心をさせたのもこれがきっかけだ（けれど、しばらく前からそのことを考えてはいた。ゴールドコーストに行ったとき、英語がうまくしゃべれずに恥ずかしい思いをしたので）。写真の中にリチャード三世役の俳優オリヴィエのものが一枚あったので、そのことはごく自然に、他の多くの人々同様、自分にとってもきわめて魅力のあった作品の『嵐が丘』へと僕を連れ戻した。この作品の魅力は次の数語に要約することができる、つまり、社会的偏見も、生も死もものともしなかった恋の神話だと。というのもこの恋は死後にも生き残り、それと表裏一体をなす激しい憎しみは、恋する二人の主人公の次の世代まで年月を超えて向けられるからである。同様に、シェイクスピアのこの劇にあって人を魅了するのは、打ち克ちがたい情熱を抱く一人の男、野心同様一切をものともしない欲求に食いつくされる一人の男の圧倒的な姿だ。

結局――まだ決めかねているふりをしていたときに、すでに決心はこの線でついていたようだ――、このなかば田舎風ホテルの大方の避暑客がミサに行く前にめかしこんでいるにちがいないとき、僕たち二人の恋の祭が行われた。

いま、午前が終わろうとしている。軽やかな雲のカーテンがあらわれ、空の一部に幾何学的な形に引かれた。だからどうやらほんの少し快晴にかげりが出ている。それでも人を睦ませるのに適した天気だ。

サルトルがアメリカ旅行の土産にくれたエヴァーシップの万年筆（本体がペン先のほとんど端までもおおう、一種の面とりされたキャップをなしてのびている万年筆。インクの容量がごくわずかだという点以外は申し分ない万年筆。しかし、ほんの少ししか書かない僕にとってこの不都合はとるに足りない）を使って、僕は問題の日記の一節を写そうとしている、円環を閉じるのにとり出した場所に物を返すためのように、いやむしろ、よそへと立ち去る前に後ろ手に扉を閉めるためのように。だって書く場合でさえ、後戻りすることは人間にとって不可能だからだ。人は山登りするとき、少し高みまで登ったところで、はるか下方の、しかしこんなに長く歩いたのに、いまいる場所とさして離れていないのを発見して驚く家や土地の起伏を見下ろしながら、経てきた道を目測して楽しみもする。

「いま、僕は自室にいる。そして蓄音器や笑いさざめく人々の声をきいている。じゃれつく女たちの叫び声も。まったくもって下劣なものだ、汗というやつは。それは労働から生まれるときより、喜びから生まれるときのほうが一層おぞましい。こうした連中はみな、その落着き払った態度、無関心、完全な無自覚によって僕をむかつかせる。今日の午後、シュルヴィリエという地方を見た。その近くには分譲地がある。プチ・ブルジョワの多くの家族がそこに住んでいる。女たちは編物をし、男たちは庭で働いたり、板や漆喰で汚らしい小さなバラックを建てている。子供たちのほうも大して好感はもてない。この騒々しいがきたちが将来どうなるかはお見通しだからだ。こういうわけで、この連中はまるまる一週間働くだけでは満足せず、休息のために与えられた数日もさらに働かねばならないのだ。彼らは建てたり、土を掘ったり、自分の巣穴を拵えることしか好まない、数年後に、そこで度しがたい愚劣なその一生の疲れを休めるために。僕にはこの連中が、遅かれ早かれ襲ってきて、とどめを刺す前に塗炭の苦しみを味わわせる病気のことを考えて、この「幸せ」の中にいて不安にならないのが理解できない。いずれにせよもう少し知的憂慮を感じてほしいなどと彼らに求めはしない。そんなことは僕だってばかにしている。しかしたとえ肉体的なものであれ、何一つ不安がよぎることのない彼らの動物的な平穏さに驚いているのだ。僕にはこの連中が、自分たちの死刑宣告について何一つ考えていないらしいことが、ともかくそれを諦めているらしいことが解せないのだ。それは愚鈍と奴隷根性のきわみと思われる。」

ここに書きとめておくべき最新のニュース。戦争が終わった。日本が降服したところだ。

太鼓＝ラッパ

「…lan」で終わる言葉は陽気なものになりがちだ。たとえば「スリーカード（brelan〔ポーカー・ゲーム〕）」とか、「ずあおほおじろ（ortolan〔肉が珍重される小鳥〕）」とか、「凧（cerf-volant）」（とてもとがったハート形をしていて、白い紙の真ん中には、制服姿の軍人たちの行列をあらわすエピナル版画から切り抜いた一人の兵士の絵が貼ってある）とか。また長兄が持っていて、「エグロプラン（Aigloplan）」と呼ばれていた、あの空飛ぶ玩具の一種とか（鷲（aigle）の形をしていて、褐色の布でできていた）。あるいは「ロラン（Roland〔フランス最古の叙事詩『ロランの歌』の主人公。ピレネー山脈のロンスヴォーの谷間で、サラセン軍により隊長の彼以下全滅する〕）」（その勇ましいファンファーレはいまでもまだロンスヴォーに響いている）とか、「コリオラヌス（Coriolan〔古代ローマの伝説的な将軍。シェイクスピアの悲劇やベートーヴェンの音楽で有名〕）」（彼もまた角笛（cor）を口に当て、幟（oriflammes）の立ち騒ぐなか凱旋行進曲を吹き鳴らす）とか。この種の名前と同じ素材でできているものにはまた、「がらくた《バタクラン》（bataclan）」（シチュー鍋その他の炊事道具一式がぶつかり合うようなおどけた音がする）とか、「この上なくすてきな（mirobolant）」（平手打ちの雨と尻蹴りの霰の中、とんぼ返りや故意のしくじりを繰り返して跳ねまわる道化役者たちのようにこの上なく陽気な）がある。

こうした言葉の姿形の中には歓喜のためにぱっと明るくなった眼の輝きとか絹織物の豪奢のほかに、なにか勇ましくて、意気揚々としたものを呼び起こす明快な響き（ばちが乾ききった太鼓の皮を打ち鳴らす「ドンドコドン」という音さながらの）がある。ごく若かったとき、これらの言葉のうち、縁起のいい響きをたてなかったものは一つもない。いまになって思うに、そうなったのは「元日《ジュール・ド・ラン》(jour de l'an)」のせいだ。これは、仮装セットや玩具や色鮮やかな装幀の本のきらめきに飾られたひとときであり、一年のこの日と、その名を思わせるすべてのものを、特別の光によって周囲の闇から浮かび出るスパンコールのごときものにしているのである。

ラッパと太鼓の合成物、二つにわかれてはいないのに一つで両方の音をたてるもの、ばちが触れると、とても調子のいい太鼓の音と同時に、ロランの角笛にも比すべき、ただしもっと高く、もっと陽気な響きを発するアルコレの太鼓〔ナポレオンがイタリア戦役のさなかアルコレ橋でオーストリア軍と戦った際、泳いで対岸に渡り、突撃の太鼓を鳴らしてオーストリア軍を潰走させた勇士アンドレ・エティエンヌのあだ名。転じて突撃の太鼓のこと〕、他の太鼓とそっくりのその円筒形の本体を、金管楽器の鋭い旋律を発する楽器に変えてしまう巧妙なからくりが、その中にひそかに仕掛けられているように思われるびっくりおもちゃ、これが、僕がかなり長いこと欲しいと思い、お年玉カタログの中にまで探した（しかしまったくむだな骨折りだった）「太鼓＝ラッパ」である。こんなことになったのは、ある日散歩していて、吹くと叩くのとが一緒になった音楽をきき、それが、二人の少年が使って遊んでいた、一見ごく普通の太鼓から生まれたものと信じこんでしまったからであり、二人の腕白小僧の片割れが、ラッパを手に持ち、それを息切れするほど吹いていて、太鼓を叩く相棒と合奏していたのに気づかなかったのである（あとで考えてみて、そうだと分かった）。

他のいくつかの玩具も僕を魅惑した。機械が中に入っていないのに、ほんのちょっと指で押したり、竜頭を巻いて動かしたりすると、二本の針が望みどおりの時刻をさす時計とか、動物や花や人物をあらわす色つきの切抜絵とか、濡らしてから押し当てると、光沢のあるこまかな絵が、そっくりそのまま紙に貼りついてうつってしまうのでびっくりさせられる移し絵とか、軸心の上でいつでも揺れ動こうとしている金属の細い菱形の針が魅力の羅針盤とか、蓋が雲母その他の半透明の物質でできているボール箱の中に入った足の動く亀とか、蓄音器のレコードである絵葉書(ただし夢で見ただけのことだったかもしれない)とか。この種のおもちゃはすべて――最後のものは別にすると――、まずは特別に探しまわる必要のない、しかも法外の出費なしで入手できるものだった。しかし欲しいと思う気持が固定観念にまでなってしまったおもちゃ――二つの性質を兼ねそなえている(「太鼓=ラッパ」のように)せいで、僕にとって、なにか好奇心をひく、魅力的なものになったからなのか、いままで見たことがなく(あるいは噂でしか知らず)、ただそれを想像したという事実が、ただ一度でも見たり聞いたりしたものが及ばないような価値をそれに与えることになったからなのか、あらゆる可能性を手中に握っていて、どちらへ向かうのも勝手次第だと自分に言いきかせることができるよう、いくつかのものを一つにまとめる性癖があるため、そうしたものを想像したからなのか、ごくありふれた玩具なのに手に入れることができなかったため、他のものより長いこと欲しいと思いつづけた結果、間違っていまではそれを、渇望してやまぬ聖杯と思うようになったからなのか――が、絵葉書を兼ねた蓄音器のレコードであるのは確かだ。

子供のころに何遍も繰り返し見た夢の一つ――たえず未来像を描き直そうとして、背後に積み上げてきた過去の中をひっかきまわしはじめたときになって、それを何度も書きとめた――は、ごく単純な次のようなテーマが土台だった。すなわち、一時的にどこかへまぎれてしまい、どうしてもみつけたいと思っている、よく知っている物の探索だ。いまでもまだ時々、さまざまな形で見ることのある純然たる欲望の夢で、もう一度みつけたいと思っているものは大概蓄音器のレコードである。きいたことはおぼえているのに、やはり最近きいた無数のレコードのなかに発見できずにいる、本当にすばらしいレコード（多くの場合ジャズの）。あるはずなのに、見つけることのできないレコード（夢のとりこになっているかぎり、それが手近にあることについては何の疑いもないのだが）。それぞれに取柄がないわけではないが、それがなければ、どうしてもみたされたという思いを感じる――それほど長いあいだではないにせよ、少なくとも数分は――ことができないそのレコードとは比べるよしもない、おびただしい他のレコードのコレクションの中にまぎれこんでしまった、かけがえのないただ一枚のレコード。

こういう次第で、カーニヴァルさながらの変装をし、提灯行列のようにさまざまな照明にてらされながら、いまなお時折僕の眠りを横切る幻の行列の中で、とりわけ欲しいと思うのはこの謎の絵葉書にほぼそっくりの品物なのだ。とるに足りない品物に対するごく幼いころの欲求が僕の中に棘のように残っていて、中年になってから再びあらわれたというわけではない（そうであれば、たとえどんなに変わった欲求の名残りであろうと、それと似ていて、同様にみたされずに終わった多くの欲望がきそって夢にあらわれるはずだ）。この夢を見ることで、ポストに入るほど形は小さいのに音が隠れひそんでいる厚みのない固体という、いつも同じ鋳型から生まれてくる当初から少しも変わらぬ欲求不満をよみがえらせているわけでもない。現在の夢の中では、レコードはそれ自体としては物の数に入らないし、普通の用途のほかにどんな用途を兼ねていたとしても魅力をおぼえるわけではない。この品物（そのままでは大してぱっとしない）がすばらしいミニュアチュアになるためには、音楽とは別の意味をもつことは少しも必要ではない。

「僕の人生の振子」、別に響きがいいわけでもなく、このように単独では意味をなさないのに、ここ数日来心から離れない断片的な文句。それが詩となって、振子の音の刻む時間の流れの方へ、僕の永遠の動揺の方へ、あるいは僕の夢遊病者のような歩みをもっとしっかりした一貫したものにする原理の方へと歩み出すため、単語や文句がきて加わるのを待ちながら、僕はチューインガムのようにそれを噛んでいる。「僕の人生の振子」、この断片的な文句を動かない形容辞として添えるべき名詞を次々と考えてみてもだめで（「恋」、「退屈」、「怠惰」、具体的な語としては、僕が間をおいては定期的に行かざるをえない土地である「アフリカ」）、二音節（言葉を組み合わせようとする際に生まれ、いったんこっそりと居坐ってしまうと、追い出すのはなかなかむずかしいリズムが要求する数）の火打石に打ち当ててとり出そうとした火が不発に終わってしまったので、いまでは、あまり無理をせず、「音楽」という名詞の前にそれを置いてもよいのではないかと思っている。

正確には振子（つまり調整器）とはいえないにしても、音楽はいつも僕に大きな影響を与えてきた。自分の人生のある瞬間のことを、僕と世界とのあいだの拍子の自然な一致の証のように思われたある種のメロディを通しておぼえているほどだ。大方はダンス曲、換言すれば、くつろぎと快楽に結びついた曲であり、ないとどうにもならないほど自分の中に生理的な形で深く入りこんでいるメロディである。

孔雀と隊商とが主題になっている『ヒンドスタン』（孔雀は扇——英語では fan という——のように尾羽をひろげ、一方、隊商宿や椰子園では疲れた動物たちが休んでいる）、植民地博覧会や千一夜物語を思わせる『ヒンドスタン』は、一九二〇年代と押し掛けパーティの曲だ。数え切れないほど何度もそれをきいたが、そうした折の一つに僕がどんな状態に陥っていたか——あるいは陥ったか——を、ほとんど極彩色の版画さながらにまざまざとおぼえている。春か夏のある日——僕が目下休暇中の、四旬節中日の今日の木曜のように天気のいい日——、午後の終わり、別にどうという考えもなく当時の生活の大部分を捧げていた女友達とたぶん一緒にブーローニュの森を散歩していた。それはおそらく、アカシアの並木道のような評判の道でのことだった。人々がダンスをするティー・タイムのことで、緑に埋もれたガラス張りのある亭から、当時大人気だった大西洋の向こうの曲の一つである『ヒンドスタン』を演奏するオーケストラの調べがきこえてきた。その曲には、程よいエキゾティシズムとノスタルジーが含まれていて、一切が溶けあって、詩的と呼んでいい漠とした気分をかもし出しており、溢れるような恋心と、安楽で優雅な生活に対する熱い思いで僕の心を昂らせた。それをきいて浮かんだ、ブリュネットの、どちらかというと小肥りで、いつも陽気な、僕の「ダンス相手の女」の一人の、遠い面影（この木陰の散歩のときにすでに心にあったのか、それとも、記憶が雪だるま式にふくれ上がった結果、あとになってつけ加わったのか）。彼女とは押し掛けパーティのほかは関わりがなかった（彼女の「ダンス相手の男」として、彼女のほうは僕の「ダンス相手の女」として。こうした間柄の、女の子と男の子にあるは、踊りの技巧をめぐる交わりだけだ。あるのはパートナー同士の親しみであり、共通の情熱に駆られて、芸術とまではいえないにしても、ある一つの楽しみに共に没頭しようとする——調子の合った掛合のできる一対の楽器さながら——思いだ）。濃い色の生き生きとした眼をし、足どりの素早い、メアリー（Mary）（アングロ＝サクソン風に発音する）という名のごく中背の娘。たしかに神秘のヴェールで包まれているわけではないし、手の届かぬお姫様でもない。それどころか、現実的でせかせかしているのだが、それでも記憶の中のマザーグースとして、このいかにもオリエント風の逸楽にみちたフォックス＝トロットとは切り離せない。といって、この曲を彼女と踊ったことがあるかどうかすらさだかでないのである。きく機会があるたびにいつも僕の心を動かす他の多くの曲同様、舞姫の羽根飾りかラジャのターバンのダイヤモンドさながら、『ヒンドスタン』という豪奢な題名で飾られたこのフォックス＝トロットが僕に与えたものは、それが快楽的で、遠く離れたものを想起させることから、要するに自分の欲望の絵解き——あるいは絵姿——であった。この曲が、ばら色か薄青のドレスを着た機械人形程度の存在感しかないあの娘の姿と永久に結びついてしまっているのを見て、一体どうして僕は驚くのだろうか。眈りたいと願いつつ、臆病が邪魔になってできなかった性的乱行の代替物にすぎないダンス狂いの一時期から浮かび出た姿。期待の、やがては愛惜の対象となった姿。僕の体がそのリズムにもう一度のりたいと思っていたあの音楽の魅力は期待と愛惜というこの二つの単語――あの日、かたわらにいた女友達の存在、色鮮やかな細いリボンを蝕んでいた狡猾な酸のような言葉――に要約される。つねに新しい感情の可能性に対して開かれた扉である未来への信頼。同時に、面会を待っていた玄関の薄暗がりからかいま見ただけに、その明かりが一層眩しいものに思われた広間の入口にあって、人生がまだ手探りの期待でしかなかった時期（当時やっと過ぎたばかりの）への退行。

ほんのひと昔前のいくつかの事実――あるいは局面――が結びついている他のダンス曲もある。たとえばリストの『愛の嵐《リーベシュトウルム》』がそうで、その強いビートのきいた編曲は十八年前にしたナント一周のいまなお音の背景となっている。それに続くキブロン岬での数日間の冬ごもりのあいだに、灰色の石で実にみごとな邸宅を建てさせた奴隷商人にひき続いて、さまざまな無法者を生んだこの町をめぐっての散策の印象を僕は数篇の詩にまとめた。雑誌『ドキュマン』のために働き、この給料仕事のかたわら、母性愛から出た優しくも怖ろしい激情に悩まされて、苦しい恋の地獄落ちをしていた混迷の時期と結びついている『ラヴ・フォー・セール』。先の大戦の前夜、のちに有為転変の結果花開き、ついで急速にしぼんでしまった恋の芽生えをあとにしてギリシアへと向かう僕を乗せた商船「カイロ・シティ」号が、出航間際に拡声器で流していた『サム・オヴ・ディーズ・デイズ』。その他にも、一篇の恋愛映画を演じていたつもりになっていたような自分の耳に、とりわけ感動的な場面の悲愴さを強調するかのようにタイミングよくきこえてきた、ストレート・タイプのいくつかのアメリカ音楽がある。もはや怒りしか抱いていなかった（近親相姦の恐怖に動顚する悲劇の主人公さながら）色香のあせた青鞜派の女との、結婚絡みの絆を自分もいくらか傷つきながら断ち切ったあと――ちょっとのあいだ気持が傾いたものの、目が醒めて――、ひとりで乗ったタクシーの中で備えつけのラジオからきこえてきた、激しい調子の、そして幕の下りるのを強調する「笑え、道化師……」のたぐいのジャズのメロディの時ならぬ炸裂。いつも打ち克つのにひと苦労する負け犬根性にまたも邪魔されながらも、僕が恋心に駆られていた――事実に直面することに対するいつに変わらぬ怖れから、思い切った行動に出ることなく、気どった言葉の回り道を通して――女友達を列車まで送っていったオルセー駅で、まるで雰囲気に気を配った演出家がおなじみの別れの悲しみを演出し、あわせて僕の陰気な楽しみに恰好な糧を与えようとしたかのように、ホールの雑踏の上に鳴り渡ったとても甘美で、メランコリックなブルース。これとはまったく別な面、オペラ＝ブッファに近い軽快で陽気な面をそなえた、スコットランドかカナダのものらしい古い曲。これは、僕たちがほとんど毎晩モンマルトルの通りで遭った一人のアメリカ人が、同類の放浪者たちにかこまれてバンジョーで弾いていたものである。彼のでたらめぶりを見て、この連中の破天荒な生活（少なくとも見たところは）を大いに買っていたものだった。僕がシュルレアリスムのグループに参加し、新しい友人の何人かと夜歩きをし、キャバレーの中に、ストア派の柱廊か、歴史と民族誌学の教えるところによれば、秘儀伝授の場所としてしばしば選ばれるという洞窟に比すべきものを見出していた時期のことだ。うわべは軽薄に見せかけながらも深いものを求めていた一時期の讃歌であるこの曲を思い出そうとすると、決まって心に浮かぶのは、きれぎれの文句しか知らない『おお、いちごよ、木いちごよ』というフランスの歌だ。これは、仲間たちと僕とが、両性からなるいたずらな妖精たちの陽気な一団の先頭に立って歩いていた、あの素人のバンジョー奏者の演奏を好んできいていたころからしていた混同である。

こういうわけで、心の本当の故郷ででもあるかのようにいまでも心の動くジャズと、多少ともポピュラーなルフランとが、僕の人生のいくつかの瞬間にその伴奏となった。この種の瞬間についていえば、それが真に重要なものだったかどうか——音響効果が入っているという事実とは別に——、外界が伝えてよこす神のメッセージともいうべき音楽が偶然一枚加わったため、それについて鮮明な記憶を抱いているだけのことかどうか、説明するのはむずかしい。僕と波調の合っている事物が突然発するかに思われるこうした音楽は、長いこと望んでいたこと、すなわち、起居往来するこの世界でもはや自分が異邦人の位置にはいないことの象徴ではないだろうか。そしておそらく、子供のころに、音の出る絵葉書や、太鼓＝ラッパその他の突飛なおもちゃを求めたとき当てにしていたのもこの種の奇跡（代母みたいな妖精たちが中に隠れているのではないかと信じたくなるような、外部からの突然の贈物）だったのではないだろうか。こうした二重の用途をもつ品物を当時欲しいと思ったのは、それらがただ単に他の品物より、摩訶不思議な産業が生み出した製品という形をとって、僕の渇望する驚異や思いがけない発見を示していたからではないだろうか。いまでは以前に比べて現実家になり、そのぶん要求がきびしくなっているので、もはや世界から、それ自体が幻みたいなこの種の贈物をあまり期待していない。むしろ事物と僕とのあいだに、「天からの授り物」と見える思いがけない発見などではなく、世界と僕との一瞬の出合いという純粋な事実ででもあるかのような共犯関係——束の間ながら略取という形で——が生まれるのを望んでいる。こうした共犯こそ、僕の目に妖精から手に入れたものと映るのである。

一致の証、したがってこれが、どうしてもとり戻したいと思うなくしたレコードの夢や、旅行記や呪術の本といった他の著作の中にまじっているのは知りながら、出版社の一室の板張りの書棚を探してもどうしても発見できないとても重要な本の夢（十三年近く前にノートしておいたような）を見るときの、僕の探索の真の目的なのだ。一致の証、それは、いつでも僕が頼りにすることのできる長持ちするしるしであり、両手で持てる刻み目の入った蠟製の円盤が、ききたいと思うときにはいつでも何度でも繰り返しきくことのできる音楽の凝結であるのと同様、短い幸運のひとときの凝結なのである。

賢者の石、または若返りの妙薬の入っている小壜。ルーヴル美術館からの盗難が長いこと噂の的になった、《ジョコンダ》という曖昧な微笑を浮かべた肖像画。創意溢れるスペインの小貴族、ラ・マンチャのドン・キホーテが手に入れた、髭剃り用の皿の形をしたマンブラン〔モール人の王で、鉄兜をかぶっていると不死身だったが、それを奪われたため殺された。ドン・キホーテは髭剃り用の皿をこの鉄兜と信じこんで、いつも頭の上にのせているのである〕の鉄兜（半円形に並ぶ歯の真ん中のところで顎がひと口嚙みとったばかりのガレットに似た、へりが少し欠けている満月か円光のたぐい）。カルタゴの女神タニトの像をおおう聖なるヴェール（夏、ヴァカンスで家を留守にしているあいだシャンデリアにかぶせておく、少し光沢があってゴム引きのように見える布地そっくりの、タフタかモスリン製と想像される）であり、フローベールの『サラムボー』〔カルタゴ共和国で起きた、マトーを首領とするリビアの傭兵の叛乱が主題。マトーが奪った女神タニトのヴェール、ザイムフを、カルタゴ軍の総帥の娘で、マトーが恋しているサラムボーが奪い返すという筋〕と、数景にわけてそれを脚色した作曲家レイエルのオペラによると、リビアの傭兵マトーが身にまとっていて、さわることができないというヴェール、ザイムフ。スパイたち（二重スパイであろうとなかろうと）が掠めとったあらゆる種類の機密文書。聖王ルイが裁判をするためにその下に坐ったオークほどにも太い大木の根のあいだを掘ってとり出すべき、一連の厖大な伝説の財宝。文字どおり罪のない年ごろに父の書棚（とても高くて幅があり黒々としたやつか、もっと明るい色の木でできた小さいやつか）で探した、体の一部をむき出しにした女たちや、まるっきり野蛮な、素っ裸の女たちの版画が入っていた、まじめなあるいはきわどい本。この年ごろには、家で午後を過ごすときにちょっとでも暇があれば、いつも大抵二つの棚をあさっていた。リセでクラス中から羨まれ、欲しいものならどんなものとでも交換しようといわれるような、一点非の打ちどころのない型の万年筆。それよりもっと幼いころ、洗礼のときにもらった自分の杯なので、他の誰かがうっかり、あるいはからかいからそれを使おうものなら、「火がついたように」叫んで自分のものだと主張した、組合せ文字入りの銀杯。時の移ろいの速さを思うと、たとえ手に入れても、いまではもう少しもうれしくないだろうようなちょっとしたものとか、貴重な調度品。僕の手の中にある、このはかない生身の手の中にある珍鳥とは一体何なのか。（それに僕は、物に関していえば、そのはかなさがわが身とそっくりであるようなほんのかりそめのものしか好まない。たとえば衣類とか日用品とかがそうで、これらはあとに残る財産というよりはむしろ、僕自身の体と同じ速さで徐々に消耗してゆくかに見えるその場限りの品々であり、それに対する費目は消耗品費であり、けちな人間が満足をおぼえる耐久という見返りはない……。そうであるなら、コレクションとか、美術館の蒐集品とか、骨董とか、稀覯本とか、愛書家むけの豪華本とか、つまり船酔いに悩む船客にとって、不動のしるしである水平線を眺めることがむかつきを一層はっきりと感じさせるのと同様、その持続性がかえって自分のはかなさを思い出させるだけの蒐集品など、一体何だというのか……。）

植物を標本紙にピンでとめるようにして、しかも聖遺物箱や骨董品展示室にかかわるたぐいにそれほど趣味があるわけでもないのに、大事にしていた品やどうしても欲しいと思った品の例を、自分が直接経験した分野や、想像でしかない分野（それらの品についての知識は間接的なものだからであり、それらは僕にとって、ほんのひととき、頭の中でひろげてみた紋章入りの織物といった形でしか存在しないのだから）にわたってなんとか集めてみたが、僕は——実際に植物採集をする人のように——干からびた茎や枯れてぼろぼろになる寸前の花以上ものは残念ながら何一つ考え出すことができない。そして期待はずれの獲物（いつも僕自身に後れをとっていて、書くときにはすでにもう廃墟を彷徨っている現実の貧弱な亡霊）しか得ることのできないこうした狩猟をするとき、僕は日常生活でも夢の中でもしばしばする物探しを、抽象的な面で繰り返しているのである。

とりわけ数年前、しばらくのあいだ家にひとりきりでいると、僕は決まって不安に襲われた。不安――それ以前の日々に、出来事といっていいような、気の晴れる特別の外出をしなかった場合には、一層不愉快な形でこの不安にはまりこむのだった――は大きく、多くの場合、どんな仕事もできず、本さえ読めない状態で、意気消沈に襲われさえしなければ書くために使えたかもしれない自由な数時間を台なしにしてしまった腹立ちを、所在なく嚙みしめたものだった。とても暗い考えを増殖させるこの無為――僕に自殺を考えさせるまでに至ったものの、その方へ思い切って踏み出す勇気はさらさらなかった（それがまた落胆の新たな理由となり、毎度屈辱を耐え忍ばねばならなかった）――から逃れるため、何か物探しを、もっと広くいって、自分の関心を集中させることができるような、あるいは何らかの活動に専念できるようなよりどころを周囲の世界のどこかに探しはじめなければならなかった。そのよりどころとは、僕が会いにゆく知合いの女かもしれないし、約束をとりつけるのに電話したり、自分たちの間柄に新しい局面を開く（そうしたことについて、僕はいつも錯覚を抱いていた）なにか大事なことを伝えようと思って訪ねてゆく友人かもしれない。また、最後の、ありきたりの手段として、酩酊や、家の外での、一切知った顔のないところで耽る放蕩かもしれないし、さらには、何でもいいから飲み食いする物を見つけようと思っての、単なる台所の棚漁りかもしれず、あるいは、このような孤独と鬱の瞬間がほとんど決まってエロティックな夢想に変わったもっと前の時期には（自分から気を逸らすために自分の体をおもちゃにするという奇態な誘惑を伴って。時折この誘惑に負けたものの、そのあと意味もなく自分を疲れさせてしまったという悔いをおぼえた）、フェティシズムの対象とする実際の物だったかもしれない。もっとも僕は、社会的な身分の外在化である衣服のきわめて洗練された性質と、裸体ないし性交それ自体によって象徴される自然の状態との、人を昂奮させる対照から生まれるああした情熱にかつて毛ほども心を動かされたことはない。会えそうな友人や女たちをひとわたり探してみても（必要なら住所録を手にして）、家の中に僕の気を惹くなにか楽しいもの、面白いものがないかどうか心の中で調べてみても、何も発見できないときはおおむね、整理するという無意味な口実を作って、本――いま読んだら堪能できるかもしれないやつを、最初は本気になって探して――だの、必要とあれば何だろうと（手紙とか、記念品とか、書類とか、調べたり仕分けできるものなら何でも）、いじくりはじめるのだった。つまり、対象（objet）をみつけることができなかったので物（objets）を扱うというわけだ。さもなければ、自分の時間を文学の観点から見て実のある何かに使えなかったので、当時仕事机にしていたアメリカ製のおそるべき事務机の抽斗から日記をつけていた厚い碁盤目のノートをとり出し、それに何か書きこむのだった。といって、ただちょっと下らぬことを書き並べるだけの話であり、先刻ないしは別のとき、最初に探した物がみつからなかったのでなんとかその埋合せをしようと整理をはじめたのと同様に、自分の勘定を洗いざらい表に出してしまうかのようにして現状を点検するだけの話である。

ところで、独居の悪しき結果であるこうした内部の危機に戸外で襲われることもあった。通りにひとりでいて、無為のとき（たとえば、職場である博物館から出て家に帰る途中とか、なにかの買物のあととか、急いで戻って慣れ親しんだ四壁にまたかこまれる気にはなれず、ぶらぶら歩いているときとか）、こうした暇な時間をつぶすにあたってまず僕がよくするのは、ただ単にまわりを見まわし、歩道や車道を目まぐるしく往き来する人や、物や、ありとあらゆるものを眺めて楽しむことだった。しかし数歩あるくや――目隠しをつけて、視線を遮断してしまいたいという倒錯した欲求にとらわれたかのように、また、すべての逃避の気分を芽のうちに摘んでしまおうと、知識人の首輪を固く締め、表にいてさえ、できるだけ閉所に近い場所をみつけたいとでも思ったかのように——、僕は散歩（一見、それが外気のなかのそぞろ歩きになったところで、何の差支えもないと見えるのに）を古書店の陳列台や書店のショーウィンドーだけの長々とした冷やかしに変えてしまい、古書や新刊を求める愛書家を気どり、時にはしまいに買いこむこともあるが、これは実際の欲求や必要からというより、僕の彷徨があらかじめこうと決められているかのようにそうした結果に至るからであって、しかも買ったそばからもう後悔している始末だった。というのも、本を手に入れることに間違いなく喜びをおぼえるとしても、また、友人が友情をこめて、あるいは未知の人がたまたま出版社を介して送ってくる本を時折受けとって満足感をおぼえるとしても（郵便で、数通の手紙や、タイプで打った案内状や、定期刊行物を受けとるときにも同じ満足感をおぼえる。それは一種の権利所有者だという子供っぽい喜びに加えて、見捨てられていないという感じがあるからだ）、この満足感には決まっていくらかのばつの悪さ、さらには悲しみが加わるからである。とても読むのが遅いので、だからほんの少ししか読まないので、全部はとても読みきれないということが分かっており（全部が関心をひいたと仮定して）、また、まだ十分頭がはっきりしているならば、僕が言葉の職人だからといって、あるいは言葉の功徳がいかに偉大であるからといって、死という人間共通の運命を自分が少しも免れることはできないと気づくときになって、どれほど多くの、ページもろくに切っておらず、めくってさえいない未読の本が部屋の仕切壁を埋めつくす——透けた紙に包まれた、稀には装幀されているその背の列によって——ことになるかを、つい予測してしまうためである。だから、蔵書を増やしたいという欲求に負けて本を買うたびに、いつもこうした購入は不毛な行為でしかないと思ってしまう。一瞬は読みたいという誘惑に駆られるにしても、人生が一巻の終わりになったときにはたぶん読みおえずにいるにちがいない本の量を増やす結果に終わることは、火を見るより明らかなのだから。

子供っぽい行為。まともに使うことなどまずないのに、欲しいと思う物に向かってのびる僕の手の欲張りな動き。それと裏腹の、ある金額を手放すときにおぼえる快感。支出するという行為は、そのとき抽象的には放蕩と同じものであるかのようであり（こんなふうに通りから通りへと歩きながら、ペンやノートや事務机とのさし向かいの日々に似た物足りなさをおぼえ、金銭ずくの性交渉を求めて娼家に入るという考えにつきまとわれたあげくに本を一冊買ったことが、これまで何度もあったではないか）、したがって、なによりもまず取引が世界とのあいだに成立することが、僕にとって重要であるかのようだ。すなわち、いずれの行為にあっても、じかの抱擁なり、支払いという数学的な形をとって、自分自身をいくらか与えるのであり、それとひきかえに、一時的に生身の体を使わせてもらうとか、他に貴重な獲物がないので、家に持って帰ることに決めて、ほんのささやかな品物を買うといった見返りを手に入れるのである。本を書き、出版するという行為は、方向は反対だが、同じ性質のものだ（引き潮が満ち潮と同じたぐいのものであるように）。それは、自分をひき渡し、自分を裸にし、自分を汚すことであり、つまりは自分に売春をさせ、自分を commerce の対象とする——取引という金銭的な意味に加えて、人間関係の交流というもっと広い意味をもっているこの commerce という語の二重の意味において——別種の遊興であり、自らの生身をもって貨幣を鋳造することであり、僕の手を離れて（現金とひきかえに流通の場に出されて）、他人の手の中で生きつづけるのを運命とするところがかえって僕の人生の証となる、といったものを作り出すことなのだ。

要するにどんなごまかしもきかない飢えであり（占領の一年目、まだ田舎とコネをつけていなかったパリの人々にとって物不足が一番こたえたとき、菓子を片っ端から食べるため、一軒に限らず菓子屋のはしごへと僕を駆り立てた——今度は儲かるだろうと思いながら、いつも期待を裏切られる幸運を追い求めるへまな賭博師さながら——ああした飢えのような。これは、いまでは別に恥とも思わずにやるが、菓子が口蓋にも歯にももっと甘く感じられた時代には、ひとりでは決してやらなかったにちがいないことだ）、気まぐれなところも、陽気さもない食欲であり（食卓につくのがうれしくなるような、ああした激しい空腹とは程遠い）、一切の生理的な渇きとも、大盤振舞いする動機とも無縁な体の変調（多くのアルコール中毒患者を楽しみのないさびしい独酌へと仕向けるような）である、形はほとんど変わらないけれども、めざす対象はさまざまなこの渇望（avidités）――乾燥（aridités）とも寡居（viduités）ともいうことができよう――は、自分の外面を限っている皮膚を一時的にでも広げてくれるかもしれないものの方へ、あるいは反対に、自分の皮膚から引き離してくれるかもしれないものの方へと僕を押しやったが、いつも同じつまずきがちの探索の末に結局は同じ失敗に終わるのが落ちだった。要するに、つかまることのできる何か、死という明白な事実を前にしておののく僕の心にとって、頼りにならない周囲の世界の外に屹立する豊かで堅固な石のごとき何かの発見を通じて、この混乱に打ち克つことが問題だった。同様に、この文章を書いている途中でにっちもさっちもゆかなくなったり、道を間違えたりして、急場をしのぐ手段や迷いこんだと思う道から抜け出す手立てを探すとき、僕がいつもしがみつくのも、明白で具体的なとっかかり（幼年時代前後の鮮明な記憶）だ。これは、大地に触れると力を取り戻す、したがって、ぶざまに打ち倒されるたびごとに新たな手段を見出すアンタイオスのそれにも比すべき――大げさな話だが――戦術である。

（けれどこのような比喩は、仔細に検討してみるならばまったくばかげたものに思われる。なぜって、自分を打ち倒すものとは、まさしく僕がこうした接触になかなか至りつけないことなのだから。したがって、単なる悪循環だというほうが正直だろう。つまり、すばらしいものにこの手で触れたという感銘だけが混乱から僕を救い出すことができるというのに、自分と具体的なもののあいだに感じる遊離から生まれたこの不安は、それに伴う無気力によって、まさしく僕の握力を弱めるか、簡単にとらえることはできるものの、がっかりするほど手応えのない獲物しかつかませない結果をもたらしているのである。したがってこうしたすべては、追放や、断絶や、僕自身ととらえようとするものとのあいだにうがたれた断層、絶望的なひと飛びで越えることができないならば、埋めようと努めねばならない——勇気をふるい起こして——溝というもともとの観念に立ち戻ってしまうのである。もっと卑俗なたとえを持ち出すなら、こうしたすべては、自分の拳をしゃぶるまでになるような、あるいは、他に何も食物が手に入らない場合には木片にまでかじりつくような窮乏、食糧難、飢えといった赤裸な観念に帰するといってもよい。)

これほどまでに具体的なものに心を奪われ、それがたえず自分から逃れるか、消え去るのを見ていきり立っているのだから、最善を尽くし、解決に向けて、自分を悩ますこの年来の問題に直ちにとりかからねばならないのはいまさらいうまでもない。万物がいまより一層生き生きとしたものとなる国へと自分をみちびくはずの案内人にすがるように、こうして書いている文章にすがって僕の辿る道は、本当に間違っていないのだろうか。それともこの道は、いくつかの避けがたい罠を避けて行きつきたいと願う肝心な場所へとみちびくかわりに、かえって結局はそこから僕を遠ざけてしまう、こんがらかった導きの糸なのではないだろうか。周囲のさまざまな人たちが、僕の仕事について言ってくれたことや、すでに発表した断片(ページの端から端に一本の横線を引くのにも、終わりという文字をいかにも満足げな大文字で書き入れるのにもまだ程遠い。また、終わりと書いたからといって、すべてが終わったわけではない。読み直して、削りに削らなければならないだろうから)に関して送られてくる手紙や切抜きの中に、僕は、時宜を得た警報の役割を果たし、いままでのところ戦術が間違っていないかどうか、方法を改める余地がないかどうかを一考させる指摘や批判をみつける。

まずは、ヌムールの姉から送られてきた手紙だ。一家の歴史に関することなら何にでも関心をもち、少なくとも僕同様、思い出を集める性癖のあるこの姉——僕がよく助けを求める特殊な博識の持主——は、幼い自分に大きな犬を思わせた、なにかというと「息づまり」に襲われる夫を持ったあのフィルマン叔母について、僕が思い違いをしていると親切に教えてくれた。姉の書くところによると、フィルマン叔母は母の父の従僕の娘ではなく、父の本いとこにほかならなかった。しかしあの二人は、夫のほうが執事のようなことをし、彼女自身も貴婦人の付添いか、住込みの家庭教師をしていたとき出会ったので、二人とも、僕の思い違いの原因となった「奉公」をしていたことは事実である。数年のあいだ、祖父の召使いの一員となって家事をしていた娘は、やはり僕の知っている別の人物である。彼女はたしかに僕の一家とかなり近い関係にあったが、決して親戚とは思われていなかった。したがって、無視してはならない第一の点は、僕の語る遠い昔の事実をねじ曲げたり、間違った方向にみちびきかねない不正確さだ。僕の思っていたようには架空のものでなく、本当のものだったという親戚関係についての誤りは、この場合にはとるに足りないものだと思いたい。実際、個人的な、直接の思い出ではなく、人からきいた話が問題になっているのだから。それでもやはり、僕が丸ごと再現しようとし、堅固な基礎としてたえず参照しようと思っているこれらの出来事が、不正確なタッチによって損なわれていることに変わりはない。

現在オートゥイユ＝パッシー地区に住むか、かつて住んだことのあるさまざまな人たち（僕の文学の中にある「十六区」特有の箇所にうるさい人たちであり、その点では僕を不安にさせずにはおかない）のお世辞や、友人たちのいくつかの讃辞（とくに、この文章の特色と人に思われたなかば科学的な厳密さに関して。実際、彼らはこれを読んで、僕が、自分では気のつかない偏りは別として、何一つ「修正したり、直したり、曲げたり」しようとしなかったと確信したようだ）と並んで、手きびしいいくつかの批評もある。

ある友人——自身作家であり、僕が作家としてだけ関係をもつ出版社の原稿審査委員でもある——、一年以上も前に原稿の最初の六章を渡したこの友人〔レイモン・クノーのこと〕は、一読後、グランゾギュスタン河岸五十三番地二への引越の物語ではじまる章以後、僕が一体どこへ行こうとしているのかよく分からないと丁重な言葉で指摘してきた。この非難はもっともだとは思う。しかし僕の追究している目的の一つは、まさに自分がどこへ行こうとしているか——現実の中で——を知ることではないだろうか。（標的。それは僕の外にあるものであり、明確にしなければならないのにとらえどころがなくて、どこにも見出せない対象——これを明確にするとは、おそらくこれを見出すことではないか——であり、その欠如が、僕の人生が不安と、無為と、漠たる夢想の域を出ない欲望のうちに過ぎ去る原因となっている対象。発見不可能な、それでいて自分の死に対する恐怖と結びついて、一層欲求をそそるこの対象。それに自分を結びつければ、自分のことなど忘れられるかもしれない対象。目標。僕が現実でも、この本の中でも向かっているのはこの方向、つまり、そのためなら生きている価値があると思うもの——実際には、音楽のように心を昂揚させるものがたえず心の中にあるということである——を明るみに出す方向ではないだろうか。標的。それは長い、たゆまぬ努力の結果、やっと狙うことができるまでにはっきりしてくるもの。）このように自分がどの方向に向かうべきかを明らかにしようと努める一方で、この文章を、終着点に至る前に、中心テーマがはっきり浮かび出るよう正確にみちびいてゆくには一体どうしたらいいのか。

　同じ友人の妻君のほうは、アンティル諸島風のバーで僕たちのグループが飲んだり踊ったりしたある晩のこと、僕が、いまではもう離れて遠くへ行ってしまいたいとは思わなくなったあるもの、もっと正確にいえば、ある人のことを仄めかしておきながら——一人旅に対する過去の好みを語ったくだりで——、自分の主な気晴らしの一つ（生き甲斐ではないにしても）を諦めるに至った人、そのうえ僕を知っている人なら誰でもすぐそれと分かる人のことを明示しなかったと言って咎めた。これはかなりこたえた非難だ。なにしろここで問題になっているのは、たぶん一番執着している僕の特色（実際のものであれ、そうだと思いこんでいるものであれ）の一つ、すなわち、真実を偽ったり、その一部を省いたりせず、できるだけすべてを言おうとするある心構えのことなのだから。けれど、不当と思われた非難でもある。「誤差の計算」と呼ばれるものを行う物理学者にならって僕は、他の多くの点では恥知らずと非難されるような立場に身を置く一方で、良きにつけ悪しきにつけ、どんな理由からこのような点に関しては節度を守ろうとしたかをちゃんと説明しておいたではないか。

　数か月前、『フィガロ』紙に出たある記事にも注目した。『タン・モデルヌ』誌に発表した「日曜日」の章の一節に触れてその署名者は、僕が母を否認した行為（リセ時代の他の思い出と一緒に話した）は「子供が犯しうるもっとも低劣な行為」だと明言している。いま、それに対して抗議するのは無意味だろう。このような行為をしておいて自分を低劣だと思わなかったならば、それを告白する必要を感じたであろうか。

　しかしここにあげた批判より、もっと僕を考えこませた他の評価がある。

一九四六年五月十五日付の『自由フランス』紙（僕の本が豪華本や限定出版以外の形ではじめて出たとき予約した「情報通信社《アルギュス》」を通して送られてきた切抜き）の中にこうある。

> ミシェル・レリス「日曜日」。日曜日というテーマについての無限のヴァリエーション。ユーモアをもって扱ったら注意をひいたかもしれないことが、ここでは倦怠と退屈しか生み出していない。レリスはスタイルも自在さもないレオトーになるのだろうか。『成熟の年齢』のほうがどれほど私たちを感動させたことか。

『本の手帖』第十八分冊（同じ通信社から送られてきた切抜き。この通信社は届かぬ隈のない視線を思わせるその名前〔アルギュスはギリシア神話で百の眼をもつ巨人〕だけ見ると、恐喝新聞か警察の機関と思われかねない）には以下のとおり。

『新フランス評論』の名誉ある後継であり、実存主義一派の機関誌である『タン・モデルヌ』（二月号）が私たちにもたらすものも、ああ、悲しいことに、やはり健康な気分ではない。ミシェル・レリス氏の「日曜日」のごとき文章は、同誌に出た大方の想像の（？）作品同様、中学生風の卑猥な行為や、歩道だの流行のバーだののごくありきたりの出来事についてしか語らない。この「日曜日」は奇妙なほど徒刑囚の仕事に似ている。

最後に、いまではもう会っていないが、二度目にギリシアに旅して、『サム・オヴ・ディーズ・デイズ』というブルースの、心を真っ二つに引き裂くようなトランペットの高らかな響きをきいたころにつき合いはじめていたある人からきた短い手紙を、職場の事務局にある僕宛の通信や書類のための仕切棚の中にみつけた。その中の次のようなくだりが記憶に残っている。「君はいつ幼年時代から抜け出すんだい。こんなふうに書いてると、壁にぶち当たるぞ。」

この三つの敵意ある批評はもちろん僕を傷つけた。讃辞を送られたところでとくに心を躍らせるわけではないにしても、僕も人並にそれには敏感であり、とりわけ自信をもつためには必要だと思っている。虚栄心は別として、批判はいつも僕を狼狽させ、僕の中にさまざまな疑問に対する扉を大きく開く。

『成熟の年齢』を書くことによって、僕は自分の可能性の限界に達したのではなかったか。それは十年ほど前のことだ。以来、大したものは書いてないし、自分がかなり前から衰退の道に踏み入っている——他と同様、文学のうえでも——わけではないと証明できるものは何もない。いま書いているこの仕事は、かつて試みた告白の、もっとやわで水増しした二番煎じではないだろうか。この種の試みは一生に一度のものであって、新しい、よほど重要な体験がないかぎり、二番目の回想録は、ちょっと角度を変えただけの、最初のものの焼直しになるのではないだろうか。自分自身から思い出以上のものを引き出すことができず、しかも興味の失せたものしか呼びさますことができないとすれば（一番心に残ったものは、すでに一冊の本に集めてしまったのだから）、僕は今日、『風車小屋だより』の中でだったと思うが、子供のころ読んで大変強い印象を受けたあの「金の脳の男」が陥ったものに近い破産状態にあるのではないだろうか。これは脳味噌が純金でできている男を扱った架空の物語で、彼はこの宝物で暮らし、少しずつそれを使いつくしてしまい、ある日、頭を空っぽにし、痙攣した指の爪の先に最後の削り屑をつけたまま死んでいるところを発見されるのである。また僕は、実際には何も言うべきことがないのに、宿題ででもあるかのように執拗に続けているところから、作文のテーマを前にしてなすすべを知らず、「何も思いつかない、何も思いつかない」と呻きながらペン軸を噛んでいる生徒同然なのではないだろうか。これは同様の場合に兄がして周囲のお笑い草になったことだが、その同じ喜劇をのちになって僕自身が、先生や親にそうした事態に追いこまれたわけでもないのに、年中繰り返す羽目になっているらしい。

一人の作家があとは同じことを繰り返し、精彩を失ってゆくしかない一点を通り過ぎてしまったのではないかという怖れのほかに、別の疑問が僕を悩ませている。日曜日についての思い出と考察が招いた二番目の批判のおかげで、僕はそれを無視することができなくなっている。「中学生風の卑猥な行為」、「歩道だの流行のバーでの出来事」とは――その一方でポール・レオトーの書いたものに近いとされて――、僕の語る話(ありきたりであるかないかは別として)が挿話としての価値しかもっていないことを意味しているのでないだろうか。自分についての知識をひろげるために思い出を語るのだと称して、僕は思い出を自分のためではなく、それ自体のために検討し、極端に誇張して、その中に話の種しか見ないという罠に――うぬぼれや盲目から――落ちてしまったのではないだろうか。

「僕がいつ幼年時代から抜け出すのか」と訊ねているあの手紙が代表している催促は、さらに一層苛立たしい。だんだんと遠い過去の方を向くようになって、僕は青少年期を思い出すことの専門家(巧拙はこの際問題にならない)になっただけでなく、過ぎ去った時代にとらわれていて、将来にかかわる一切の行為――そのうえ思考までも――を受け入れない、一種のとっちゃん坊やになってしまったのではないか。僕が夢中で書いているこれらの文章はといえば、自分も含め誰かの役に立つメッセージになるどころか、自分の過去をあれこれ穿鑿する自己満足を示しているにすぎず、結局のところ、思い出とは別のものを糧として生きるためきっぱりとお払箱にすべき昔のおもちゃや埃まみれのお守りに恋々としがみつかせる――それらから自分を解放し、もっと男らしい未来を開くかわりに――ことになるのではないだろうか。

それゆえ、以上の考察からして、自分のやり方のなかになにか疑わしい、人を欺くものが入りこんでいるのではないか、という事実について考えるのを避けるわけにはゆかない。すなわち、記憶の働きそのもののなかに入りこむ可能性のある誤り、僕のやろうとすること全体のめざす方向の曖昧さ、好んで沈黙したり、遠まわしの言葉でしか説明しない、ある種の点に関しての故意の言い落とし、僕がもはやちょっとしたお話の話し手にすぎないというのが事実なら、本物ならぬものへの傾斜、どう考えてみても死体の防腐処置人でしかないのに、水先案内人――いつも舳先の方に目を向けた――になろうとすることのまぎれもない矛盾。

僕の語る事実を損なう不正確さに関していえば仕方のないことであり、したがって、あきらかに大して気に病む必要はない。すなわち、それは延焼を防ぐだけが精一杯の火事であり、僕が人間である以上不可避の、そして逆らうことがまったく無意味な欠点である。

故意の言い落しのほうはこれよりは厄介だ。ある点に関して沈黙を守ったり、半分しか説明しないとは、僕の中に避けて通るもの、紙に記して公表できないため、正視し、確認するのを手控えるものがあるということを意味するのではないだろうか。そうであれば、せめてこの種の欠落にはたえず心にとめ、こうしてその害を最小限にくいとめ、言わずに終わったため存在しないも同然となった事柄を量的にはとるに足りぬなどと思わないことが必要だ。

しかしはるかに、そしてもっとも重大と思われるのは、僕が負けたのではないかと心配している誘惑、人間、それに負けると、もともとはお守りや触媒の役割を果たしていたものが、いとも簡単に自分には鑑賞品に、他人には骨董品に変じてしまう誘惑だ。実人生に属しているというだけでなく、積極的で、生き生きとした何ものかの芽をあらわしているかぎりでは使いものになる人生の断片、僕が努めて集めているささやかな事実は、探究を続けるにつれて硬直化しがちである。それらは発進基地ではなく、次第に到達点として扱われるようになる。僕が行う過去への潜入はたしかな飛躍を行うための自分内部の土地の単なる調査だったのに、いつのまにか避難所に、引込線になってしまうからである。ここで立直しが急務となる。なにしろ僕の企ての意味そのものが、少しずつあやしげなものに見えてきているのだから。それを行うもっとも有効な手段はたぶん、最初からすべてを見直し、当初の目標は何だったのかを、そしてまたこの目標がどうして途中で、承知のうえでの進路変更の結果か、無意識の逸脱の結果かは問わぬとして、ほとんど気がつかない程度ながら、それでも、そこに生じたさまざまな変更が唯一不変の根本に合致しているかどうかを問わねばならないまでに変わってしまったのかを検討することである。

当時まったく曖昧だったある観念をできるだけ明確なものにしようとして、僕がかつて「性質の同一性に従っての事実の集成」と呼んだものを、文学のうえで確立しようと思ってから久しい。事実ではなく、言葉を素材に使って、それ以前にも似たようなことを試みていた。つまり、自分の一番好きな、そして自分にとってもっとも豊かな味わいと響きをもつ名詞、形容詞、動詞を一枚の紙に手当り次第に書きこみ、文法上の正確さにとって必要な場合のほかはあまり変えずに、それらを文に仕立てあげるだけで事足りるとしていたのだった。脈絡上不可欠な要素だけはつけ加え、ひとりでに生まれるように思われる流れだけを信じて、それらの言葉をつなぎ合わせ、白い紙の上にばらまかれた小さな島同士が互いに交信しあうのにまかせるだけで事足りるとしていたのだった。さらにいえば、こうした言葉の種がやみくもにまかれている紙の一枚一枚が詩を生み出すには、言葉がその親近性のままに一緒になったり、結びついたりするのにまかせるだけで事足りるとしていたのだった。こうして一定数の作品ができ上がると（僕にとって厳密な意味で詩的な価値をもつもの特有の輝きを帯びて見える言葉からなる語彙を使いつくすまでやった末に）、僕はそれらを、やはりこうした言葉のなかから選んだ『シミュラクル（Simulacre）』〔見せかけ、模擬行為。一九二五年出版のレリスの処女詩集の題名〕という総題のもとに集めた。実際僕には、自分のやり方——言葉の骰子をあらかじめ存在している考えを表現するために使うのではなく、諸観念が勝手にあらわれ出るようにするため賽筒に入れて振るという——が、「シミュラクル」にほかならぬように思われた。すなわちそれは、黒魔術や白魔術で一般に用いられている象徴、物真似、見せかけと同じたぐいの、造化の神の行為を言葉の面で真似ることによって、曰く言いがたいもの——絶対のイメージ――を発見するための心のパントマイムなのだ。それは、語彙（それを顛倒させることは、言葉では言いあらわしえないものに真っ直ぐ通じるように思われた）という限られた範囲で試みたときには、啓示という壮大な感情を味わうことのできた実験だった。そこから、同一の方法ではなく（すでにやったことをまたはじめたとしても、キーワードが種切れになっているのだからそれ以上新しいものは何一つ発見できなかっただろう）、単なる言葉のパズルはもうやめて、事実のパズルから出発して、もう一度同種の実験をしてみようという着想が生まれた。

　やはりずっと以前から、仕事が成果をあげないとき、自分が何度も次のような考え、つまりある種の儀礼（ある種の演出）は衰えた想像力の補いになるという考えを、金科玉条であるかのようにみなして振る舞っているのに僕は気づいていた。典礼かバレエのシークエンスか、あるいは何であれ、紙に記すに価するものを何一つ自分自身からひき出せないとき、機械的な仕事に執着し、伝統によってあらかじめ厳密に定められていて、その実体をはるかに超えた効果を生み出すと信じられている所作を行うときのように、こまかい点にやけにこだわりながら――そうした行為にそれほど幻想を抱いていたわけではないけれども――、人の文章をすすんでひき写したり、ノートや手帖の何も書いていないページに、雑誌類から切り抜いた記事や挿絵を貼りつけたりするのだった。ぎょっとするほど荒々しい顔立ちの巨大な類人猿の写真とか、弁証法的唯物論に関する一連の通俗的な解説とか、これまで知られている人類最古の言語は「ヤペテ語族」という集団のものだというソヴィエトの言語学者マールの提出した理論に関する覚書とか、「母音たちのソネ」についての発見を扱い、髭をはやしたランボー（この上なく「凶暴な、熱帯帰りの身障者」）が挿絵に入っている記事とか、ステファヌ・マラルメ（『骰子一擲』の数学的イメージにいかにもふさわしい市松模様の布地の、スコットランド製の膝掛とショールをかけた男）の未刊の作品とか、『方法序説』を書こうとしていたときデカルトを悩ませた奇怪な内容の夢や、レチフ・ド・ラ・ブルトンヌとその天啓説との関係や、死者の蘇生についてのロシアの作家N・フョードロフ（僕は読んだことがない）の黙示録的な見解や、数千年前クレタ人が行った闘牛ないしそれに近い他のゲームに関する記事とか、首吊り人の顎から歯を掠めとっている魔女を描いたゴヤの絵の複製とか、錬金術か占星術の本から採った惑星の人間とか、以上が——思い出すままにあげた——、もう長いこと何一つつけ加えていないけれども、時々いまもめくってみる、僕の好奇心の帳簿ともいうべき仮綴のノートに並んでいる断片のいくつかである。出所の異なった二つの（ないしはいくつかの）資料の目で見る比較は、テクスト自体の価値は限られているとしても、爆発のごときものをひき起こすのではないかという印象——たしかにあまり根拠はないが、僕の中に根を下ろしていた——を与えたが、実際は、こうして空間上で突き合わされた異種の資料同士のあいだには何の反応も生まれなかったし、新しい光が発することもなかった。しかし、実際の効果は何一つ期待できないとしても、この種の行為、つまり、鋏で切ったり、端を切り落としたり、糊をつけたり、一つの面が別の面と直角になるように貼りつけたりすることが面白くてたまらず、その仕組への興味が尾を引いた。呪術的効果を生むにはその突合せ（しかるべき方法によって行われる）が不可欠《シネカノン》の条件であるさまざまな要素を、決まった形式に従って準備し、それぞれの性質に応じた場所に配置するといったような明確な行為。実をいえば、お飾りみたいなものだけれども、僕がその魅力に抗しきれない行為。それはたぶん、それを行うとき、幼年期にまで溯る、いつまでも変わらぬ何かを見出すせいだ。つまり、小さかったころ、アルバムやノートを作ったり、僕が好きなときに勝手に使える便利帖の中にいろいろと心惹かれるものを書きこむみたいに、気に入ったもの、関心を抱くものを限られたページの中や、わずかな数のカヴァーの下に（抽斗や箱の中に入れるのでないならば）集める趣味だ。幼少年期、青年期の忘れたくない思い出のいくつかをルーズリーフに記し、そのあと同じ一つの封筒に入れて保存し、こうして自分専用の一件書類を作り上げた——心覚えの域を出ない断片によって——ときに従ったのはこの種の行為であった。ずっとあとに、この本の中で使っている素材をカード（黄色い木製の同じ書類整理箱に入れ、カードより厚いオレンジ色のボール紙でもって章立てによっていくつかの組にわけた）に計画的に書きこむことを思いついたときも同様である。これがあの、僕が跳躍台にして飛躍することを夢見た「事実のパズル」の実現——お役所的な方法に従ってはいるが、行政的、科学的方法への僕の順応（比較的最近の）よりはもっと奥の深い軌跡と関わりのある——だ。

　最初言葉を使って試みた操作をもっと地についた基礎の上に立ってもう一度やってみたいという欲求と、書き残そうと思う多方面にわたる僕の人生の諸事実に関するメモの蒐集——まったくゆき当りばったりの——とのあいだには、ごく幼いころ「太鼓＝ラッパ」のような複合物にひどく心を惹かれたのとおそらくは同じ、並置や組合せに対する漠たる欲求に促されてでもいるかのような、まったく違った諸要素を互いに突き合わせたり、まとめたり、結びつけてみたいという、日ごろ感じているとりとめのない気持を別にすれば、当初何の関係もなかった。長いあいだ、はっきりした意図もなしに（とりわけ、自分自身についての記録文書を作りたいという欲求に引きずられて）従ってきた習慣が、ある日文学上の目的を、もっと正確にいえば、数年前からの念願であった、いまこうして行っている作業のめざす計画的な方法に変わるには、言葉が及ぼした魅惑が僕を促して、もう一度その秘密を探るようにと、ただし今度は、単語が主要な動機であるため言語上の事実といいうるものになっているゆえ、他の多くの事実とは際立って異なったものと映るある種の事実にもとづいて、探るようにと仕向ける必要があった。

　言葉の組成そのものに関しての、あるいは意味に関しての取違えや思い違い、言葉から言葉へと奇妙な関係の網を作り出してゆく音の類似（たとえば、いくらか彫像の石の白さを含む「偶像崇拝者（idolâtre）」を介して「偶像（idole）」から「石膏（plâtre）」へ、あるいは、いずれも謎めいていて、ひっそりと静かな「端子（plot）」から「密議（complot）」へのように）、ある種の語彙のもつ喚起力、歴史上、伝説上の人物（花文様を思わせるエパミノンダス、レオニダス、オデュッセウスといったギリシアの英雄たちのごとき）の名に結びついている魅力、僕たちにとっての意味と辞書が与えている一般的定義とが必ずしも一致しない言葉のもつ二つの顔、風景に風趣を添える自然の「起伏《アクシダン》」に、あるいは、肉体にこの上ない魅力を添え、一層欲望をそそるものにするそばかす、ちょっとした傷痕、ほくろといったささやかな変則に比すべき、言葉にまつわるさまざまなタイプの変化《アクシダン》、以上が、僕の蒐集の対象となり、のちに他のものが次第にまわりにくっついてくる核――といって最初のうちは、自分にとっていつまでも特別のものであった言葉の分野から出ることはなかった――となった、はかないけれども、印象の強烈な（とりわけ、驚嘆する能力がもっとも高い幼少年期において）現実の総体である。

　僕の計画がまだあまり地についていないこのような形のもとで具体化したとき――それは、「奇妙な戦争」のあと、動員解除されて戻ってきて、なにか打ちこめる、息の長い仕事を、生活が本復するのを待つあいだにしようと思った日からはじまった（この種の事実のいくつかが粗描されている数ページの旧稿を考慮に入れなければ）――、蓄え、醸成させたいと思っている名づけようのない素材を自分ひとりの隠語で何と呼ぶべきか考えた末、最初はただ魅力的な言葉としか考えていなかったビフュール（bifurs〔分岐〕）という表現を選んだ。その素材とは、話や文章の中にあらわれる亀裂、きらめき（いたずらな手が小さな懐中鏡を適当に傾けて、人の目をくらませるときの太陽の反射のような）、凹凸といった何らかの異常と接した際の思考の動揺、つまずき、スリップであり、遭遇した人を特殊なパニック状態に陥れ、日常の枠組をひび割れさせて、これまで見えなかった地平をかいま見させる、水の中で足が立たなくなったり、突然深みに落ちこんだりするのに似た経験であり、言語の表面（普段は静かな）に生ずる渦巻や波紋や泡その他の変化である。僕は、きわめて特殊な詩の発生炉であるこうした事柄のうち、年代の分かっている経験を、中に含まれているように思われる真実の水滴をとり出すために、またそのような水脈が今後涸れないようにするために、書きとめたいと思ったのだった。

僕は「bifurs」という語に——この段階では——、汽車に乗っているとき、離れたり近づいたりするレール（開いたり閉じたりする鋏のような）や、上ったり下ったりする電線を見ないかぎり——不動と分かっているものが動くように見えるので、見ていてとても楽しい眺め——、大地に根を下ろしてびくとも動かない鉄道の場合に見られるものと同様の、言葉のあいだに突然あらわれ、しまいには永続的な関係組織や、固定した交通網を作り出す転轍や分岐の可能性といった意味は、あまり考えていなかった。（また、時として車輪の響きが音楽のメロディのようにきこえることがある。それに関して思い出すのは、円盤レコードではなく、『オリエント・エクスプレス』という題の円筒形レコードだ。子供のころ、僕をとりこにした曲で、鉄道という交通機関の利用者の多くに共通する熱狂をもっぱら表現したものだった。同様に、機関車が田舎を疾走するとき、車窓を流れる道路とか、塀とか、分流といった風景を、障害物競走の選手たちが飛んだり、時にはつまずいたりして越えてゆく障害物と見立てるのも、僕にとっては一つの楽しみだった。）

「bifur」という用語——かつて敷砂利のへりの立札に大文字で記されているのを見たとき、強烈な印象を受けた——を引合いに出したとき、僕はむしろ、転轍機の命ずるままに方向を変える汽車がするような、また、時折言葉のレールによって、なにやら知れぬ、めくるめく場所にみちびかれたり、一方で、ビフュール（biffure〔抹消、削除〕）と名づけることのできる動きの中にひきこまれたりする思考が行うような、分岐し（bifurquer）、逸れる（dévier）行為そのものにアクセントを置いたつもりだった。biffure と言ったのは、この言葉にはどっちつかずのものが、道の分岐点や交叉点で僕の舌が道を間違えた瞬間の、つまり「私は言い間違いをした（C'est ma langue qui a fourché〔fourcher は分岐するの意〕）」と思った瞬間の言い間違い（言うはしから取り消すような）の場合に生ずるがごとき、人々のすぐ撤回する仕損じの意味が認められたからである。

僕が最初に定義しようとしたような、ああした bifurs に満足していたら――そのことはすぐに明らかになったのだが――、ごくわずかな素材しか使うことができなかったろう。この種の経験はきわめて稀だったのだから（だからこそ、とても重要なものと思ったのだった）。それは、全部集めてみたところで高が知れたささやかな例外分であり、飛んでいるときと同じように羽をひろげた形のままピンでとめられた蝶同様、箱の底できらめく、貴重で壊れやすい、ほんのひと握りの特異例だった。そのうえ、「bifurs」という観念を少し明確にしようとするや否や、それは自身無意味な言葉となって消え去ってしまうように思われた。なにしろそれは、さまざまな面のうちの一つ、つまり、僕をいつもとりこにしてきた捻り（gauchissement）とか湾曲（courbure）といった面しかあらわしていないその名前から生まれた、恣意的な拵え物だったからだ。（捻りや湾曲の例としては、ずっと前に見た「翼の捻り」を可能にする装置をそなえた――その飛行機の主要な特徴を列記する説明によれば――、フェルベル大尉の複葉飛行機をあらわすあの絵葉書をあげる。またこれと同性質で、しかも一つの物が二つにわかれる場所という「分岐（bifurcation）」という語についての辞書の定義にぴったりの例としては、兄と僕とが自分たちの作った紙飛行機を「直線型（rectiligne）」と「曲線型（curviligne）」にわけ、些事にこだわる喜びをおぼえつつこの二つのタイプのあいだに設けた微妙な区別がある。僕たちは、これらの紙飛行機を食堂で飛ばし、滑らかな床に着陸させて、距離を争った。この記録は、飛ばすのが二人が揃っているところで行われたか否かによって、「公式」と「非公式」にわけられ、距離の正確な測定のためにはお針子たちの使う蠟引きの細い布製のメートル尺が用いられた。）

家を建てるのに土台が小さすぎるのではないかという不安や、僕の資産に言葉をめぐる挿話よりももっと実際的な要素を加えたいという欲求や、輪郭をよりはっきりさせようとしてもなかなかうまくゆかない観念を別の角度から検討し直す必要から、当初のアイデアに重大な変更を加えざるをえなくなった。そこで――語あるいはその組合せをきっかけにして僕たちの精神に生じる異様なずれだけではなく――、一定の瞬間にまさしく事物の中にあらわれるように思われるある種の収斂ないし分離が僕たちの中にひき起こす同様のものも「bifurs」とみなすことにした。（たとえば――それは同一性の根拠そのものを危うくする不思議な二分化だった――、往復ともジェリコー通り（rue Géricault〔同名の画家の名にちなむ〕）だったかジェリコー通り（rue Jéricho〔こちらはパレスチナの古都にちなむ〕）だったかを通ってブーローニュの森へ散歩に連れてゆかれたとき、洗濯屋の店先にだったと思うが、展示されているのを見た服のかけはぎの広告。そこには二枚の長方形の布切が並んでいて、見たところは同一物だが、一方には鉤裂きがはっきり見えており、他方には熟練者の入念な仕事のおかげでそれが跡形もなく消え去っていて、二つの異なる時点における一対のものとして――驚くほど同時と見える形で――示されていたのである。また――それとは逆だが――、太鼓＝ラッパやレコードを兼ねた絵葉書のように、二つの物の一つの物への、人を面くらわせるような合体。前者は純粋に聴覚の分野に属する事物だが、後者はとりわけ、聴覚と視覚が一緒になった、その郵便と電信という用途ゆえに驚くべき事物だ。もっとも僕は、絵葉書の刻線の入った部分をかこむ装飾が、ありきたりのものだったか、それともボール紙の闇の中に閉じこめられている音にぴったりの絵だったかどうかはおぼえていない。）

僕は並行して――突き合わせ、近づけ、関係を作り出したいという欲求に駆られて――、分析するつもりだったああした特別な経験よりもむしろ、そこから分かれ出たさまざまな枝道のほうへ次第に関心を向けるようになった。これらの枝道は、そのまま進むかどうかは僕次第の、また、さまざまに交叉しているゆえ、一国を形成する諸地方を打って一丸とするものに似た一種の組織網をしまいには作り出すはずの進路であった。ひときわ色鮮やかで、しかも際立った特徴をそなえているため、僕にとって目印の役割を果たす経験のまわりに集まった諸事実、感情、観念の結び目、これがやがて「bifurs」となり、他方で僕の努力は、済んでしまった事柄のスタティックな報告を、もっと動きがあって自由な何か、僕が最初に「bifurs」と名づけたものの単なる記述となるどころか、それ自体が一連の bifurcations ないし「bifurs」となるような何かに置き換えることへと向かうようになった。こうして僕の仕事の大筋は、発見、発明、ついでこれらの結び目の点検となるよりも、文章の流れに沿ってのジグザグな、そして「bifurs」から「bifurs」へ、テーマからテーマへと進む省察と化した(これらのテーマはいくらかばらばらながら少しずつまとまりを得、各章に並列されて、つながり合った連続する挿話のごときものを形作ったが、その歩みの気まぐれさ加減は、生垣や、小川や、耕地や、きわめて変化に富む土地の起伏を越えて走りつづけねばならないクロスカントリー競馬さながらだった)。

前述の、書類作りの好きな人間がやるような方法で仕事をする場合――カードを使って。実際のところその量は、さまざまな機会に途中で増えていった(すでに採録したものに対する補足を、あるいは、最近の出来事や考察だの、同じ回路に組みこむべき性質のものだということが突然分かった昔の事実や状況だのに触発されての新たな覚書を、同じカードに、時には別のカードに書きこむことによって)――、これらのカードを、障害物競馬の、あるいはむしろラリーの道程を決める資料ないしは標識、つまり僕が辿るべきコースをおおまかに示す単なる印として取り扱わないかぎりは、学者仕事の息苦しくて、埃くさい面から逃れることができなかった（そのうえ、これらの印のあるものは、僕がカード・ボックスを調べていて、かくかくの要素が、他の結び目に属するよりも別の結び目の支配圏に入ったほうが所を得ていると突然思われたならば、分類を若干変更する場合のように移動させることもできる）。それゆえ――そのうえ、まだまったく利用していないカードの一部を、一発勝負にはとても出られそうにない、羽根の抜けた扇みたいな手札を補強するために引く予備札のごときものと扱って――、まずなにより、さまざまに区わけされているこのカードの束の中にあらわれる連関を考察し、いまでは貯蓄みたいな陰鬱な様相を呈してきているものより、カードからカードへと移ってゆくことを可能にしてくれる連鎖関係、つまり、総じて結合と展開の問題になっている僕の仕事の中にある自由で生き生きとしたもののほうを考えることが必要となっている。そしてこれらの結合と展開は、僕が進むにつれて密度を獲得し、カードの内容となっている経験、いまではもはや、紆余曲折する僕のコースをみちびく、ところどころに設けられた目印にすぎなくなってしまった経験にかわって、真の経験となるまでに至る。

僕の精神（僕の連続性の象徴）のところどころにいまなお走っているように思われる、そしてその隙間からめまいを起こさせる（ある断絶や変異のうちにあらわれる不連続性のおかげで解き放たれてこうして臭ってくるのが、死や世界の終末の――相対性の外への跳躍の――漠とした臭いだからではないだろうか）臭気が立ちのぼってくるごく小さなクレヴァスから出発し、僕はこんなふうにして、bifurs ないし biffures（これらを、意味をふくらませる必要などまったくない「フルビ（fourbis〔持物一切〕）」という無性格な言葉で呼んだほうがいいのではないかと思っている）を、その一つ一つのいずれかの端があるテーマに結びついている単なる結び目にすぎない――それらが自分にとって啓示の光をそなえているときには——と考えるようになった。こうしたテーマは、筋道をつけるためのいわば関節の役割を果たすようになった、連鎖関係を重んじる僕の書き方のおかげで、ありとあらゆる照明の下で検討され、他のテーマと突き合わされて正確なものとなり、こうして全体が、分岐や曲折やさまざまな逸脱からなる線の迷路の中から浮かび出るこれまで知られていなかった形さながらに、次第に姿をあらわしてきたのである。（この種の形の断片としては以下のものがある。すなわち、言葉に僕の与える優越、決まって伝説的な色合を帯びていて、原形質みたいなものを形作っている過去への沈潜、震えおののく感覚の世界にも鉱物界にも抱く執着、砂漠が映し出す僕の拡大されたイメージ、甲冑としての衣服、金銭におぼえる罪悪感、社会階級から離脱するための、時間の支配から逃れるための手段としての文学、いくつかのものを一つに集めたいと思う欲求、多かれ少なかれ僕が疎外感をおぼえている世界の共犯者になりたいという渇望。）だから、まだ bifurs ないし biffures があるとしても、それらは僕にとって、精神をそのわだちから飛び出させ、「踏み固められた道の外に」幸運を探しにゆかせるか、精神を「脱線」させる——その結果を形容するのに、この二つのおなじみの表現のどちらを選ぶかは、価値判断や、経験や、そこから生まれる僕の考え次第だ——、異常な、本来の意味における déroutant〔「道からはずれた」が原意。そこから「面くらわせる」という意になる〕な現象としてしか、もはやあまり意味はない。

　出発点がどれほど恣意的でゆき当りばったりのものであったにせよ、いまの僕にとって肝心なのは、雑然とした自分の文章の中にすでに仄見えていて、あちこちに一端がのぞいている諸テーマを明るみに出し、その解明を行うことである。事を行うには集成（そこにはいま、ごくありきたりの、ただし僕のあり方をよくあらわす事実が集められている）を作成することが、そしてその構成要素に関して最小限の分類（まず最初、「基本的事実」と呼びうるような事実に関してのごく大まかな年代上の分類。「基本的事実」とは、途中で他の事実が、こちらのほうは日時の考慮を抜きにして、そのまわりに集まるに至った事実のことだ）を行うよう努めたあと、それらをつなぎ合わせることが不可欠である。また同様に、これらの事実をああした複雑な紐——そのなかには、本を書いているあいだに起きた事件の一部もまじっている（生きて動いている世界への召集ラッパ）——でくくり、こうした全体から、まだ決定的なものではないにせよ、ともかく仕事が終わったあかつきには、僕が真実いかなる存在なのかについて、何を基礎として行動すべきかについて、いささかの光を投げかけてくれる何ものかが生まれ出るようにするために、これらの事実を結局のところ、少しずつ描き出されてゆくそのイメージともども、作曲でいうライトモティーフのようなものとして用いることが必要である。言葉を換えていえば、僕は、こうした bifurs（あるいは、あらゆる方向に向かって少しずつ試みた探鉱）のあげくに、またさまざまな biffures（あるいは、見せかけだけの価値の次々の消去）ののちに、自分の性質と目的について、自分のもっとも深く望んでいることについて、自分がその一生のあいだになしうるもっとも価値があり、かつ自分に似つかわしいものについて、啓発されることを望んでいるのである。（たとえば、詩人になるということ、このような野心の前提となる一切を含めて。この野心は、詩的活動を行うことだけに局限されるものではなく、言葉のもっとも厳密な意味において、さらにそのような役割の選択がもたらす当然の帰結も踏まえたうえで、代弁者になることを否応なしに要求する。）

　僕の人生が立ち至った決定的な岐路（bifurcation）、僕の人生が運命となるためにそれに加えねばならない軌道修正、これが、bifurs と biffures のそれぞれを、字句に手を加えずに意味をまったく変えてしまう式辞や、用途はさまざまに変化しながら外観は同じ昔の建物（修道院、病院、監獄、そして、まるでこうした建物を歴史のために公的に役立てることだけが、その波瀾に富んだ歴史の終着点としてふさわしいかのように最後はたぶん博物館）のように扱いながら、最終的に僕がそれらに与えようとした内容だ（ただし岐路のほうはといえば、昔の道筋を探すのにまだまったくまごついているところであり、他方の軌道修正のほうは、変貌への道を用意するものである以上、未来の方へ向いている）。

最初頭の中で考えたことと、「bifurs」の魔法の輪の中に入れたいと腐心しているものとの懸隔が日ごとに際立ってくる――一度決めたことにとらわれるせいなのか、盲信のせいなのか、比喩に訴える言葉から自分がなかなか自由になれないせいなのか――のは知りながらも、ただ一つの意図、つまり突合せを行い、諸要素を結合するための道筋をつけるという意図だけは変わらなかったことを僕は確認する。最後には、自分自身に関しての簡約百科事典となるような本を作り出すために、おのれの人柄についてのありとあらゆるばらばらのデータを一堂に集めることが問題――僕の努力の仕方がどのようなものであれ、最初の素材が何であれ――であるかのように、つなぎ、固め、結びつけ、集中させることによって得られる満足感。この百科事典は、ある種の年鑑（額に月桂冠を戴く重々しい横顔が表紙に描かれていた、さまざまな情報の宝庫であるアシェット社のもののような）や、初等教育免状取得のための受験者用にラルース社の作ったポケット版の摘要が、僕たちの生きているこの世界の明細目録という点で果たしたものに比すべき役割を果たすはずのものであった。これらの本は大きさが限られていて（僕が考えた百科事典の予定の大きさよりはるかに大きいことは確かだが）、子供の僕に、人間にとって必要な知識はこんなわずかなページの中につめこむことができるのだという思いを抱かせたものであった。

こういうわけで、またもや僕は、限られた大きさの容器の中に必要なものが一切合切入っていると見えるものを探し求めている自分にふと気づく。かつては水彩絵具の箱やコンパスの箱であり、いまでは、必要不可欠なものだけにできるだけ切りつめようとしている蔵書だ（必ずしも読むとは限らない本という形で、知識の全体をいわば缶詰にして手もとに置いておきたいという考え。僕が人に本を貸すのをいやがるのは、とりわけ、そうなると揃っているものが半端物になってしまうように思われるからだ。このような観点から、揃いのうちの一冊を貸すくらいなら、ひと揃い貸すか、場合によってはくれるかするほうがいいと思うことだってあった。というのも、問題となるのは全体であり、ぎりぎり最小限にしぼって作り上げた以上、いささかなりとも損なってはならないからである。そうした場合、貸与によって危うい目を見たり、一時的にばらばらにするよりは、その部分をそっくり犠牲にしてしまうほうがいいのだ。これは、営々としていったん作り上げたからには、事故で失うかもしれないと心配するよりは、思い切りよく手放して——必要ならそれ以上の犠牲を払って——しまうほうがいいと思うまでに、たとえほんの一部でも危険にさらすのに忍びず、汲々として守ろうとする完全主義者の哀れな姿だ)。

積み上げたり、集めたり、結びつけたりすることにいつもおぼえる吝嗇家の楽しみ。まるで、こうして縛りつけておけば、がんじがらめになっていて、どの部分もとり去ることができないので、全体が譲渡不能のものになるかのように。自分で操作すること、もっと正確にいえば、自分の手で持ったり、作り上げたりすることにいつもおぼえる深い喜び、幼いころ、ヴィロフレの親戚の庭にしつらえられていた、いとこの一人のものである鉄道で遊んだときのように。それは、汽車が走れる程度、二本の金属のレールだけが表面に出ているようにするため、「よくならして」、砂をレールのあいだやまわりに積み上げる際におぼえた満足感であり、掌で砂を一様にならしたときのまったく申し分ない感じであり、また、自然と一体となった製品さながら、このように野外にしつらえられた玩具の鉄道が呈していた、夢みたいな現実といった光景を眺める喜びでもあった。

ここに至って、交流したいという僕の意志、なにか価値あるものを手に入れようというのではなく、外界が授けてくれる記章ともいうべき証だけを得たいという僕の願いは一体どうなってしまうのか。

この本を書きはじめたころ、僕は発見への道を歩んでいた。そのあと、関連づけることのできる諸要素を集めたいという気持がふくらむにつれ、本を作ろうという考え、それを構成し、築き上げ、細部を一つ一つ整えようという考えが少しずつ大きくなっていった(理想の対象を作り上げるより、手作り製品にむいているやり方だ)。開墾者の昂揚した気持に、次第次第に、古物の売買をしているうちに調度品が増えてゆくのを見る人間のマニアックな昂奮がとって代わった。次々とページが増えて、本が厚くなってゆくにつれ――新鮮な驚きもなく、カードからカードへと進みながら。その大方は、使うとき、僕には価値がないように思われた。なにしろすでに知っていることだし、それにもう項目別に分類されていたのだから――、最初の躍動が失われていった。やがて bifurs に関しては新聞の誇大な大見出しのような名前しか残らなくなり、「突合せ」からは大したものは生まれなくなってしまった。したがっていまや、カードをつなぎ合わせるだけの仕事に埋没しており、どれもが過ぎ去った時間に属する観察や出来事をきりもなく反芻していることに、次第に苦い思いを抱くに至っている。詩的な炎は一つとして燃え上がらず、究極の目的を見失っており、無数の細部はそれへとみちびく助けになるどころか、むしろ妨げになっていて、一歩進むごとに蒐集家の陰気でけちくさい月並な仕事に、僕は一層はまりこんでゆく。

それゆえ数週間前、僕はぐずぐずすることなく、一切を中断することに決めた。苦心惨憺の文学の仕事が、僕の目に心を躍動させるものと次第に映らなくなり、もはや必要なものと思われなくなった以上は(ある程度予定して没入できるということのほか、それは何一つ僕にもたらしてくれないので)、好日を待って、それを放棄してしまうほうがいい。これは、目下立直しについて抱いているきわめて切実な期待から出たことなのだ。つまり、逸話病――僕の本の批評家のなかの少なくとも一人がたまたま見立てた病名によれば――が猛威をたくましうするのをやめるまで、そしてこの休息期間に脳が洗われて面目一新できるようになるまで、一切を眠らせておくこと。長い空白状態のあとの面目一新。胴はまだほとんど変わらないように見えるけれども、叩きすぎたので、皮はどうあっても新しいものに変えなければならない太鼓のような、面目一新（peau neuve〔元来は新しい皮の意〕）。

僕の本――いまではすっかり暇になってしまった生活と同様――は、こういうわけで、あと一歩で空無と化する体《てい》の、もはや内実をほとんど欠いた影絵や輪郭としてしか存在しない何かなのだ。いま感じているまぎれもない幸福感――そこにはかすかなめまいのようなものがまじっているが、いままでのところ別にそのために損なわれてはいない――はこの休暇状態と関わりがある。生理的には以前より体が軽くなり、解放されたような感じがする。仕事のために明日のことを思いわずらう必要が一切ないので、気ままに暮らし、現在を享受するだけでよく、もはや楽しみしか期待することのない（もちろんそれは誤りだ）世界の中を屈託なしに動きまわる人たちと同じ按配だ。精神的には奇妙な宙吊り状態を味わっている。まるで決して自分は死ぬことがないかのようであり、かたやもうすでに生きていないかのようである。旅行もせず、一切が停止している、夏休みに近いある日のような感じ、つまりすべてがどうでもいい遊びと化する、どっちつかずの瞬間にいるという感じだ。いまなお毎日博物館に通っているとしても、僕は後悔することなく閑暇をむだ使いしている。午後の終わりに誰かと一杯やったり、友人たちと夕食をしたり、外で宵を過ごしたりするときに浮かぶ、こんなことよりほかにすることがあったとか、もっと有効な時間の使い方があったのではないかといった、人の心をくじく証文の出し遅れのような思いはもはやない。なにより僕は、何も作り出していないからといって（あるいは、機械が空まわりしているような文章だけをもっぱら、ほんの少々書いているからといって）、自分の価値が下がるとはもはや思わない。この本の構築に精力を傾けることに生き甲斐を見出すのを今後やめたからといって、自分の決断したこの放棄が僕に重大な損害を与えることのないのは明らかだ。物を書かない無名の人々の群へ戻るからといって――このような雲隠れが決定的なものになるとして――、本質的なものを何一つ危険にさらすことにはならないだろう。あるときから見せかけだけのものになってしまった活動をやめたからといって、せいぜいのところ、これまで出版した他の本から得たわずかな名声の輝きを曇らせてしまうくらいのものであろう。そして下らぬ虚栄の面でいえば、しがない三文文士の習慣を屈託のない超脱した態度とひきかえたならば、そしてむだなおしゃべりに精を出しつづけるより口をつぐむほうを選んだならば、この交換で僕は得しかしないのではないだろうか。

けれど、このような断念の中には、なにか物足りない、恥ずべきものがあるようだ。他のものへと人の心をみちびく反省は抜きにしての、失敗の受動的な確認。破産の直前にそれを申し立てるようなペンの擱き方。無為王〔メロヴィング王朝の末期の王たち〕の境遇を自ら選んだかのような顔をしてはいるものの、実は、身から出た錆と諦めねばならない無能力を怠惰のせいにしてしまおうという見え透いたくらみ。この章の中を行きかう道筋の、少なくとも一部を結びつけることができなかったことの自認。大いに苦労して自分の手で根こそぎ抜いたさまざまな茎を、花束とおぼしきものにすらまとめることができないことの、完全な失敗の責任をとっての辞任。

だから、いまどんなに急いでけりをつけたくとも、僕を沈黙へと追いやる真の動機の、自己満足抜きの検証――メモを木の小箱の中にしまう前に試みる最後の一撃か――は、避けることができないだろう。

長い幕間をとる以外に曲がってしまったものを元に直す期待がもてないので僕は黙る決心をした。ところでこの決心――書きはじめてすぐに、生涯の終わりとまではゆかないにしても、連綿と続く長い歳月のあいだ、僕の心を占めるだろうことをすぐに悟った著作に、中断期間を設けようという、当初からの望みと一方では一致するとはいえ――、この決心(二つの巻のあいだでの一時的な休止よりもっと本物の沈黙をめざしている)は自己の窮境を認めることにしかならない。それは、自分の意向から出た行為や、舞台からの俳優の退場にひとしい単なる取決めどおりの退場であるどころか、失望と疲労の、そして、いつまで続くか見当のつかないあまりにも大きな困難に尻込みして、勝負から下りてしまったことの白状である。

何らかの形で生活と並行していると考えるのでなければ、また、生活から切り離され、それから免れていて、他とは何の関係もなく外界とは離れたところで行われる、独自の軌道を行く天体の活動みたいなものだと思うならば、たしかに僕は文学的活動などにろくに関心は抱かないだろう。たとえどれほど推敲しようと、ペンが書きとるすべての行には多少なりとも書く人の人間があらわれるはずであり、紙をいわば耕すそれぞれの手の動きの中に、耕すという行為の静かな、あるいは乱れた水面にこのようにその運命を映す人間が、全体としてどのような存在であるかを人は読みとることができるにちがいないのである。自分に関するかぎり、書くことによって出合う罠は、日常生活において考慮に入れなければならない落し穴に通じていることを、そして、僕が自分について描くことのできるもっとも正確な肖像は――ことさらに自分を描こうとした著作のどれよりもはるかに――、普段の僕の本質的な関心事とどれほどかけ離れたものであろうと、なにかある考えを言いあらわそうとする際、気づきさえしないで描いてしまうそれであることを知らぬわけではない。僕のどの文章にも山と出てくる、えてして表現の拙さのせいにしている言葉の不様さや躊躇いや躓きのすべて、削除や付加のすべては、実際には僕の考えの中にある優柔不断を、性格の欠陥を、びくついたり、回り道をしたり、引き返したりしないかぎり一歩も前へ進むことのできない心の底の怖れ(とりわけ)をあらわしているのである。まるで僕は、断言したり、態度を明確にしなければならないたびに、障害物の前で尻込みし、騎手が怒ってさんざん拍車を当てないかぎり飛び越そうとしない馬みたいに後ずさりするかのようだ。このような困難回避の傾向は、ほとんどたえず一人称を使用することと見合っている。僕が「je」と言うとき、一見めくら滅法に突進するようにみえるかもしれないが、自分が言い立てていることで身を危うくしているわけではない。僕は自分の断言を自分一個にかかわるものにすぎず、一般的な真実ではなく私的な意見にすぎないとすることによって、その主観性をことさらにひけらかし、とるに足りないものにしてしまうからである。この傾向は、一部は観念を扱うことにかけての明らかな無能力、弁証法的思考の才の困った欠如に起因しているが、それは(もしあまりそれに流されるままになるならば)、たとえば、ちょっと緊迫した会話になると、自分の意見をはっきり言えなくなるといった、根っからの無能ぶりを露呈するに至る。したがってそうした場合、違った意見を相変わらずもち続けているのに、相手の意見にほとんど全面的に賛成してしまい——相手に反対する理由がまったく、あるいはほとんどないならば——、対話が終わったとき、こちらの面子を救う若干の原則的な保留だけを述べるというような始末になることがよくあるのだ。自分の考えを場合に応じてきちんと述べるのに困難をおぼえたり、とてもそれを正確に表現できそうもないという悲観的な判断を下したりする場合に、沈黙はあきらかに安易な解決だ。弁舌爽やかとはゆかないにしても、それ相応の確信をもって反対しさえすれば、人々の賛成を得る機会があることが分かっていた論争に、こうして幾度となく僕は口をさしはさむのを控えたことだろう。しかし自分にあっておそらく一番欠けているのがこの確信であり、示そうと努めるにつれてそれがなくなってゆくのを感じて、僕は沈黙のための恰好の理由をみつけたものだった。もちろん、うっかり話して、知性のなさをさらすのを怖れる気持もある。これは、文学において下手なものを書くくらいなら無のほうを好むところから、また——一部を失う危険を避けるために全部をやめてしまうという手段にえてして頼る例の癖によって——、チャンスをためしていたら苛まれたかもしれない苦悩がないというだけの一種の平和に甘んじるところから、まったく何も（あるいはほとんど何も）書かない結果に至るのと同断である。（ぜんぜん違った分野の同じような例として、かつて、他人に差をつけられて恥をかかないようにするため、競争相手がいると分かったとたん、ある娘ないし女に言い寄るのを諦めたことがあった。またまさに文学の分野において、想像的な作品を見限り、なにしろ自分を扱うのだから、自分が唯一の適任者だと簡単に考えることのできる自伝という分野に閉じこもることになったのも、いくらかはこの競争に対する怖れのせいではなかろうか。）

昔から、まったくの無為か、放棄のもう一つの形である主観主義のど真ん中への逃げ込みとのあいだで揺れ動きつづけてきたので、この著作の中にもはや失望しか見出せなくなったとき（自分を分析したり、状態を記述したり、言葉の香気に陶酔させられることも、事物の炎に身を灼かれることもないままに、ただ言葉をはかったり、解体したりしているだけなら、何一つ発見できないのは当り前なのだから）、手段を尽くして問題を解決するより、それから身を背けるという不毛な行為を、習慣から、しかもそのことにまったく気づかずに選び、同時に、えてして陥りがちのあの傾向、利己的な孤独のぬくぬくとした怠惰の中にくるまるという傾向の行きつくところ、僕が口をつぐもうとしたのはごく自然のことである。世界の同意の証を求めている僕にとって、しゃべるのをやめて黙ることが、自分で自分を攪拌する饒舌な方法を、同じように自己満足的で、独言に見られる解決の糸口らしきものすら欠いているところからそれ以上に閉ざされたものというべき方法に置き換えるだけの意味しかないのなら、筆を折ったところで何の益もないだろう。しかしぴたりと閉ざした口（つんとすました態度の最たるもの）からも、とめどもなく独白をまくしたてる口からも無縁な場所で、ひとり立ちした歌、僕の人生の決定的と思う瞬間にきこえてきたああしたメロディのような歌をうたうに至るには、山をも動かすほどの、なんという努力を強いられることか。

　言葉の行使にあたっての小心さと表裏一体の優柔不断な性格。日常の職業的な活動の面において、講義や講演に対する僕のどうしようもない嫌悪（聴衆を前にして口を切ったとたん、突然言葉が宙に浮いてしまい、頭は空っぽ、心も空白のままで、話をどう終えたらいいか分からなくなるあの不安）を説明する同じ一つの欠陥の二つの側面。講義と講演の場合にあっては、教授ぶること（「物を知っている」人間になることであり、その知識のおかげで、壮年の男や金持の男のように偉そうに見える人間になること。実際に物を知っている人間より、知っているふりをする人間になること。そう見せかける人間になること）に対しておぼえるおぞましさに加えての嫌悪だ。これは同様に、外国語で自分の考えを述べねばならない場合に、決まって僕を襲う居心地の悪さを説明するし（組立て方がまずくて、苦笑されることと受合いの文句をでっち上げることであり、お手のものの言葉を話すときには援護とも支えともなる、記憶という優しい詰め物のない口頭の世界で、一種のとんぼ返りをすること）、フランス語の場合でさえ、なぜ僕があまり話し好きでないかをも説明する（何も言うことがないのではないか、あるいは、あっても下手くそにしか言えないのではないか、という恐怖に打ち克つことができないので）。自分の考えを表現せねばならないときにおぼえる、追いつめられたような感じ。しなければならぬ行為を前にしてと同様の、脈絡をつけねばならない言葉を前にしてのパニック状態。揺れ動くこと。言を左右にすること。言い逃れをすること。どうしたらこうしたことすべてをご破算にできるだろうか。どうしたらこのエリコ〔ヨシュアに率いられたイスラエルの人々が、非常な困難の末に攻略した最初の町〕を滅ぼすことができるだろうか。どんな太鼓を叩いたら、どんなラッパを吹いたら、僕の声をつまらせる当惑と気がねの障壁を打ち倒すことができるのだろうか。

　いまのところ、このような障害には打ち克てないでいるのだが、それでも、全きコミュニケーション（僕の言うことが他人の生きる助けになることであり、他人とのこのような言葉の共有によって自分で自分を助けること）を妨げているものをすべてとり払いたいという欲求が強くなればなるほど、人を感動させ、魅惑すると同時に、厳密に論理立てられていて、自分の考えをそっくりそのままあらわす表現に達するためには、従わなければならない要請が、たちどころに一層きびしく、無味乾燥で、煩瑣なものになるということがよく分かっている。僕の目的が、永久運動、哲学者の石、円の求積法であるのが明らかになるのはたぶんその辺からだ。実際、比喩に訴えることに対する好みと、真正の表現に達したいという関心と、単に自分一個のためではない、規範どおりの論理的妥当性をそなえた一種の体系を作り上げたいという意向とを、どうやったら折り合わせることができるだろうか。この三つの構成要素が相殺することなく一つの文章に合一して、自分が切に望むような閃光を発するには一体どうしたらいいのか。それなのに僕のやっていることといったら、屑みたいなカードのなかから、ちびちびと、しかも用心に用心を重ねて文章を引き出すだけではないのか。天啓を受けた錬金術師のものではなく、実験室の化学者の労働だ。化学者といえば、もう少しでそれを専門とするところだったのであり（なにしろある期間、僕が勉強したのはその方面の職業に就くためだったのだから）、それは、素質はあまりむいていなかったとはいえ、昔そうした仕事をめざした漠とした気持のほか、擂りつぶしたり、漉したり、調合したり、いじりまわしたりする現在のやり方からも分かるように、僕という人間の実際のある一面におそらくふさわしいのだ。

　それゆえ、これらの点はどうあがいたところで折合いがつかないということを認めぬわけにはゆかない。そして、このように引き裂かれていては僕が悩むのも当然だ。奇妙なのは、自ら決意し、もっぱら自分の意志だけに従ってはじめたはずの試みが、人に無理強いされ、しかも痛烈な非難や、場合によってはきびしい罰さえ招きかねない仕事さながら、僕にとってこれほどの重荷になってしまったことである。玩具ないし解放の手段になると思って選んだものが枷に変ずるのを目の当りにする物書きのばかげた状況。実のところこれは、印刷術が知識の普及に役立つどころか、大新聞を介して白痴化の道具に、機械化が奴隷制度を完璧なものにする装置に、全科学が一般に強制と破壊のきわみを尽くす手段と化するように、ある一つのものが反対物に転化するありきたりの成行きだ。

もし花文字（一般に「主計曹長式」と呼ばれている書体よりももっと深みのある太字と細字をそなえた書体）の花綵を書くことに執着しつづけるとすれば、それが僕の生活のための化粧ないし仮面の代わりをしている――自分自身の目に――からなのは明らかだ。こうした脂粉は自分には不可欠のものであり、それがなければ僕の生活は文字どおり我慢ならないものになってしまうのである。けれどこうした花文字の効能が、僕にとってそれが一番必要であるとき、つまり、生きる恐怖を自分の目から隠すためのおめかしなどしている余裕がないほど不幸なとき、失われてしまうのもまた明らかだ。ここに至って、僕の立場に容認しがたいもののあることが歴然となる。つまり凪の際には間に合うものの、実際に溺れるおそれのある場合には役に立たないとはっきり分かっている腐った板を救助板と考えているということだ。たったいま僕が明るみに出した矛盾よりも一層根本的な、もはや単に書き方ではなく、書く理由そのものと深くかかわる矛盾。

目下の僕のように、沈黙のほうが有利だとする諸々の強力な考えに攻め立てられるとすれば、賢明なのは――基本的には誠実ではないとしても――、お辞儀をし、ここまでにしておいて、自分の失敗の確認にはもうこれ以上ひと言もつけ加えないことであるかもしれない。しかし僕にとって「沈黙」とはほとんど「死」の同意語なので（僕の死とはそれについての記憶をもちえないものであり、したがって語りえないもの。この絵の完成にいつまでも欠けることになる一本の線。僕の死とは単に肉体の観点だけからでなく、精神の観点からしても僕の失敗となりかねない決定的な経験。なにしろその場になったら恐怖を抱くだろうから)、口をつぐむ決心がつかず、たぶん賞められてしかるべき、ただし束の間の明晰さが命じたものに従い、対極の解決法を選んでいる。つまり口から出まかせにしゃべることだが、ともあれこれは、理屈倒れの理性、おしゃべりだけが能のおしゃべり、書くことだけが能の書き方によって僕が閉じこめられてしまった魔法の輪を断ち切るのを許してくれるかもしれないことだ。これは、書くという行為が——書いてでもいなければ十全に生きていると感じることのできない人間に、見せかけだけの生を与えるどころか——、僕の心の状態の行きつくところ、僕たちに欠けているものの穴埋めをするという幻想すらもはや与えないような段階にまで達してしまっているのが事実ならば、ある飛躍を僕に要求することだ。穴を埋める(あるいは隙間をなくす)のに成功するとは、目標を発見する、つまり充実を、新鮮な果肉や味のエキスのたぐいを見出すことについて云々した際、僕が言ったことの裏返しの表現ではないだろうか。フルーティと形容できる唯一の言葉である詩の言葉だけが、それに似た何かへとたしかに人をみちびくことができる。僕はこの種の精神の昂揚に突然達するために、あわよくばの希望を抱きつついまの苦悩の状態そのものを当てにすることができるのだろうか。あるいは反対に、この苦悩は、不毛しか期待できないほどきわめつきのものであって、どんな魔法の杖のひと振りをもってしても、はなはだしい枯渇を情熱に変えることはないのではないだろうか。たぶん僕は、古代の錬金術師や神秘思想の哲学者たちが「決してあと戻りできない道」と呼んだような道に入りこんでしまっているので、もう前に進む以外に出口を見出すことはできない。

陽気な言葉としてあげたlanで終わる言葉——『アイーダ』の有名な行進曲や『預言者』のそれ(当時は壮大さの表現そのものとみなしていた、とても騒々しくて大げさな「聖別式の行進曲」)のメロディを蓄音器できいていたころ、僕が大好きだった、ああしたファンファーレのように朗々たる言葉――のリストの中に、うっかりして入れ忘れた言葉がある。実際僕は、この種の言葉の典型の一つなのに「腹の皮がよじれるほどおかしい（gondolant）」をあげ損ねてしまった。日常の用法自体、それに滑稽な意味を与えているし、また、腹がほとんど苦しいまでの波動に襲われたときの、そしてこのように苛まれる人間が、次第にひろがってゆく目鼻立ちと細くなってゆく眼によって、少しずつなかば宇宙的な現象のとりこになりつつあることを示す状態をあらわすのに、これ以上ふくよかで、丸々とし、赤ら顔で、吹き出す寸前のふくらんだ頬の感じの形容詞を見出すのはむずかしいだろう。礼儀の枠だけでなく、人間としての自尊心まで吹き飛ばしてしまう哄笑や発作に襲われるのは、全体へと融合するいい方法ではないか。人間に固有なものであると同時に、人間がおのれを守ろうとする壁を吹き飛ばすものでもある笑いとは不思議なものではないか。

ここに至って爆笑でおしまいにするのを妨げているのは、自分を無傷で、他人とは異なる存在にしておきたいという笑うべき配慮ではなく、僕の陰鬱な気分なのだ。僕がたまたま手にした――あるいは壊した――贅沢なおもちゃよ、あれほど始終きいては曰く言いがたい喜びをおぼえた、胸ときめかせる音楽よ、この終曲を編曲するに際して、僕がカードからよみがえらせたいと思うのは、君たちのうちのいくつかだ、コーダの近くに序曲をとり入れ、最初に示したテーマのうちの主だったものをまぜ合わせてもう一度とり上げるオペラの作曲家がやるようにして。

半透明で、乳白色で、そのおもちゃを手に入れた当日に僕が全部――あるいはほとんど――壊してしまったほど繊細な小さな球、とてもすてきな駅や、そしてたぶん「分岐（bifurs）」させたり、機関車を正面衝突させて大事故ごっこをすることもできる転轍機もそなえていたあの汽車のおもちゃのなかの街灯はこんなふうだった。ちゃんと作られていたのに、シャボン玉みたいに長持ちしなかった磨ガラスのこれらの脆い球は、僕の家で「イギリスのおばさん」といわれていた女性と、彼女を付添いとして雇っていた、ウェールズ地方の大きな城に住んでいるのは知っていた、普通「レディ」と呼んでいた金持の老婦人とがフランスにやって来た際のある機会に、僕がもらった豪華なプレゼントのなかの一番貴重な装飾品だった。若くて、本当に座持のいい人だったこの「イギリスのおばさん」は、いまではしゃちこばった、立派なアルコール中毒の八十歳の老婆だ（イギリスで年月を送っているあいだに、強い酒を飲む習慣をつけてしまったので）。現在、サン＝ピエール＝レ＝ヌムールの、僕の母も暮らしている家に住んでいて、年齢からも、実際に「祖母」と呼ばれたがっている事実からしても、もはやおばあちゃん《グラニィ》としか呼びようがない。外国に定住し、パリにいるときは大ホテル（コンティネンタル、アルビオンその他のリヴォリ通り沿いの古いホテル。この通りは――本当に似ているだけでなく――一連の店の並ぶピラネージ風のアーケードのためにいつもロンドンを思わせた）のサロンでしか会うことのできなかったこの親戚の女性には、かつて兄たちと僕にとってある謎がついてまわっていた。というのも、僕たちにはこのなかばイギリス人化したおばのただ一人の子が、長いこと姉と信じてきた人であるということがすぐには分からなかったからである。僕はといえば、今日に至るまで、彼女をずっと姉と思っている。すでに書いたように、彼女は父方の従姉で、その母親が僕たちの父の弟であった夫の死後イギリスに行ってしまったので、養育のために両親が引きとったのであった。父の弟というのは才能のある版画家（だったらしい）で――妻と娘が彼の人柄についてもち続けている記憶を信じるなら――、なかなか感じのいい好男子だったらしいが、ボート遊びの際に事故で溺れて死んだのだった。

何年も前から未亡人になっている、この姉と思いこんでいた女性が夏冬問わず暮らしている土地があるのは、鉄道の切通しの近く、フランスのどこにでもあるようなごくごくありきたりの教会の向かいでである。玄関前の階段から数歩のところ、あまり手入れのされていない庭（そのため一見、いくらか荒涼とした感じがする）の中に、木とブリキでできた輌の模型にほかならない小さな建物がたっている。僕の「イギリスのおばさん」が、天気がよくてあまり暑くない日、本を読んだり、刺繡するために、いや、たぶん何もせず、ただうつらうつらするのに好んで引きこもるのはそこである。これは、貴族社会の周辺で暮らすようになって以来、宮廷のごてごてした装飾品や、多少なりとも君主政治の豪奢さを思わせるすべてのものに対して好みをもち続けている彼女の、頭の空っぽな老年を楽しませる立派なおもちゃだ。姉自身のところと、その娘がヌムールに来るとき住む部屋には――古い家具と、年ごとに積み重ねられ、まさしくがらくたの山をなしている骨董品にまぎれて――、おもちゃにすることもできるような、ただし彼女たちが単に古物に対する好みだけから保存しているいくつかの物がある。いまでもまだほとんど狂うことなく作動するオルゴールとか、始終修理の話がもち上がってはいるものの、まことに残念なことに、動いているのをまだ一度もきいたことがない自動ピアノとか。こうした、音を自動的に発する機械は、たぶん人間が指で弾いたり、息で吹いたりする普通の楽器より、僕を魅惑し、感動させる。それはまさしく、なにか運命的な感じを与えるその自動性、それが自己の存在を示すときには、突然目の前で外界の断片が口をききはじめたかのような、そしてそのために、メロディという言葉を使っているような錯覚を抱かせるその自動性のせいだ。

なんとも言いがたい絶望を感じさせた（装飾部分がぼろぼろなのに陽気だったから）ロンドンの町々の、また、激しい陶酔そのもので情熱をまき散らしていたバルセロナの町々の自動ピアノ。ごく幼いころ、フランドルの海岸でやはりきく機会のあったようなピアノ。そこでは、日がなジプシー娘かイタリアの百姓女の服装をした二人の女（二人とも髪に大きな赤いハンカチをかぶり、そして耳にはたぶん金のリングをつけていたと思う）がそれを引きまわし、一人が金を集め、もう一人が、そのあと長いこと僕の心につきまとい、最初は『レ・シャド』――分からないながらに――という名前だと思いこみ、ごく最近になって『マ・ジョリ』という有名なワルツであることが分かった曲を流すのにハンドルをまわしていた（僕はこのワルツの「おお、マノン……」という最初の歌詞を歪め、北国の海岸にあのような太陽をもたらした二人の浮浪者まがいの娘のにこやかなイメージと結びつけて、謎めいた題名に仕立てあげてしまったのだった）。ブリュッセルのオート通りのビストロで見られるような、こちらもベルギーのものであるオルケストリオン〔オルガンとピアノを合わせたような楽器〕。しかしなんといってもロンドンの流しのピアノだ。手まわしオルガンも及ばない（『椿姫』その他のヴェルディのオペラを弾くときでさえ）心に残るメランコリーのため、僕はそれに話を戻す。この夏のはじめ、ことごとくアーチと歩道橋からなっているように思われるこの町（ローマがテラスと階段の町であるように）を五度目に訪れたとき、ただの一台にも出合わなかったのがひどく残念だったあのピアノ。僕が最後にきいたやつは、山高帽をかぶり、擦り切れたコートを着た、子供のときに見た例の二人の快活な褐色の髪の娘が太陽を思わせるとすれば、同じくらい雨を思わせる二人の男が操作していた。ところで、『リゴレット』の終幕に出てくる殺し屋の妹マッダレーナのものを思わせる二人の娘の服装が僕を昂奮させたのは、去年スイスのインターラーケン（「イントゥールラーク」と発音する）で見た、コップから溢れるビールを泡切の木べらでならす、白い半袖ブラウスの上に紐で結んで、上半身を締めつける黒ビロードの胴着を着ていた女のソムリエたちと同様、たぶんいくらかなりと男装の性格を帯びていたからであろう。

　偏愛するモティーフのなかに楽器が含まれていた――貧苦の中の贅沢さの象徴である煙草入れその他と同様――ころの、キュビスム時代のピカソの多くの静物画にその題名が書きこまれている『マ・ジョリ』というワルツ。僕がともすれば思い出しては、わざとのように憂鬱な気分をよみがえらせる、ヴァイオリンやギターのように形が美しいわけではないロンドンの物乞いたちのピアノ。こうした憂鬱な気分は、成長期の危機や欲求不満から生まれる子供っぽい悲しみ以上のものとは思われず、年が若すぎて、欲望をみたす手段がままならず、そのうえ自分が正確に一体何を望んでいるのかを見極めたり、発見することすらもできないときなら許されもしようが、すでに壮年に達していて、自分自身を知り、自分が何を望んでいるかを明らかにするだけの余裕が十分あるときには、そして悩み事の考えられる理由としては、生活上の実際的な困難、つまり僕たちの行手に立ちふさがる物質上の困難しかありえないときには、許されるものではない。それでもたしかに壮年には、幼年期にあって四時（おやつの時間）のあと、床につかねばならない時刻（僕が十二歳くらいのころには午後十時。一日のこの時間は――これからも毎日まわらなければならない岬さながら――、僕の目には、いまなお一年中こうした刻印を帯びているように見える）が近づいてくるとき感じるのに似た特有な悲しみが結びついている。両親によって強制される、そして他の人たちが残っているのにひき下がらねばならないゆえ、死の前触れのごときものである早めの退出。――祭が終わったあと、家に戻るふんぎりがいつもなかなかつかない、そして他の人たちがまだ続けているときには、さらに一層帰宅の決心がつかない僕が、その時のくるのをひどく怖れるあの退出！

ピラネージ風の眺望――巨大な穹窿とロープと階段ずくめの――、ロンドンの自動ピアノから流れ出るつまずきがちのハーモニー（通りのかすかなざわめきや、マラルメが住んでいたブロントン・スクエアのような広場の静寂の中での）。僕はここで、こうしたイメージの助けを借りようと思う。その対照は、僕がいま感じていることをかなり雄弁に示しているからだ。美に対する疑いようのない渇望と、高貴さに対する漠たる憧憬（人々の嘆賞の的であると同時に、美と高貴の化身を前にして、自分も美しく、高貴だと考えることが求められる恋愛の場合のように、人々がみずから身に帯びなければばならない美と高貴さ）と隣合せの、産業社会の郊外の片隅に住む人間の、彼の魅力に対する僕の愛着とはかかわりのない苦悩、僕がそのあいだを揺れ動く二つの相反する極。つまり僕は、十分距離をとって高いところから見下ろそうとするかと思うと（そのとたん、まったく無意味だという考えによって地上に連れ戻される）、人間の条件――文明社会の人間の場合はなおさら――の中にある笑止な部分に対する鋭い知覚こそ、真の詩の原動力だと（そして、このことからして、僕が同化を夢見ている美と高貴さそのものへの入口だと）思ったりもするのである。

崩れかかった記念建造物や、劇場の奈落から舞台の天井にかけての空間を思わせる、なんとも漠とした空間に積み重なる途方もない構築物をあらわす黒と白の版画。外見はブルジョワらしさを保ってはいるものの、妙にくすんで憔悴した人物たち、案山子や貸衣裳屋のマネキンが着ているような古着をまとう、しゃちこばった敗残者たちが引っぱって歩く鍵盤がやはり黒と白のピアノ。黒と白（ロンドンの町の色彩。その中心街にあってひときわ目立つのは煤を刷いた薄い色の石で、ふんだんに使われている煉瓦を背景に追いやってしまうほど一見貴重なものに見える）というより、むしろ金色の町であるローマ。僕が長いことピラネージの《古代》と《牢獄》を通してしか知らなかった（中等教育、および生まれたばかりのキリスト教や、頽廃期ローマの風俗を扱う小説で知ったことを別にすれば）、しかしごく最近、身をもって体験し、最初は一種の不安（大都市にいると、次第に募ってゆく孤独感）に、ついでこれほど多くの美（重層をなし、自分の想像力もこうあってほしいと思うような豊かさをそなえ、驚くべき無秩序のうちに積み重なっている、はっきり異なる諸文明の遺跡）を前にしての喜びにとらわれて、心ゆくまで散歩したローマ。小暗い名前をもち、神話的と見えるまでに、相反する多くのものが一つに集まっているロンドン。ローマがかつて古代世界の女王であり、いまは僧衣をペチコートでふくらませた聖職者たちの群れ歩くキリスト教の中心となっているのと同様、ここは文明のある一つの形——すでにすたれてはいるが、みごとに構築されている——の象徴だ。この二つの首都のうち、僕がより秘密を共有していると感じ、たしかに一層好んでいるロンドン。これは要するに僕が、むき出しの美より、近代西欧世界の極度の洗練がなければ生まれえなかったロマンティックなある種の脈動のほうを好んでいるということだ。

というのも、僕がローマで一群の大天使（サンタンジェロ城の正面の橋に沿って並んでいるような古代やバロックの彫像。これらの像は、すぐ近くの水泳場で誰かが水に飛びこむたびに、一緒に水にもぐるように見えたものだが、その際そこらの無名氏が神に近いとされている存在にこうして間違われるのに、なにもわざわざ、「天使のダイヴ〔スワンダイヴ〕」と呼ばれているものをする必要などはなかった）を見たとしても、また夏の野外オペラで、舞台照明が闇の中に光の小穴をうがち、物や人々を思いがけないほど鮮やかに浮かび上がらせているあいだ、人間の声が期待と悔恨の人像柱となって立ちのぼるのをきいたとしても、何ということもないのに僕を感動させる背景と一つに溶けあって、無名の横顔をもつ魅力的な姿の僕の真の大天使たちが往来するのは、むしろロンドン市の大小の通りのような商店街——カフェやバー、衣料品店やクラブやホテルや公園やドックと隣合せで、しかも王や切裂きジャックが相手を殺した、めくるめくように高い深紅の天蓋つきの巨大な寝台のあるハンプトン・コートからも程近い——の悲しみと灰色の色調の中ではないだろうか。流しの音楽をバックにして僕の耳に語りかけてくる大天使たち、奈落のような光のもと僕の目の前で踊る大天使たち、彼らのおかげで、僕にとって慰みであると同時に切札であり、楯であり、それがなければ僕が無になってしまう飾りとなるもの、見かけだけでも自分を大きくみせ、僕の名——ミシェル——のヘブライ語における文字どおりの意味、「神に比すべきもの」にいくらかでも近い存在だという錯覚を抱くことのできる唯一のものが生気を得るのだ。しかしこれが、あの轎の壁の中でじっと動かぬ僕の「イギリスのおばさん」の夢想に比すべき、絶対についての子供っぽい幻想であることは認めなければならない。それには、紙上のものだけではない内容を与えねばなるまいし、同時に僕の人生も、肝心（と僕に思われる）な点で、いつまでも、時々僕の頭に浮かぶ単なる煙のごときものであってはなるまい。

　しかしここでは、断固として口をつぐみ、実際の終着点に達しないのに本をおしまいにするのがどれほど屈辱的であろうと（最初存在せず、のちに明らかにされた真実があったとしても）、線路が遮断されているのを見て、さんざん汽笛を鳴らしたあと、広々とした平野のさなかで停車する機関車さながら、立ちどまるのがいいのだ。せいぜい――もしこの強いられた停止を、見せかけの休息に変えようと思うなら――僕にできることといえば、今度こそ、さまざまに彩られた拡大レンズが映し出すような別のイメージをたずさえて「そのうちまた（à tantôt）」捲土重来するのだと自分に言いきかせるくらいのことだ。「tantôt〔午後の意もある〕」、子供の僕が、午後という意味のその快い響きを耳にしたとき、胸ふくらむように思われた言葉。僕にとっていまなお――たそがれへの不安がかすかにまじっているけれども――、ずあおほおじろ（ortolan）や新年（nouvel an）やお菓子の味のする「tantôt」。

一九四〇―一九四七年

訳者あとがき

1　ミシェル・レリスについて

ミシェル・レリスに関しては、その代表作である連作『ゲームの規則』全四巻（第Ⅰ巻のみ既訳あり）のほかは、詩、小説、美術評論、民族学関係のものまで、主要な著作のほとんどが邦訳されているので読んだ方も少なくないだろうが、まったく未知の方々のために略伝を記しておく。

ミシェルは一九〇一年四月二十日、パリ西郊オートゥイユで生まれた。父ウージェーヌは証券会社に勤めていた。先代の社長ウージェーヌ・ルーセルはレーモン・ルーセルの父親だった。彼が一八九四年に死去すると、ウージェーヌ・レリスはルーセル家の財産管理人となった。家族を養うためオペラ歌手志望を断念して株屋になった彼は、日曜日になると自宅で音楽の集まりを開いたが、レーモン・ルーセルは毎週のようにやって来て、「みずからのピアノの伴奏によって、細い声をみごとに操って彼が歌うのは『魔王』だったり、オペラの断片〔……〕だった」（『ゲームの規則』第Ⅲ巻『縫糸』）という。なにしろ彼は、コンセルヴァトワールのピアノ科出身で、なろうと思えばプロのピアニストにもなれた人間だったのだから。レリスはこのルーセルの影響のもとに文学上の出発をした。ルーセルの『アフリカの印象』が劇化されて一九一二年五月十一日にアントワーヌ座で上演されたとき、十一歳だったレリスは両親に連れられて見にいった。そしてその「すばらしく新鮮な詩」に打たれた。彼の文学だけでなく、のちのアフリカ行もここに胚胎していたのである。

比較的貧しい育ちだった父に比べ、母マリーは良家の出身で、ソルボンヌに通い、英語を流暢に話した。しかし結婚後、そんなことは少しも鼻にかけず、ひたすら夫に尽くし、末っ子のレリスを「私の宝」と呼んでいつくしみ育てた。

兄姉は、十三歳年上の「姉」ジュリエット、五つ違いの長兄ジャック、四つ違いの次兄ピエールの三人だった。ただし「姉」のジュリエットはのちに、父方の従姉で、わけあって一緒に育てられていたことが分かる。一家は一九〇四年、本書『抹消』で描かれるレリスの幼少時代の舞台である、ブーローニュの森や競馬場に近いミケランジュ街へと移る。

リセ・ジャンソン・ド・サイイを出たあとレリスは、本書で詳しく述べられているように、将来の進路を決めかね、さしたる強い関心もないまま化学を勉強し、パストゥール研究所に在籍する。後年、第二次大戦に際し、彼が動員されるのは化学兵としてだ。

一方、彼は、第一次大戦後のアメリカ・ブームのなかでジャズとアメリカ式バーを発見し、ダンス・パーティに通い、『成熟の年齢』（一九三九、松崎芳隆訳、現代思潮社）のなかでケイと呼ばれている年上の女性と関係を結ぶ。このころから詩を書きはじめたようで、一九二一年、知人にマックス・ジャコブを紹介され、その家に出入りするようになり、そこで親友の一人となるロラン・テュアルを知る。そしてテュアルを介して画家アンドレ・マッソンの知遇を得るのだ。

ルーセル、ジャコブ、マッソンの三人はレリスの師といってよく、とくにマッソンは、レリス自身がいうように、「僕の精神形成に決定的な影響を与えた」（『成熟の年齢』）人間であった。

マッソンはパリ左岸、十五区のブロメ街にアトリエを構えていて、そこには多くの画家、詩人たちが彼を慕って集まっていた。ジョアン・ミロ、アントナン・アルトー、ジョルジュ・ランブール、アルマン・サラクルー、ジャン・デュビュッフェ、エリー・ラスコーなどだ。レリスを含め、彼らの多くはマッソンに従ってシュルレアリスム運動に参加するが、フォンテーヌ街に住んでいたアンドレ・ブルトンのまわりに集まった人々とはいくらか距離をおいていて、「ブロメ街の分派」と呼ばれた。

自分を変えたい、世界を変えたいという願望からシュルレアリスムに身を投じたレリスだったが、この運動のなかでの彼の活動はそれほど目立つものではなかった。雑誌『シュルレアリスム革命』への寄稿は、のちに『夜なき夜、昼なき昼』(一九六一、細田直孝訳、現代思潮社)に結実する特異な夢の記録と、「語彙集、私はそこに註釈をつめこむ」のそれぞれ数篇であり、詩人サン＝ポル＝ルーのための祝宴で窓から「フランス、くたばれ！」と叫んで民衆の怒りを買い、殴られそうになったという逸話が語られるくらいである。

マッソンやアルトー、レリスらはやがてブルトンと対立して運動から脱退する。

このころ彼は処女詩集『シミュラクル』(一九二五)、続いて『語彙集、私はそこに註釈をつめこむ』(一九二七)を出版する。

パブロ・ピカソの画商として知られ、やがてレリスの義父となるダニエル＝アンリ・カーンワイラーを知ったのもマッソンを介してのことだった。そしてカーンワイラーの家で、夫人の妹ルイーズ・ゴードンと出会い、一九二六年に結婚する。そのとき彼は、ルイーズが夫人の妹ではなく、私生児の連れ子であるという秘密を明かされる。彼はその秘密を生涯にわたって守り通した。そのことが明らかになるのは、レリスの死後、彼の日記が公刊されたときだ。

シュルレアリスムを離れたレリスは、一九二九年から、数年前より親しくしていたジョルジュ・バタイユがはじめた雑誌『ドキュマン』に積極的に参加、やがてはその編集部に入る。しかしこのころ、彼は精神分析を受けるまでに行き詰まっており、パリの生活を捨て、空気を変え、アルチュール・ランボーのように原始の世界で生きることを夢見て、この雑誌で知りあった民族学者マルセル・グリオールの誘いに応じ、足掛三年にわたるアフリカ横断旅行への参加を決心する。

この旅行は、パリ大学付属の民族学研究所と国立博物館が企画したいわば国家的事業であって、「科学的、職業的で、専門化した民族学の新しい時代を開く」(ジャン・ポワリエ『民族学の歴史』)ものであった。団長はグリオール、レリスは「書記兼文書係」であった。一行は一九三一年五月十日、パリを出発、ボルドーで乗船、西アフリカのダカールに上陸、以後、列車、車、トラック、船、時には騾馬の背にまたがってアフリカ大陸を西から東へと横断、東海岸のジブチに達し、そこから乗船して三三年二月十七日、マルセイユに帰ってくる。

その間、現在マリ共和国にあるサンガのドゴン族の土地とエチオピアのゴンダールに長期滞在して、集中的に調査を行った。前者に関しては『サンガのドゴン族の秘密言語』(一九四八)、後者に関しては『ゴンダールのエチオピア人にみられる憑依とその演劇的諸相』(一九五八、『日常生活の中の聖なるもの』岡谷訳、思潮社所収)という、民族学関係のレリスの代表的著作を生むきっかけとなった。

また旅行中、「書記兼文書係」としてほぼ一日も欠かさずつけ通した日記を『幻のアフリカ』(一九三四、岡谷・田中淳一・高橋達明訳、平凡社ライブラリー)と題して、ガリマール書店から出版した。調査団の公的な日記であるはずのこの本には、調査団の動静だけでなく、レリスの苦悩や不安、性的オブセッション、夜ごとの夢、さらには現地の村から神像を盗み出す調査団のありさままでが赤裸々に描かれていて、とりわけ民族学者のあいだにスキャンダルをひき起こし、これを機にグリオールとレリスは絶交した。ただレリスは『幻のアフリカ』について、「旅行中の出来事については僕自身が関わりをもったことだけに切りつめ〔……〕あえて主観的に自分の考えを述べることで、僕はこれらの覚書に最大限の真実を付与しようと努めた」と述べていて、いわば確信犯だったのである。

文学を捨てたはずのレリスは、皮肉なことに『幻のアフリカ』によって文名を得て、詩人、作家として生きるかたわら、トロカデロ民族誌博物館、のちの人類博物館でブラック・アフリカ部門の責任者となって、専門の民族学者の道を歩みはじめた。この二重性とそこからくる分裂が、以後彼の一生のテーマとなる。

レリスは、アフリカから帰った直後から、構想をあたためていた告白的自伝小説の先駆となる『成熟の年齢』の執筆にかかる。この間、一九三七年には、バタイユ、ロジェ・カイヨワとともに「社会学研究会」を創立、翌三八年には『闘牛鑑』（須藤哲生訳、現代思潮社）を刊行した。

レリスにとって闘牛は、ジャズ、オペラとともに、趣味や愛好物の範囲を大きく超えた、彼の人生と深くかかわる対象であった。そして、この闘牛への手引をしたのはピカソである。レリスはカーンワイラーを通じてピカソを知った。後年妻ルイーズがカーンワイラーの後を継いでルイーズ・レリス画廊を経営しただけに、彼は生涯にわたって公私両面でピカソと親密な関係をもち、深い尊敬を捧げた。アルベルト・ジャコメッティ、ミロ、フランシス・ベーコンに対しても同様であった（なお、レリスの美術評論は『ピカソ ジャコメッティ ベイコン』、『デュシャン ミロ マッソン ラム』にまとめられている。いずれも岡谷編訳、人文書院）。

一九三九年、『成熟の年齢』がガリマール書店から出て、その赤裸な告白とともに、自伝文学の新たなスタイルを創出したとして話題を呼んだ。

この年、第二次大戦が勃発、レリスは三十八歳だったが動員され、アルジェリアの南オラン地方、ベニ＝ウニフに配属される。彼の任務は、実戦とはまったく関係のない砂漠地方で、化学兵として、さまざまな砲弾の実験に立ち会うことであった。翌年八月には動員解除されるが、ほぼ一年にわたるこのときの体験は、『ゲームの規則』第Ⅱ巻『軍装』に描かれる。

戦後、レリス夫妻は、パリの中心部、セーヌ左岸のグランゾギュスタン河岸のアパルトマンに、カーンワイラー夫妻と住み、ここがレリスの終の棲家となる。彼は畢生の大作『ゲームの規則』の執筆に没頭する一方、戦後に知りあって親交を結んだ四歳年下のジャン＝ポール・サルトルらと雑誌『タン・モデルヌ』を創刊、ここに『ゲームの規則』の一部だけでなく、民族学関係のエッセイその他、さまざまな文章を寄せた。

彼はその後も人類博物館に勤務し、一九四五年には調査団の一員として再度アフリカを訪れているが、マルティニック島生まれの詩人で、すぐれた政治家でもあったエメ・セゼール、「詩人＝民族誌学者の典型」としてレリスが讃えた、ハイチのヴードゥーの研究者でもあったアルフレッド・メトローとの交友の影響もあって、中年から晩年にかけてのレリスの民族学の関心はカリブ海の島々へと傾いてゆく。彼は一九四八年と五二年の二度にわたってマルティニック、グアドループを訪れ、こうした調査は、『マルティニックとグアドループにおける諸文明の接触』（一九五五）となって結実した。

『ゲームの規則』のほうは、一九四八年に第Ⅰ巻が、五五年に第Ⅱ巻が出て、モーリス・ナドー、ミシェル・ビュトール、モーリス・ブランショらの好意的な批評に迎えられ、五六年にはこの二冊に対してクリティック賞が贈られた。しかしその翌年のレリスの自殺未遂は、彼の二重性と分裂の深さをあらためて浮彫にする。

この自殺未遂事件を中心に据えた第Ⅲ巻は一九六六年、第Ⅳ巻『囁音』は一九七六年に出て、実に三十六年にわたって書き継がれてきたこの大作は完結した。いや、完結という言葉は間違っているだろう。自己を問い、書くことの意味を問い、心にとり憑いて離れない死の恐怖や、疎外感や、性的オブセッションを克服し、人生や世界と折合をつけ、聖杯を勝ち得んとする本書のような試みが、物語が終わるように完結するはずはなく、彼の精神が脈動するかぎり持続するのが宿命だからである。だから彼が『ゲームの規則』のあとに公にした『オランピアの頸のリボン』（一九八一、谷昌親訳、人文書院）、『ランガージュ、タンガージュ』（一九八五）、『角笛と叫び』（一九八八、千葉文夫訳、青土社）はいずれもその続篇とみなすことができるのであり、この試みは一九九〇年のレリスの死をもって終わるのである。

なお後期のレリスの主要著作として、詩集『癲癇』（一九四三、小浜俊郎訳、思潮社）、『記憶なき言葉』（一九六九）、アフリカ芸術についてのすぐれた論考『黒人アフリカの美術』（一九六七、岡谷訳、新潮社）、『レーモン・ルーセル——無垢な人』（一九八七、岡谷訳、ペヨトル工房）をあげておく。またその死の二年後には、彼が二十一歳のときから死の直前までつけ続けた厖大な日記（『ミシェル・レリス日記』全二巻、ジャン・ジャマン校注、千葉文夫訳、みすず書房）も公刊された。

2 『ゲームの規則』について

『ゲームの規則』は、マルセル・プルーストの『失われた時を求めて』に匹敵する二十世紀フランス文学の代表作といっていい。その世評の高さは、ホメーロス、プルタルコスからシャルル・ボードレール、プルースト、ギヨーム・アポリネールに至る古今東西の古典的な文学を集めた、定評あるガリマール書店の叢書プレイヤードに本書が二〇〇三年に入った事実にもうかがえる。

レリスの主要な著作の大方が邦訳されているにもかかわらず、彼の代表作であると同時にフランス文学のいまや古典的存在となっている『ゲームの規則』が第Ⅰ巻を除いてこれまで訳されてこなかったのは、翻訳するにはきわめつきの難物であったことに出版界の事情が加わったためだが、今回こうして四巻揃っての完訳が出ることは、訳者一同にとってはこの上ない喜びであり、パトリック・モディアノのノーベル文学賞受賞ということはあったけれども、このところ往時に比べて人々の関心が薄れつつあるフランス文学に対して、改めて視線が集まることを期待したい。

各巻の末尾に訳者がそれぞれ解説を兼ねたあとがきを書くことになっているので、ここでは、全体の簡単な見取図のみを示しておきたい。

第Ⅱ巻『軍装』は、「死《モルス》」、「スポーツ記録板」、「おや！　もう天使が……」の三章からなる。「死《モルス》」では、『ゲームの規則』全体の通奏低音である死が正面に立ちあらわれる。mors とはラテン語で死を意味し、フランス語では轡、さらにはモールス信号につながる。ここでは、幼いころ、避暑先の田舎で深夜、父と散歩していたときにきいた遠い物音――虫の声？　馬車の響き？――に対する恐怖を中心にして、死をめぐるさまざまな記憶や省察が語られる。そしてこれらを一つにつないでゆくのは、第Ⅰ巻『抹消』にあってすでにはっきりあらわれていた、死の恐怖をどうしたら乗り越えることができるか、どうしたら死をありのままに受け入れることができるか、というレリスにとっての切実な問いである。

「スポーツ記録板」では、スポーツがテーマとなる。彼の場合、スポーツといえば、オートゥイユ競馬場の近くに住んでいた幼少時代に馴染んだ競馬であり、長じてからは、ピカソに手ほどきを受けて以来愛好した闘牛である。こうしたスポーツを通じて、彼はここでは、勇気や戦いという視角から、おのれの現実に対する態度をきびしく査問にかける。

「おや！　もう天使が……」は、第二次大戦中、三十八歳の老兵としてアルジェリアの南オラン地方に配属されたレリスが、土地の娼婦ともった交渉をめぐって展開する。生来、エキゾティシズムに動かされやすいレリスの筆が、自己省察の目を逃れて昂揚し、この章を一つの哀切な物語に仕上げている。これは、物語を否定した物語、「自分はパッションの人間ではなく、ノスタルジーの人間だ」といって自分を裁く、彼のパッションの物語である。

第Ⅱ巻の末尾において高まっていた緊張は、第Ⅲ巻『縫糸』において劇的な転回を見せる。先に触れたレリスの自殺未遂事件が中心に据えられるが、ここにはもはや章立てはない。

彼にあっては死への恐怖がたえず自殺願望を招き寄せていたが、ある恋愛事件がこの生と死との危ういバランスを突き崩したようだ。調和した生という建物を築くために彼が忍耐強く積み上げてきた基盤が脆くも崩壊し、分裂という古傷が大きく口を開ける。

回復を待っている病院で彼が夜ごとに見る幻覚は象徴的だ。「ことごとく統一性が壊れるとき、あたかも分割こそが決定的なまでにわが宿命」となって、彼はミシェル・レリスであることをやめ、きわめてスノッブなイギリスの作家夫妻となり、「それもときに男の方、ときに女の方になって、これは体の左側を下にして横になるか、右側を下にして横になるかの違いから生じる変化」であったというのである。そして、自分の中の分裂を嗜虐的なまでにあばき出し、こうした作業を通じて、少しずつ生への意志をよみがえらせてゆく。

第Ⅳ巻『囁音』は、それまでの三巻とはまったく体裁を異にする。ここには、スケッチ、ごく短い省察、日記の断片、詩などがコラージュ風に集められていて、あの執拗な螺旋運動を繰り返す、息の長い文章は姿を消している。扱われている事柄も、散歩の際の嘱目の光景とか、飼犬の話といったごく日常的なものに限られていて、劇的な要素は意識的に省かれている。このような文体も内容も、自殺未遂を契機として、彼に大きな転機が訪れたことを推測させる。つまり日常生活の嫌悪というロマン主義的な悪癖を捨て、生をありのままに受け入れようとする意志がそこに見られるのである。しかもこの日常的な事柄が、彼の筆にかかるとなんと神話的な様相を帯びることか。

3 『抹消』について

本書の「日曜日」の章でレリスが、自分が文学者になったのは、文学に対する関心よりも、言葉に対する関心からだといっているのは興味深い。事実、言葉はレリスにとってもっとも切実なテーマであり、彼の一生の営みは、言葉とどのようにかかわるかという問題に左右されてきたといってもいい。

多くの人々にとって、言葉はコミュニケーションの手段にすぎない。一般の人々より言葉に敏感な文学者の場合でも、事態はそれほど変わらない。多くの作家にとって、言葉はストーリーを運ぶための、詩人にとっては、イメージを紡ぎ出すための道具である。レリスのように言葉の顔にまじまじと見入ってしまう人は少ない。実際、一切の既成概念をもたずに相対するとき、言葉はさまざまの異様な姿をとって立ちあらわれる。それは食べられるものであり――「アルファベ」の章にあるように、なにしろビスケットの形をしているのだから――、味と匂いをもち、形と重さをそなえている。言葉には、一つ一つに独自な表情と姿、身分や戸籍がある。とりわけ文字を知らない幼児の場合、言葉は多くの「口頭の怪物」となって跳梁する。

その点で、冒頭の「……かった!」の章は、本書、いや『ゲームの規則』全体のテーマを典型的な形で示している。

これは幼いころ、おもちゃの兵隊をテーブルの上から落とし、それが壊れていないのを見て思わず「……かった!(…reusement!)」と叫んだところ、「よかった(heureusement)」と言わなければいけないと大人から注意された、というだけの話である。自分ひとりだけで使っていた、間投詞にひとしい「……かった!」が、「よかった」と訂正されることによって、彼の外にあって、「四方八方にひそかな触手をのばす」、言語というコミュニケーションの手段の一要素に昇格したとき、レリスの感じた、なんともいいがたい不思議な感情、一種のめまいが一篇の眼目となっている。

こうして人は言葉と出合う。そして大概の人間が「……かった！」を忘れ、「よかった」を受け入れて大人になってゆく。しかしレリスは、「……かった！」を決して手放すことができない。彼は、この二つの言葉のクレヴァスから噴き出てくるものに耳を傾け、そこに存在の深部から伝えられる神託の声のごときものをきこうとする。

「よかった」をそのまま受け入れることのできなかった彼は、当然、言葉に関して辞書の指定する意味だけに甘んじることができない。辞書の中の言葉はよそよそしく、色も匂いもなく、冷ややかで、抽象的で、要するに他人のものにすぎない。他人の言葉に対して彼の言葉、記憶がつめこまれていて、濃密な樹液のごときものが通い、互いにひそかに連絡しあう彼ひとりだけの言葉がある。こうして彼は、個人用の辞書を編みはじめる。

レリスはシュルレアリスト時代、この種の辞書を編んで、一九二五年から二六年にかけて『シュルレアリスム革命』誌に連載し、三九年に『語彙集、私はそこに註釈をつめこむ』と題して刊行しているが、これは決して一時的な試みではなく、五六年の『鶏肋のくさぐさ』と八五年の『ランガージュ、タンガージュ』に収められた「自在の占いと声門の単なる震え」はその続篇であり、『日記』を見ると、死の直前まで性懲りもなく、この辞書を増補しつづけている。ちなみに一番最後の註釈《グロース》を掲げておく。

めざめ――それはどんな兎を起こすのか？ (réveil—quel lièvre lève-t-il?)

忍耐（寡黙で情熱のない）(patience (silencieuse et sans passion))

これは一九八八年、つまりレリス八十七歳のときのものである。

単なる言葉遊び？　しかし「よかった」をそのまま受け入れないとは、この世界を受け入れないことである。「よかった」と「……かった！」のあいだには、思いがけないほどの深淵が口を開いている。それを埋めるか、そのあいだに架橋するのでなければ、彼はあらゆる意味でコミュニケーションを失い、孤立化し、狂気か死へと追いこまれるだろう。彼か、世界か、どちらかが変わらねばならない。しかし「……かった！」を手放せなかった彼が、どうしてこの世界に順応することができようか。変わらなければならないのは世界のほうだ。彼が「世界を変えよう」、「生活を変えよう」を合言葉とするシュルレアリスム運動に参加したのはごく自然の筋道だったのである。

シュルレアリスト時代、レリスは言葉を「神託」や「精神のバベルの塔の導きの糸」とみなし、言葉によって世界を変容させたり、絶対を手に入れることができると信じていた、と後年回想している。このころの彼の言語観は、呪詛によって人を死なせるほどの力が言葉にそなわっていると信じる、未開と呼ばれる人々の言語観にきわめて近い。当然こうした言語観は破綻する。それと同時にシュルレアリスムは、彼の目に知的遊戯としか映らなくなる。彼はグループから脱退し、一切を捨てて、一九三一年、マルセル・グリオール率いるダカール＝ジブチ、アフリカ横断調査団に加わる。つまり、言葉が彼をアフリカまで連れ出すことになったのである。

『抹消』に先立って、レリスは『成熟の年齢』を書いた。

言葉が言葉でしかないような文学にいったん訣別した以上、彼はもはや「「美的」で当り障りがなく、懲罰を受けない文学」に戻ることはできない。一九四五―四六年に執筆し、四六年のこの本の再版に序文として添えられた有名な「闘牛として考察された文学について」の中で、彼は、「闘牛士にとっての、牛の鋼の角に相当するもの」を文学の中に介在させ、「嘘偽りのない事実だけを素材」として、「一つの行為であるような書物」を作ろうとしたと書いている。このような言葉の無償性に対する不信は、言葉に世界を変容させる力があると信じた彼の初期の言語観の延長線上にある。

ここで彼の選んだ規則は、『成熟の年齢』だけでなく、『抹消』をはじめとするのちの自伝的試みのすべてにも適用されるべきであろう。これは、文学そのものについての規則ないしは態度なのだから。『抹消』の中には「牛の鋼の角」という言葉はまったく出てこない。後年彼は『日記』の中で、「たとえ影であろうと」という留保つきにせよ、このような誇大な表現を使ったことの愚を嗤い、「牛の鋼の角」の存在する文学は、自分には決して書きえないと断言している。実際、抗独運動《レジスタンス》の時代でもないかぎり、少なくともフランスにおいては、書くことが死につながる事態などは考えられないし、『成熟の年齢』の発表によって、彼が身を危うくしたとも思われない。たしかにこの言葉は、いささか性急にすぎよう。

しかし書くことに実践的な性格を与えようとした『成熟の年齢』の初心は、『抹消』以下の作品に脈々と受け継がれている。書くとは、彼にとって何かを変えることであり、たとえささやかであろうと、何一つ変えない文章など書くに価しない。幼年期に遡って自己を確認するにせよ、「日曜日」の章に見られるように、いまある文学者としての自分にどのようにしてなったかを検証するにせよ、こうした営みはすべて、人生というゲームの規則を知って、よりよき人生に資することをつねにめざしている。

しかし書くことが自己目的化したと気づいたとき、「過去への潜入」が「たしかな飛躍を行うための自分内部の土地の単なる調査」のはずだったのに、「いつのまにか避難所に、引込線になって」いることを知ったとき、彼ははっきりと筆を折る決心をする。しかし執筆の中止は、自己欺瞞であり、精神の死であり、「もう前に進む以外に出口を見出すことができない」と考えて、再び書く営みへと戻る。

こうした過程そのものが全体の一部をなしていて、『抹消』を単なる過去の再現に終わらせずに、そこに動きを与え、しかもそのために過去の場面を一層鮮明で、生き生きとしたものにしている。

エロティシズムの角度から見た過去のモンタージュともいうべき『成熟の年齢』は、たしかにすぐれた作品だが、気負いからくる狭さ、開ききらない蕾のような固さ、若書きめいたところがまだあちこちに見られる。しかし『成熟の年齢』から『抹消』に歩み入るとき、私たちは紛れもなく、ある一つの世界の開花に立ち会っている、という印象を受ける。空間は一層広く豊かになり、リズムは悠揚とし、最初読者を戸惑わせる、括弧やダーシを多用した、センテンスの長い、バロック的な文章は、ここにきて揺るぎない文体を獲得している。しかも、ルソーの『告白』、ジッドの『一粒の麦もし死なずば』、サルトルの『言葉』と並べ、フランスの代表的な自伝として『抹消』を論じたフィリップ・ルジュンヌが『自伝契約』で指摘するように、章を追うごとにレリスがおのれの方法に確信を深め、順を追って章が堅固に構築されるに至っているのが、はっきりと感じられるのである。

『抹消』の成立ちについては、レリス自身、「太鼓＝ラッパ」の章で詳しく記している。彼によれば、本書の方法は、処女詩集『シミュラクル』の方法、つまり「自分にとってもっとも豊かな味わいと響きをもつ名詞、形容詞、動詞を一枚の紙に手当り次第に書きこみ〔……〕脈略上不可欠な要素だけはつけ加え、ひとりでに生まれるように思われる流れだけを信じて、それらの言葉をつなぎ合わせ、白い紙の上にばらまかれた小さな島同士が互いに交信しあうのにまかせる」という方法を発展させたものであった。

翻訳では言葉の「豊かな味わいと響き」は消えてしまうが、参考のためにこの詩集の冒頭の一篇を訳出しておく。

断末魔の微塵
踊り出た男
けもののランプが
回転する神秘の無邪気な暴動
顔の上の蝕のガラス

この方法には当然、シュルレアリスムのオートマティスムとコラージュの影響が感じられる。次に彼は、書物、新聞、雑誌からの切抜きや写真、絵画の複製などを貼り合わせることによって、それら出所のさまざまな資料のあいだに「爆発のごときもの」をひき起こさせようとしたが、「何の反応も生まれなかったし、新しい光が発することもなかった」。

この失敗にもめげず、彼は、幼少年期、青年期の忘れがたい思い出を書き留めておいたカードを用いて同様の操作を試みようとする。

ここで一言つけ加えると、レリスの自伝的、告白的文学では、カードがきわめて大きな役割を果たしている。彼の文学は、「民族学の方法を自分に適用したもの」（ナドー）、「自己民族学」（ルジュンヌ）といわれることが多いが、彼自身は、ジャン・シュステルとの対話の中で、「私の文学上の仕事に対する民族学のもっとも決定的な影響は、少なくとも『ゲームの規則』の最初の二巻に関しては、カードを使って仕事をしたことです」と明言している。

こうしたカードによるコラージュ的、あるいはモンタージュ的方法は、すでに『成熟の年齢』でも用いられている。ただしこの小説では、過去の記憶や挿話が直接突き合わされているのに対して、『抹消』においては、それらを連関の糸で結びつけ、緊密に「編み上げ」(ルジュンヌ)ることによって、それぞれの章が構成されている。他のインタヴュー(『レットル・フランセーズ』一九六六年十月五日号)でのレリス本人の言葉によると、この「編み上げ」に際しては、ルーセルの影響が大きかったという。

ルーセルも、言葉のずれ、つまり地口、語呂合せ、同音異義の言葉から発想した作家であった。彼は、その独特の方法《プロセデ》で得た、常識ではとても結びつきそうもない、二つないしはいくつかの突飛な要素のあいだに、厳密な論理の網を張りめぐらし、『アフリカの印象』(一九一〇、岡谷訳、平凡社ライブラリー)と『ロクス・ソルス』(一九一四、岡谷訳、平凡社ライブラリー)という荒唐無稽な傑作を書いた。ルーセルのこれらの要素が、レリスにあっては、そのカードの一枚一枚に相当する。そしてこうした結合の操作に関して、ルーセルは「事実の方程式」を云々し、レリスは「事実のパズル」を解くという。

「編み上げ」に限らず、レリスに対するルーセルの影響は深く、広く、本書のなかでもあちこちで目につく。一例をあげるならば、「ペルセポネー」の章の、円筒式蓄音器の構造についての数ページに及ぶ微に入り細にわたる描写は、『アフリカの印象』の中の水車式織機や、『ロクス・ソルス』の中の撞槌をそなえた軽飛行機といった架空の機械についての、ルーセルの驚くべき克明な描写とあきらかに軌を一にするものである。

『抹消』の末尾には、「一九四〇―一九四七年」という執筆期間が記されている。一九四〇年は第二次大戦のさなかで、レリスが動員先のアルジェリアから戻ってきて、フランス本国で動員解除された年である。しかしその着想は、さらに数年遡るようだ。『日記』の中に「『日常生活の中の聖なるもの』は、『ゲームの規則』のごく初期のデッサン、もっと正確にいうと芽生えであった」という記述があるからである。

「日常生活の中の聖なるもの」とは、レリスが社会学研究会において、一九三八年一月に行った講演――この研究会における彼の唯一の講演――の題名である（『日常生活の中の聖なるもの』所収）。社会学研究会は、マルセル・モース以来のフランス社会学の伝統を踏まえつつ、神不在の現代社会の中に聖なるものを探ろうとした試みだが、レリスのこの講演は、こうした研究会の性格とよく合致する一方で、彼にあっての文学と民族学が、分岐《ビフュール》ではなく、幸福な結合を示す稀な例でもある。

彼はまず、「恐怖と愛着との混淆、魅力的であると同時に危険なもの、心を奪うと同時に拒まれているもの」として聖なるものを規定したあと、その探求にあたっては、「子供のころ私たちを魅了し、このような記憶を自分たちに残したものすべて」に第一に着目しなければならないという。なぜなら、「私たちの扱うことのできる素材のうち、幼年期の霧の中からとり出されたこれらの素材こそ、たぶんもっとも装われることの少ないもの」だからである。

続いて彼があげる素材とは、「……かった！」や Moïse と Moisse の挿話といい、父の力と権威の象徴であったスミス・アンド・ウェッソン銃や金貨入れといい、「家の中の聖なる極地」であるトイレにおいて、「兄は上級の秘儀伝授者さながら大きな便座に、年下の僕は、新加入者の丸椅子の役目を果たすありきたりのおまるに坐」って、「動物を主人公とする一種の連続ドラマ」を、交互に考え出しては話しあった思い出といい、「直線型」と「曲線型」に分類した紙飛行機の件といい、ほとんどすべて本書でおなじみのものばかりである。つまりすでにこのころから彼は、聖なるものという性格を与えて、一見とるに足らない、ありふれたこれらの記憶を心の中でひそかに反芻していたのである。

『日記』の一九七八年一月六日の項で、レリスは、『ゲームの規則』において聖なるものという観念を表に出さなかったのは、あまり社会学研究会の匂いを出したくなかったからだと書いているが、『抹消』の内実は、「日常生活の中の聖なるもの」の探求といってよく、そう題されても少しもおかしくはない。

やはり『日記』の、例の講演から一月余りのちの一九三八年二月二十七日の項に、「自伝タイプの本の題名――名誉なき男」という一節があり、『日記』の校注者であるジャン・ジャマンは、この一節に注して、レリスの遺稿の中に「「日常生活の中の聖なるもの、あるいは名誉なき男」のためのノート」と題するノートがあり、講演の諸要素だけでなく、『ゲームの規則』を予告する覚書や考察が書きこまれていて、おそらく『ゲームの規則』の構想はこのころ生まれ、動員されて南オランに配属されていた時期に具体化したであろうと言っている。なおこのノートは、ジャマンの序文を付して一九九四年にジャン＝ミシェル・プラス社から刊行された。

こうして私たちは、本書が第二次大戦の直前から戦中にかけての時代、「未来が暗い穴でしかなく、空中楼閣の形でしか計画を立てることができなかった」日々に、レリスの心の中で、徐々に育まれていったことを知るのである。

＊

最後に題名について一言。レリスの作品のタイトルは、多くの場合、多義的で一語に訳しがたい。総題の *La Règle du jeu* からしてそうで、jeu は「試合、遊び、賭け」などの意味をもち、レリスはそのいずれにも心情を託しているように思われる。jeu とほぼ同義で日本語として一般化している game（ゲーム）という英語を借りざるをえなかった理由である。

第Ⅰ巻の原題 *Biffures* とは元来「削除」を意味するが、レリス本人が本書で説明しているように、同音の bifur（分岐）という語がその中にひそんでいて、彼は両様の意味で使っている。二十年以上前に第Ⅰ巻だけを訳出したときは、詮方なく『ビフュール』のままにした。第Ⅳ巻 *Frêle bruit* を除いて、第Ⅱ巻 *Fourbis* も第Ⅲ巻 *Fibrilles* も同様の面をもつ言葉である。

今般、全巻の三訳者間で相談した結果、原題はカタカナの音写ではなく、可能なかぎり原題の多義的なニュアンス総体を汲みとって訳すこと、しかも漢語二字で統一することを決した。こうした次第で、とてもレリスの意図すべてを反映しているとはいえないが、第Ⅰ巻は『抹消』とした。

『ゲームの規則』全巻完訳は私の積年の懸案であり念願であった。すでに述べたように、第Ⅰ巻は出たものの（筑摩書房）諸般の事情から後が続かなかったが、このたび、千葉文夫、谷昌親両氏の協力を得てようやく実現の運びとなった。また、自身レリスの愛読者である松井純氏の全面的なバックアップがなければ、よもや完成にまで漕ぎつけることはできなかっただろう。お三方に心からのお礼を申し上げたい。

二〇一七年六月十日

岡谷公二

著者略歴

Michel Leiris（ミシェル・レリス）
1901年パリ生。作家・民族学者。レーモン・ルーセルの影響を受け、20歳ころより本格的に詩作を開始。やがてアンドレ・マッソンの知遇を得て、1924年シュルレアリスム運動に参加。1929年アンドレ・ブルトンと対立しグループを脱退、友人のジョルジュ・バタイユ主幹の雑誌『ドキュマン』に協力。マルセル・グリオールの誘いに応じ、1931年ダカール＝ジブチ、アフリカ横断調査団に参加、帰国後は民族誌学博物館（のちの人類博物館）に勤務、民族学者としての道を歩む。1937年にバタイユ、ロジェ・カイヨワと社会学研究会を創立するが、第二次大戦勃発のため活動は停止。戦中は動員されてアルジェリアの南オラン地方に配属される。動員解除後はレジスタンス活動に加わり、戦後、ジャン＝ポール・サルトルらと雑誌『タン・モデルヌ』を創刊。特異な語彙感覚を駆使した告白文学の作家として文壇で活躍、晩年までその文学的活動は衰えることはなかった。1990年没。文学的著作に『シミュラクル』（1925）、『闘牛鑑』（1938）、『成熟の年齢』（1939）、『癲癇』（1943）、『オーロラ』（1946）、本書を含む4部作『ゲームの規則』（1948-76）、『夜なき夜、昼なき昼』（1961）、『獣道』（1966）、『オランピアの頸のリボン』（1981）、『ランガージュ、タンガージュ』（1985）、『角笛と叫び』（1988）、民族学的著作に『幻のアフリカ』（1934）、『サンガのドゴン族の秘密言語』（1948）、『ゴンダールのエチオピア人にみられる憑依とその演劇的諸相』（1958）、『黒人アフリカの美術』（1967）など多数。また、ジャン・ジャマンが校注し、死後公刊された大部の『日記』（1992）がある。

訳者略歴

岡谷公二（おかや・こうじ）
1929年東京生。東京大学文学部美学美術史学科卒業。跡見学園女子大学名誉教授。著書に『アンリ・ルソー 楽園の謎』（平凡社ライブラリー）、『郵便配達夫シュヴァルの理想宮』（河出文庫）、『レーモン・ルーセルの謎』（国書刊行会）、『ピエル・ロティの館』（作品社）、『貴族院書記官長柳田国男』『柳田国男の青春』（以上、筑摩書房）、『島／南の精神誌』（人文書院）、『島』（白水社）、『南海漂泊』（河出書房新社）、『殺された詩人』（新潮社）、『絵画のなかの熱帯』（平凡社）、『南海漂蕩』（冨山房インターナショナル、和辻哲郎文化賞）、『原始の神社をもとめて』『神社の起源と古代朝鮮』『伊勢と出雲』（以上、平凡社新書）、訳書に、レリス、ドランジュ『黒人アフリカの美術』（新潮社）、レリス『日常生活の中の聖なるもの』（思潮社）、同『幻のアフリカ』（共訳、平凡社ライブラリー）、同『レーモン・ルーセル――無垢な人』（ペヨトル工房）、同『ピカソ ジャコメッティ ベイコン』、同『デュシャン ミロ マッソン ラム』（編訳、以上、人文書院）、ルーセル『アフリカの印象』、同『ロクス・ソルス』（以上、平凡社ライブラリー）、バルディック『ユイスマンス伝』（学習研究社）、ゴーガン『タヒチからの手紙』（昭森社）、同『オヴィリ――一野蛮人の記録』（ゲラン編、みすず書房）など多数。

ゲームの規則Ｉ　抹消

2017年11月10日　初版第１刷発行

著　者　ミシェル・レリス
訳　者　岡谷公二
発行者　下中美都
発行所　株式会社平凡社
〒101-0051 東京都千代田区神田神保町3-29
電話 03-3230-6579（編集）
03-3230-6573（営業）
振替 00180-0-29639

装幀者　細野綾子
印　刷　株式会社東京印書館
製　本　大口製本印刷株式会社

落丁・乱丁本のお取り替えは小社読者サービス係までお送りください（送料小社負担）

平凡社ホームページ　http://www.heibonsha.co.jp/

ISBN978-4-582-33323-7　C0098
NDC 分類番号950.27　四六判（19.4cm）　総ページ360